HAMLET:
GLOBE
TO
GLOBE

带莎士比亚走遍世界

《哈姆雷特》的环球之旅

〔英〕多米尼克·德罗姆古尔 著

刘 虹 译

商务印书馆
The Commercial Press

HAMLET: GLOBE TO GLOBE © Dominic Dromgoole, 2017

Copyright licensed by Canongate Books Ltd.

arranged with Andrew Nurnberg Associates International Limited

涵芬楼文化 出品

献给一路走来的家人，

献给坚守在后的家人，

献给萨莎、西奥弗拉、格兰妮与卡拉

保持正切。
当他们把圆圈画得越来越大,就到了你游泳的时候

只身一人,以属于你的频率
将宇宙空气都标记、填满,
与所有声响、找寻、探索和诱惑共振,

在整片大海的黑暗里永久闪烁。

谢默斯·希尼

苦路岛

中文版序

近年来，演后谈环节已经成为戏剧界的惯例。在西方，这一环节经常只是一场尴尬的仪式，往往百分之九十五的观众都已逃离，只剩下几个人孤零零地散落在观众席里，提出的问题有的简单无味、有的疯狂滑稽。然而，在中国就不一样了。我无法忘记在上海东方艺术中心表演《仲夏夜之梦》时，演出结束后全场有近四分之三的观众留了下来，热情地期待着我们的讨论，这让剧组所有人都大吃一惊。我也不会忘记，更令大家惊讶的是，观众的问题让我们发现在台下比我们更了解这部剧的大有人在。

莎士比亚环球剧院和中国的交流持续多年，以上只是数次热烈的交流活动之一。我们曾带着《仲夏夜之梦》《威尼斯商人》《驯悍记》以及《哈姆雷特》巡演至许多中国城市，每次都被观众们对这些故事和语言的热情所打动。我们也曾自豪和高兴地两次邀请中国国家话剧院到环球剧院的剧场上演他们令人惊艳的《理查三世》；此外，我们还曾请到邓树荣执导的优美粤语版本的《泰特斯2.0》和《麦克白》来英演出。莎士比亚是一门世界通用语言，透过异国文化的"X光"来重新审视他的创作对于英国观众来讲总是充满启示。

在我在环球剧院排练《裘力斯·恺撒》期间的一个下午，我有幸接待了到访的彭丽媛女士。她见多识广，对排练过程十分感兴趣。莎士比亚与中国的相识相比其他一些国家晚了一些，但显然，他对于人心的理解，以及他所描绘的丰富的人际关系、社会时运，都在中国寻到了愿意热心挖掘此中真相的新知音。

我们是在2014年至2016年之间完成了空前的《哈姆雷特》环球巡演的，那是英国脱欧、唐纳德·特朗普执政之前的世界。那时，国际共融与合作是我们的追求。正是在这种精神的支持之下，受惠于国际交流的方便，以及世界各地的朋友对我们的慷慨相助，才使得这次巡演成为可能。我们在巡演中遇到的每个人都相信，所有国际对话的前提都是对异域文化中的文化偶像和文学经典的认识。通过这些文化标本我们便可以理解我们的不同，并发掘这些不同背后的相似之处。

我们只能希望2020年这种隔离的状态（不管是个体在疫情中的自我隔离，还是不少人宣扬和煽动的让人心碎的政治社会隔离）都只是暂时的。我希望我们很快就可以回归去做我们擅长的事情：与他人沟通——尤其是通过莎士比亚这样一个属于全世界的剧作家的作品，与他人联通。

《哈姆雷特》环球巡演是一次同理心的训练，也是一次检验国际友谊的练习。它证明了这两种感情在世界各地都比我们被允许相信的更加充沛。《哈姆雷特》中蕴含着一个不同常理的"笑话"，那就是一个如此孤独的人竟可以和如此多的人产生共鸣。在一场独白的开始，他转向观众说着"现在我只剩一个人了"，却把自己私密的情绪分享给了在环球剧院最早的三千多名观众。无论是在伦敦，还是在北京，我们也许时常都会觉得自己孤立无助。幸运的是，剧场和莎士比亚一直都在那里等待着，直到我们再次相聚一堂。

多米尼克·德罗姆古尔

2020年7月

目 录

中文版序 / 多米尼克·德罗姆古尔　　　i

前　言　　　1

1　谁在那?　　　13
2　尊重弱拍　　　31
3　沿波罗的海驶去　　　53
4　中欧的空话和石墙　　　71
5　疯狂墨西哥城　　　85
6　红海边的波洛涅斯　　　107
7　太平洋岛的上帝　　　129
8　谋杀和稻田　　　147
9　安第斯山脉间的独白　　　169
10　来自英国的消息　　　189
11　沙漠中的维滕贝尔格　　　207
12　反抗中的世界　　　231
13　为弹丸之地而战和复仇　　　257

14	地面指挥中心	277
15	路上友谊	291
16	札塔里的恺撒	313
17	大裂谷旁的围墙剧院	333
18	此外仅余沉默而已	353
结　局		365

致　谢		373
译后记 / 刘虹		381
译名对照表		383

前　言

在环球剧院，我们做规划时总是兴致昂扬。有人觉得，息工日[1]的筹备一定要在照得大亮的会议室里进行，会上少不了演示文稿展示，每个人都全神贯注、眉头紧皱，会议要点多到数不清。也有人喜欢把会场转移到郊外进行素质拓展，在高空溜索时开除一些中层管理人员，或让上层干部在野战训练场出丑。而在环球剧院，我们的套路与众不同——美食加豪饮。

2012年是具有里程碑意义的一年。受伦敦奥运会的启发，我们搞了一次叫"从环球到全球"（Globe to Globe）的戏剧节。那是一个有趣、简单又大胆的想法——在为期六周的戏剧节中一个不落地排演莎士比亚的三十七个剧本，每个剧本都邀请一个海外剧组，用不同的语言演出。我们本以为报名参与的大多是学生剧团或者业余组织，然而，就像大多数莽撞的"傻"点子一样，"戏剧节"的想法激发了大家的兴趣和热情，传播速度越来越快，影响范围越来越广。每个人都想加入（除了法国

---

[1] 息工日：大多数英国公司或机构在年中或年末组织为期一到三天全体员工的"息工日"（Away Day）。全体员工在此期间集中开会讨论团队未来的发展管理计划。——译者注（本书内脚注均为译者注）

人），我们很快被来自全球各地的热情回应淹没。最后，我们与十五个国家和地区的剧团成功合作，当中不乏曾登上世界顶级舞台的剧组和最优秀的演员。南苏丹甚至专门为演出《辛白林》成立了新的国家剧团。戏剧节的巨大成功超出了我们的想象，它作为一次艺术交流与文化对话的盛事，彰显着慷慨与热情的人文精神。

如此非凡的设想，成功实践之后总会给人留下高潮之后的空虚。项目期间，我们沉浸在巨大的成就感之中，视野从未如此开阔，而当一切结束，重新脚踏实地并不容易。因此，在戏剧节结束的几个月里，我们虽然依旧忙忙碌碌，但每个人都隐隐地产生了一种无为之感。

当时，我们处在为期两天的息工日期间。表面上，这两天的会议有一个艰巨的议程——设计安排我们正在筹建的新剧院。那将是一座灯火通明的精致室内剧院，与环球剧院的露天剧场相依称。新剧院计划在一年之后亮相，如何建造、如何排期、如何管理、如何安排人力——一切都悬而未决，而我们只有两天的时间来解决这些问题。第一天，我们去了布雷镇的赫斯顿·布卢门撒尔餐厅，之后又转移到帕丁顿车站后边一家不起眼、有点儿破烂的铁路酒吧。第二天的会议开始时有些平淡和拘谨，但随后我们在梅费尔[1]的斯科特餐厅吃了一顿很好的午餐。这家餐厅装潢精致考究又清新脱俗，看上去并不欢迎那些背着大包小包的骑行爱好者、带着宝宝的妈妈和衣冠不整的技术工人。我们在那里做了一些不错的计划，之后就转战去附近的酒店喝鸡尾酒了。

---

1 梅费尔：伦敦的昂贵高档街区，是聚集大量名人豪宅、高档餐厅和商场的黄金地段，也是英国皇家艺术学院的所在地。

这些听上去有点儿奢侈堕落，事实上也确实如此。但是，在那些老古板和牢骚鬼指责我们"怎么好意思拿着政府补助如此行为做派"之前，我们也许有必要声明一点：环球剧院不从政府或任何投资方拿一分钱。我们卖力工作，自己的经费自己赚。尽管在财政方面如履薄冰的窘境让我们时常不得不在高压之下进行高强度工作，但这也意味着，在把大多数的盈利所得投入教育、研究和环球剧院的维护之后，我们有权自由支配任何结余。回到我们欢乐的豪饮马拉松——在一片充斥着调情、打趣和哄堂大笑的混乱之中，不知是谁说了一句："我们需要再想一个了不起的点子，就像戏剧节那样的。"几乎没有半点儿犹豫，我说："咱们带着《哈姆雷特》去全世界巡演吧。"

这样的想法理所当然得神奇，就好像它早就存在了一样，简直不需要解释就能被大家接受，能让各位你一言我一语地建言献策、乐在其中，让大家贡献出来的创意可以开花结果。很快，每个人都来为这个想法增砖添瓦，开始详细计划项目的实施流程和后勤准备。很快，几乎像未被打断过一样，大家恢复了灵感爆发前的喝酒打趣。但是，这个想法纯粹而直接的吸引力让它生根发芽。

它不胫而走。

《哈姆雷特》在世界戏剧经典中占有独特的一席之地。它内涵丰富、不羁且松弛，有时略显复杂难控。它由一个为人熟知的故事和早就存在的剧本改编而来，莎士比亚以独具匠心的再创造将自己灵魂中的痛苦和美好都一一灌入其中。它跨越了一片土地，阴郁的城堡统治着国民，冲上礁石的冰冷海浪击打着海岸。这风光里的电闪雷鸣，比其他任何一部艺术作品里的都更加刺激。这些闪现的灵光体现在很多方面——语言的精练、心理剖析的深刻、政治问题的敏锐性、难以名状的共鸣和显而易见的家庭真相。这些元素聚合在一起组合出了关于"人何以为人"这一命题的有力陈词。无论在它自己的年代还是在今日，《哈姆雷特》对这个问题的洞悉从未被超越。

《哈姆雷特》在读者的不同人生阶段产生的影响很难被一一列举。拿我自己来说，我与《哈姆雷特》的初次接触要追溯到劳伦斯·奥利维尔的电影版本。那个时候，举国上下都坐在电视机前参与大众文化活动，这部电影就是当时的一个影视盛事。从小时候起，《哈姆雷特》的台词就经常在我耳边萦绕。我的父母都是莎士比亚爱好者，父亲经常当众引用莎剧台词，而母亲对莎翁的喜爱则更含蓄一些。儿时我接触到了很多莎士比亚的文本，那时我还只会把对词句的费解伪装成一种对神秘事物的欣赏。同对待很多我们在少年时期便接触了的经典文学一样，我为了迎合热情推荐这些作品的人而假装激动，实则暗暗抗拒着它们的晦涩难懂。但无论我们如何抵触这些作品的耳濡目染，埋藏在阅读经历深处的那些看似不起眼的人生启示，还有懵懵懂懂的启蒙之火，都在提醒着我们日后一定要回来重读经典。一个对未来的无言承诺就这样被许下了。

到了一定年纪，《哈姆雷特》开始绽放魅力。放下一开始略带胆怯的敬畏之心来重新研读剧本，其能量、个性和热情才得以显现。我不再拒绝《哈姆雷特》的表演，而是开始享受它。哈姆雷特的人物形象逐渐饱满起来，他不再只是一个满口晦涩箴言的文化符号集合体，而是个有着迷人性情和聪明头脑、在噩梦一般的家庭悲剧和政治遭遇中苦寻出路的年轻人。凭借其自身特有的朋克气质而不是学者们固执绑定的学术权威，莎士比亚的语言逐渐鲜活了起来，剧中的许多诗句逐渐成了我不可或缺的安慰良药。长久以来，《哈姆雷特》一直在公众文化中流行，实质上，却是它在人们心中长存的生命力才使其得以真正流芳百世。

当我一开始记下"生存还是毁灭，这是一个问题"这句话时，我并不明白它的意思，一直到现在我也不能肯定地说我完全懂了。但是，这句话已经镌刻在我的记忆里将近四十年之久，至今仍能从自身深处给予我熟悉的宽慰。它不提出肤浅的问题，也不许诺答案。它是一句简单的告慰，就像是当我们的孩子被这个世界的锋利所伤时，做父母的我们会对他们说的话。我们会说，我们在同样的年纪也经历过类似的事情。我们跟他们分享自己类似的经历，仅仅是这一看似微不足道的行为，便能抚去一点儿伤口的痛。在我们最绝望时，想到哈姆雷特也曾经历过同等乃至更甚的痛苦，想到这些痛苦能够被莎士比亚化作语言与思辨的完美舞蹈，我们就不会在悲伤中感到孤独。

哈姆雷特在剧中的经历是独有的，但无论大到故事的整体格局，还是具体到王子面对不同问题的细致应对，我们都能感受到一种每个人都毫不陌生的情感。它既是萨特所说的恶心，也是街角流浪汉乞讨时颤抖的泪水；它既是涉世未深的孩子面对最基本的不公平时委屈的抽泣，也是大学毕业生们面对一个不打算也没兴趣接纳他们的社会时的绝望。它是我们在每个年纪都会碰到的迷惘：这个世界明显是不公正的，它明明可以创造美好的事物，却时常依附于背德的丑恶。这是我们认识这个世界的一个视角，一方面它给我们带来的洞见值得感激，另一方面它也有让人惧怕的强大能力，因为，若我们沉迷其中，它会取代其他思维模式而使人陷入封闭，钻起牛角尖来。

在十八岁到二十五岁间的那段迷惘年纪里，我深陷于这些问题之中，《哈姆雷特》就是在那时牢牢抓住了我。急于在生活的迷宫中寻找出路的我在哈姆雷特的引导下向着光明走去。在故事的结尾，年轻的王子走向继父设下的陷阱，他自知将无法全身而退，好友霍拉旭劝他选择逃避自己的命运。他回答说：

不，我们不要害怕什么预兆，一只雀子的死生都是命运预先注定的。注定在今天，就不会是明天；不是明天，就是今天；逃过了今天，明天还是逃不了，随时准备着就是了。一个人既然在离开世界的时候不知道他会留下些什么，那么早早脱身而去，不是更好吗？随它去。

在这样一部不缺少复杂表述的剧本中，这段台词宛如一片简洁明亮的绿洲。原文中，从重读的第一个"注定"（if）开始算起，整句由四十二个单音节词串联而成，只有"准备"（readiness）一词是唯一的例外。这种直率在莎士比亚的作品中是极为鲜见的。对于当时年轻的我来说，这段话凭借其简练的语言和深植其中的平静，以及一种接纳世间所有是非好坏的超然态度，成为我的箴言。

《哈姆雷特》被翻译成的语言多到数不过来，它被搬上舞台的次数比莎士比亚本人吃饭的次数还要多，甚至也不比莎士比亚喘气的次数少。《哈姆雷特》可以说是少有的真正做到拉近了不同文化距离的文学作品。全世界的观众都见证了它开阔眼界、启发心智的能力。它不仅拉近了物理空间，也缩小了时代间的跨度。每个看到或听到《哈姆雷特》的人，都会被传送回1601年观众第一次在环球剧院听到第一句台词"谁在那"的那个瞬间。就如同当年的第一批观众所经历的那样，在之后的几个世纪里，这句开场白每一次都会开启一个让人们享受灵魂激荡的戏剧之夜。这部戏穿越时间之窗，让我们在欣赏独一无二的现场表演的同时，也与无数在不同时空之下，已经、正在或将要听到同样字词的观众一起，享受着它的魅力。

1608年，在塞拉利昂港附近，巨龙号的船员们在船上为一群来访官员表演了《哈姆雷特》。这些船员在环球剧院看过一次该剧的演出，他们凭借着记忆拼凑起故事的全貌，完成了这次表演。在这次"对外首演"十年之后，一个名为"英国喜剧人"的演员团带着紧凑、刺激的缩编版《哈姆雷特》在北欧全境进行了巡演。自那之后，这部戏在世界各地上演，走进过剧院、田野、洞穴、贫民窟和皇宫。

这部戏也考验了成千上万的演员，振奋了许多，挫败了许多，同时也让他们每一个人都意犹未尽。《哈姆雷特》的现场演出已被多次录制并被制作成电影和电视节目，一次又一次地上映和播出。从莎拉·伯恩哈特[1]到大卫·田纳特，从梅尔·吉布森到玛克辛·皮克，他们的表演被镜头捕捉并保存下来。这个精简的演员名单所代表的多样性也反映出

---

[1] 莎拉·伯恩哈特：19世纪末、20世纪初法国著名舞台剧和电影女演员。她在1899年成为留有影像记录的第一位女性哈姆雷特扮演者。

这个剧本对于多种解读的开放性。人们在教室里背诵它，在会议室里引用它，它在情人的耳边萦绕，智者拿它来深思，评论家用它来争论，它由父母讲给孩子，惹得学生诉苦连连，也让无数观者落泪。静静地，它被我们当作给予人力量的秘密珍藏在心灵深处，让我们不再对这个伤人的世界心怀恐惧。它既是我们身边事物的一部分，又常驻在我们内心。很大程度上，它塑造了我们。

为了纪念《哈姆雷特》意义深远的影响，2014年4月23日，莎士比亚诞辰450周年之际，环球剧院将当时在酒吧里提出的疯点子付诸实施，决定踏上一场如同这部戏本身一样独一无二的旅程。我们的计划是把《哈姆雷特》带到全世界的每一个国家和地区去，有多少个就去多少个。开展这个项目需要很大的勇气甚至傻气，更需要满足很多实际条件来使其成为可能。过去的9年，我们在环球剧院的团队已经磨合出了一套十分简洁高效的巡演风格，这也与400年前环球剧院的风格保持了一致。我们通过"从环球到全球"戏剧节建立起了国际关系网络，这让我们在任何一个国家都可以找到伙伴。更重要的是，科技的发展、航空旅行的便捷和信息网络的无所不能，提高了带着剧团进行环球巡演的速度，也让我们有更多时间为每一场表演做足准备。

全球化和现代化的结合很多时候似乎只能带来大范围的恐慌和暴力。但当我们在思考现代化赋予的诸多可能性时，我们所想的不是"为什么"，而是"为什么不"。为什么不利用全球化的潜力去传递恐怖和商品之外的其他东西呢？比如16个有血有肉的人，他们的满腔情怀、满身技艺和脚上结实的鞋子？他们将布景悉数装进行囊，把台词牢牢记在脑子里，将充满了机巧智慧、最神奇也最优美的一部莎剧带到全球的每一个角落。为什么不呢？

整整两年后，在莎士比亚逝世400周年的2016年4月23日，这16个人完成了他们在全世界190个国家和地区的巡演，凯旋环球剧院。加上在数个难民营里的表演场次，这次巡演合计为198个国家和地区的观众献上了演出。他们在露天剧场、酒吧、交通环岛表演，在摄影棚和海边表演，他们为簇拥着的千余名观众表演，也在雨中为屈指可数的几个罗马尼亚孩子表演。

现在，我禁不住想换用更深沉的语气或更严肃的笔调写道："本书将讲述并纪念这段旅程。"然而，这样讲未免有失偏颇。这段旅程是不能被完全讲述的：它太宏大、太丰富了。每场演出都有很多故事，又有这么多与政治、文化和历史的交流，所以每一站的巡演都值得大书特书，若是这样写下去可以写出几百本。而且，我无法大言不惭地声称自己有讲述这段经历的资格，因为我亲身参与的巡演只有20站，而真正有故事要讲的人是剧组人员——12位演员加上4位舞台监督。他们参与了整个巡演过程，每个人都有了不起的故事要讲。我参与过的20站巡演，每一站的经历都为我的工作与创想注入了丰富的养分。剧团能够穿梭于地下酒馆和政要场所的自由，赋予了我们深入了解其他地区和文化的可能。虽然与各种文化的每场交集都难免短暂，但我们从中汲取的灵感和洞见却极为丰厚。疾驰而过的雨燕之所见也许比不上历尽沧桑的海龟，但反之亦然。

详尽地描述每个细节肯定是不现实的，但我有幸透过《哈姆雷特》

这个万花筒见证了很多非常有趣也非常引人深思的故事。如同这部丰富的剧作能为这个世界和它的多彩提供新鲜视野一样，每个国家也都给这部戏带来了新的灵感。大到这部戏的主题，小到剧中的各种细微之处，这次巡演让我对这部戏有了新的认识，这部戏也革新了我对巡演的看法，两者一同使我加深了对世界和自己的了解。在此，我希望记录下《哈姆雷特》与世界的对话，去发掘二者是如何互相启发的。

这本书将讲述一些故事，其中自然也有《哈姆雷特》自己的故事：包括这部经典之作如何诞生和成长；这部作品如何凭其包容的精神，至今依旧在帮助我们认识这个始终变化万千的世界。这本书将试图理解《哈姆雷特》是如何能传播这么远，又是如何产生这么深的影响的。在不同的瞬间，我对这部作品都有新的体会，新的启发也会同时带来新的困惑，新的困惑又会带来新的思考，我试图记录的就是这些瞬间。然而，我非常清楚这就好比是看着一辆仅停留几站的长途火车，《哈姆雷特》从来不会为我们停留，它将时时刻刻渴望着新的解读。那个"啊哈，我看懂了"的瞬间永远不会，也不该到来。

这部戏去过太多地方，所到的国家大相径庭，其历史经历和政治条件也大不相同。我们的表演很难反映所有现实，但《哈姆雷特》以其对全新美学感受的执着渴求，对所有那些被这个世界的残酷伤了心却仍愿意在灰烬中为更好的未来而努力的人发出呼唤。就是这样，我们的巡演同许多观众产生了共鸣，也从他们身上学到了很多。我希望这些故事、这次环球剧院与世界各地的交流，能够为我们理解当下这个世界提供新鲜的视角，也同样为这部直到如今仍影响、观照和改变着世界的优秀作品注入新的活力。

1　　　**英国，伦敦**　　　　　　　　　2014年4月18-20日
　　　中殿教堂
　　　英国，伦敦　　　　　　　　　4月23-26日
　　　莎士比亚环球剧院

1
谁在那？

两守卫勃那多与弗兰西斯科上。

勃那多：谁在那？[1]

（第一幕，第一场）

---

[1] 《哈姆雷特》的诸多中译本对开场的第一句台词有多种译法，如：梁实秋先生译为"那是谁呀"；朱生豪先生译为"那边是谁"；要说简练，当数卞之琳先生译的"谁"。考虑到本书作者既强调了这一发问的简练与对观众的指称，在此直译为"谁在那"。

✣

没有比这更妙的开场了——如此简洁,如此直接有力——"谁在那?"这三个字平白直意,城垛上站着一位神情紧张的守卫,他在黑暗与寒冷中声音颤抖地冲着向他走来的人影问话。这个问句使整部剧在惊悚悬疑的节奏中开场,让人心跳加速。在我们的编排中,演员们在开场时混迹于观众之间,大声合唱一首振奋人心的歌谣。在剧院广播"欢迎入场"时,演唱被第一次打断,但这时音乐还在;而第二次中断则尤其突然——所有走动、歌声和音乐全部随着一声"谁在那"的喊声戛然而止。剑已出鞘,气氛骤然紧张。这头三个字即刻构成对戏剧表现形式的首个挑战。除非导演特别不走寻常路(这样的导演不在少数),年迈的士兵勃那多会在说台词时双眼直视前方,这使他的问题立刻既指向又排斥了所有观者。这个问题会使观众因为被提问而成为参与者,与此同时,观众也被隔绝在外,因为这个发问的士兵既看不见他们,也感觉不到他们的存在。"谁在那"在英语中仅有两个音节,却营造出突降全场的不安。

这趟环球巡演的征程起航时,最常被问到的问题就是:"为什么是《哈姆雷特》?"我们也不是没有考虑过其他剧目,但如同冥冥之中的安排,我们在兜兜转转之后仍然还会回到《哈姆雷特》上来。在2011年和2012年,我们已完成了两次小规模的《哈姆雷特》巡演,因此我们对这次大规模巡演的成功也颇有信心,尽管我们考虑的因素并不局限于此。《仲夏夜之梦》在节奏和美感上无与伦比,但要一年到头把自己塞进破烂的精灵戏服里四处巡演不免会让我们的演员想打退堂鼓;《第十二夜》

的基调不够深沉有力，不足以应付巡演全程；而《李尔王》又实在太黑暗。《罗密欧与朱丽叶》以其偶像级的地位，必然也是一个候选剧目，但可惜的是这部戏在结构上并不够完整。虽然它是一个不乏美丽诗句和热烈情感的故事，但在罗密欧的好友莫丘提奥死后，故事的叙事就迷失了方向，直到最后才找回了一开始的节奏。把这样的第四幕带到全世界巡演恐怕并不是一件振奋人心的事。另外一个原因，也是最重要的一个，便是《罗密欧与朱丽叶》的含义稍加研究就足以贯通。巡演不出半年，剧组怕是已经将剧本的个中秘密都挖掘殆尽了。他们彼时将对表演内容了如指掌，而这之于演出的活力来讲是致命的。要想使这次巡演对于剧组本身，以及通过剧组传达至观众时都保有吸引力和价值，它必须保持难以捉摸的神秘感，《哈姆雷特》能保证做到这一点。《哈姆雷特》语言优美，这是一个必需条件；它丰富的经典戏剧时刻在不同的文化间也能产生回响，这是另一个必需；但最重要的莫过于它的神秘，这才是最必不可少的要素。

与剧本的神秘感同等重要的，是文本本身的多样性。巡演期间，我们将接触到各种不同的文化，面向的观众拥有迥然不同的政治历史背景。《哈姆雷特》的丰富多样能激起万千观众各式各样的反响，能够适应节奏变化快、覆盖范围广的巡演要求。《哈姆雷特》既能激发灵感，又能挑战思维；既能发人深省，又能安抚人心；既能指责批判，也能给人慰藉。我们需要带上旅程的，就是这样一个能和大家用以上所有方式对话的故事。而且，这样的对话也需要具备目的性，但它的目的不是为了传达某个信息，而是自其脉搏深处发出一种有力而坚定的声音。维多利亚时期的悲剧理念给《哈姆雷特》套上了故弄玄虚的氛围，它沉痛的基调以其自命不凡的阴郁像鹅毛枕头一样让剧本窒息。但在环球剧院，我们拒绝阴郁——单是剧场里的欢乐气氛就不允许它的侵入。《哈姆雷特》的力量是闪耀的，它凭借其主人公光芒四射的魅力，直达未来的彼岸。

而且，该文本不仅具备了多样性与目的性，最重要的是，《哈姆雷特》是以开放的姿态发言的。它不支支吾吾、不颐指气使，也不隐瞒欺骗。它在本质上是开放坦诚的，它通过那些支撑全剧的独白直抒胸臆。在开诚布公的同时保持神秘的矛盾是一种莎士比亚式的矛盾。一个在派对角落里躲着、阴郁沉默满怀心事的男人，十有八九并不真的是什么神秘角色，他可能是个没有故事的人，反而是那些喋喋不休的人很可能有深藏不露的一面。《哈姆雷特》就成功做到了在一览无余的同时又神龙见首不见尾。这个矛盾也蕴含在了开篇的那三个字里："谁在那？"

确定了剧目之后，我们接下来需要落实的是巡演的具体运作。因此，"谁在那"这个问题就多了一层新的含义："谁在那能帮助我们呢？"

★ ★ ★

为凝聚各方力量，我们跟2012年戏剧节时一样用聚餐的方式开始了筹备工作：为驻伦敦的各国大使举办了一次盛大的早餐会。这个启动仪式是标志性的，它是一个有效的组织方式，同时也有助于建立合作联系。早餐会的议程是向大家介绍环球剧院，阐述我们的《哈姆雷特》环球巡演计划，并寻求合作帮助。一百来号各国大使在早上九点齐聚一堂也算是奇景一个。也许是因为与会的国家代表太多、时间也太早，每位大使都夸大了各自的文化特性，夸张地展现出了公认的固有民族形象。

一位南美洲国家的大使大肆散发着他的拉丁式魅力；法国代表一脸不以为然；几位斯堪的纳维亚人顶着一头闪亮的金发，圣母般地关照着角落里羞于言谈的嘉宾；俄罗斯代表看上去对一切都心怀戒备；来自东亚的代表则以其惊人的效率震惊了我们。整个场面开始变得像是一场汇集各式民族偏见的大型情景喜剧。

汤姆·伯德，我们脾气温和、不修边幅的执行制片人做了精彩的发言，其后引导各位大使离开餐厅，前往剧院，并参观我们的舞台。这是我们蓄意准备的惊喜：站上环球剧院的橡木舞台是一项特殊待遇，总是能让人心情激动。我站在世界地图前为大使们详细宣讲我们的计划，伸长指头，在这张用木质画架支起来的精美地图上勾勒出我们的计划路线：从欧洲开始，途经北美洲，再到中美洲、加勒比地区和南美洲，从西非一路南下，然后穿越澳大拉西亚，之后沿着太平洋岛屿绕回远东，最后在东非收官后返航。除了为躲避战争和传染病而临时绕路，我们最终基本按计划路线完成了巡演。不得不说，对着世界地图挥斥方遒，计划着远航，这很有古典大航海时代的感觉。我们都知道这样的画面未免有些好笑，但我们都乐意如此。

那次早餐活动非常成功。尽管它建立起来的官方联系最终在我们所有合作关系中只占了不到十分之一，但它使我们得以凝聚起来开始行动。政府平台虽然有效，但也会成为负担。从头到尾，我们都不得不竭力反复声明，这次巡演不是外交宴会的娱乐项目，它的受众不是地区的政府高官。我们真正想做的，是广泛接触当地人，为普通人演出。就这个目的来说，我们基本成功了。巡演途中，有非常多国家的演出完全免费且受众相当广泛，这是此次环球项目最令人欣慰的地方之一。仅有少数几次，我们感受到了来自政府方面的利用和操控，在这种时候我们会争辩或回绝；但在大多数情况下，迎接我们的是淳朴与热情。总之，早餐会卓有成效，为我们的环球巡演敲定了好几站。之后，我们收到了数目可观的商业名片，丁零零的电话铃声也开始此起彼伏地响了起来。

★ ★ ★

如何向媒体公布巡演计划是我们面临的下一项挑战。这件事需要技巧，毕竟这可能会出现两种后果：一是被彻底无视，二是被尽情嘲笑。我也说不清为什么媒体的第一反应都是这样，但没办法，这是计划实践这样一个疯狂的想法时必须承受的压力。因此，我们特别需要引用具有公信力的支持为宣传助力，这个评价最好来源于某个无法质疑的权威。我们征集到了很多天花乱坠的评论，我们知道这些评论都不痛不痒、收效甚微，但也没有更好的办法。正当我们准备把通稿发给媒体的时候，我们收到了一封邮件：

"生存还是毁灭"（to be or not to be）是英语语言中最简单的六个单词。这句话已经被翻译成各种语言传播到了地球上的每一个角落。即便不懂英文的人看到这六个英语单词，也能认出这几个音节，并兴奋地喊出"莎士比亚"。《哈姆雷特》是莎剧中最包罗万象的。每一个人，无论老少，至今仍能与剧中的人物产生共鸣，分享他们的痛苦和对生命的质问。把原汁原味的《哈姆雷特》带到世界各地是一个大胆而充满活力的项目，它定能带领更多新观众一同踏上一趟收获颇丰的发现之旅。

在此，我对巡演项目献上最真挚的祝福。

你们永远的朋友：
彼得

这封邮件如同雪中送炭。彼得·布鲁克——这样一位有着国际视野的大导演——就是我们要找的权威。他是一位睿智的贤者，一直以来备受国际社会尊重。于是，我们把他的邮件加进了新闻通稿，宣传季一炮打响。

★ ★ ★

在我们决定走向全球之前，《哈姆雷特》的首次巡演始于2011年，地点在马盖特。我们作为制作方非常享受这次巡演，观众对该剧也是如痴如狂、欲罢不能。因此，我们在次年进行了第二轮巡演，还特别加入了不少美国城市。我们当时没有给巡演贴上特别的标签，只认为那是适时之举。由于档期安排，我在第二轮巡演期间无法担任导演，我就邀请了从演员转型当导演的比尔·巴克赫斯特来执导。我把自己锤炼出的编排模板（包括布景、台词和音乐）一并交给他，并期待他能够将它进一步完善。他吸收了首次巡演版本的明朗节奏和活力，又赋予整部戏更强烈的倾诉冲动和需求。为了这次环球巡演的成功，我再度邀请比尔加盟以结合两次巡演版本的优势，他欣然同意。

我和设计师乔纳森·范森决定在服装上借鉴20世纪30年代的左翼巡演剧团风格，比如琼·利特尔伍德和尤安·麦科尔的"行动剧场"。披上几件斗篷，戴上几顶帽子，在戏服的剪裁和样式上能与伊丽莎白时期的服装有几分神似。在之前的两次巡演中，我们与劳拉·福里斯特-海和比尔·巴克利这两位作曲家合作，将一系列歌曲和配乐组合打造成了独具风格的演出配乐。温暖的民谣歌曲能缓和氛围，也消除了观众们对莎士比亚和哈姆雷特这两个名字的敬畏。为了让多才多艺的演员、歌唱家都能大展拳脚，我们在配乐上加入了更多的音乐元素：响亮的喇叭吹奏、鬼魂现身时营造氛围的刮擦声、用于场景过渡的尖利小提琴声、伴随奥菲利娅出场的柔和管风琴旋律，还有渲染紧张气氛的鼓点。这些配乐全都是现场演奏，且都在众目睽睽之下完成。环球剧院的舞台上没有秘密：秀就要秀出全部。

最后，就像所有环球剧院的演出一样，演出以一套热烈欢快的吉格舞[1]结束，这套表演是由吉格舞大师沙恩·威廉斯编排的。从环球剧院的第一场戏开始——悲剧也不例外——每一场戏都以全体演职人员的集体吉格舞谢幕。在莎士比亚时期，吉格舞环节会被打断，剧组里的喜剧演员会来个"单口相声"。虽然我们并没有玩到这个程度，但我们坚持尊重神圣的"吉格精神"。它能消除笼罩着全场的沉重情绪，摆脱残留的痛苦，欢快地转换氛围。在《哈姆雷特》最后的吉格舞里，葛特露、克劳狄斯、雷欧提斯和哈姆雷特这些横躺在舞台上的尸体随着音乐一个个复活、被邀请起来跳舞，他们便起身站进舞队中去。很多人把这解读成是让亡者死而复生的隐喻，但这不过是为了解决"死尸如何下场"的

---

[1] 吉格舞：源于爱尔兰和苏格兰的民间舞蹈，16世纪期间在欧洲境内发展流传。在伊丽莎白时期的英国，"吉格"也指戏剧演出结束后谢幕时演员跳舞的娱乐环节。

千古难题而已。舞蹈的节奏由缓而疾，大家疯了一样又拍大腿又拍手，总是惹得观众大笑着叫好。整场演出的框架大概就是如此简单直接。在上半场的末尾，我们安排了剧本中的哑剧表演[1]。为哑剧搭台时，两名演员各自放下一块木板，拼接起来的长板上写着"两块木板，一份热情"。这是一句讲演戏的古老俗语，它道出了戏剧艺术的本质。这些就是我们这个排演版本所遵循的精神，现在该由演员来为它填充血肉了。

★ ★ ★

选角总是排戏最大的挑战。彼得·布鲁克曾说选角占了他工作的百分之八十，他也经常花上好几年来考察一个演员。他会先邀请有可能合作的同僚一起闲逛聊天，跟他们交朋友，多年后才会给他们提供演出机会。虽然并没有足够的时间来效仿，但我们敬佩这份细心。别人问我时，我总是说我们要找的是"演航员"，他们需要具备平衡能力和强大的心理素质，得能耐得住几年漂泊无定的生活。我们需要稳定可靠的演员，他们必须彼此关照，专注于眼前的任务。

每个人对于优秀演员的定义都不同。我个人偏好那些能以活力感染他人的人，他们谈吐风趣、心地善良，情感充沛但又不外露卖弄，坚定地做着独一无二的自己。许多导演想要演员们抹掉个性来迎合追求集体一致的执导理念，而我却喜欢那些鲜明的个体。舞台上的一致性让我难过，大千世界丰富多彩，表演也应该百花齐放。

对于演员来说，善良的品性高于一切。我们在环球剧院选角时习惯

---

[1] 指《哈姆雷特》第三幕第二场的哑剧，哑剧中暗讽国王谋杀手足的阴谋。

从四面八方打听某一位演员在工作中的为人。演员才是环球剧院真正的顶梁柱，而非导演或设计师。信任和善意同能力一样至关重要。演员能准时到场、能互相支持、能在舞台上呈现出你想要的一切，这样的相互信任是我们剧院工作的根本保障。巡演期间要面临的很多困难使信任和善意显得更为重要。我们需要好演员，但更需要好人。幸运的是，我们找到了他们。

电影《骗中骗》中有一段绝妙的蒙太奇：保罗·纽曼四处奔走，重新集结他昔日的诈骗搭档。他找到他们如今的工作地点，或是银行，或是赌场，悄无声息地出现在老友眼前的人群当中，冲着他们轻轻地点一下自己的鼻子或者碰一下自己的帽子，这些老伙计便立刻放下手头的活计来为他工作。这段别出心裁的蒙太奇称得上是对永不磨灭的团队精神的致敬。巡演早期的选角工作和这段镜头有点儿相像，也是集结旧友的过程。我们邀请了三位不敢说是饱经风霜但至少也已经身经百战的老朋友：约翰·杜格尔、基思·巴特利特和毛利人剧团里的"大佬"拉维里·帕拉特恩，他们三人将一同分担剧中几个年长的角色：克劳狄斯、波洛涅斯、掘墓人、鬼魂、教士、伶人和几位年长的兵士。几个年轻的男角——雷欧提斯、马西勒斯、霍拉旭、罗森格兰兹、吉尔登斯吞、奥斯里克和福丁布拉斯则由汤米·劳伦斯、马特·罗曼和贝鲁斯·汗饰演。汤米和马特在2011年和2012年已经跟过我们的巡演，贝鲁斯也在好几个夏季演出季和环球合作过几次。之前参与过一次巡演的米兰达·福斯特是一位演技出众的一流女演员，她将出演葛特露、伶人皇后和掘墓人二号。两位极富潜力的新朋友阿曼达·威尔金和菲比·法尔兹也加盟剧组，分别饰演葛特露和奥菲利娅，并反串出演罗森格兰兹、吉尔登斯吞和霍拉旭。我们还有四位沉着冷静又经验丰富的舞台监督：戴夫·麦克沃伊、亚当·穆尔、卡丽·伯纳姆和贝姬·奥斯汀。他们同大家一样，因为巡演欣然做好了放弃几年正常生活的准备。

这些老朋友也一样提出了关于巡演流程、薪酬、工作条件、安全保障和休假的问题，我们都一一做了回答。但考虑到这次巡演的时间太长，将会影响到他们的正常生活，他们给予的信任更让我们备受感动。他们每个人都明白这将是一次冒险，但仍旧选择相信我们。我们像保罗·纽曼一样向他们致意，他们就欣然入伙。他们这种勇于面对未知与危险世界的气魄让人佩服，可以说这就是戏剧人的精神。跟马戏团私奔是一个俗套的剧情，但被这个想法迷住的不止匹诺曹一个，自由、漂泊和独立精神始终是戏剧行业的核心。

我们的团队还有三个人。第一位是年轻女演员珍妮弗·梁，她是由我们之前在香港合作过的一个优秀粤语剧团推荐的。另外还有我们的两位哈姆雷特。在王子的选角上，我们考虑了很多潜在的适合人选，最终发现最好的选择是把机会给年轻的新演员。他们身上的未知潜力能给剧组带来新的刺激和活力，这也符合《哈姆雷特》最重要的开放精神。然而，面试了几个演员之后，我们有点儿灰心。就在这时，刚刚从戏剧学院毕业的拉迪·艾梅鲁瓦寄来了他的试镜录像带，在录像带里他表演了一段《裘力斯·恺撒》中布鲁图斯的演说。他的表演清晰明了，台词口齿清晰，角色形象和思想栩栩如生，于是他很快成为我们的一员。纳伊姆·阿亚特在山姆·沃纳梅克戏剧节期间在环球剧院表演过《理查三世》。他身上有一种难以名状的不可抗拒的魅力，他既能深入角色感情汹涌的内心，同时又能脱离角色本身对其进行冷静的审视。在我们的选角面试中,他的台词念得极其漂亮,于是他也入伙了。我们的两位哈姆雷特和半数剧组成员都不是白人,这件事引起了部分媒体的一番讨论,但对于我们而言却再自然不过。

每个排演莎剧的剧组都要在前人的阴影里前行。在《第一对开本》[1]里,有几页以"所有剧目主要演员名单"为题。这是一个非常感人的纪念与声明仪式。说是纪念,是因为在《第一对开本》出版的时候,很多参演过剧目的演员已经离世,其中包括作者莎士比亚本人和剧团最闪亮的明星伯比奇;说是声明,是因为整理出《第一对开本》的正是剧团的两名成员:赫明斯和康德尔。他们对昔日伙伴的忠诚体现在这份名单的字里行间。这些名字朴实,带着英国自由民的标记,如同环球剧院的橡木一样坚韧。他们是:威廉·莎士比亚、理查德·伯比奇、约翰·赫明斯、奥古斯丁·菲利普斯、威廉·肯普、托马斯·波普(遗憾的是名字在后代转录时被错拼成了"Poope"[2])、乔治·布赖恩、亨利·康德尔、威廉·斯莱、理查德·考利、约翰·洛因、塞缪尔·克罗斯、亚历山大·库克、威廉·奥斯特勒、塞缪尔·吉尔伯恩、罗伯特·阿明、内森·菲尔德、约翰·安德伍德、尼古拉斯·图利、威廉·埃克尔斯通、约瑟夫·泰勒、罗伯特·本菲尔德、罗伯特·高夫、理查德·鲁宾逊、约翰·尚克和约翰·赖斯。透过这份名单和这些名字里粗粝的安格鲁-撒克逊辅音音节,我们可以看到一个不同的英格兰的

---

1 《第一对开本》:莎士比亚第一部剧本合集,其实际名称为《威廉·莎士比亚先生的喜剧、历史剧和悲剧》(*Mr. William Shakespeare's Comedies, Histories & Tragedies*),于1623年以对开本形式印刷出版,后人称之为《第一对开本》。

2 Poope:与波普(Poop)同音,意即"屎"。

方方面面：田野大片、果木盈盈、以厨师或裁缝为营生的普通民众、早期的教堂和市集里的十字街路口……这些人都并非来自上流社会，而全是小商贩或者农民。自那以后，登上演出海报和节目册的名字多如繁星，他们也都来自各行各业。我们很高兴我们的演员名单能够反映出一个历经变迁的现代英国。排名不分先后，这些名字是：阿曼达·威尔金、贝姬·奥斯汀、贝鲁斯·汗、基思·巴特利特、拉维里·帕拉特恩、约翰·杜格尔、亚当·穆尔、拉迪·艾梅鲁瓦、卡丽·伯纳姆、珍妮弗·梁、汤米·劳伦斯、菲比·法尔兹、纳伊姆·阿亚特、戴夫·麦克沃伊、米兰达·福斯特和马特·罗曼。当今世界大不相同，而这些正是要走向这个世界且值得被记住的名字。

★ ★ ★

排练正式开始前的见面仪式气氛非常热烈，整个剧组和环球剧院的工作人员都因胸怀美好的愿景而激动不已。毕竟这次巡演的想法大胆而疯狂，直到全员集结，才有人会相信这真的已成为现实且大家马上就要将它付诸实施。我们感到自己仿佛要纵身跃下悬崖，一头扎进未知的征程里，这种感觉让我们歇斯底里，就像孩子们可以大肆享用柠檬汽水的生日派对一样。我在世界地图前做了讲话。等到大多数工作人员离场后，我提议大家按照俄罗斯的习俗，在长途旅行之前默祷几分钟。于是大家围坐成一圈，静静沉思，在脑子里画出本次巡演的大致图景。没有什么奇迹发生，但这几分钟的沉默驱散了过于亢奋的情绪，让大家能够在排练开始之前冷静下来。

五周，仅仅五周之内，我们完成了不同演员组的配合还有音乐、哑剧和结尾吉格舞部分的排练。五周之后，我们就已经准备好在中殿教堂进行第一次表演了。这座位于伦敦中心的古老建筑是1602年《第十二夜》首次有文字记载的演出所在地，在环球剧院首演开始之前，在这里进行预演再合适不过。然而，这里的演出条件比我们想象的更艰苦。大厅泛着棕黄色，让人感觉像是在肉汤里表演，音响效果不理想，尴尬的Z形舞台给布景和演员走位带来了困难，观众的反应也很糟糕。这让剧组的一些演员感到沮丧，他们习惯以为他们的抱负和投入与表演的实际效果是成正比的，然而事实并非如此。与他们不同，我倒是依旧斗志昂扬。戏演了，故事讲了，它面对观众表现出了低调谦和的态度。如果一炮打响，反倒显得太过张扬，对于巡演反而是个灾难。"看咱们多棒"并不是能鞭策我们上路的心态——对待任何事都不能持有这种心态。我们可不想如那句尖刻的都柏林俗语说的那样，"对着穿衣镜作揖，自己恭维自己"[1]。巡演路上的演出应当稳扎稳打又心怀希望才对。

第二周，我们在环球剧院正式开演。4月23日的首演效果很好，观众们反响特别热烈。环球剧院每季的第一场演出士气总是特别高昂，大家憧憬着未来，甚至有点儿兴奋过头了。观众们几次爆笑，一轮一轮的掌声不息，到了谢幕时欢呼声更是热烈。但实话说，我们的剧组还需要磨合，一些年轻演员还不知道该如何处理席卷全场的热烈情绪。我们在环球剧院一共演出了四场，大家的配合才逐渐成熟。更重要的是，他们把环球剧院给予他们的正能量贮存起来，这将在未来数月里成为推动他们在巡演之路上前行的燃料。演出还不完美，但效果颇佳。它成功地讲

---

[1] 原文为"give ourselves a big welcome"，意即自己鼓掌欢迎自己。

清《哈姆雷特》的故事，让莎士比亚的语言灵活再现，呈现的人物也生动鲜活。现在人们对戏剧的看法已经不仅仅是这三项了，但一辆真正能跑路的车不同于一辆花里胡哨、吸引眼球、拴着气球的花车。能跑路的车可以把人们从起点送到终点，把他们带到不同的地方，并欣赏沿途风景，共赏美丽、悲伤或惊奇。现在很多戏装扮得像是挂满了彩色气球的花车，用炫酷的特效花招博取观者的掌声，之后等着各色剧评人在博客上把它大大剖析一番，然而观者只是原地踏步。我们的戏既不耀眼也没有花哨的特效，但它却能实实在在地把你带到不同的地方。

这辆车已经准备启程。

★ ★ ★

"谁在那"这三个字还向我们提出了另外一个问题，一个关于身份的问题。这个话题在我们开始巡演的2014年引起了广泛的关注。当时，国际社会正陷入关于身份的紧张与不安之中。在西方，身份政治掀起了一股问题化讨论热潮，也引发了不少困惑。这些问题有时看上去像是闲得慌的好事者杜撰出来的所谓危机，有时又反映出当下最新的政治思想。在西方之外的每一个国家似乎都正在进行自我重塑，通过互联网迅速传播的生活方式、人生选择和意识形态，消弭了旧时代的国家界限。虽然出席我们早餐会的各国大使夸张地展示着民族个性，但实际上，更多人已经开始将自己的民族个性与别族文化融合，在分享和合作中形成新的自我认知与选择。当然，也有部分少数群体无比偏激地坚持他们自己的民族特性。然而，他们之所以固执地开历史倒车，正是因为他们也意识到了文化交流与融合这一无法避免的时代浪潮。

斯蒂芬·格林布拉特在《文艺复兴的自我塑造》一书中颇有见地地讨论了莎士比亚之前和他在世期间的文化运动。彼时,"自我"意识刚启蒙,当时的社会也为"自我"观念的塑形提供了条件。格林布拉特认识到文艺复兴时期一系列社会和心理变革的影响。他指出,在个体争取身份认同时,权力结构会对他们施加影响和操控。他试图回答身份是如何形成的这一问题,并关注我们在塑造自我的过程中到底占有多少主动性,我们又在多大程度上被社会条件所限。美国在经历了越南战争和水门事件之后,公众强烈地意识到政府和大型资本家对个人的操纵,这股席卷美国的悲观主义影响了格林布拉特的写作。他得出的结论是,不管我们在何等程度上自以为能够控制自己的人生,我们的身份认同都是被文化、阶级结构、社会体系和意识形态决定的。自主性被否定了:"就我所知,在我所有的文章和文书里,并没有哪一个字是纯粹的、自由的自我意识。"

这句话在当下还是否适用?在如今的互联网,尤其是社交网络中,人们以言论霸权操控彼此的价值认同。个性不过是一种时尚,是对最时兴的"酷"属性的集体定义,这种定义每日一变、毫无定型。这种变化如此之快,深陷其中就如同在水流湍急的旋涡中打转,这对任何人而言都是极其危险的。而这个身份游戏只有一个规则:不管变化多么迅猛,你都必须随波逐流,而每个违反这种一致性规则的人都会被公开处刑。大众对那些特立独行的另类个体群起而攻之的速度是可怕的,尽管追求"自我"和"个性"本就意味着不为世人所容。

在这种风气下排演《哈姆雷特》是一件具有积极意义的事情,因为它讲述的就是一个年轻人在重压之下,发狂一般抵抗着外力、坚持追求自我认知的故事。与当今社会中令人作呕、毫无定型的身份认同相比,哈姆雷特关于自我认知的忧虑足以让他成为英雄中的翘楚。他并不给出答案,而只在不断地发问:"谁在那?"

2	**荷兰**,阿姆斯特丹 市政剧院	2014年4月29-30日
3	**德国**,不来梅 不来梅莎士比亚剧团	5月2日
	德国,维滕贝尔格 凤凰戏剧中心	5月3日
4	**挪威**,特罗姆瑟 文化宫	5月6日
5	**瑞典**,于斯塔德 于斯塔德剧院	5月8日
6	**芬兰**,图尔库 奥布瑞典剧院	5月10日
7	**俄罗斯**,莫斯科 马雅可夫斯基剧院	5月13-14日
8	**爱沙尼亚**,塔林 塔林市立剧院	5月16日
	爱沙尼亚,塔尔图 瓦涅姆因剧院	5月17日
9	**拉脱维亚**,里加 戴勒斯剧院	5月19日
10	**立陶宛**,维尔纽斯 大公宫殿	5月20日

2
尊重弱拍

哈姆雷特：请你念这段词的时候，要照我刚才读给你听的那样子，一个字一个字打舌头上很轻快地吐出来。

（第三幕，第二场）

"早上好，总统先生。欢迎来到环球剧院！"我站在台上说。台下的四方院里传来一声自信、低沉而有力的回复："早上好！"在过去两年多的巡演中，我们没少见过首相和总统，但现在我们接待的是一位大人物。巴拉克·奥巴马，这个目前世界上最不令人失望的人就站在环球剧院的院子里。奥巴马总统正在伦敦进行短期访问，为纪念莎士比亚的诞辰及逝世四百周年特意来拜访我们。当时我们的巡演已经临近尾声，在最后一周的演出开始之前，我们为总统安排了一次私人表演。萨瑟克全区戒严，直升机在我们头上嗡嗡地盘旋，持枪的保镖分散四处，让人多少有些战战兢兢。但在剧场内，初春的空气清新，在我对剧院和我们的工作做简单介绍时，我们的乐队为我伴奏。然后，马特·罗曼故意直接对着奥巴马总统朗诵了哈姆雷特对演员们提出建议的那段台词：

请你念这段词的时候，要照我刚才读给你听的那样子，一个字一个字打舌头上很轻快地吐出来；要是你也像多数的伶人一样，只会拉开了喉咙嘶叫，那么我宁愿叫那传宣告示的公差念我这几行词句，也不要老是把你的手在空中这么摇挥；一切动作都要温文，因为就是在洪水暴风一样的感情激发之中，你也必须取得一种节制，免得流于过火。……可是太平淡了也不对，你应该接受你自己常识的指导，把动作和言语互相配合起来；特别要注意到这一点：你不能越过人情的常道；因为不近情理的过分描写，是和演剧的原意相反的，自有戏剧以来，它的目的始终是反映人生，显示善恶的本来面目，给它的时代看一看它自己演变发展的模型。

我们已经嘱托几位哈姆雷特的饰演者，请他们克服紧张，直接对着总统先生说台词，让他能够对环球剧院这种直接的交流方式有个直观的印象。表演结束后，总统走上台，无比放松、亲切又坦诚地和我们谈论莎士比亚。我问他是否也演过戏，他立马回答道："我演没演过戏？我每天都在演戏。每次去国会时我都在演戏。当我和某些国家领导会晤时，我也总在演戏。"在我们这群素未谋面的演员面前，他不假思索的回答坦诚得让我们有些惊讶。于是，我决定挑战一下他的幽默感。

"马特直接对着您表演了哈姆雷特那段关于台词的演讲，我觉得非常合适，这可是一节非常重要的演讲课……"

"的确，里面有很多我应该好好学习的要点。"他承认。

"是的，承认吧，您肯定用得着。"我冷冷地说。

他的目光闪动了一下，好像在想"这家伙究竟什么来头"，但随后他便大笑起来。本来我们就已经对他有了不一般的好感，现在好感更是加了倍。我们喜欢这个开得起玩笑的总统。

★★★

哈姆雷特这一席在演出之前说给戏班子听的话，与其说是一堂演讲课，还不如说是一堂表演课。这几乎成了之后每一位剧作家在首演前夕必须背诵的祷词，一些人还会把这段话简单粗暴地浓缩成"饶了我吧，别瞎演，把台词他妈的给我念好了"。自打1601年理查德·伯比奇在环球剧院的舞台第一次念出这段台词以来，它们就成了日后世世代代演员尽其所能视而不见的终极表演指南。这些话牢牢地刻在他们脑子里，但他们在实际行动上却跟这些教导背道而驰。他们一味扯开喉咙吼叫、摆出浮夸的肢体动作、在台上转得像陀螺、表演过火得不能再过火，好像不这么演就活不下去似的。人们总认为这些教诲仅仅针对伊丽莎白时期的演员，但是并非如此：它们历久而弥新。四百年以来，无数次排练演出一而再再而三地证明了这段话的智慧。

这段话的中心思想是强烈呼吁人们尊重"心之呼喊"（$cri\ de\ cœur$）的理念。活在这个世界上的人并非个个都会浑身颤抖或是咬牙切齿，他们是在这个世界上"活着"。人们也并非总是在怨天怨地、嘟嘟囔囔，或是失去平衡、跌坐在地上来赚取他人廉价的感动。演员需要的是自然流露，我们想在舞台上看到的正是常人对待生活时恰如其分的热情。"反映真实和自然"这句话在现今总被解读为跟报纸有样学样，故作姿态地报道世事，但实际上并不是如此。这句话所说的是，要带着审慎的头脑和真诚的姿态来表现不同的人以及他们之间的关系，还要用自然平实的语言表达。如果演员能够这样真实、真诚地为观众表演，那么特定历史时期的社会百态和时代诉求也必然会在剧中自然而然地呈现出来。

如何排练才能达到这种理想效果呢？首先，要为排练室营造机敏的思考氛围：不是小聪明，也不是大智慧，而是灵活机敏的思维。一个思维死板的排练氛围必定会让演出也死气沉沉；排练厅里的机言巧语、深沉洞见、灵光一闪和天马行空的想象都会反映在舞台上。这不是要求演员们有大学学位（有学历没什么不好，但它们并不是必需的）；更为重要的是，要挑选情商高、有切实际的想法、能清楚语言如何在人际交流中发挥作用的演员。选好了聪明的演员，排出来的戏才能聪明。要是

34　　　　　　　　带莎士比亚走遍世界

选了一群呆子，哪怕他们都是名校优秀毕业生，也挽救不了了无生气的演出。

排练时的第一项工作是大家围坐桌边朗读剧本，且需要保证一点：要求所有人都记得自己要演的每一幕戏里的每一句台词。舞台上最令人沮丧的事莫过于看到一帮演员完全不知道自己的同事在说什么，甚至有的人连自己的台词都搞不明白，这种情况并不算少见。排练的第一阶段就是把台词捋清楚的时候。我们会把全剧台词从头到尾串一遍，在此过程中每个人都不能擅自总结概括台词大意，而是要精确细化到每一行台词，逐字逐句地研读透，并且确保大家都能准确理解每个词的意思。如果我们要通过戏剧的表演形式来表意，需要的不是用瓶子模仿婴儿、骑独轮车，或者大喊大叫，而是准确清楚地使用语言。语言是人类的鲜明特征，是语言而非我们在空中挥动手臂的能力构成了我们和周围的世界。舞蹈能带来愉悦，歌声能把我们带到自己去不了的远方，但唯有语言与人类之间密不可分的天然联系创造了我们和这个世界。当有人说戏剧无关语言时，他们往往对戏剧暗中怀有憎意。

让排练室保持活跃有几条规则。首先，每个人都可以犯傻，也不存在愚蠢的问题。如果有什么不清楚、不了解的地方，也没必要害怕承认自己的无知。每个人都难免有知识盲区，不需要对此遮遮掩掩。与此同等重要的是，所有人都应有机会展示自己的才智，人们不应该害怕分享信息与知识。当今的戏剧圈崇尚无知，迷信儿童般的天真和纯粹。但是，如果有人愿意分享有趣味和有价值的信息，每个人都应该洗耳恭听。最为重要的是，排练厅并不是高傲的环境，而是放松的。团队里最好有几个曾经合作过的人，这样，他们轻松的互动氛围就能缓解他人的焦虑和拘谨。如果在彩排头一天我能有机会用某些不为人知的诨名跟某个老同事打招呼，这往往能让气氛轻松许多。如果他们也能这么招呼我，那就更好了。排练厅该是个充满善意、人人互相尊重的地方，却万万不能过于正式拘谨。

刚开始一起排练的时候可能会有点儿尴尬，但这会儿也只能先努力继续工作以克服这种不适。然而，如果排练厅的气氛对，每个人都愿意尝试，鼓起勇气不怕犯错，那么这种尴尬劲儿很快就会过去。要让排练厅找到对的感觉，其意义不言自明。大家需要让彼此感到自在、能够有什么说什么，甚至冒冒傻气。能活跃气氛的技巧有很多：排练开始前讲几个傻乎乎的小故事、积极聆听他人的话、恰当的插科打诨。没什么比笑声更能缓解气氛，一个充盈着笑声的排练厅才是气氛积极的。眼泪可以自在流，但不要沉溺于煽情。排练厅还需要一个强大的"公共废话探测器"，用以监测人们互相对待的方式，并延伸到具体的舞台合作。如果有人表现得虚假造作或是刻意炫耀，让他们认识到错误的应该是演员、同事和排练厅的氛围，而不是导演。

在排练这版《哈姆雷特》时我们遇到了一个独特的技术性问题，而解决这个问题的过程最终成了我参与过的所有排练工作中最令人激动的经历之一。

我们面临的挑战是：我们的排练单位并非是一个团队，而是一个精干的小分队。为了保证时刻都有充足的后备演员，每一个演员都要排练两个、三个、四个、五个、六个或者七个角色。当时我们预计，并非所有人都可以坚持演完两年的巡演（至今我仍旧难以想象，就是一开始的这十六个人完成了巡演全程）。一开始时，我们有两个人演哈姆雷特

（后来变成了三个），三个奥菲利娅、三个葛特露、三个克劳狄斯、三个波洛涅斯，到巡演快结束时，已经有四到六个人可以演霍拉旭了。我们能以八个人、九个人、十个人、十一个人或者十二个人的阵容演完整出戏。这种形式能够保证主要角色有后备演员，也能分担演出的压力。之后我们还发现，这也是让剧目保持新鲜的另一种手段。不仅每次演出的场所不同，演员的组合也是新的。在巡演的第一年，同样的演出阵容只重复过一次。

我们设计了一个"旋转木马"轮转系统：当一组人在排练某个场景时，每一个循环的最后，一名演员会被另一名替换；下一个循环的最后又会有另一名演员被替换。这样，一场戏就像是旋转木马一样在排练厅里转圈，演员们也能准备随时上场下场。从一开始，我就说每个人都应该能做到既慷慨又自私。如果他们喜欢某个人念台词的方式或是表演的点子，大可窃取；如果他们自己搞出了什么创新，他们也应该随时贡献给大伙参考。同样，如果他们想做新的尝试，每个搭戏的人都应该尽可能地配合。清晰简单的大体叙事框架是由导演设定的，具体的表演细节则更多依赖演员们自己。

排练室里的工作变成融注了想象力和批判力的肥沃土壤。在演员们为一幕场景排练时，他们全身心投入到剧中的情感里，并富于想象力地挖掘不同的可能性。而当他们置身局外时，他们会带着批判的眼光重审同一幕戏，测评着同事的表演。当然，我们的模式也有缺点：由于缺少针对某一角色的反复排练，演员们很难培养起同一角色在表演上的一致性和连贯性；但是我们的收获是难以估量的：演员们对整部戏能有更深的认识，对自身表演能有更成熟的判断，而且这种模式创造出了平等、包容、互助的氛围，让团队的凝聚力大大加强。我们的剧组里，没有谁是最闪亮的主角，大家共同分担角色，分享经验，互相照料和支持，这使大家能够共同面对前方的挑战。我们保持一致，在不变中又有万变，这样的活力才是排练真正该有的样子，能目睹这一过程真让人欢欣鼓舞。

★ ★ ★

我们计划演出的《哈姆雷特》是什么样的呢？《哈姆雷特》是戏剧表演历史上遭受误解最深的一部戏。经过长达四百年理论分析和假定学说的折腾，它的原意已经变得晦涩不明。如何澄清这些误解，还《哈姆雷特》以本来面貌呢？当被修缮了的西斯廷教堂显露出它本来的鲜亮颜色时，许多人却为此沮丧失望，就因为曾经在岁月的烟尘之中褪色了的穹顶消失了，他们认为被修缮一新的壁画颜色太过生动刺眼。环球剧院的部分职责就在于重新挖掘出莎剧的活力，在这一方面，我们也时常与偏爱历史痕迹的保守派发生冲突：他们偏爱在自己与经典作品之间隔上一层历史的帷幕，就像那些喜欢西斯廷教廷上陈腐污垢的人一样。

避免误解最好的办法就是摈弃一切先入为主的观念。戏剧演出总是有太多的条条框框，而根本没有既定理念往往是最激进的做法。对于很多人来说，这样会让人很难沟通，鉴于没有特定的概念或观点可供依托，最终可留给大家谈论的只不过是一出戏本身，这样的赤裸裸让他们羞于关注。环球剧院的宗旨一直是清晰地讲故事，公正地评判人物关系，并让戏剧语言发挥本身的威力，忠于戏剧自身的谦逊本质。相比概念化的方法，我们的模式对技巧、规范和严谨有着更高的要求。然而，由于我们的大多数功夫下在幕后，多数人并不会意识到。我们会针对人物关系、戏剧的世界观和语言进行反思，细致认真地把思考融入表演实践当中，同时还要保证情节的明朗和语言的清晰。

在解决剧本语言和台词这些技术性问题之前，我们需要认识到，剧本本身提供的是一系列反映生活的场景，这一点至关重要。我们必须对莎士比亚独特的现实主义有清晰的认识，而不是陷入自然主义的泥潭之中。这种现实主义并非基于真实的布景，不是具体的沙发、酒柜或者厨房水池，而是要求演员们在演出时自己构建起这出戏的现实性。在使观众相信之前，演员自己首先要相信舞台就是丹麦冰冷的城堡。出演哈姆雷特的演员首先要相信自己就是丹麦王子，这样观众也才能跟着相信。这种直白的现实主义需要以绝对的信念展示出来。演员们要能面对背后空荡的舞台说"这是一座城堡"，能把目光投向观众席之外的远处说"那里是挪威"，并且相信这些都是真实存在的。如果能做到这一点，把这种朴素的真实感与自身的表演融合，就能说服观众。*Fingunnt simul creduntque*，"想象即相信"，古罗马历史学家塔西陀如是说。这也是莎士比亚戏剧的基石——相信它，并大胆说出来，再加上观众的参与合作，一切想象都能成为现实。

《哈姆雷特》的优势在于每一场戏都以机敏又严谨的写实手法写成。不管是第一幕城垛上迅速突然的对答、寝宫戏中母子间暗潮涌动的针锋相对、神职人员不情不愿地为奥菲利娅主持的那场生硬别扭的葬礼、戏子们被业余人员指导时夹杂着些许不安的和善姿态，还是剧中的其他场面，莎士比亚都仅用寥寥几笔就描绘出了生活的真实，这就是他的伟大之处。他的台词语言具有曲折多变的节奏和独特的弱拍，这些场景也如同生活本身一样神秘莫测。就如同一幅栩栩如生的肖像画或者一张技艺高超的写真照，这出戏极具呼之欲出的生命力，也不乏被巧妙定格的精彩瞬间。这就要求真实的表演，要求每时每刻真实自然的反应，而不是刻意遵循某种表演套路。确实，演员会急于寻找某种套路以助于解读剧本，而观众在解读戏剧时也会如此。若要抵制住诱惑，不受这些表演套路和模板的误导，接受生活本身奇妙的不确定性，就要求演员具备一定的自制力。只有当所有的剧本细节都被生动自然地表演出来时，我们才能保证让生活（而非演讲、观点，或者既定模板）成为每一出戏的核心魅力。

我们的演员们也正有意如此，并乐于承担这样的责任。额外的挑战在于他们不仅需要用肢体语言把每一场戏的情绪和氛围具象化，更要在没有任何具体布景的条件下做到这一点。没有布景，演员就要依靠自己的肢体表演来表现堡垒、加冕大殿、寝宫和墓地。每一位演员都有着独特的身体特征：拉迪短暂的拳击运动员经历使得他谨慎而警觉；拉维里像个十足的喜剧演员，且身材魁梧、精力充沛；米兰达舞台姿态十分优雅；珍身材纤细，宛若一朵娇花。在避免让整部戏的民主自由和人文主义精神流失殆尽的前提下，强迫他们变得一样或者采纳一整套统一的肢体表演模式是不可能的。每一位演员都以自己独有的方式，用自己的想象成功地将舞台上的空间化虚为实。由于剧场本身自然的共情特性，他们的想象也就成了我们的想象。

除了戏剧的生命力之外，挖掘出它的智慧也很重要。这并不是说要找出博观众一乐的笑点，而是要找出每部戏的讽刺与诙谐之处，并将它表现出来。当你认识新朋友的时候，你会花一点时间挖掘出他独特的幽默感，了解是什么会让他两眼闪烁着兴奋的光芒（如果什么都没有，劝你不要交这个朋友了）；同样，你要去寻找剧本里能让人露出微笑的东西，这在《哈姆雷特》里并不难。在掘墓人出场之前，剧中没有小丑，但在那之前，这部戏的幽默都从王子本人身上散发出来。在某种程度上，他正是自己剧本里缺少的那个丑角。

哈姆雷特的第一句台词——"超乎寻常的亲族，漠不相关的路人"——可以有一千种解释，但它也可以是一句惹人发笑的打趣。从他与霍拉旭、罗森格兰兹和吉尔登斯吞的第一场对手戏中可以清楚地看出，他们的友谊是建立在诙谐和调侃的唇枪舌剑*之上的*。哈姆雷特本人就是一个非常机智诙谐的角色，总能妙语连珠。让我们来将他和其他莎剧中主要的悲剧人物做个比较：假使在《阿波罗剧院现场》之夜，李尔王、奥赛罗、安东尼、科利奥兰纳斯和麦克白悉数上台，他们能惹人起哄，但笑料并不多；而哈姆雷特一人就可以撑住场面，如果他能把他幽默感中特有的随意和不情愿尽可能地表现出来的话就最好了。如果他的幽默被一味地表现成尖酸刻薄的挖苦，然后被当作是全场最具聪明才智的角色，那我们剧组还是集体卷铺盖回家吧。

幽默的点滴渗透在全剧中。波洛涅斯是个喜剧角色，他的台词有一种不完全受角色自我控制的、萧伯纳式的讽刺。罗森格兰兹和吉尔登斯吞两人则经历了黑暗的喜剧历程，本是两个兴高采烈地准备享受免费度假的家伙，忽然陷于腐败的政权中心，最终走向自己的死亡。哈姆雷特给戏班提出了一些喜剧效果拔群的建议，可以看出他不仅是个有趣味的人，更潜心学习了喜剧。戏中戏部分，尤其是哈姆雷特写给他母亲的那段笨拙的道德说教，蹩脚得让人掉眼泪，这一定是为了喜剧效果而做的设计。

当掘墓人终于作为剧中小丑出现时，他们带来了丰富的笑料，他们和哈姆雷特充满黑色幽默的对话让人不禁想邀请他们加入常年四处巡演的杂耍戏团。当哈姆雷特第一次与死亡面对面时，他手捧的是一位小丑的头骨。他认为，最具讽刺意味的是笑声的死亡：

可怜的郁利克！霍拉旭，我认识他。他是一个最会开玩笑，非常富于想象力的家伙。他曾经把我负在背上一千次；现在……这儿本来有两片嘴唇，我不知吻过它们多少次。现在你还会把人挖苦吗？你还会蹦蹦跳跳，逗人发笑吗？你还会唱歌吗？你还会随口编造一些笑话，说得满座捧腹吗？

这是一个生动得让人过目不忘的画面——一个男孩跨在小丑的背上发出引人侧目的笑声。这笑声已经消逝，但我们知道它一度存在。

即使在这一情节过后，剧中仍不失笑料。在剧末的死亡上演之际，莎士比亚还画上了最具有滑稽荒唐效果的一笔：浮夸卖弄又一无是处的奥斯里克。这并非是把剧情进一步无情地推向死亡，而是突如其来、绚丽夺目的角色喜剧秀。就在这最不恰当的时候，莎士比亚不仅出其不意地打破了观众的期待，更展示了剧本的深不可测——就像契诃夫式的存在主义黑洞，总是在你陷入百无聊赖之时开启。

我们在排练时观察这些细节，为演员们的喜剧灵感和他们对这部戏的理解而高兴，并不是只求一笑，而是为了寻找这些喜剧效果，并给予演员空间，把它们鲜活地表演出来。这能让排练厅充满活力，也能帮我们更好地理解剧本。它舒缓了人物间的紧张关系，也在一定程度上缓解了主导这部戏的悲痛情绪。这挑战了悲剧就该痛苦得彻头彻尾这一传统的观念。而我很乐意告诉大家，环球剧院一向都反传统，我们一直都跟维多利亚时期推崇的受苦即美德、严肃有益快乐无益的鬼话势不两立。

差不多一年之后，我在亚的斯亚贝巴迷了路，这座城市的道路让人晕头转向，其复杂程度超出了正常地图导航的极限。我最后在高速公路上走了半天，然后拐进了我以为是公园的地方，谁知我闯进了总统官邸。没等我反应过来，我就已经被警犬和持枪的警卫们包围了，他们全都对着我这个不明就里的外国人情绪激动地又喊又叫，然后把我轰走。这座总统府占地面积不小，有一大片被精心修剪过的草地，它高高坐落在小山坡上，视野广阔，俯瞰一大片锡房顶的贫民窟、木头搭的棚户和修建到一半即被废弃的街区。在路的另一头，食不果腹的人们正倚着路边的栏杆。这种对比让人心生厌恶和绝望。"你得笑一笑。"我没头没脑地这么想，这是我一直都有的那么一点儿毛姆式的精神。正这么想着的时候，我抬头看到路边一块扎眼的广告牌大摇大摆地做着"非洲首家原住民大笑学校"的广告。这所学校是由世界大笑大师贝拉丘·吉尔马主持建立的，他曾打破了世界上所有的连续大笑时长纪录，调查显示他定期开课教人们如何一笑就笑几个小时，他是埃塞俄比亚自己的郁利克。每当我遇到那些绷着扑克脸，声称悲剧就是悲剧，不允许其中有半点儿笑声的人，我就会想起吉尔马。

这不仅仅是对欢笑的态度，更是一种精神。让我们再来听一听哈姆雷特那段"请你念这段词"的劝诫中蕴含的能量。它不是牢骚，而是已被灵感点燃的头脑里迸发出的如火花般激烈热切的期待。它既是广义上的演戏指导，也是专门针对这部剧的建议。这是对智慧和生气的呼

尊重弱拍

唤,是法国骑士高喊的"前进"。20世纪60年代时,奥森·韦尔斯和彼得·奥图尔在一个没羞没臊的过气电视文艺节目里,带着一副20世纪60年代的酷派头大口喝着威士忌,一根接一根地抽着香烟,聊起了《哈姆雷特》。奥图尔提出了一个文本证据不足的观点,认为葛特露是女同性恋。韦尔斯说得更有意思,他指出哈姆雷特最明显的特点是他是个"天才"——奥赛罗的主要特点是他是白人世界里的黑人,李尔王是暴君和糟糕的父亲,安东尼是个老士兵,而哈姆雷特是货真价实的天才。一个莫扎特似的神童,有着非凡的头脑与感受力,与自己的世界格格不入,总是忍不住将自己的想法和观点倾倒出来。这个观点很有韦尔斯的风格,却言之有理,正是排演这整部剧的一个重要指导思路。

　　表演的另一重点问题就是如何处理诗行。人们针对怎样才能最好地处理莎士比亚的诗体台词这一问题已经做了太多各式各样的讨论,也存在着很多分歧。一方面,抑扬格原教旨主义者们固执地坚持每个韵脚(每两个音节)都要统一使用清晰的抑扬格升调,都要把重音放在第二个音节上,而且每行结尾都要短暂停顿。有人则推崇另一种极端,他们压根儿什么格律节奏都不管,口齿不清,就会大声喊叫,把台词乱七八糟地随便乱说一通。这两种方法都是错误的,第二种更应该加以谴责。而环球剧院的常驻顾问,贾尔斯·布洛克,则中和了这两个极端。他认为,重音是灵活的,而诗行有其特定的格律形式,找出并研究这些格律和韵律,是我们理解诗行语言要表达的思想和隐藏的人物行为动机的最佳方式。

　　一年之后,我坐在距离环球剧院千里之遥的哈尔格萨的一个游牧民帐篷里,学习索马里诗词的多种格律形式。索马里文学成就最高的诗歌叫加布里,以当地诗人中的佼佼者哈德拉伊的作品为主要代表。这种体裁有精巧复杂的韵律格式和严格严谨的韵律诵读规则。他们有一种专门为骑马的战士们创作的诗歌,其韵律跟马的动作正相吻合。此外还有为照料马匹、女人缝纫、牵骆驼去饮水而设计的格律,甚至还有专门写给为羊挤奶的诗。当他们同时沉浸在诗歌的韵律和日常工作中时,每种格律的诗歌他们都可以连续背诵数小时,以此来自我娱乐或帮助自己全心投入工作。一些专家认为莎士比亚的抑扬格与人们走路时的自然落脚节奏相关,有的认为它与人的心跳有紧密联系,其他则称它对应的是我们呼吸的频率。不管是什么,就如同索马里诗歌向我们揭示的那样,诗歌和我们的身体之间存在明显的生理关联。诗句不仅存在于我们的脑海里,更与我们的身体动作还有生活相关。

索马里也有专门的求爱诗,求爱者们聚集在一起并为求爱对象吟诵诗歌。他们跟其他竞争对手通过比赛来决出最好的求爱诗人,通过检验未来伴侣将韵律和创造力相结合的能力来判断他们是否在身心上相互匹配。在保持着口头文学传统的文化中找到这样的例子很让人激动,这就像莎士比亚时代的戏剧传统一样。奥巴马总统提到了莎士比亚和说唱之间的相似性,还有林-曼纽尔·米兰达创作的百老汇新晋热剧《汉密尔顿》如何在歌词的创造性和视野上颇具莎士比亚色彩。说唱完全体现了莎士比亚作品中的自由度,它们有一系列的韵律规范,但这些并不是用来遵守的,而是用来释放的。说唱里的押韵和莎士比亚作品中的一样,目的不在于让观众一本正经,而是让他们享受语言的变化与可能性。

我坚持在诗歌韵律方面尽可能地做一个"不可知论者",不拘泥于任何既定规则。重要的是要清楚而完整地把台词念好,听起来就像是有什么东西敏捷而欢快地从你眼前飞过，快得如同明媚夏日里的一只翠鸟，让你不禁想要跟上它的节奏，加入它的行列，并把自己跟它紧紧扣在一起。语言中的复杂饱含生机与热情，是值得尽情享受的。

演员们有的理解这一点，有的不理解。有的演员能听出一部戏的曲调与旋律，他们仿佛拥有某种神秘的感知力，能够从中挖掘出蛛丝马迹，找到映射在这些特殊乐章里、剧本作者人生中的各种起起伏伏。不管是什么，他们都仿佛能够身临其境，并能领会依然在从这些音律中源源不断地散发出的能量。这种本事是教不来的，它是这类演员与生俱来的本能。这些演员能从彼此的表演中听出这些旋律，并像学唱歌一样对它进行模仿，这是没有办法教授的。我之前合作过的约翰·杜格尔就是这样一位演员。我常常在一部剧的前几场戏里让他出场，在排练和剧本朗读会上，在剧组第一次集结、第一次进行全剧演出的排练时，或是在后来的带妆彩排和首演上，他都能立刻进入状态，像音叉一样为所有人调准音调和节拍。

我对于任何形式的研讨会都接受不良，想到要自己组织一个更是几乎能使我直接昏厥。然而，巡演进行到一半时，我被迫在埃塞俄比亚的国家剧院主持了一次剧院研讨会。我同一群演员一起坐在窗户破烂的房间里，屋外有人在哐哐地钉木头脚手架，房间的角落里还有人正忙着拿线把红洋葱绑成串。当地演员给我讲了剧院的历史和传统，我问他们能不能朗诵一些他们的传统诗歌。这些诗句伴随着从演员嘴里飘出的浓郁咖啡香气，令人心情愉悦。他们以一种脱离自我也隔绝他人的方式进行朗诵：他们在朗诵时要从自我抽离出去，好像浮起来看着地面或别人的头顶。研讨会的时间有限，能做的不多，但他们想朗诵一些莎士比亚的作品，而且要用英文念。我简要地介绍了抑扬格的格律，之后我们只练习了两句话："生存还是毁灭，这是一个问题。哪一种更高贵……"

他们看了太多相关的电影，在一开始就要他们甩掉这些电影的影响很难，而且他们总习惯于使用现代俚语式的口语化表达。我建议他们不要把单个词咬得太重，也不要太过随意地把单词连读，而是去试着在每句话里找到如同向前踏步一样、能把句子自然而流畅地念下去的节奏，并且观察和享受这种稳定的节奏，把单个字连接成表意明确的句子，把它们念出来，传达给在场的所有人。他们立刻对这样的语言处理方式表现出了十足的兴奋，那六个至关重要的音节中的简单明快也被巧妙地表现了出来。我鼓励他们在念台词时看着彼此的眼睛，并去享受那种直接大胆的表现方式，但这也带来了一些顾虑：如果你不直接看着别人，感觉就像装腔作势；如果你与别人对视，你会感觉像在撒谎。但他们很快克服了这种顾虑，并喜欢上了这种直接的交流、明确的关系和简洁的对话。现场气氛温暖而愉快，我第一次留意到抑扬格中蕴含了一种隐秘的希望，随着每一个柔和上扬的重音在人与人之间传递。一种微妙的力量在对话双方间产生，并蔓延到全场所有人之间，那是一种积极的力量。离开亚的斯亚贝巴的那间"会议室"时，我对诗歌本质的理解更深刻了。这是一场洋溢着创造力、能量和源源不断的希望的研讨会。

每一个演员都摸索到了把剧本演活的方法，对如何处理台词也有了自己的想法。基思、约翰和米兰达这几位老手常年在皇家莎士比亚剧团演出，常和莎士比亚打交道，其他人的表演经验也十分可观。诗行的音律已经根植在他们体内，让他们能自在地在细节上对自己的台词进行调整。拉维里也经验丰富，他宣言式的风格、率真的脸庞和开阔的胸怀使他魅力非凡。大多数年轻演员都是训练有素的戏剧学院毕业生，他们对表演莎士比亚戏剧有一股强烈的渴望，这种渴望本身就是优势。他们的表演风格各不相同：汤米的表演自然简单；菲比表现欲比较强；珍娴静害羞，资历最浅的她要学习的最多。但正像一个正式的演员团队该有的那样，他们互相鼓励支持，彼此观察学习和借鉴。我们最不想看到的是绝对的统一。一组演员不该是抹杀了个性的整体，而该是个体的集合，等到排练结束时（感谢上帝），我们训练出了一组精良的演员阵容。

这是很有必要的。在接下来的两年里，一个没有凝聚力的团队会被他们要面对的巡演环境折腾得支离破碎。我亲自看了他们的几场演出：在联合国的两百位大使面前；在吉布提，背靠红海汹涌的波涛，在一位不情愿的观众面前；在金边，忍着糟糕的音响面对着两千个坐不住的学生；在哈尔格萨的酒店舞厅里；在叙利亚难民营的锡顶棚子里；在安曼的古罗马圆形剧院里。所到之处，不管条件如何，不管是谁在看，他们总能把这部戏演得生动而精彩。我还错过了很多不同寻常的地方：尤卡坦挤满了四千人的梅里达教堂广场；雨中布加勒斯特的交通环岛；喀麦隆难民营的一间酒吧；智利太平洋岸边巨石围成的体育场。无论他们在哪里，不管条件看似多么不可能，搭台的时间多么仓促，他们都彼此支持。当他们感到恐惧和疲惫，莎士比亚诗行温柔的节奏就像搭在他们背上的一双鼓励的手一样抚慰着他们，让他们挺直腰杆，继续前行，走进故事里，走向观众。

我们在巡演中经历过一个异常艰难的时期。当时，一位演员生了病，一位演员的近亲病危，另外有人正照料着一位即将青年早逝的朋友，一位舞台监督刚刚失去了岳母，而巴黎刚遭遇的巴塔克兰剧院屠杀让所有人都担心起自己的家，整个队伍筋疲力尽，巡演变得十分乏味与无力。每个人都在想方设法应对，但显然我们无法拿出百分百的斗志。我在给他们的信中写道：

> 现在是困难时期。记住你们还有《哈姆雷特》，还有对彼此的慷慨帮助，记住你们正在做一件十分不寻常的事，记住在个人的伤痛和集体的悲剧之外，还有许多人在你们的表演工作中寻找和寄托希望。但最重要的……
> 要善待彼此，一步一个脚印。

这就是莎士比亚戏剧教给我们的。

11	**白俄罗斯**，明斯克 扬卡·库帕拉国家学术剧院	2014年5月22日
12	**乌克兰**，基辅 兵工厂艺术馆	5月24日
13	**摩尔多瓦**，基希讷乌 尤金·约内斯科国家剧院	5月27日
14	**罗马尼亚**，布加勒斯特 圣安东尼广场	5月30-31日
15	**保加利亚**，瓦尔纳 斯托扬·巴奇瓦罗夫戏剧剧院	6月3日
16	**马其顿**，斯科普里 马其顿国家剧院	6月5日
	马其顿，比托拉 赫拉克利亚林塞斯提斯古城	6月6日
17	**阿尔巴尼亚**，地拉那 国家剧院	6月7日
18	**科索沃**，普里什蒂纳 国家剧院	6月10日
19	**黑山**，波德戈里察 黑山国家剧院	6月12日
20	**波斯尼亚和黑塞哥维那**，萨拉热窝 国家剧院	6月15日
21	**克罗地亚**，萨格勒布 萨格勒布青年剧院	6月17日
22	**塞尔维亚**，贝尔格莱德 贝尔格莱德国家剧院	6月18日
	塞尔维亚，科塔诺维奇 斯坦科维奇别墅	6月19日
23	**匈牙利**，布达佩斯 玛格丽特岛露天剧院	6月21日

24	**斯洛伐克**，布拉迪斯拉发 斯洛伐克国家剧院	6月24日
25	**捷克共和国**，布拉格 布拉格城堡	6月25-26日
26	**塞浦路斯**，利马索尔 库里翁露天剧院	7月5日

3
沿波罗的海驶去

哈姆雷特：他们是一班什么戏子？

罗森格兰兹：就是您向来所喜欢的那一个班子，在城里专演悲剧的。

（第二幕，第二场）

瑞典东南部于斯塔德的海岸边，古老的木制码头被海水洗刷成灰绿色。附近一家建在一小块老旧水上平台的餐馆里传来嗡嗡的谈话声，小城里的喧嚣从街上缓缓飘向岸边。夕阳沉落之时，眼前无声的波罗的海和它背后的山丘柔和而有力。忽然，一艘轮船正要驶进海港，它的雾角像一声粗鲁的咳嗽一样打破了宁静。港口的另外一艘轮船出声应答，它们低沉的呜咽嘈杂地、你来我往地响了好一阵子。瑞典到波兰，波兰至瑞典：这条航道在波罗的海和汉萨同盟国家间牵起了一条线，长久以来为贸易、战争和旅行剧团所用。不难想象，几个世纪之前，曾有轻快的船只满载着新鲜故事从伦敦驶来。

　　在我身后不远的地方是一座19世纪末的漂亮剧院，大小比例专门为上演易卜生和斯特林堡的室内剧而设计。那天早上第一眼看到这个剧院时，我一度以为它的格局对于我们的戏来说太小了，然而，剧场内部设计简明，便于观众把注意力集中到舞台上，收音也干净，能为演出带来一种仿佛会引起幽闭恐惧的刺激感，像易卜生的三幕剧一样，让剧中的家庭恩怨浮出水面。迄今为止，这是我们最具锋芒和张力的一次演出。执导团队里的工作人员全都出来观看了这场演出，理由很简单：提高团队的凝聚力，并奖励大家的辛劳工作。结局：单身派对式的狂欢。我这会儿还没有一起狂欢的心情，于是决定走出来透透气。

　　眼前的大海和船只让我想到了此次巡演的第一站。在首演结束后不久，剧组以再合适不过的一种交通方式离开了伦敦。大家在泰晤士河上的塔桥下集合，在几百个亲友的欢送中登上一艘小型高桅帆船，前往阿姆斯特丹。帆船由不苟言笑的丹麦水手操持和掌舵，他们个个看上去都有点儿阿道克船长[1]的样子。大家喝着香槟，挥手拥抱。一位少言寡语的北欧演员卸下帆船绑在码头上的绳索，干巴巴地说了一声"再见"。一艘载着两组电视台摄制组的小船跟随我们行驶了一阵，然后返回了。随着小船沿泰晤士河一路驶向北海，船上高涨的热情也逐渐转为平静。

第二天醒来时，海面平静，船在一层薄雾的包裹中前进着。人们安静地坐在甲板上，在起居间打发时间，一个一个排着队登上瞭望台，就像要进行涂油礼一样。那天下午晚些时候，我们抵达荷兰海岸，花了四个小时穿越宽阔的荷兰航道和河流，北海上除了船只的引擎听不到其他声响，我们也被这样的静谧所催眠。当晚，我们在阿姆斯特丹火车站背后上岸。大家也许期待着一场二十四小时的派对，一场海上豪饮狂欢，然而与之相反，这是一次平静的旅行，不受风浪惊扰，安静的小船在安静的海面上穿行。这种平静把我们深深地凝聚在一起，这是任何狂欢放纵都做不到的。

在整个巡演，包括巡演的策划过程中，我们常说，我们这次巡演与各位演员早已熟知的莎士比亚戏剧第一次离开伦敦走向世界时的故事极其相似。《哈姆雷特》是最广为人知的一部早期乘船巡演推广的莎剧，在日后也颇具争议——那就是1608年塞拉利昂港口，"红龙号"上的那场著名的《哈姆雷特》演出。根据船长威廉·基林的记录，船员们在1607年到1610年的环球航行期间演了两场《哈姆雷特》。很多船员肯定都在环球剧院看过这部戏，于是他们跟其他船员一起，在非洲大陆的来

---

[1] 阿道克船长：比利时漫画《丁丁历险记》的主角之一。

访外交团面前把记忆中的片段拼凑成了整部戏的表演。在首演结束后不久就在距离家乡很远的地方进行表演,这次演出事件涉及的异国元素,让包括我们在内的很多人将此视作《哈姆雷特》迅速走向全球的证据。莎士比亚的全球性是大家的共识,但大多数人都以为这种全球性是在现代社会中发展的;实际上,它在莎剧诞生的时候就存在了。然而,这次演出也处在历史阴影的笼罩之下。"红龙号"是东印度公司的第一批船只之一。莎士比亚戏剧是有史以来最具广泛影响力的软实力,而东印度公司则是丧心病狂的殖民资本企业的祖师爷,这两者的结合让人感到不安。

很多人执着于这一事件所搅起的历史波澜。它引发了对莎剧的一系列质疑:英国的殖民势力在世界扩散的过程中,莎士比亚戏剧是否仅是与殖民者同船航行的无辜旅伴?但当时莎士比亚戏剧是能自由地在英吉利海峡之外流传的,以上怀疑并不能解释同时发生的这一历史事件。如果莎士比亚戏剧只跟随着英语传播,那么它的确值得被质疑。然而实际上,《哈姆雷特》很快传遍了北欧各国,并且是由演员们口口相传的。

在16世纪晚期到17世纪早期,有一群被称为"英国喜剧人"的演员以两百名成员的阵容跨越欧洲大陆进行巡演,这在当时是轰动一时的文化热点。是什么促使他们去寻找新的表演土壤呢?有时只是因为有人安排他们去:1585年,莱斯特伯爵被任命为英军驻荷兰部队的指挥官,他旗下的莱斯特伯爵剧团就跟随雇主到访了乌得勒支、莱顿和海牙;更多的时候是因为在欧洲大陆能有更多赚钱的机会。对于演员们来说,经济利益的驱动力是很强大的,毕竟他们这一行总是僧多粥少。

在德国集市广场上的戏剧表演肯定与在环球剧院的不同。"英国喜剧人"的绰号一定程度上代表了他们的表演风格。有证据表明,在巡演中剧本经过了大量删减，且把表演重心更多放在了滑稽秀、音乐和杂耍部分，而非表现精细微妙的人物内心。从当代论述和早期翻译来看，《哈姆雷特》的演出时长大约为一个小时，哑剧部分被加长了，罗森格兰兹和吉尔登斯吞的死被演绎成生动的打斗场面，而不是由其他角色通报的。剧组里的国王是由小丑扮演的，他们要具备双语技能，以便能讲些当地笑话，并使用一些生动的故事叙述技巧来衔接复杂的情节跳跃。格但斯克的小丑绰号叫作"腌鲱鱼"，一位德国小丑则自称"汉斯·鳕鱼干"，从此可以看出一贯而承的德式幽默色彩。

当时，有近百名英国演员在欧洲谋生。他们有的独自一人在某些庄园宅邸里担任私家演员，有的跟随剧团巡演，有的在斯堪的纳维亚、苏格兰低地、德国北部、奥地利、波西米亚和波罗的海地区加入当地的剧组（由于法国天主教的原因，法国几乎完全被排除在这个范围之外）。在这些演员里有一些响亮的名字，包括本·琼森以及（来自莎士比亚剧团的）威廉·肯普、乔治·布赖恩、托马斯·波普。后两位都在厄耳锡诺的卡隆堡宫工作过，这也可以解释为什么莎士比亚会如此了解城堡外被潮水冲刷的礁石和城堡内寒冷阴森的氛围。很多人不明白莎士比亚是如何了解他作品中描写的这些地方的细节的，然而他们都忘记了有史以来最有力的信息传递方式就是交谈。布赖恩和波普在能把手指冻掉的严寒气候里为丹麦皇室表演多年，想必不缺奇闻逸事可讲，因此莎士比亚能够真实重现寒风呼啸、冷峻巍峨的厄耳锡诺城也就不足为怪了。

能让英国演员大受欢迎的并不是他们传达剧本的方式，而是他们生动的肢体表演。1618年在德国旅行的英国人法因斯·莫里森写道："他们没有完整的演员班底，没有精致的戏服，也没有舞台布景道具，但那些听不懂英语的德国人依然蜂拥而至，来看他们的手势与动作表演。"英国戏剧被广为喜爱的原因是当时的伦敦剧院就如同戏剧工厂，一部接着一部地产出各种各样的戏剧，从扣人心弦的历史剧到耸人听闻的凶杀剧，从刺激的心理惊悚剧到关于两性伦理的浪漫荒诞喜剧。最早的德语戏剧之一《兄弟谋杀》（*Der Bestrafte Brudermord*）就是由《哈姆雷特》经过大量删改而写成的，本质上来说几乎还是同一部戏。有一位德国贵族，黑森-卡塞尔伯爵领主莫里斯（现在已经没有这种头衔了）对英国戏剧十分着迷，于是他自己设立了由英国演员组成的剧团。该剧团在他的资助下四处巡演，并在莫里斯伯爵领主特地为他们建造的剧院里演出。他甚至还亲自到伦敦委托英国剧作家写新剧。这个潇洒的、堂吉诃德般的人物也许可以算是一个哈姆雷特被忽视的灵感来源。我们现在可以从一个新的角度来解读哈姆雷特王子在丹麦接见戏班时的兴高采烈：戏中戏的部分不仅是对他诙谐天才的赞美，也是他国际性思想的体现。对于他同时代的观众来讲，他并非是作为英国人在欢迎英国戏班，而是作为丹麦人在欢迎国际戏班。因此，哈姆雷特在反映自己那个年代社会现象的同时，也是世界大同主义的早期引路人。

　　《哈姆雷特》是一部饱含广泛国际意识的作品。哈姆雷特作为丹麦人，在现位于德国境内的维滕贝尔格念大学；雷欧提斯去巴黎谋前程；福丁布拉斯从挪威经由丹麦前往波兰打仗；哈姆雷特在第四幕中被送往当时正与丹麦保持着客户关系的英格兰。他通过与几位海盗的斡旋逃脱了陷阱，而海盗正是国际主义最重要的关键词。《哈姆雷特》不是一部狭隘保守的戏剧。从地理背景来看，它受到了汉萨同盟的影响。（那是一个由环绕波罗的海国家组成的联盟，以贸易和侵略为依托。）除此之外,这部剧也曾短时期内依靠四处巡演、富有自信和抱负的英国演员间的互相交流。我们所走的路线是一条古老的文明之路。

1600年左右,第一座剧院在波兰建成。它由格但斯克(当时被称为但泽)的一家击剑学校改造而成,专门接待来自伦敦的专业演员。它是一个四方形的开放式庭院,模仿克勒肯维尔的吉星剧院而建。这座剧院在当地人中间很受欢迎,观众蜂拥而至。按照传统的规矩,英国演员要向当地政府提出申请以获取表演许可。很多写给格但斯克市长的此类申请书的文件被保存至今,为人们了解当时的巡演传统提供了文本证据。它们虽然在语气强调上迎合奉承,但也充分流露出势在必行的自信和对自我价值的肯定。这些文书的内容不仅包括他们对干扰了近期演出的降雨的抱怨和对戏票价格的商讨,还记录了瘟疫导致击剑学校封锁,剧组不得不寻找临时场地的事件(我们的《哈姆雷特》巡演也因类似事件绕开了西非)。

在一封典型的、为了说服市长而作的申请书中,他们写道:"我们的演出是谦逊有礼的,没有人会感到冒犯;与之相反,人们可以从中学到日常生活的行为规范。"这话听起来就像是英国国家艺术委员会强调艺术的教育功能的声明。很多申请会被口吻强硬地驳回,理由是前次巡演期间有税款未缴;而且,有时申请能通过,但会附加一条关于过量张贴海报将被罚款的严厉警告。这些申请书成了一个个奇妙的证人,让我们看到戏剧的制作和表演仍旧是自吹自擂、讨价还价和摇尾乞怜,这在几百年来几乎从未改变。

莎士比亚及其同僚致力于走向国际市场,这一思潮在16世纪和17世纪伦敦的戏剧产业中占有重要地位。无论从其作品的抱负来讲,还是从其国内的观众群来看，莎士比亚的戏剧世界都具有十足的"欧洲性"。当时的伦敦到处是海外游客；莎士比亚自己就在黑衣修士剧院附近与一户法国人家同住。我们对当时环球剧院布局的认识大多数来自瑞士游客托马斯·普拉特的日记和荷兰人约翰内斯·德维特所画的一幅天鹅剧院的速写。环球剧院始终与更广阔的世界保持着你来我往的联系，它欢迎来自世界各地的观众，也走出国门去和他们见面。

★ ★ ★

一直以来，人们都认为近代早期剧团离开伦敦都是因为瘟疫，也许还因为当时的市政官员对戏剧的愤怒和蔑视，这两种解释都有道理。但现在，更多证据表明，在伦敦的剧院还开着且剧团正兴盛的时候，巡演就已经开始了，而且剧团总会在安排剧院驻演剧目的同时组织大规模巡演。

为什么巡演？第一个原因是挣钱。有很多观众不能亲自来伦敦但仍希望享受戏剧，在其他教区也有很多当地的有钱人想要投资戏剧演出以讨好他们的客户并吸引赶时髦的附近居民。钱，以及赚钱，是人类最原始的活动。这种态度在今天很难被欣赏。如今剧团到外地的巡演做得一点儿也不利落大方，到处可见大谈仁义道德的剧目和姿态居高临下的作品，轻松和诙谐（所有优秀戏剧的原动力）在其中几乎没有立足之地。与此同样令人沮丧的是，人们认为只要在"地方上"演出就值得为其颁发一块奖章，这种令人不快的想法显然是受"以正统艺术为贵"这一势利观念驱使。在这样的当代背景下，没人能理解当时这些剧团进行巡演的动力和自信。他们并没有怯生生地出场，祈祷着能有观众到场观看，或是安排各种工作坊和问答活动来吸引观众,而是直接把门踢开,告知众人:"我们来了!快过来看!我们来让你们见识见识什么叫好故事。"

巡演的观念流淌在他们的血液里。几百年来,英国戏剧**一直**在巡演。1570年到1580年间,游乐公园是伦敦市民进行日常娱乐的场所。几个世纪以来,英国戏剧人一直都充分利用各种天时地利来即兴排演剧目,他们在小酒馆的庭院里临时举行宗教仪式,在市集广场的货摊台子上重现古罗马的情景,也在市政厅的一端演绎英国历史。剧院并不是由木头、石块和水泥堆成的建筑,而是演员与观众、想象与信念的交汇融合。

在拥有驻场剧院之前,莎士比亚的宫务大臣剧团一直是个巡演剧团。他们有莎士比亚的父亲约翰授予的演出许可,经常到访埃文河畔斯特拉特福进行表演。在莎士比亚小时候,每当斯特拉福德市政厅有演出时,他常会被他自豪的市政员父亲带到观众席的最前排观看。就在其中的某一场演出里,台上演员一些偶然做出的小动作神奇地打开了一扇紧锁的大门,也许就是某位演员习惯性的挑逗眼神,在小威廉心里点燃了创作戏剧的渴望。哪怕他们是在吟诵某一首冗长沉闷的都铎王朝诗歌也好,不管怎样,这个男孩都被迷住了。有猜测说,莎士比亚在搭乘了一次某个巡演剧团的便车并体会到了剧团巡演生活的自在和刺激之后,就创作了自己的第一部剧。

这是巡演的另一个重要方面:它刺激好玩。这也是为什么巡演会出现并延续至今,且还会延续下去的主要原因。戏剧作为一门行业总是如此被动,时刻防备着专家和评论家的蹂躏,且要寻找各种正当的社会政治理由来证明自己存在的合理性,以至于忘记了人们一开始被戏剧所吸引的最主要原因。不需要兴奋剂，戏剧就能让人获得最多的快乐。巡演更增强了戏剧带来的愉悦之感：稍纵即逝的亲密关系，强烈却短暂的家庭联系，因其短暂而更加强烈。巡演也能带给人一种离经叛道的快乐：把车开到一个新地方，给周围涂上新奇艳丽的颜色，把故事、笑声和新观念赠予某一群人，然后在为新建立的关系担起责任或受到伦理法则的压迫之前迅速转头离开。

当莎士比亚让哈姆雷特欢迎"城里专演悲剧"的戏子走进自己的故事时，他唤起了观众的共鸣，也体现了作者的自我反思。戏班所表演的戏是掷地有声的。虽然《贡扎古之死》（或称《捕鼠机》——来自哈姆雷特的补充）与正剧相比很糟糕，但演员们让自由穿透了厄耳锡诺冰冷的石墙，让哈姆雷特和我们都看到了一种更好的生活方式。他们可以自由地带着喧嚣和欢乐而来，自由地用虚情假意来表达真情实感（而哈姆雷特在自己的现实生活中恰恰无法做到这一点），自由地在一部把不可言说之事说出口的剧中对王室嗤之以鼻，自由地向强权直陈真相。最重要的是，结束之后，他们可以自由地离去。

★ ★ ★

在于斯塔德，我们谈不上是向权威直陈真相，却试图通过传递快乐来纪念戏剧传统。在一场精彩的演出后，我们在剧场主持了一场互动活动，观众们的亢奋使得现场气氛极为热烈。"但我不明白，这不过是一场戏而已。"一位瑞典戏剧制作人对我说，"这只是场戏，它是如此赤裸裸，太令人兴奋了。它只是这部戏本身。"我们的第一场国际演出也产生了类似的效果。我们当时在阿姆斯特丹市政剧院演出，由伊福·凡霍弗这位优秀戏剧导演掌舵、极具活力的前卫实验剧团——阿姆斯特丹剧团——的驻地在这里。在我们的演出开始时，你可以感受到台下文化艺术修养极高的观众的不安。他们长期受到激进的解构主义和概念性改编作品的熏陶，我们的简单和直白让他们震惊。有一段时间，你能感觉到他们面露疑色，好像这些简单直白的手法只是个幌子，到了某个时间点，大量的布景道具就会出现在舞台上，以此影射战争、性别问题或者国际足联（FIFA）腐败事件。过了一阵子，你们能看到他们终于意识到了他们的所见即所得，他们并不需要对戏外那些无关这出戏本身的事件表达立场，只需要好好看戏就可以。你几乎能感觉到观众席里紧张情绪的消散，当观众意识到他们只需要用心、用脑去观剧，而不必担心态度正确与否后，他们紧绷的肩膀就舒缓开了。他们的放松显而易见。在阿姆斯特丹和于斯塔德，演出结束时，所有人都兴高采烈地起立致意。

　　回到我们下榻的那家斯巴达式的酒店，我们便进行了希腊式的狂欢。当时处在巡演早期，剧团成员小心翼翼地尊重着彼此的人际关系距离。而在剧团成员和剧院工作人员之间并不存在这种顾虑，壁垒很快被打破。有人喊了一声："按摩浴缸！"于是，所有人都冲到有按摩浴缸的房间并一头扎了进去。我没有跟进去，因为我已经很累了，而且年轻演员个个魔鬼身材，我的身材和他们的比起来恐怕会令人大倒胃口。第二天早上，我便有幸目睹了严重宿醉碰上北欧式早餐后的景象——毕竟小黄瓜、腌咸菜和凉拌卷心菜并不能抚慰他们急需呵护的胃。

★ ★ ★

　　在我刚刚加盟环球剧院时，我就决心重振巡演的传统。让环球剧院跨出这座多边形剧院的围墙与世界对话的时机已经来临。我们的首次巡演绕了英国一圈，然后去了欧洲，接着去了美国。现在，我们要带着《哈姆雷特》尽可能走遍世界。

作为一家口碑极佳的剧院，我们为什么要冒着砸招牌的风险尝试开展新历程呢？首先，我们是在填补一个空缺。巡演从一开始就是莎士比亚戏剧的传统。莎剧的初衷是四处走动，而非坐在家里。而当我们开始自己的巡演时，这种传统正在消亡。几十年来，曾经巡演过的那些剧团陆续抛弃了这一传统，遗弃了他们的观众，不辞而别。我们需要填补的这一空缺，并不仅仅是指往其他地区剧院的水泥墙内填一部戏剧作品而已，而是要满足那些渴望莎士比亚作品这一独特精神食粮的观众的胃口。

莎士比亚的作品专门为环球剧院粗犷又精巧的舞台而写。晚年的莎士比亚也开始关注室内剧场及其在新的叙事形式和舞台技术上的优势，但他始终对传统叙事形式里的戏剧张力念念不忘。巡演剧团那种不加修饰的坦荡魅力深深嵌入了他的戏剧理念之中。他想要改造和发展这种活力，而非扼杀它。莎士比亚从来不会蔑视这种精神。他对《哈姆雷特》中那群精明能干的演员的喜爱昭然若揭，他对《仲夏夜之梦》里粗鲁的工人以及《爱的徒劳》中那九位贤人愚蠢滑稽的装腔作势的态度也是一样不加掩饰。作为一个艺术家，莎士比亚从不像后人解读的那样装腔作势、一本正经。他的艺术来源于土地和欢笑。

现在的戏剧行业里有一种流行态度：一个人只要想出来几个有创意的点子就可自诩为戏剧制作人。"我不是剧本的分析员，我是戏剧的制作人。"他们会这样尖声告诉你。重点是，他们戴着时髦的眼镜，严肃地皱着眉头，对别人指手画脚；然而当你给他们些真正的戏剧制作的活儿，比如缝补、扣别针、抬放道具、打光、粘贴拼接，他们能慌张崩溃到哭出来。巡演期间，我们的演出舞台必须要在几个小时内安装和拆卸完毕。帮助安装拆卸的过程是我在环球剧院期间最美好的经历之一。有时，我并不能帮上什么忙，我们的舞台管理人员会委婉地让我离开。即便如此，站在一旁欣赏他们做事时双手和思维的敏捷以及事半功倍的样子也是十分令人愉悦的。他们就这样在沙滩、在露天广场、在大礼堂、在小礼堂搭建起了临时的舞台。这一过程的简单纯粹和不懈工作这一精神的真谛，正是我们的巡演想要保留的。

巡演让我们保持真诚。固守在原地会使得自高自大的态度根深蒂固，而轻装上阵去巡演恰是这一问题的解药。当你在满是淤泥的草地上摆椅子时，当你在临时售票厅用彩票自制戏票时，当你在大雨中拆卸舞台时，你很难太把自己当回事，不管你怎么试都不可能。我们做戏剧的目的很简单，就在于传递快乐、培养敏锐的思维、尊重真理。有时我们很容易忘掉这份初衷。我们进行巡演不该害怕失去尊严，而是应当主动放弃尊严。如果你不敢拿自己的尊严做赌注，你就是一个失败的艺术团体；如果你不能欣然放弃自己的尊严，你就是一个失败的剧团。从莎士比亚的时代开始，在大篷车背后或者货摊上表演不加任何修饰的莎剧，就是对那些为自己的作品大兴土木的戏剧的鄙夷。

在莎剧的世界里仍然存在自闭保守的心态。很多人总摆出各种浮夸至极的姿态来提高莎剧的接受度、开放性以及国际性。当看到真正的开放，比如看到环球剧院连续二十年来将最低票价保持在五英镑来满足数百万观众的需求时，莎士比亚界的权威人物经常带着怒火朝着游客、低龄学生和教育程度低的人嘟嘟囔囔，转身尖叫着跑回他们大门紧闭的会场。把莎士比亚带上路是远离这种排斥姿态的最好办法。把《哈姆雷特》带向世界对我们来说不仅是一个事实，也是一个姿态。我们确确实实要把它带到每个国家去，借此告诉世界：戏剧是属于所有人的。

莎士比亚戏剧的精神四百年不曾改变，并且正年复一年地让莎剧走得更远、更自由而不羁。

★★★

四百年前，格但斯克把击剑学校改建成他们的第一座剧院；如今，在一位胸怀热血的学者耶日·利蒙的带领下，一群有实干精神的前瞻者在同一地点建起了一座新的剧院。这座建筑恢宏壮观、造价不菲，带着《哈姆雷特》而来的我们有幸成了第一个在此上台表演的剧团。这栋坐落在这个美丽城市郊区的宏伟建筑看上去缺少一些剧院常有的喜庆气息。它由一块块阴沉得令人生畏的黑砖建成，外墙没有任何装饰，没有标志也没有颜色，看上去更像是一座大屠杀纪念馆而非娱乐场所。剧院的内部比外面敞亮，随处可见耀眼的金色木头，匆匆一瞥就可以看出剧院的设计没有演员的出谋划策。站在舞台上，有将近三分之一的观众席完全处于视线盲区，更别提能让坐在那儿的人看到台上的我们了。剧院上方是伸缩式的屋顶，和温布顿体育馆很像，这是个很妙的想法——尽管看上去像是在过去的几个月里，一小缕微风的迹象都能让剧院下令严禁打开这些屋顶似的。

剧院开幕式在首演的前一天举行，波兰总统、总理和国内外的其他政要都出席。耶日是全欧洲最友好、最有魅力的男人之一，他提出了一个有趣的点子，让我们的剧团向格但斯克市长提交演出请愿书，就像四百年前英国喜剧人做过的那样。我们在手头现存的申请书文本的基础上加了一点儿当代语言的表达，编出了一篇演讲稿。仪式开始之前，大家都很兴奋，但这股兴奋并没有持续很久。

开幕式大概是由委员会设计的，这勉强还算得上是合理，但让委员会来负责执行就不切实际了。演讲的时间一个比一个长，音响系统故障频出，有很多观众连舞台都看不见，还要忍受难以听清的、冗长的政府官员讲话。视频和音频一样问题连连，频闪不停。查尔斯王子出现在大屏幕上，可惜没有声音，大家只能从他的口形看出他正在为巡演项目送上美好祝福。之后的演出富有当地特色，但是，不仅没有体现剧院的舞台技术水平，还暴露了编导对戏剧一窍不通的事实。直到开幕式被炸弹警报中断，全员不得不撤离剧院约一小时，才让大家得以休息片刻。

然而，仪式必须继续进行，大家也被安排带回会场。剧团正打算上台献上请愿书的时候，舞台忽然被烟雾笼罩了。剧院向演员们保证这只是特效而已，并让他们继续。舞台上很快布满了干冰，根本无法判断观众所在的位置，更可怕的是，他们也无法判断舞台的边缘在哪儿。其中一位演员险些掉下台，幸好被同事一把拉住。干冰蔓延到了观众席，他们根本不知道在这样的情况下该如何开始表演，但无论如何，演员们在烟雾里摸索着找到了彼此，努力站成一排后，他们朝着浓浓的迷雾大声喊出请愿词。不知什么原因，格但斯克市长本人并没有出现，而是由英国演员朱利安·格洛弗扮演了这一角色（显然，他比市长本人演得更像样些）。这也无所谓，总之朱利安费了点儿功夫才穿过烟雾，从观众席走上来接受了剧团的表演申请。

仪式结束后是万众期盼的宴会：人们享受着美食美酒，庆祝新剧院的落成。主办方继续热衷于炫耀他们的新技术，于是液压系统变成了无声的服务员。就像变魔术一样，转轴启动了，带动机械引擎嗡嗡地开始工作，摆满了美食的桌子就这样从舞台下面冒了上来。令大家惊讶的是，桌子的正中间有一位全身涂金的赤身女郎。她摆出了一个在瑜伽里被称为下犬式的姿势，头戴夸张的头饰。他们说这是前来为盛宴赐福的纳芙蒂蒂[1]。她周围全是三明治，还是好几个小时前就做好的三明治。看到赤裸的纳芙蒂蒂被面包边缘都蜷起来了的三明治包围着，一些剧组成员忍无可忍地狂笑起来。

第二天，我们的演出效果有点儿糟糕。演员们一如既往地迎难而上、全力以赴，但整个剧院像是一辆新车，舞台视线糟糕到令人绝望，台下的观众全是我们在伦敦时都想避开的那些英国人，更别提在格但斯克了。他们带着毫不友善的神情坐在台下，根本不理解我们的戏，就想知道这么简朴的戏什么时候才能别这么简朴。兴高采烈地坐在前排一侧的是我的人生楷模，著名波兰导演安杰伊·瓦伊达，可惜他现在已经去世了。当时八十八岁高龄的他跟着剧情面露喜悦、紧张不已、开怀大笑，并在演出结束之后直截了当又一针见血地大加赞赏。"这是莎士比亚本来的样子，也是莎士比亚该有的样子。"他说。我们欣然接受了这个评价。

---

[1] 纳芙蒂蒂：生活于公元前14世纪，为埃及王后，美貌惊人，颇具权势。

27	**冰岛**,雷克雅未克 哈帕音乐厅	2014年7月23日
28	**美国**,华盛顿 福尔杰莎士比亚图书馆	7月25-26日
	美国,芝加哥 芝加哥莎士比亚剧院	7月28-30日
	美国,纽约 联合国大厦	8月4日
29	**加拿大**,普雷斯科特 圣劳伦斯莎士比亚戏剧节	8月2日
30	**巴哈马群岛**,拿骚 邓达斯表演艺术中心	8月5日
31	**古巴**,哈瓦那 梅拉剧院	8月7日
32	**墨西哥**,梅里达 尤卡坦教堂滨海大道	8月9日
33	**伯利兹**,伯利兹城 伯利丝表演艺术中心	8月12日
34	**危地马拉**,安提瓜 圣多明各山文化公园	8月14日
35	**洪都拉斯**,科潘 科潘遗址	8月16日
36	**萨尔瓦多**,圣萨尔瓦多 萨尔瓦多国家剧院	8月19日
37	**尼加拉瓜**,马那瓜 鲁文·达里奥国家剧院	8月21日

4
中欧的空话和石墙

波洛涅斯: 您在读些什么,殿下?

哈姆雷特: 都是些空话,空话,空话。

(第二幕,第二场)

✥

在布拉格，晚上的气温降得很快，气势汹汹的风暴云以横扫中欧平原之势向我们席卷而来。我们身处于一个奇形怪状的庭院中，它由不同历史时期的遗迹拼接而成，一栋中世纪塔楼占据一角，另一角是共产主义时期毫无生气的混凝土建筑，还有一角有一间时髦的咖啡店，开在了枝繁叶茂的橡树底下，七百名捷克人和几个英国侨民正坐在用毯子和塑料布盖着的塑料花园椅上翘首以待。我们沿着弯弯曲曲的偏僻小径一路走来，顺着布拉格城堡陡峭的斜坡爬上爬下，在巴洛克式的圣维特大教堂投下的阴影里穿行。每个人都目不转睛地盯着一堵被强光照射得过于耀眼的围墙。

走过了布拉格童话般的崎岖小路，这堵墙看上去死板沉闷得奇怪，但它也不是毫无意趣。弧光灯的强光明晃晃地照在墙面上，使得它不规则的造型、凸起的棱角和不平整的线条更为明显。它不规则的样子让人心生疑惑：一面平整的墙为什么会变成凹凸不平、奇形怪状的石块？是由于粗暴的建筑重修，还是20世纪的空投轰炸，又或是地底下的陈年炮弹爆炸了？而且，为什么这层砂岩之上还要再砌一层更高、更陡的雕刻石砖？是花园围墙被加固成了城堡堡垒，还是建筑工队忽然找到了加固后的新石块？抛开这些疑虑思索不谈，观赏这一景象本身也是一种乐趣。灰白、米白和黄褐色的石块被数百年间雨水留在石头上的深褐色条纹和锈迹般的痕迹连成一片，构成一幅生动的景象。这仿佛可以让我们想象自己用指尖去触碰它千姿百态的外表的感觉：这里是平滑的石块，那里是瓦楞状的砖头，上面是碎裂的水泥，下面是坚硬的岩石。这是历史和偶然一手造就的感官享受。

看到这面墙，人们便忍不住去猜想它曾经经历过什么。从罗马时期开始，甚至在罗马时期以前，布拉格都是中欧地区不容置疑的枢纽，东西南北的文化都在此频繁相遇、交汇或是交战，历任将军、国王、君主和独裁者都在此上演过夺权争霸的戏码。布拉格水粉画一般的柔美为历史上的权力游戏镀上了一层金色光环。它让人在有意识地创造真实历史的同时，也能感知到历史中的故事性。山顶上立着高耸城堡的山丘是一片幕布，人们在它前面上演自己奇异的故事。有时候，历史显得很真实，它致力于描绘这座山谷里工业城市的生活；有时候，看到它沿着布拉格山丘上下穿梭，又让人感到它似乎很不真实。

在我身边坐着的是捷克共和国首屈一指的莎士比亚学者，他将莎士比亚的所有剧本都翻译成了捷克语，其译本至今仍备受推崇。我们之前在一个招待会上见过，他热情洋溢地欢迎我们到来，让人受宠若惊。他文静和蔼、彬彬有礼，历经祖国的历史沧桑仍保持着自如的优雅姿态。我们很难不喜爱他，他看到我们到场时的激动也难免让我们有些不好意思。他全身都洋溢着热情，仿佛莎士比亚本人走进了房间。在这种情况下，我们不好意思地自谦道，伦敦的环球剧院和世界其他各地的剧院并没有什么两样，我们的演员也并没有被赐予什么特别的莎士比亚特质，他们不过是经验丰富、认真努力的专业演员而已。

他在我身旁坐下，我就谈起我们面前的这堵墙。幸好他没有把我当成疯子，或者像《王牌播音员》里的布里克·塔姆兰一样嘲笑我——"墙！我爱墙！"相反，他和蔼地向我介绍了它的历史。

"很多历史都在这面墙之前发生……很多残酷行径……就在这里，"

他凭空指了指墙前的某一处,"两百年间,人们在这里被行刑、吊死、或……用你们的话说,被五马分尸……人们曾在我们现在坐着的地方集合……这儿,"他的手在空中意有所指地挥了挥,"曾经是一座监狱,所有反抗国王的人都会被关在这里,并在这里耗尽生命,孤独地死去……顺着这些台阶,"他用手勾勒出一段已经消失了的石阶的幽魂,"几名皇家贵族在城堡被袭时逃了出去……"

幽灵般的人影被绳子吊起,在空中扭成一团,他们在潮湿的房间角落里因恐惧而蜷缩,或是把皇冠上的宝石藏进衣服的内衬里,沿着过道逃窜。不管这听上去有多么不切实际,但它们是真正的鬼魂;而我们还有一位有血有肉的鬼魂,他由约翰·杜格尔扮演,他穿着满是灰尘的华贵大衣,按照已经死了四百年的那个英国人所写的那样打扮成年迈的丹麦鬼魂。2016年的捷克,在七百名观众面前,他正在声情并茂地讲述自己饱受折磨的痛苦往事。新老鬼魂们齐聚一堂,真真假假,虚虚实实。

在这面墙面前,这出戏找到了从未有过的生动的真实感。被篡位的君王、被剥夺了继承权的王子、政治阴谋和危机四伏的反抗,这些故事在现代剧场里往往会显得虚假。在这片写满了历史的空地上,这种"虚假"却引起了共鸣。除了叙事上的共鸣,台词也变得更为生动。话音与庭院的石墙相碰撞,反弹出更为铿锵有力的声音。演员们因这样的音响效果而振奋不已,他们不仅把故事演得张力十足,还奉献上了我迄今为止看过的场次里最棒的台词表现。观众们沉浸其中,如饥似渴地享受着戏剧语言。庭院里一片令人屏息凝神的安静,人们全心享受着每一个新鲜想法所带来的愉悦。

第一幕的结尾,让我们悬心了一整天的乌云像正在行进的拿破仑大军一样不断继续逼近,城堡被完全裹进了令人不安的黑暗中。就在克劳狄斯第一次承认了自己的罪行、抬头向苍天祈求宽恕时,随着一声隆隆巨响,乌云裂开了一个口子,大雨倾盆而下。所有人都在找地方避雨,剧组也躲进了一个中世纪的更衣间。我们的制作人心神不宁地进进出出,告诉我们捷克人从来不在雨中看戏,我们很可能因此失去所有的观众。然而,奇迹般地,二十分钟后,如注的大雨就像它说来就来一样,说走就走了。乌云大军已经转移去攻占另一块中欧大陆,观众们也重新回到他们淋湿了的座位上。暴雨前第一幕紧张到令人窒息的氛围(这种紧张在中欧地区总是比在其他任何地方都显得更为剧烈)让位于繁星闪耀的平静和明朗。这时,台词语言依然同之前一样重要,只不过它们不再承载着同之前一样的痛苦,而是在星星和城堡尖塔下轻盈明净地浮动。随着哈姆雷特的精神逐渐放松,随着哈姆雷特逐渐找到出路并在故事的尾声学会了接受,来自环境的压迫也随之缓解。室外演出经常无须事先设计和安排就能完成气氛和腔调的转换,环境为演出披上了新衣,有时还能让人更清晰地看到这出戏的本质。

最后,我转头看向坐在我右边的学者。他的眼里噙满了强忍着才没有流下来的泪水:"感谢你们把这些话带到这里来。谢谢这些语言。"

★★★

《哈姆雷特》的语言看起来优雅得有些吓人,引人深思的哲学思想和值得仔细推敲的格言警句随处可见,这样精雕细琢的完美外壳足以让人望而却步。时至今日,仍有现代版本声称自己的版本具有某种实际上根本不存在的权威,他们坚称自己才是唯一的正确版本,并以学者甲的研究成果或出版社乙的权威地位为证，以恐吓读者和学生。这都是胡说八道，莎士比亚戏剧根本就没有正确的版本。

《哈姆雷特》并没有一版固定的剧本。现存的有三个版本，第一个被俗称为《坏四开本》，于1603年在作者不知情且未授权的情况下匆忙出版。第二个版本被明确地称为《第二四开本》，于1604年出版。这一版本的长度是第一版的两倍，更符合作者的原意。其中仍有不少古怪词句，是因为有人把排练时的改编誊写进了文本，而且还有很多因印刷商的极度疏懒而导致的错误。四开本就是剧本的单行本，它们个头不大，可以被一手握住或者放进口袋里。第三个版本被收录在莎士比亚的两名演员同行——赫明斯和康德尔汇编的囊括了三十七部剧目的《莎士比亚全集》中，这一全集被称为《第一对开本》。这种对开本很大，无法放进口袋。对开本中的《哈姆雷特》比《第二四开本》中的稍短，很多细节都不同：部分对白被删减和重新编排，在用词和句读上也有很大差别。

莎士比亚最让人称奇的一点就在于他从不负责把关自己剧本的出版，这与其他作家截然不同。有些作家，比如他的朋友本·琼森对此的态度就非常一丝不苟。莎士比亚的十四行诗和长诗往往排版工整，而且附有来自出版商撰写的致辞作为前言。他似乎很看重这些体裁，让它们能以固定的形象流传千古对他而言很重要。但《哈姆雷特》呢？《李尔王》呢？《第十二夜》呢？这些作品必须自行突破早期印刷业的条件限制，直到衣衫褴褛、伤痕累累才能浴火重生。个中原因很难解释，但鉴于莎士比亚自己就是一名演员，每天看着自己的作品被不同的演员曲解、拆分、重新叙述，他想必很难把戏剧看作是一成不变的。他听过自己笔下的奥菲利娅在发疯戏中结结巴巴地胡言乱语；为弄臣兴奋过头的过火表演而感到过尴尬；也为演员们在忘词时挪用其他剧本的段落而感到过崩溃。因此，把剧本规范化并流传于世，对于他来说是个可笑的想法。

这种解放偶然性的态度不足以满足历代文字编辑的要求，他们总想要把棱角磨平，把富有争议的地方阐发成学术论点，把原作品中混乱的表现形式重新整理得清晰准确。这种纠正原作的执念在对标点符号的处理上表现得最为明显。所有早期三个版本的标点可以说是很随意的，有时甚至相当天马行空。剧本里有很多括号、分号、逗号和过多的冒号。很多时候，这些标点符号的用法根本不合常理，但也表现出了新奇的思想和新鲜的情感能量。早期版本的标点充满爆发力和不羁的韵律，让你联想到诸如大卫·马梅特或者卡里尔·丘吉尔这些当代作家的作品。然而，几个世纪以来，编者们数次重新为剧本标注句读，像批改马虎的学生作业一样批改莎士比亚的作品，让它们更符合规范的英语用法。我们环球剧院在排《哈姆雷特》时，试图还原它原始的标点符号，因为《第一对开本》的韵律可能与作者的原意最为符合，我们便以此作为基础的出发点。

我们在巡演期间选用的文本在细节上参考对开本，结构上参考《第一四开本》。关于"坏四开本"这个糟糕的诨名是如何来的有很多种说法。其中一个观点是，有人在演出时记下了剧本然后给印刷商背诵了全文。这个说法可信度不高。虽然伊丽莎白一世时期人们的平均记忆力远比我们强，但这样讲似乎仍言过其实。另外一个说法是，当时扮演马西勒斯这一在第一幕中无足轻重的小角色的演员将剧本的片段进行了收集整理。鉴于在这一版本中，马西勒斯的台词比其他两版都更加完整，也比这一版本中其他角色的台词完整,这个说法更可信一些。除此之外,马西勒斯一角在后半部中一般都不会上场,在这个版本中的存在感却强得令人称奇。而且很有可能的是,这位演员也会同时饰演哈姆雷特的母亲一角。[1] 在其他版本中越发被边缘化、品德备受争议的葛特露在这一版本的结尾举止英勇,天方夜谭般地与霍拉旭结成同盟帮助哈姆雷特。这种情况确实可能是演员的道德虚荣心作祟。

我对《第一四开本》的理解线索主要源于它扉页上写得清清楚楚的话:"根据殿下的仆人在伦敦、剑桥、牛津大学以及其他多地的数次演出整理而成。"这是一部巡演剧本。长时间的巡演意味着一件事——剧本不会太长。演员们将台词当作行囊背着,这对他们来说并不轻松。让一个小规模剧组带着四千多行台词上路,可想而知,他们的表演难免会不够细腻和丰富。于是,大家开始协商该如何删减,让剧本变得更轻快简洁,这些删改有的是作者允许的,有的是在剧组内部私自决定的。

除了扉页上的文字,剧本中还有其他线索。在剧本的最后,哈姆雷特已死,福丁布拉斯上场接手丹麦国土,霍拉旭复述了刚刚发生的一切。在第二版和第三版剧本中,他的台词是这样的:

> 那就请你们下令把这些尸体
> 安置于一高台上,让众人瞻顾,
> 并让我向那些不知情的世人讲解
> 此事发生之过程。

---

[1] 当时的戏剧舞台上还没有女演员,女性角色都是由男演员饰演的。

而在《第一四开本》中,他是这样说的:

请你们放心,我会向各位展示,从头至尾,
这悲剧的起始:
把绞刑台立在集市上,
把这世事原委公之于众。

第一种说法适合室内剧场表演,而第二种则更适合即兴搭建的临时舞台。在市集上搭起舞台,这一举动就是巡演剧团表演实践的写照,这种"货摊舞台"模式就是我们的小型剧团巡演所采纳的。

就我们对巡演剧本删改的了解,《第一四开本》的版本更加侧重情节和行动,故事所散发出的能量也更加粗犷和大胆。克劳狄斯这一角色更像是一个恶棍,而非政治家。他和其他一些角色都仿佛是被原色描绘出来的一样,大量的哲学思想被删掉,很多复杂的情节被一笔带过。我们也让这出戏的戏剧性变得更为夸张抢眼。在第二版和第三版剧本中,克劳狄斯的赎罪祈祷是这样结束的:"我的言语高高飞起,我的思想滞留地下;没有思想的言语永远不会上升天界。"而《第一四开本》中多了一句"与上帝为敌的尘世国王永远不会得到安宁"。我们也选择保留了这最后一句,这样就把二行诗俏皮地变成了三行诗。不难想象,演员带着犀利的凝视念出这最后一句时,聚集到集市里看戏的观众都会大为惊叹。

很多人对这样的句子相当不以为然,我们也不得不承认《第一四开本》中的一些台词很明显非常糟糕。在其他版本中,哈姆雷特最著名的那句台词是这样说的："生存还是毁灭，这是一个问题"；而在《第一四开本》中，这句话被简单地写成了："生存还是毁灭：哎，真是个问题"。很多人想要为这一版本台词的直截了当正名，甚至连这一句也不例外，这就有些矫枉过正了。这句话写得不好就是不好，它的措辞太过随意，不能承载其中感情的重量。但是《第一四开本》中也有很多精彩片段足以驳斥那些认为《第一四开本》并非莎士比亚所作的观点。在"请你念这段词"演讲的结尾有一段说给这群喜剧演员的话，可以称得上是莎士比亚笔下关于喜剧和表演最精彩的观点：

> **哈姆雷特：** 让那些演小丑的演员不要再念写给他们的台词。还有一些，他们留着一身"俏皮话戏服"，就像一个总是穿同一身行头的人一样。而且，各位看，他们在来到剧院之前在饭桌上反复讲这些玩笑，就像这样"你能等我把粥喝完吗"，还有"你欠我一季度的工钱"，或者"你的啤酒酸了"，两片嘴叽叽喳喳不停，就这样——直到老天知道什么时候。好小丑只有靠时机才能惹人发笑，就像瞎子捉野兔一样：大人，请和他这样讲……

这是针对以口头禅为笑料的那类喜剧的一剂良药。"俏皮话戏服"是喜剧演员们的惯用笑料，像那些老旧电台喜剧节目一样既无厘头又没新意，往往还搭配着一成不变的语气和扭曲的鬼脸来加强喜感。几百年来，这些玩笑能把观众们逗得前仰后合，但它们与上下文和角色都不相干，反而经常让作者写偏。不难想象，如果莎士比亚看到《第十二夜》

中契诃夫式的精致被一句"你能等我把粥喝完吗"打断，或者《裘力斯·恺撒》里富有现实意味的政治斗争的紧张气氛被小丑哗众取宠的一声"你的啤酒酸了"打破，他定会恨得牙痒痒。

哈姆雷特建议演员们避免诸如此类的鬼话，专注于剧本本身，专注于每一瞬间的表演。接下来，他还讲了一句妙语："好小丑只有靠时机才能惹人发笑，就像瞎子捉野兔一样。"这恰如其分地描述了最优秀的喜剧演员的状态，他们需要每分每秒都全情"入戏"，还得乐于发挥创造力。这也是像马克·里朗斯这样的演员该有的状态。马克有一句非凡的演员信条："专注于剧场，专注于当下。"这意味着要抓住每一个可能与同在剧场的其他人——也就是观众们——进行创造性互动的机会。"瞎子捉野兔"是一句对演员或者其他任何一位艺术家无与伦比的生动描述：他们具有敏感性，对周遭一切变化都能快速且从容地应对，还具有随机应变的能力，能把握任何可能出现的机会为表演添彩。要说这样的想法与莎士比亚无关是不合情理的，哪怕人们只能在《第一四开本》中找到它存在的实证。

尽管我们这一版本的构架借鉴了《第一四开本》的活力和轻快的叙事方式，但其中绝大部分细节仍来自其他两个版本。在第二个和第三个版本中，剧本的表意更加清晰，节奏和基调更加明确，人物性格也更加精致和复杂。这两个后期版本之间也有一些差别。很多人作证并声称莎士比亚本人做过一些再编，其中，詹姆斯·夏皮罗在1599年发表的论述最有说服力，但我们似乎还是很难把莎士比亚和有板有眼的编排设计联系起来。瞎子可以做出捕野兔的计划，但最终成败仍依赖直觉。莎士比亚的笔尖快速地在纸上划过，并不会被过重的意图负担和过多的刻意设计拖慢脚步。呈现在当时的莎剧观众眼前的到底是什么，现在的我们对此知之甚少，那很有可能就是一个融合了作者的意图、演员的锦上添花、演员的画蛇添足，以及在它们之中艰难游移着的文本而成的美妙集合体。

★★★

所以，莎剧文本并非是单一的，而是三个不同文本的增添、缩减和融合，它们被演员的虚荣心和不确定性小幅篡改，又被出版社的奇怪癖好大加修订，然后被四百年里从事文本研究和编辑工作的学者们的假说进一步曲解。这些研究人员钻进了文本的细枝末节里，拿着小手术刀又举着大砍刀，在这里切掉一部分台词，在那里处理掉几个不规矩的句号。此外，思想潮流风向标变化的影响也使得莎剧文本在表演和出版的过程中被反复、大规模地删改修整。然而，《哈姆雷特》至今依旧是一部坚实有力的作品——就算不能称之为完美，说它鹤立鸡群也当之无愧吧？

莎士比亚的文本不是完全固定、一成不变的。它被岁月蚀刻，它饱经风霜的表面让你可以同时触碰到它本身的肌理和历史留下的痕迹。正如一堵历经几百年的城墙，曾经坍塌、曾经重建、曾经被毁灭，又曾经再崛起，它的某些品格仍在这里悲愤地蹒跚前行，另外一些则在那里含羞褪色。和精雕细琢的平滑表面相比，这种触感不是更让人感到愉悦吗？

38	**哥斯达黎加，圣何塞** 表现力剧院	2014年8月23日
39	**牙买加，金斯敦** 小剧场	8月26日
40	**海地，太子港** 凯莱布酒店大厅	8月28日
41	**多米尼加共和国，圣多明各** 爱德华多·布里托国家剧院	8月30日
42	**安提瓜和巴布达，安提瓜** 纳尔逊造船厂	9月2日
43	**圣基茨和尼维斯，查尔斯敦** 尼维斯表演艺术中心	9月4日
44	**多米尼克，罗索** 阿拉瓦克文化之家	9月7日
45	**圣卢西亚，格罗西勒** 罗德尼湾的欢乐剧院	9月9日
46	**巴巴多斯，布里奇敦** 巴巴多斯博物馆	9月11日
47	**圣文森特和格林纳丁斯，阿诺斯谷** 圣文森特和格林纳丁斯社区学院	9月12日
48	**格林纳达，圣乔治** 格林纳达贸易中心	9月15日

5
疯狂墨西哥城

哈姆雷特：我今后也许有时候要故意装出一副疯疯癫癫的样子，你们要是在那时候看见了我的古怪举动……

（第一幕，第五场）

"你吃鸡肉了吗？你吃鸡肉了吗？好，我们中间都有谁吃了鸡肉？"

我们就像20世纪70年代灾难电影里的难民一样那样反复盘问着彼此。距离我们在墨西哥城的第二场演出开始只有一个小时，但整个剧组却像遭到轰击的城堡一样几近崩溃。我们的舞台设计师乔纳森第一个倒下了，他发了高烧，完全不能参与工作。他前一天挣扎着来参加了技术彩排，在那几个小时里，他一直趴在长椅上，偶尔虚弱地抬起头，很快就又砰的一声沉重地倒了下去。现在，他正安稳地在楼上的卧室里休息（他住在宪法广场，也就是墨西哥城熙熙攘攘的文化中心楼上），时不时拖着自己的身子来到窗边朝我们挥手。我们的一位制作人马卢正躺在同一家旅馆里打点滴，由于根本没有医护人员在场，还是我在早些时候亲手帮她把针管拔了下来。

没有舞台设计师和制作人，演出还可以进行，没有演员就很难了。演出还有一个小时就要开始了，扮演霍拉旭的汤米通知我们他无法上场。他从前一晚开始就消失了，谁都没有见过他，而且他死活不肯开门。从他的房间里传出了点儿声音，听上去他的身体状况并不好。在我们的主办方，也就是墨西哥国家剧院为我们临时搭建的舞台周围已经开始排起了长队，我们却还差一个演员。整个剧组都为即将爆发的生病潮而烦躁不安，人人都能感觉到自己的身体发出的信号，犹如海啸来袭前从远方传来的一声咆哮。两天前，就在同一个广场的楼上，剧组全员围坐一桌进行聚餐。我们吃着墨西哥菜，享受着梦幻般的墨西哥生活，为我们彻头彻尾的墨西哥式悠闲而欢欣鼓舞。现在，报应来了。好吧，对于那些吃了鸡肉的人来说是这样的。

我很快想出了一个临时的计划，然后通告全剧组，每个人都因为太过紧张而发抖，根本无力反驳。我们打算这么处理霍拉旭的缺席：把他出现的场景略去，而我会在他本该出场的时候拿着麦克风上台把省去的情节讲给大家听。发烧的浪潮正迅速接近，我越发能感到一种弥赛亚式的使命感。"让我们重拾古老的口头传统——"我大喊着，"——讲故事！嘿！"

"你不会说西班牙语。"有人反对。我瞪了他们一眼，为他们如此消极和不配合感到不满。然后，我不得不承认："说得对。那我带这位女士上台！她来做翻译！"我指着我们其中一位墨西哥方的制作经理，我之前听过她讲英文，讲得还不错，而且她恰好在场。其实还有很多英文比她讲得好的人，但他们这会儿都不在这儿，因而全都不在考虑范围内。被我选中的翻译看上去吓坏了，因为她从来没有上过舞台，整个剧组看上去也对此毫不放心。

宪法广场地处墨西哥城的正中心，它是一个熔炉，提炼了这座多元的、令人迷茫又给人新鲜刺激感的城市的精华。这里大多数是17世纪的西班牙式建筑，其雄伟壮丽可以与任何欧洲国家的首都比肩。只不过，它们都有些歪歪斜斜的。高大而畸形的巴洛克教堂正缓慢地下沉到这座城市地下湿软的沼泽地里去，而在它的右侧就是刚刚被挖掘出来的大神庙阿兹特克金字塔。这两座宗教建筑看上去就像四百多岁的拳击运动员一样在为至尊地位一较高低，基督教教堂双膝发软，正在缓慢地下沉，而古老的阿兹特克神庙正骄傲地崛起。

当墨西哥主办方说他们要在宪法广场上照着古老西班牙方庭剧院

的样子为我们搭一个临时舞台时,我们都非常激动——在这样一个令人瞩目的地方搭建露天舞台是一个绝佳的主意。当我们抵达现场,看到用脚手架和布料搭成的风格独特的舞台时,我们才意识到一个非常致命的问题:噪音。宪法广场是全世界最吵的地方。四条车道环绕着广场,每个司机都有一种抑制不住的频繁按喇叭的冲动;每天都有不同的政治集会在这里举行,同志们[1]用大喇叭高喊着要为自己的事业斗争至死,声音大到洪都拉斯都能听见;街上的每家商店都在借助音响扩音器自吹自擂,大声兜售着自己的商品;而且每天傍晚,大家全都聚集在广场中间吹起口哨,只因为他们乐意。不管是在什么季节,这里都不是露天表演《哈姆雷特》的合适场所。当主办方告诉我们这里每晚还会举行摇滚音乐会时,我们差点儿直接转头走人。

第一场演出,我们决定佩戴麦克风进行表演。我们讨论、比较了移动麦克风、头戴麦克风和随身麦克风的优劣,最后错误地选择了最后一种。这并不是个聪明的选择。这种麦克风的收音范围很小,所以当演员念着台词、脑袋由于情绪波动而前后摇晃时,麦克风的声音音量也会剧烈地起起伏伏,一会儿震耳欲聋——"**生存还是……**"——一会儿几乎听不见——"毁灭"——然后又马上变回最大音量——"这是一个**问题**"。当麦克风藏在演员厚重的戏服里时,情况就更糟了。每当他们相互拥抱,麦克风发出的声音就像一群灰熊在进行野蛮的兽性狂欢。受集体自我毁灭的潜意识的驱使,演员们一逮到机会就拥抱,演出因此经常被突然爆出的宛如熊群集体交媾一样的响亮噪音打断。最糟的是,扮演

---

[1] 原文为西班牙语。

葛特露的米兰达表演风格极具伊比利亚式的热情张力，演到感情热烈的部分（这经常发生）她就会用手捶胸口。她每次这么干，就会打到麦克风，那声音就好像剧场里打了一个小雷。这真是我见过的最强劲的演出之一了，幸好现场观众举止都很得体，没有人大笑或者扔东西。

第一晚的演出就这样结束了，现在是第二场。令人惊奇的是，这次看上去竟然还能比上一次更糟。烈日仿佛给整个城市盖上了一块铁板，噪音很大而且越来越响（今晚我们决定用移动麦克风），演员们正在后台两个塑料板制的移动卫生间门前焦急地排着长队。很不幸的是，心情激动的观众们围绕着舞台排起的长队和厕所外的队伍并排，中间只有一层矮矮的栅栏分隔。在用力敲着移动厕所的大门、朝里面的人大喊"快滚出来"的时候，任何一名演员都很难保持表演所需的神秘感。

无论如何，从小学生的圣诞小品到最光彩夺目的歌剧，世界上任何一场表演在开始之前通常都会被一股明媚的乐观情绪笼罩，这场演出即将开始前也是如此。我们怀抱着最后一丝"一切都会好起来"的希望走上舞台。这太疯狂了。我站在台上，手里拿着麦克风，我那位临危受命的翻译站在我旁边。我感觉自己也快要发烧了——眼前的颜色都蒙上了一层霓虹灯似的光晕，所有的感官和思维都变得魔幻而没有逻辑，而我的翻译看上去好像都要哭了。

"晚上好，"我说，"欢迎来到环球剧院的《哈姆雷特》环球巡演现场。"

这句话被充满自信地翻译了出来，场下爆发出热烈的欢呼。这太棒了，我想。我解释说我们缺少一名演员，但演出必须继续。翻译出来的话唤起了观众们的同情，得到了他们的支持。我说我会用讲故事的方式为大家补充遗漏的情节，大家看上去都愿意积极配合。这肯定会很棒的，我告诉自己。于是我开始了：

"那是在丹麦的一个寒冷、漆黑的夜晚……"

不错，我想。当工作人员翻译的时候，我回头看了看在我身后站成一队的演员们，我期待从他们脸上看到赞许的表情，但克劳狄斯的脸上写满了"你他妈到底在干什么"。

这让我有点儿心神不宁，但我咬牙继续道：

"在高高的城堞上……"

"什么？"我的翻译咕哝了一声。

"在高高的城堞上。"我用力地重复了一遍。

"什么？'层叠'是什么？"

"城堞，你知道的。"混乱不安的情绪让我浑身发热、头昏脑涨，"城堞，就是城堡的边缘，城堡高起来的边缘。"

"什么？[1] 城堡高起来的边缘？"

"对，高的部分，城堡的高边，人们可以在上面走动……"

这些对话就在六百名期待看到著名的环球剧院表演莎剧的观众面前被广播了出来，让他们开始产生些微的困惑。我绝望地看向观众，他们开始自发提出"城堞"在墨西哥西班牙语中对应词的建议。我回头看看剧组，他们都咧嘴笑着，就像一群明知船长掌舵的船要沉但就是不能告诉乘客的船员。最后，我们用投票的方式与观众在这一词的翻译上达成了一致，然后用我能想到的最简单的英文单词完成了剩下的情节讲述。我从台上下来，给剧组甩了一个"祝好运"的眼神。

---

[1] 以上三句"什么"原文均为西班牙语。

那晚余下表演的进行主要依赖准确的时间估计，鉴于演员们都在经受肠胃痉挛的摧残，他们都得努力判断自己是否能按时下台，以便满足自己更为重要的如厕需求。然后，他们还得算好时间，看自己能否按时从厕所出来赶着上台。这些计算难度不小，毕竟我们只有两个厕所。这会儿演员们还出现了呕吐的症状，所以大家把水桶放在离舞台最近的地方，方便演员们佯装退场，然后快速哇地一吐，再一拍不差地回到舞台上。组织方、宣传方和制作方，包括我自己，都像对扑面而来的大灾无能为力的领导人一样，带着一脸绝望的忧心忡忡四处乱转。

由于我自己也开始头晕，身为备受尊敬的故事讲述者的我上场的次数越来越少，讲解也越来越简略。"有人把军队的事告诉了哈姆雷特"，这是我对福丁布拉斯将军一角的概括；"霍拉旭说哈姆雷特回来了"，我这样言简意赅地总结了第四幕的剧情转折点。演员们也出于自我保护采纳了相似的策略，对一幕戏里的大段台词进行删减，只为了让演出赶快结束。

一切都有些失控。高温热浪的魔爪仿佛要把我们压垮，后台充斥着紧张和混乱，观众们的热情仍令人难以置信地持续不减；舞台上的故事情节越来越离奇，宪法广场有着神奇的能力，能把自己的噪音和混乱变成这部戏暴风雨般猛烈而狂野的情感精髓，而我们周围的墨西哥城正为亡灵节而打扮得绚烂动人。一切都开始互相交融：塑料幕布和脚手架融为一体，演员与观众融为一体，英语与墨西哥西班牙语融为一体，戏剧和现实融为一体，台词也和周围与之较量的噪音融为一体，所有这一切都融进了重重地压在这座城市肩上的深蓝色天空里——成了一大锅墨西哥菜汤，这一大锅汤里的食材配料正咕咕地往外冒泡儿，重新组合后把自己变成了更新奇的东西。

★ ★ ★

这个晚上的混乱无序不仅是由一系列特殊原因造成的,同时也源于剧本本身。《哈姆雷特》的故事发生在充满不安的精神领地上,其理智的基石从一开始就在不安地游移。贝德兰姆精神病院在莎士比亚的时代本来就对人们有一种特别的吸引力,它坐落在伦敦城的城墙之外,曾吸引很多人来围观精神病人的一举一动。许多剧作家都被这个地方自然天成的戏剧性所吸引,这里恰好可以揭露人类心智的脆弱性和自我认知的不确定性。疯癫的语言和标榜理智的语言同时存在,就会动摇客观真理和文字含义所提供的安全感。语言,既能够予人慰藉、治愈人心,也会像混乱之门外的守门人一样危险。语言可以成为疯狂的头等助力,它的层层叠叠和弯弯绕绕能逼得说话人和听者都失去理智。

与他的同僚们相比,莎士比亚处理疯癫的方式更加谨慎而深刻。在《奥赛罗》中,我们看到主人公自我认知的堡垒如何在伊阿古风言风语的暗算之下崩塌。在《李尔王》中,我们看到各式各样的疯狂:埃德加装疯时出口成章、辞藻华丽;小丑这个角色和疯癫紧密相连,理智和非理智之间的分隔薄如蝉翼,正能让后者入侵前者;而在李尔这个莎士比亚笔下最能令人同情、丧失心智的人物身上,记忆、语言、想象、认知和激情正在陌生的、狂风呼啸的战场上与彼此开战。

在《哈姆雷特》中,疯狂在每一片平静的土地下潜伏着。推动整部剧的引擎,即克劳狄斯为娶其妻而杀兄的情节,就是一个疯狂之举。我们在这出戏刚开场时看到的王宫大厅就在用伪装出来的自信掩盖着内里的不安。波洛涅斯将自己定位成业余心理医生(有时演员就是这么演绎这一角色的），总是急于向葛特露提出自己的专业意见："你们的那位殿下是疯了。"他的女儿奥菲利娅则饱受精神过度敏感之苦。从一开始，奥菲利娅就处在这种危险的敏感状态之中。她讲述的哈姆雷特闯进她房间的场景，以及这一幕像尖锐的刀片一样给她造成的精神创伤都可以证明这一点。

  他握住我的手腕紧紧不放，拉直了手臂向后退立，用他的另一只手这样遮在他的额角上，一眼不眨地瞧着我的脸，好像要把它临摹下来似的。这样经过了好久的时间，然后他轻轻地摇动了一下我的手臂，他的头上上下下地点了三次，于是他发出一声非常惨痛而深长的叹息，好像他的整个胸部都要爆裂，他的生命就在这一声叹息中间完毕似的。然后他放松了我，转过他的身体，他的头还是向后回顾，好像他不用眼睛的帮助也能够找到他的路，因为直到他走出了门外，他的两眼还是注视在我的身上。

  这段精准又生动的细节描述有两个作用：既勾画出了哈姆雷特接近奥菲利娅时着魔的样子，同时也通过细致尖锐的语言描述表现出了讲述者精神的不安。

  在这部戏里，真正动摇根基、带来不安的是一群演员。这个来自伦敦的剧团从抵达到上台表演的过程占据了很大篇幅（基本上是全剧的四分之一），这段剧情营造出了一种微妙而不确定的现实感，并且影响了整部戏。戏班的演员们把特洛伊呈现在众人面前，一瞬间，特洛伊变得比丹麦更加真实。厄耳锡诺正逐渐丧失自身存在的实质性，整个王宫都沉迷于"这部戏"的可能性。戏剧把我们带到了一个模棱两可的空间，那里还是故事发生的地方，但同时也不是。它创造出了一个平行宇宙，粗糙、笨拙，却有无限的可能。元戏剧的手法并不打捞现实，而是将现实抛掷到空中，任其四散飞落、重新组合。《哈姆雷特》这部戏的黄金内核是另一出戏。戏剧本身无疑就是精髓。

在任何条件下，不管是工作环境还是家庭环境、恋人之间还是剧组之中，精神状态都是会传染的。理智、明朗和自信能让大家浸润在清流中；而困惑、繁杂和不安全感则会让人深陷泥泞。《哈姆雷特》描述的厄耳锡诺是一个高压锅，不安快速地在人与人之间蔓延。奥菲利娅打破并走出了自己原本的形象，却仍鼓起令人心碎的勇气努力走回去。她的台词就像谜语，这些话对于她自己来说饱含深意，旁人却完全不能理解。这样的不止她一个。哈姆雷特被放逐到英格兰之后，剧情的焦点逐渐集中。这是莎士比亚戏剧的一个特色：开阔的全景视图被裁剪成能引起幽闭恐惧的、紧张窒息的狭窄空间，《哈姆雷特》的第四幕正是如此。当奥菲利娅从这里冲到那里，给众人递上芸香、迷迭香和耧斗菜时，她分给大家的并不只是鲜花，也是她极度敏感的心上的负担。没有人能对此免疫；克劳狄斯有智慧、有城府的政治家形象崩塌了，变成了一个拙劣的杀人犯；而雷欧提斯在跳进妹妹的坟墓里之前就已经把社会伦理和宗教礼仪都弃之不顾了。家族、政治派系、阴谋家……不管是谁，一旦走上了错误的道路，都会将彼此扭曲折磨得心神不宁。

★ ★ ★

我们在墨西哥经历了太多变故，镇定和冷静早已消失无踪。我看向对面的威尔斯（他是我们巡演的演出经理，通情达理又幽默风趣，具有令人称奇的独特见地和坚定立场——还有体重），他是沉着冷静的顶级代表，没有什么能改变他的这一品性——直到现在。他冲我摇了摇头，用口型说了一句"够了"，然后重重地在一个音响上坐下，两眼无神地盯着广场的另一头，他被离奇的现实打了个措手不及。

我早就已经放弃了时不时上台"帮忙"的打算，而是像梦游一样敬佩地看着台上，今天晚上的哈姆雷特决定在负责自己台词的同时也承包霍拉旭的全部台词，以解决汤米缺席第五场的难题。在这场篇幅不短的戏里他一直在通过另一个自我与自己对话。他的表演娴熟巧妙、明快明朗，还带着一股狂热的精神上的笃定。人物互相融合：哈姆雷特站在那里，因为发烧而汗流浃背，以两个人的身份自言自语，讲着台下观众听不懂的外语，在临时搭建的舞台上绝望地寻找着自己跟这个舞台一样短暂的临时身份。可以说，哈姆雷特再一次成了他自己。

★★★

剧中的疯狂集中在哈姆雷特王子一人身上，他从一开始就处于暗潮汹涌焦虑之中。他的第一段独白（"啊，但愿这一个太坚实的肉体……"）就是自身负面情绪的一次爆发，就像是一股污水，从地底墓穴里嗡嗡地涌上地表。说得委婉一点，从他看到父亲亡魂的那一刻起，他就知道自己要失去控制了。他急切地告诉心腹们，自己很快就会装出"疯疯癫癫"的样子，希望他们不要见怪。人们为此提出了一个四百年来悬而未决的难题：哈姆雷特到底是真疯还是装疯？他是否只是利用疯癫来进行伪装，还是真的丧失了理智？在寻找这个答案时，我们要像面对所有莎士比亚难题时那样拒绝非此即彼的逻辑，而考虑多种可能性。哈姆雷特自知精神困窘，他需要某种伪装来掩盖自己的痛苦。他的解决办法就是编出一张既真实又虚假的面具，为自己量身打造一个角色。

当哈姆雷特说他自己"实在是装疯"时，他说的是真话；当罗森格兰兹把哈姆雷特的疯狂描述成"假作痴呆"时，他说的也不假；波洛涅斯说的"疯癫中有方法"也可谓真知灼见；当葛特露说哈姆雷特正因"狂热"而受苦，那是她出于母性的理解；当哈姆雷特请人告知母亲和继父自己"发疯只在北北西"时，他正尽力描述自己的边缘状态。每个人的说法都有几分真实，所有这些叠加起来，构成了一幅焦虑迷茫的心灵描摹，有些混乱但仍全面而丰富，就好像一幅立体主义画作一样。精神状态的本质不就是不同主体意识的集合吗？当我们看到朋友或爱人正遭受精神痛苦的折磨时，谁又能将这种痛苦简而化之呢？心智健全的定义扑朔迷离，没有谁能够讲清楚。

我们很难反驳剧终哈姆雷特对自己的总结，这是他在全剧中最清醒的时刻，这段话是在雷欧提斯面前、更重要的是在他母亲面前说的：

> 原谅我，雷欧提斯，我得罪了你，可是你是个堂堂男子，请你原谅我吧。这儿在场的众人都知道，你也一定听见人家说起，我是怎样被疯狂所害苦。凡是我的所作所为，足以伤害你的感情和荣誉、挑起你的愤激来的，我现在声明都是我在疯狂中犯下的过失。

"这儿在场的众人都知道"之后有一个逗号，使得这句话有了一个意味深长的停顿。它不会让人觉得此刻的哈姆雷特在撒谎，这出戏不会在这个时候"误导"我们。

之前哈姆雷特曾说自己"实在是装疯",可见这两种状态是可以同时存在的。有时观众可以明显看出他在装疯,他戏弄波洛涅斯和对老臣问题的晦涩回答显然都是在演戏。同样,他在克劳狄斯面前表现出的毫无顾忌的野性和言谈的放肆都似乎是面对不可能的情境时的应对机制。不然,试想一个人该如何与自己的杀父仇人共处?并没有针对这种场合的礼仪规范。波洛涅斯和克劳狄斯这一代人的公众形象之下暗藏着许多虚伪和谎言,只有小丑一样装疯卖傻的玩笑话才能将其拆穿。

哈姆雷特真疯的时候,用他自己的话来说,那些"哈姆雷特丧失他自己心神"的时候,是很容易被人看出来的。很重要的一点是,这些情况大多数都和奥菲利娅有关。剧中描述的哈姆雷特第一次见到奥菲利娅的情状就是生动的失心疯表现。而当他意识到她欺骗了他时,他崩溃大喊"进尼姑庵去吧"的那段话如此混乱、毫无逻辑,很明显,他已经深陷于精神迷乱的状态之中。这一段话在"生存还是毁灭"之后,在"请你念这段词"之前,夹在戏剧史上思想精神表达得最清晰明确的两段话中间。他的精神迅速垮塌,他跌进了另一个自我,一个被疯癫失智揭露出来的自我之中,这是一个迷惘困顿的人对处境失控的表现。第三个例子就是在奥菲利娅的墓前,哈姆雷特无法忍受雷欧提斯的悼词,本打算藏身的他冲进了人群中,像个发疯的摇滚明星一样大喊"那是我,丹麦王子哈姆雷特",然后纵身跃进坟墓与雷欧提斯搏斗,并满口羞辱之词,浑然一个发疯失控到令人震惊的形象。在这三个例子中,哈姆雷特发疯的诱因都是奥菲利娅,以及爱情。

人们不愿意把哈姆雷特这样宇宙级的大人物同老掉牙的爱情故事联

系起来，认为他玲珑剔透的情感和感受力一定来源于哲学思考、来源于深刻的洞见。但谁说大人物和俗套不能共存呢？证据很明显。哈姆雷特送给奥菲利娅的信，也就是被波洛涅斯斥责为充满了"下流的说法"的那一封，讲的就是承载着强烈痛苦的、无比纯真的爱情。我们能从中看出他曾经给奥菲利娅送过爱情的信物，她试图把这些东西退还回去的举动让他如此受伤。除此之外，他还在奥菲利娅墓前语无伦次地示爱，与雷欧提斯针锋相对：

哈姆雷特：我爱奥菲利娅：四万个兄弟的爱合起来也抵不过我对她的爱。

这表白虽然夸张，但真爱又何尝不夸张？哈姆雷特因为父亲的死而焦虑不安，他回到厄耳锡诺，把那一位可以填补他内心巨大空洞的人当成了依靠。更何况爱情也并不一定是为了解决什么问题才萌发的：心就是心，它永远是自己的主人。你可能会在任何地方坠入爱河、意乱情迷；你可以做出一千个合理的选择，但真心不听任何人的话，它总是在你毫无防备的时候给你一击。然而，对奥菲利娅的爱成了哈姆雷特另一个精神负担，但所有这些无比沉重的压力反而催生了他水晶般清晰的思维。

在我的认知里，最像哈姆雷特的人物当属剧作家萨拉·凯恩，她在二十八岁时结束了自己的生命，留下了数量不多却惊人的作品。她习惯穿一身扎眼的黑衣，在戏剧风格、政治倾向还有精神上都与自己的时代格格不入，在各种看得见的和看不见的痛苦的包围之下无助而绝望。在一个阴雨绵绵的日子里，她摇摇晃晃地站上了世界的悬崖边，就像哈姆雷特一样。和哈姆雷特一样，她有时充满活力，自由又快乐，也是位能和人愉快地喝上两杯的伙伴，还热衷于幼稚的派对游戏。和哈姆雷特一样，她也无法对世上的千万种残酷遭遇坐视不管，于是不得不选择与它们宣战。但是和其他事情一样毁灭了她的，是爱情。她的爱绝对又剧烈，这种烈火烹油般的激情吞噬了自身鲜活而苍白的生命之外的一切。当她的爱情无法善终，因为她的所爱无法与她爱意的强度相配，她就失去了所有的慰藉。她无路可走。哪怕深陷于这样的困境中，她依旧赞美爱情（她所有的作品都是如此，尤其是《清洗》和《渴求》），她赞美爱情锋利的救赎和血淋淋的忠诚，这些都展示出了她身为人的勇气。然而，写作并不能洗清痛苦，而只是搅乱了心灵。她无路可逃。

当然，失去一位至亲是另一个造成精神波动的原因。我们知道哈姆雷特从一开始就在哀悼，他的台词就是这么说的。他在宫殿里针对谁哀悼得更用心而进行的争辩让人看到的是些许争强好胜的愤怒，而非哀伤。但他在第一段独白中表现出的头脑混乱和他与父亲的鬼魂会面后的举止说明他的精神错乱无疑是由悲伤导致的。另外一处哈姆雷特内心混乱的明证是他和母亲在她寝宫里的那场戏。他用刀刺透帷帐，杀死了波洛涅斯。这一行为加上他对自己生父满怀敬爱的回忆，以及对母亲与其他男人同床表现出的惊恐的厌恶，还有对母亲变心再嫁的不理解，都是他迷失自我的缘由。被愤怒吞噬的他朝着母亲大吼：

哈姆雷特： 一个杀人犯、一个恶徒、一个不及你前夫二百分之一的庸奴——

葛特露： 别说了！

哈姆雷特： 一个身着斑斓彩衣的下流国王——

就在这一瞬间，当他的暴怒即刻就要升腾成暴力之时，哈姆雷特父亲的鬼魂出现了，像是要保护他的母亲一样。这一幕中有一股针对女性的暴力倾向，这并不讨人喜欢，但我们可以由此看出一个身处悲痛中的灵魂被激起的感情旋涡，还有一个失去了脊骨和根基的人内心的波澜。试想，我们又有谁能够经历了父母的逝去而安然无恙呢？

一直以来，《哈姆雷特》最能打动我的地方就是它所揭露的那些痛失挚爱后鲜血淋漓的伤口。除了工作、时间、酒精，以及在深夜像雨中一只可怜的野兽一样在街上游荡之外，还能有什么解药呢？当我刚刚遭受失去一位至亲（我的母亲）的重创时，这种海啸般强烈的凄凉和悲伤让我陷入了前所未有的抑郁。失眠，反复的精神折磨，对外界的恐惧，面对公众活动和责任的恐慌，所有这些让我第一次感受到了一种残酷的现实，在此之前我一直对这样的精神状态不以为然。令我感到羞耻的是，我一直以来对他人的抑郁低沉都不屑一顾，甚至对萨拉·凯恩也是如此；我给他们的安慰也就是一句可耻的建议："振作起来。"直到抑郁也给了我自己一锤重击。

关于抑郁，人们已经做了很多透彻的研究，所以让我在这些研究成果之上再做赘述也不免有些冒昧（有时这个问题似乎也被研究得过分透彻了，但比起我们这一代人年轻时对这一问题的闭口不提，这样还更好些：宁可理解过头，也别只是略知皮毛）。当我开始和朋友谈论抑郁问题时，我很快意识到自己不过是站在抑郁的山脚下，还有人正悬在更高、更险峻的山峰上,所以要是在此对这个问题高谈阔论也有些"班门弄斧"了。可"竞争性抑郁"引发了一种新形式的"占上风主义"。人们讲起自己精神状态恶化的逸事时总带着疲倦的眼神,他们知道自己的故事很快就会被更加戏剧化的故事盖过。没有什么能比较量抗抑郁药的剂量更能激起人的竞争本能了——原来,我每天吃的十毫克和别人的海量份额比起来简直小到可笑。

同哈姆雷特的陡然跌落相比,我所经历的不过如同轻微的迷雾。莎士比亚天生擅长夸张的手法,能把前辈只写到了一半程度的故事融合起来,加倍放大。古罗马喜剧作家普劳图斯在《孪生兄弟》中写了一对双胞胎;莎士比亚在《错误的喜剧》里"偷"了他的故事,把一对变成了两对。混淆加倍,趣味也加倍。在《哈姆雷特》的原型故事里,主人公为了达到目的装疯;而在莎士比亚这儿,他既是装疯也是真疯。何不把所有能想到的精神压力都累加起来,把他逼到那颤颤巍巍地伸向北海的高耸陡峭的悬崖边缘:失去父亲、父亲被谋杀、政治前途被毁、母亲的背叛、无故夭折的初恋……何不看一看是否有人能经受得住所有这一切,看他是否能在把人吹得东歪西倒的狂风中站稳脚跟?哈姆雷特的确动摇迟疑过,也的确陷入过精神困境无可自拔并奋力尝试把自己从中抽离出来,这都是不可避免的人之常情。在我陷入自己怯懦的抑郁之中时,我从未像哈姆雷特那样经历过如此剧烈的自我迷失(谢天谢地),但我感激这部戏为我们提供了一个范例,让我们看到人若是被逼上悬崖边缘会怎么样。

这些困境折磨的并不是随便什么人,而是哈姆雷特,一个思维敏捷、敏感细腻的年轻人。这样,莎士比亚在挑战上就更进一步:他并没有把这些不幸交给一个愚钝的庸人,而是把它们都堆在了一个感受力最强的人身上。哈姆雷特竭尽所能地承受和应对这一切,让我们能够看到他是如何与这些痛苦共处的,这使我们对他更加崇拜。如此深沉的痛苦折磨着如此敏感的人,这一矛盾提出了这部戏中最为核心的问题。我们该如何对待世间无穷尽的、毫无道理可言的痛苦?这个世界如此热衷于炫耀自己为我们带来没有必要的痛苦的威力,我们对此能做何反应?难道疯狂不是唯一恰当的反应吗?哈姆雷特显然经历了太多的痛苦,萨拉也是,那什么才是合适程度的痛苦呢?李尔在自己理智的边缘徘徊,想起那些曾经背叛了他的人时,以令人心碎的直白问道:"究竟为了什么天然的原因,她们的心才会变得这样硬?"我们是否该让自己变得麻木而心硬来抵御爱的痛、失去的痛?还是该尽可能地敞开心扉、张开怀抱,用哈姆雷特一般的高度敏感去直面痛苦,然后让自己在面对这样的困境时走进抑郁的情绪,又在遭遇那样的不幸时骤然迷失自我?痛苦的意义是什么?而要取得痛苦的报偿——坦诚和智慧,又要付出多少代价?

★ ★ ★

这些问题的答案在那天晚上的宪法广场上是找不到的。不管怎样,我们凭借突破常理的、英雄般的精神力量演完了这场戏。那天是我的生日,也是圣克里斯平日[1],同时,受到我们凭借着奇异的责任感坚持完成了演出这件事的感召,我们几个人又高高兴兴地跑到一个酒吧里,想

---

[1] 圣克里斯平日:纪念基督教圣徒克里斯平和克里斯皮尼安的节日。

要开一个庆祝派对。但还没等嘴唇沾到酒杯,所有人都逃回了我们的庇护所,也就是酒店里去了。我平躺在床上,把双臂交叉放在胸前,就像躺在古墓里的骑士那样,静候高烧的浪头袭来,我脑子里理智的那部分决定为此保持清醒。病痛先袭击了我的身体,我的四肢轻轻抖动,接着冷热交织很快让颤抖升级为摇晃,最后彻底抽搐起来——我的手脚和身子把自己扭成卡通人物一般的可笑形状。"大家好,我正在痉挛。"我想,"真是开心。"那是我一生中感觉最明显的一次灵魂出窍体验。

很快,这种愉悦的奇异感让位于长时间蹲厕所的绝对无聊,每次从卫生间回到床上的片刻不过是你的主人——也就是马桶——下次召见你之前的短暂休息。一开始的冲刺小跑逐渐变成折磨人的、无比漫长的马拉松,你开始怀疑人生,明明感觉很快就能完事儿的问题为何会如此没完没了。

沉睡,醒来,夜晚和白天在不安的相互缠斗中来了又走,不知不觉,新的一天又开始了。很快,我就发现我演的这出心理剧几乎在每个房间都复排了。我们将紧急电话打到了墨西哥组织方那里。那天晚些时候,他们来了好几个人,并带着一位干瘪的、长得像尤达大师似的医生走遍每个房间。这位医生看上去智慧超群,他问了我们很多微妙的个人问题,很多都跟我们的身体健康无关。在得到大家的无限信任之后,他迅速地给我们的屁股打了一针用抗生素、类固醇和维生素调成的药剂。说这一针立竿见影未免夸张,但医生的出现让大家感到安心,事态稍微恢复了正常。

整个剧组都倒下了,我们不可能在当晚上台。于是,我们在之后增加了一场演出。大家神奇地恢复了健康,在两天里顺利完成了四场戏的表演。我拖着被掏空的身体提前离开了，其中一位制作人开车把我送到机场赶早上的航班。我倚着一路上所有能靠着的东西，在一份协议上潦草地签上我的名字，然后爬上了飞机。就在飞机起飞前，我的手机被短信轰炸了。我在几日前认识的、曾帮了我们很大忙的一位可爱的女同志在这最后一刻拜托我做精子捐献人。我假装热情地表示同意，同时祈祷着飞机能赶快起飞。

墨西哥不愧是墨西哥。

49	**波兰**，格但斯克 格但斯克莎士比亚剧院	2014年9月20-22日
50	**哈萨克斯坦**，阿斯塔纳 沙比特艺术宫	9月27-28日
51	**圭亚那**，乔治敦 国家文化中心	10月24日
52	**特立尼达和多巴哥**，圣费尔南多 孙达尔·波波剧院，南部表演艺术学院	10月26日
53	**苏里南**，帕拉马里博 塔利亚剧院	10月29日
54	**巴拿马**，巴拿马城 巴拿马国家剧院	10月31日

6
红海边的波洛涅斯

波洛涅斯：你瞧，我们有智慧、有见识的人，往往用这种转弯抹角的方法，间接达到我们的目的……

（第二幕，第一场）

❖

"你好，这里是英国领事。"[1]

我惊愕的反应暴露了我的偏见。对此，我遮掩得并不好。

"不可能，你是法国人啊！"

"说来话长。我们去喝一杯吧？"[2]

我们坐了下来。剧组里的其他成员也逐一加入，他们穿着最精神的休闲晚装，在这位优雅且并不显老的男人身边围成了一个大圈。进口棕榈树高高地在我们头顶撑开，一阵轻柔的风从红海吹来，白天的闷热逐渐退散。领事用平稳而镇定的语气讲述着他自己以及我们所在的吉布提共和国的故事。他讲话的信息量很大，不但如此，他说话的方式也让人觉得他所揭露的每五个事实背后都掩盖着另外十五个。他一会儿讲到英国，一会儿讲到法国，一会儿又提起美国的历史。每次他旁敲侧击之时都仿佛是在打开一个巨大的隐秘知识宝库，只给我们瞥一眼那闪着光的秘密金山，然后就迅速地把门关上，让我们如饥似渴。他姿态端庄，表演令人着迷，谨慎的同时又放松，温和幽默的言谈带着老派的迷人。

吉布提共和国身处地缘政治角力场的中心，它处在非洲之角的顶点，红海和印度洋在那里相遇，多个世界大国的影响力在这里焦灼并存。这里与也门相距约四十公里，隔着红海相望；厄立特里亚在其北，埃塞俄比亚在西，索马里在南。这个旧日法国殖民地的大小比自己版图

---

[1] 原文带有浓重的法国口音。
[2] 同上。

顶端的海港大不了多少,这里至今仍有一个法国军事基地,也是美军在非洲领土上唯一一个军事基地。同时,吉布提作为进入非洲的港口,对于中国来讲也至关重要。我们飞来的航班上满是脖子粗得吓人的美国海豹部队,弥漫着那些知道自己的到来不合时宜的人产生的紧张。我们在这个国家的所见所闻除了与权力象征有关的之外,别的少之又少。荒凉的沙丘上点缀着起重机和巨大的水泥仓库,大片的尘土和内海的海平面融合在一起,超级油轮看上去仿佛在沙漠里穿行一样。目之所及全是单调干燥、扬着尘土的权力象征,几乎看不到人的踪迹。

我们所住的十二星级酒店就像是这个缺乏财富的国家里一个镶了金的奢侈笼子,住满了格雷厄姆·格林小说中所描写的那种难民。在这个仿佛连室外也装了空调的地方,做着可疑交易的金融资本家、军火商和外交官员四处走动。他们一样的油腻、超重、丑陋,他们不劳而获又过于富有。这里也有不少特种兵。但是,是很差劲的那种,并不是你想象中言语谨慎、潜行于人群之中、暗藏杀气的特种兵。这是一些大男子主义的健身狂型、脸上写着"快看,我们是特种兵"的那种。他们站在三个巨大的无边泳池里,穿着辣眼睛的紧身泳裤,张着嘴看着彼此,时不时地绷紧自己的胸肌。他们喜欢每三个人结成一组,站成一个无所事事的阳刚小三角阵形。我还瞥见其中一个人正漫不经心地把弄自己的阳具,这似乎很能说明问题。基本上,每个拥有海军商船的国家都让自己的海军驻扎在这个吉布提的酒店里,每当有大型商船穿越海峡时,就起用他们抵御索马里海盗的袭击。

我们的东道主似乎就处于这些相互竞争的地区、国家和跨国利益网的中间。海浪轻轻拍打着人工建造的沙滩(视野被更多的进口棕榈树影响不少），我们坐在藤条椅上，脚下是精心修剪过的假草坪，耳边听着领事先生熟练又优雅的关于现代世界权力运作的演讲。他吐出了一个用提示和影射编织的精致的蛛网，用微妙的暗示和聪明的推理，将世界的谜团捕捉进了这个精细又闪亮的织网中。他曾是一名律师，供职于这家酒店和多个政府，从他的演讲内容里涉及的无比广泛和细密的关系网来看，他似乎曾为很多世界级的重要人物工作过。他的事业起步在巴黎，在那里，他做了吉布提独立反叛军的代表，当时独立军的主要自由斗士都被监禁。他们打赢了官司之后，还很年轻的他就成了独立军的实际法律代言人。他常住吉布提已经三十多年了，在这期间，他的影响力和人际网扩展得越来越广。

这一小块土壤处在至关重要的地理十字路口，国际各方都想要获得这里的通行权，他们的手段不尽相同。欧盟花了几十年的时间想要重拾殖民时期遗留的项目，重建一条从吉布提到亚的斯亚贝巴的铁路，这是非洲大陆的第一批铁路线之一。他们花了多年的时间和大约三千万欧元进行可行性调研、环境影响评估，并处理了陈年文件。在解决了这些无关紧要的细节之后，他们却没能获得当地的认可，无法找到合作方，最后什么也没有做成。然后，中国人出现了，他们宣布要修一条横跨非洲大陆的铁路，从吉布提直通到尼日利亚，并计划在两年内完成。于是，所有人都达成了协议，项目很快上马了。

有趣的是，这种直率、大胆敢为的态度在当今世界仍然奏效，而曾经的殖民大国却无力重拾这种态度。这让我想起一件关于彼得·奥图尔的逸事。我有一个朋友在年轻时曾和奥图尔以及另一位画家合租在伯爵宫的一个公寓。一次，这位朋友听见画家带了一位护士回家，之后花了几个小时在卧室里想要引诱这位护士和他上床。他恳请、祈求、哄骗、下命令、抹眼泪——全不奏效。他还试着开玩笑、唱歌,讲完了悲剧故事讲英雄故事,要么就保持神秘的安静。最后,他不得不放弃,撤退回客厅的沙发上。一个小时之后,我的朋友听到了奥图尔从水管爬上来的声音。因为公寓的大门锁着,唯一进入公寓的通道就是画家的卧室。朋友听见奥图尔手脚并用地爬进了房间,看到了护士,兴高采烈地大喊:"老天!想来一发吗?"护士热情洋溢地回了一句:"好的,来吧!"于是那天夜里,房间中充斥着两个人快乐云雨的声音和沙发上画家愤怒的叫喊。没什么能敌得过自信。

美国想要牢牢抓住石油,而欧洲人则尝试着证明他们在吉布提之争中仍占有一席之地。除此之外还有那些因为海盗问题而在这里驻扎了小规模军事力量的国家,他们现在也正想着该如何分一杯羹。在这些竞争的背后,每个人都在偏执地猜测着俄罗斯在干什么。就在我们抵达的那天早上,土耳其总统刚刚离开我们所住的酒店,看来奥斯曼帝国的影响力还在。百年之前,英国在当地的影响力是相当大的,而现在他们只在这里留下了一个法国名誉领事和我们的《哈姆雷特》。我们往外眺望的海峡,这一小片和也门距离约四十公里的狭长水域有一个阿拉伯名字:曼德海峡,它在法语中被称为"悲恸之港",在英文中被叫作"泪水之门"。这里曾是最早的人口迁移交汇点,如今,每天都有四百万桶原油从这里经过。在这片土地上,过于残酷的军事力量的较量之上悬置着太多历史、太复杂的权力变换以及太多微妙的外交政治,多到我们的思维无法适应;多到若不宣泄悲恸和眼泪,这个国家也无法承受。

身处(或是假装身处)这一矩阵中间的是我们的招待大使,东非的塔列朗。他看上去精通所有事务：地理、历史、政治、权力、艺术，无一不晓。不管身处何方，法国人总是有能力显示他们高于常人的理解力和深于常人的见识，还有他们烫熨完美的裤线。这位穿着考究、言辞威严的法国公民[1]，在为我们传授博学的知识背景的同时，冲着这个世界的是是非非扬起自己不满的鼻孔。这种人就是历史长河中命大的蟑螂，优雅地长存着。不管你怎么议论法国人，你得承认他们长袖善舞。在与权力人士短暂交会之后，这种自以为接近了更多秘密的感觉总让我激动不已，我一向喜欢这样。很多这类秘密不过是政府的故弄玄虚——它们被藏在档案、卷宗、公事箱里，这一套系统旨在将那些神圣的知识保留给那些离权力之神更近的天选之人。然而，每个箱子里装的很可能不过是一个苹果和几片阿司匹林而已。

我们的招待大使就是一位精通故弄玄虚之术的人。他接连不断、毫无纰漏地讲了几个小时，唯一的纰漏出现在结尾处。他不停地告诉我们自己如何在土耳其总统来访期间扮演了重要的角色，以至于没法为我们的演出做太多准备。然而，当我提出我们不得不休会去吃晚饭时，他强烈暗示要加入我们。鉴于我们要在晚饭期间商议剧团的相关事宜，我没有理会他的急迫需求。不过，这种要求并不符合他宇宙主人式的优雅姿态。毕竟，追切的需求和端庄的姿态生来就不宜同床共枕。

★★★

波洛涅斯是雷欧提斯和奥菲利娅的父亲，也是克劳狄斯的首席秘

---

[1] 原文为法语。

书，一如《哈姆雷特》这一有意开放释义的作品中的其他角色，波洛涅斯也可以被多样解读。有一些证据表示他的原型是塞西尔，伊丽莎白一世的顾问，手掌大权。他和自己的助理沃尔辛厄姆建立了一个全面且常取人性命的情报部门。塞西尔创立并完善了很多至今仍被沿用的谍报方法，比如双重间谍、三重间谍以及密探内奸等。在波洛涅斯派仆人雷奈尔多前往巴黎监视自己的儿子雷欧提斯前，他传授给他如何行巧滑奸诈之计、用欺骗和谎言为手段挖掘危险的真相。在这个特务演讲的高潮，波洛涅斯强调了旁敲侧击的原则："用转弯抹角的方法，间接达到我们的目的……"千百年间，这一直是外交官、间谍大师和权力交易者们的口号。

过去几年里，我看到过各种对波洛涅斯的演绎：有人把他塑造成斯塔西式情报局冷酷的部长；有人重点表现他的多思好问，常问出R.D.莱恩[1]式的问题以探究人类心理和精神的真相；有人当他是圆滑的英国蠢蛋，脑筋已经不再灵光；除此之外还有很多其他解读。总的来说，我们版本中的波洛涅斯是个被新领导高估而升任至过高职位的人，他被政权交替赋予他的新影响与权力冲昏了头脑，最终因非分妄为而不幸失败。

不管怎样演绎波洛涅斯，这一角色给演员和观众带来的愉悦始终来自他语言中的节奏和韵律。他的台词粗俗而有趣，且充斥着过度的语句修饰，体现了超负荷极速运转的大脑思维，饶有趣味，值得品味。即使他的句子结构常常临时变道或者紧急转弯，他的语言仍倔强地保留着音

---

[1] R.D.莱恩：英国著名精神医师。

乐性。当波洛涅斯自以为发现了哈姆雷特疯癫的原因（因为失去奥菲利娅的爱而心碎），他因自我满足而膨胀。他雀跃，因为他解开了一个谜团，自己也身处谜题的中心。在他向国王和王后报告自己的发现时，紧张使他的句法陷入了连他本人也无法逃脱的旋涡。

波洛涅斯：王上，娘娘，要是我向你们长篇大论地解释君上的尊严、臣下的名分、白昼何以为白昼、黑夜何以为黑夜、时间何以为时间，那不过徒然浪费了昼夜的时间；所以，既然简洁是智慧的灵魂、冗长是肤浅的藻饰，我还是把话说得简单一些吧。你们的那位殿下是疯了；我说他疯了，因为假如要说明什么才是真疯，那么除了说他疯了以外，还有什么话好说呢？可是那也不用说了。

葛特露：多谈些实际，少弄些玄虚。

波洛涅斯：娘娘，我发誓我一点儿不弄玄虚。他疯了，这是真的；唯其是真的，所以才可叹，它的可叹也是真的——蠢话少说，因为我不愿故弄玄虚。好，让我们同意他已经疯了；现在我们就应该求出这一个结果的原因，或者不如说，这一种病态的原因，因为这个病态的结果不是无因而至的。这就是我们现在要做的一步工作。我们来想一想吧。

"想一想！"波洛涅斯的修辞绕成了一个同心圆，把他自己团团围住，这是他试图逃脱时绝望的自嘲。这种语言的兜兜转转让人崩溃（尤其是对于为此责难波洛涅斯的葛特露），但它们同时也极具趣味。世界各地的观众都会在这时大笑出来。用调侃的话来讲，这就如同人人都瞧得出哪个是容易泡的妞儿。对于太拿自己当回事的话篓子，全世界的人都认得出来。当然，这种笑声并不残酷。人们很喜爱这个角色，同时也愉快地享受着其台词中的音乐性。不管台下观众的母语是普通话、斯瓦希里语还是毛利语，他们都听得出波洛涅斯语言的内在韵律、识别得出那些成队起舞的单音节词及其自我矛盾之处。

波洛涅斯相信哈姆雷特对奥菲利娅的爱是致其疯癫的理由，在告诉国王和王后这个发现后，他忍不住继续解说了一番：

说来话短，他遭到拒绝以后，心里就郁郁不快，于是饭也吃不下了，觉也睡不着了，他的身体一天憔悴一天，他的精神一天恍惚一天，这样一步步发展下去，就变成现在他这种为我们大家所悲痛的疯狂。

波洛涅斯想要在描述不可名状的精神失常状态时追求准确，这本身就是一个有趣的笑话。我们可以感到，在他尝试描述这种心智错乱的过程中，他自己也几乎发了疯。波洛涅斯充满乐感的台词仿佛由一个涡轮鼓动着肾上腺素催化而成。然而，在这段话之前，我们其实听到过同样丰富的韵律，只不过更加淡定自若。在雷欧提斯去往巴黎之前，波洛涅斯对儿子说了一段冗长的告别辞：

还在这儿，雷欧提斯！上船去，上船去，真好意思！风息在帆顶上，人家都在等着你哩。好，我为你祝福！还有几句教训，希望

红海边的波洛涅斯

你铭刻在记忆之中：不要想到什么就说什么，凡事必须三思而行。对人要和气，可是不要过分狎昵。相知有素的朋友，应该用钢圈箍在你的灵魂上，可是不要对每一个泛泛的新知滥施你的交情。留心避免和人家争吵，可是万一争端已起，就应该让对方知道你不是可以轻侮的。倾听每一个人的意见，可是只对极少数人发表你自己的看法；接纳每一个人的批评，可是保留你自己的判断。尽你的财力购制贵重的衣服，可是不要炫新立异，必须富丽而不浮艳，因为服装往往可以表现人格；法国的名流要人，在这一点上是特别注重的。不要向人告贷，也不要借钱给人，因为债款放了出去，往往不但丢了本钱，而且还失去了朋友；向人告贷的结果，是容易养成因循懒惰的习惯。尤其要紧的，你必须对你自己忠实；正像有了白昼才有黑夜一样，对自己忠实，才不会对别人欺诈。再会，愿我的祝福使这一番话在你的行事中实践。

　　这段话充满矛盾。波洛涅斯的教训很多都是悖论：其中一大部分细致入微得更像是礼仪规范而非道德要求，另外一些则好像是从报纸上的时尚版面摘抄而来。在长篇大论地教育雷欧提斯如何以父亲为榜样之后，"对自己忠实"的劝告似乎显得有些自相矛盾。但这些苦口婆心的闲言碎语中也穿插着实际有效的告诫。再说，有谁在和孩子告别的伤心时刻、在试图以一些有用的话平衡多愁善感的过程中，能听起来丝毫不笨拙呢？波洛涅斯一家的亲子关系常常被解读为糟糕有害的，这种关系致使奥菲利娅和雷欧提斯在剧末孤立无援。因此，在这一场戏中适当地强调情感是十分重要的。无论在何种环境之下，有什么比"对自己忠实"更恰当，或更值得表达的话呢？

波洛涅斯不管面对一屋子的政治家还是亲人都能够长篇大论，于是，在这些自相矛盾的语句背后，我们看到的是一个在谈吐中平衡着自信的角色。当莎士比亚想要写出饱含不安、混乱且言语不通的台词时，他驾轻就熟。人们经常错误地以为因为每个人的台词都是诗体的形式，所以每个人都同样的伶牙俐齿。事实远非如此。在英文中，无韵诗是与思维过程联系最独一无二的表达方式。这意味着这种语言可以是碎片化的、边想边说的、笨拙或者充满困惑的。哈姆雷特的第一段独白"太坚实的肉体"严格遵守了抑扬格的规范，同时也传达出了他困窘的头脑中片段化的零碎思维。当莎士比亚想要写出充满自信的韵律时，他同样可以信手拈来。波洛涅斯就是最优雅的例子。那些无论是从纸上读来还是在现场听来都抑扬顿挫的诱人美感，现在已经被人忽视了。对于莎士比亚时期的英国观众来讲，语言抑扬顿挫的韵律，无论是在兰斯洛特·安德鲁斯言辞华丽的布道演讲中，在法庭上的辩论里（那是一个好打官司的年代），还是在酒馆里的插科打诨之间听来，都是生活中的一大享受。如同很多文艺复兴时期流行于伦敦的语言娱乐一样，对韵律的欣赏可以一直追溯到罗马时期，追溯到波洛涅斯的精神前辈：西塞罗。

根据并不靠谱的传闻，莎士比亚只懂"一点儿拉丁语"。即便如此，他多年来很可能每天都要花几个小时来研读西塞罗。我的猜想是，这几个小时给了他很多快乐。西塞罗的多卷书信、杂集和哲学作品全面地表现了人类思维的复杂和善变，生动呈现了罗马共和国晚期挣扎的人性。除了这些文字作品之外，西塞罗的演讲（由他的誊写员蒂罗一丝不苟地整理和保存）能给人更多的享受。我们不仅能听到纯粹新鲜的拉丁语原文演讲，也见识了一位能言善辩的语言天才是如何将修辞的艺术推向新高度的。我们至今仍沿用经过西塞罗完善的句法规则，学习掌握这些规则能够让我们开启思维的新方式、打开思想的新世界。"不但……而且……"是西塞罗最喜欢的结构之一，他还常用三个一组的修饰性从句，此外他还精通成千上万个造句花招。这些词句都能让另一位语言艺术家——如莎士比亚——在与其相遇时激动得像个孩子。西塞罗的腔调狡猾、讽刺，虽然他常就细节琐事发表意见，但其语言的韵律美得让人惊叹。

提到"修辞学"，人们常想到无聊、拖拉的演讲，将其与死板和无趣联系在一起。然而，在西塞罗和其"后人"那里，"修辞学"完全是不同的样子。它是爵士乐。大师们在掌握规则、和弦、模进[1]、交互轮唱与和谐音之后开始尽情发挥。在即兴的过程中，音乐和思维都抵达了他们之前不曾设想过的地方，这就是修辞学的妙处。它讲究过程而非结果。这也是莎士比亚才华的精髓所在。西塞罗花了多年时间完善他的技艺，之后的他作为作者和演讲者，给了自己创作的自由。莎士比亚浸泡在学习和对世界的体验中，随后才得以随心所欲。写作能够创造思想，而只靠思维是不能写作的。不管你是拿着手写笔和平板电脑还是鹅毛笔和羊皮纸，面对着打字机和打印纸还是键盘和屏幕，坐下来书写、涂鸦、打字和输入的过程就是释放思维和观点的过程，这个过程能轻易胜过任何处心积虑变换手段所追求的成品。修辞、形式和节奏就是催化这

---

[1] 模进：音乐术语。紧跟第一段旋律的后续旋律，模仿第一段旋律但又略有不同的行进模式，称音乐的模进。

一释放过程的方法。西塞罗的演讲是这一过程最优秀的范例,尽管西塞罗作为角色仅在《裘力斯·恺撒》中露了一面,他的影响却贯穿了莎士比亚的创作始终。波洛涅斯这一角色的优点和缺点,似乎正是这一点的讽刺性证明。

和波洛涅斯一样,西塞罗也是政治圈里各种迷雾幻境的头号粉丝。罗马人创立了一套复杂又古怪的政治系统,让分子物理显得像圈叉游戏一样简单。执政官、护民官、祭司、裁判官和民选官分别代表贵族、平民、乡绅和教会职员。他们的权力网络相互交叉,彼此互动和争论的方式超出一般人的想象。这一套复杂的系统是为了保证权力的共享,它如此复杂晦涩,光是试图理解其运作方式就令人头疼,这让任何想要挑战它的人望而却步。这也为律师这一职业提供了肥沃的发展土壤,甚至为那些擅长不懂装懂的人提供了舞台。凡能轻松说出"我可以解释但是你可能永远也听不懂,它一环套一环啊,老伙计"的人都能参与权力的游戏。如果你能把这种油腔滑调的排他主义上升到少数的精英主义,如果你能假装为费解的谜团提出神神道道的见解,那么复杂的政治关系就将接近于准神秘主义。在这一点上,西塞罗成功了,波洛涅斯的努力则并不那么见成效。

"用转弯抹角的方法。"正是如此。不管这些方法是多么不可说,仿佛绿野仙踪,仿佛迷雾幻境。

★ ★ ★

我们在吉布提的演出效果并不好。虽然我们的布景美得惊人:开放的舞台背后是红海掀起的海浪,台前是夕阳余晖。然而这个舞台在旅馆建筑群的边缘，而且，这座金笼子之于我们的魅力已经消耗殆尽。这次演出几乎没有宣传，开演前半个小时仍看不到几个观众。我在大理石屋顶下空旷的酒店前厅转了转，碰到了几个正找不到演出地点的观众。之后，我就在几位站在前门、酷似机场安检员的保安身后，引导那些获准进入酒店的人到我们的临时演出现场去。所幸，一群学生出现了，我们这才看到一些当地人。当一切就绪时，台下只有一百二十来个观众：几个侨民、一些酒店的出资人、一群充内行的特种兵、零星几个吉布提当地人和那些学生——这是一个非常神奇、鱼龙混杂的观众群。相比《哈姆雷特》，那些时髦的当地人对桌上的酒水更感兴趣，而且看上去并不开心，好像他们是被迫来看戏似的；而学生们看上去都急于躲到卫生间里抽烟或亲热。奇异的是，特种兵小分队似乎看得很投入。

紧接着，状况变得更加诡异。我们的这位招待大使坚持要求我们在演出结束后到他家拜访。在前一天的长篇演讲中，他已经提出过邀请，之后又两次打电话确认。在享受了与他的互动之后，大家乐意得不得了。演出结束后，他留了下来，毫不吝啬他的赞美，还看着我们拆装了舞台。随后，我们分乘两辆面包车，前往酒店附近的外交使馆区。这里的大房子一幢紧接着一幢，每一幢都被高高的白墙包围，墙内是宫殿一般宽敞但又空旷的房子。街道极其萧条，不见车辆，没有行人。在远处的小山上，我们看到了吉布提城，一个看似衰落却充满了房屋和生气的大都市；而这里，只有空旷和沉默。荒凉的夜色之下，这里的一切精致优雅，却让人感觉像是僵尸电影里僵尸来袭前的样子。车辆摇摆着穿过沉重的铁门进入了大使的豪宅，这是一幢建在一片冷白色建筑群中的冷白色房子。一串建筑组成了一个院子，一侧是他的家，在那背后是他的私人无边泳池,再往后,长长的私人沙滩一路通向海边。这是天堂,但同时也空旷得吓人。

我们的招待大使心情激动地从东蹦到西,他推搡着我们参观他的家,像在展示"理想家居"的样板间一样,还尤其自豪地让我们欣赏一张他自己和几条大鱼的照片(总不是个好兆头)。他把所有的灯都打开,就好像他刚刚搬进来一样。灯光从水下照亮泳池时,他开心地像个炫耀自己玩具的孩子。在向我们展示了所有东西之后,他坐下来看着我们,好像在期待着什么,似乎轮到了该我们娱乐他的时候了。一刻奇怪的沉默让我们感觉好像该集体开始大合唱,或者讲一个悲伤的故事,或者干脆脱掉衣服和彼此演一出性感的戏。

但是,这位豪宅的主人似乎完全没有准备要喂饱我们或者给我们止渴。表演结束后的剧组只有两个强烈且简单的欲求:食物和饮料。然而什么都没有。他很快开始了又一段关于地区政治的演讲,还期待我们全坐下听得如痴如醉,我颇为强硬地直言此刻我们需要食物和酒水。他脸色略显不悦,然后建议我和他一起去厨房。他找了很久才找到厨房在哪儿。当我们终于到了地方,他说:"啊哈!让我们瞧瞧这里有什么宝贝!"然后径直走进了碗橱间。在我俩合力找到了冰箱和酒窖之后,我劝他说现在交给我就可以,他可以回到他的客人身边。我打开超大容量的冰箱——还能有什么呢?——一大块、一大块、一大块的鹅肝。真的没有任何别的东西了。我翻遍了整个房间想要找到一些饼干,但最后只带着堆得小山一样高的鹅肝和几瓶年份香槟回到了大家身边。

当我回来时,他正在用关于在吉布提为何难以取得真正民主制的话题来娱乐大家。吉布提是一个有着古老宗教和部落间差异的人口小国,简单的多数制政府并不能反映每个群体的既得利益,在这种情况下推行民主制绝非易事。在世界其他地区可见类似的情况,比如在不远的伊拉克,领先者当选的政治体系不能为每一个民族和宗教集体确保同样的参政权,其解决办法就是按照部落的数量推选代表来分享权力。这种每人都有发言权的方案似乎是一个得体的解决方式,他曾经也参与过其筹划。

再一次,他听上去充满说服力和魅力,剧组在一堆鹅肝和半瓶朗松香槟下肚之后也热情了起来。然而,来时路上我们感受到的困惑和他表现出的过分激动让他神秘的威信减弱了不少。一种危险的滑稽感在我们当中弥散。我们坐在室外泳池旁边的大理石板桌前,夜空繁星就在我们头顶,然而胡闹一样的气氛正在冒头。豪宅的主人正在讲述停泊在港口的西班牙军舰如何意外地朝使馆区发射了导弹的冗长故事。当他讲到导弹发射时,甩动的双手正好打在阿曼达的胸部。她什么都没说,他也什么都没说,可惜的是没人说话,只不过人群中有人发出尴尬的低笑声。他接着开始了另一个长长的故事,讲的是某个叫作"肯特"的东西来到了吉布提。不幸的是,他的"肯特"发音非常奇怪。有那么一阵我们都纳闷这到底是个叫作"肯特"的产品,还是"肯特公爵",或者只是一个他不怎么喜欢的人。这让我们也不得不跟着重复说很多次"困特"[1],这让房间里歇斯底里的气氛加了倍。最后,我们确定了他指的是一艘叫作"肯特号"的船,但此时大家已经在爆笑的边缘。我说是时候回去休息了,每个人都欣然起身。

---

[1] 原文中音同"Cunt",为英式俚语中的脏话。

他坚持要带我们参观领事馆。在走过去的路上，每每靠近一张他和大鱼的合影，他都放慢脚步，颇有意味地长吁短叹，直到我催他继续向前。领事馆奢侈豪华，恰如其分地往外渗透着金钱、权力和艺术的味道，然而我们越发迫切地想要逃离。歇斯底里的气氛越来越浓，除此之外，我们还感到一种被困之感，仿佛被囚禁在毫无温情且死气沉沉的权力之中。在走向面包车的路上，我和拉维里并排走着。我们听到走在我们后面、总是兴高采烈的基思对豪宅主人说："嘿，不如你给我们讲讲你最刺激的钓鱼体验？"幸好，舞台监督把我们推进了面包车，让我们逃过一劫。在回程的路上，使馆区空荡的街道让我们平静了下来。

★ ★ ★

如果有第十一诫的话，这一诫多半会是"恨律师和政治家"。在流行文化中，他们散发着和银行家一样的恶臭，几乎任何小说和故事都有意让他们在艺术和生活中都以凄惨作结。波洛涅斯的死只在一定程度上称得上是悲惨，更多的效果是滑稽。不管观众们如何喜爱这一角色，在帘幕后被胡乱刺死、尸体被企图销赃匿迹的凶手拖着穿过城堡的死法都谈不上有尊严。西塞罗的结局也很不堪。在熬过了权力的不停交替和各个政治团体的反复无常之后，西塞罗最终难逃当政者的丑陋暴力，被一位自发行刺的刺客刺死。很少有人为这个罗马人的死感到悲伤，多数人认为他不过是一个自作自受的野心家。波洛涅斯和西塞罗一样，二者都爱流言蜚语，喜欢处在权力中心观测形势，直到他们迷失方向，被政治洪流压垮。权力是一架"大车轮"，在它上面大跳殷勤的舞蹈是有风险的，有时要付出巨大的代价。

尽管他们很容易成为被攻击的目标，完全否定这些人物却是错误的。西塞罗，在各种波折和立场变换之中，始终试图维护罗马的共和体制，抵抗罗马帝国的必然到来。这是值得献身的事业。罗马的政体，虽如戈尔狄俄斯之结一样复杂难解，却仍然成功地维系了一个（公正）有效的民主体制长达五百年之久，这很了不起。法国的民主是一种自我仿拟，他们的外交策略模棱两可，且总是带着矫揉造作的傲慢，但又有哪个国家能够像法国一样通过意见汇集和协商在2015年底促成一个关于气候变化的共识呢？他们也许确实长袖善舞，但想邀人共舞也是需要机智的处事能力的。

这个世界的波洛涅斯们，无论是千年以前的西塞罗，还是伊丽莎白宫廷里的塞西尔，或是当今红海边的名誉领事，也许他们参与政治的油滑方式让我们反感，但也正是他们维持了社会机器的运转；他们也许谈吐过于含糊，但有时我们也需要一些模棱两可；他们也许在公开信息方面有些吝啬，但他们参与了仲裁，而仲裁这件事总是需要人去做的；他们也许喜欢长篇大论、效率低下，但他们也帮忙软化了历史的冲击。如果我们藐视律师和政治家，我们还有什么其他的选择？有原则、操守和行动力的人吗？让上帝保护我们远离他们。

在波洛涅斯死后，《哈姆雷特》中的世界变得更加阴暗了。奥菲利娅和雷欧提斯尤其遭受了灾难性的重创，他们的悲痛衡量了波洛涅斯作为父亲的情感价值。在这部戏的世界里，没有了波洛涅斯过于矫饰、戏剧化的心计，我们开始看清克劳狄斯强硬的残忍行径。随着波洛涅斯的死，很大一部分的诙谐与可以缓和气氛的卑微小人物桥段被剔除出了厄耳锡诺。家庭悲喜剧气氛不再，冷酷的悲剧即将降临。波洛涅斯谈吐中令人愉悦的抑扬顿挫退出了该剧的和声,温和的人性也随之而去。毫无疑问,哈姆雷特为他的行为感到悔恨。在误杀的情节之后,克劳狄斯询问起波洛涅斯的去处,哈姆雷特既高明又自然地回答道:"在天堂。"

★ ★ ★

联合国和天堂的距离有点儿远,但也许很接近波洛涅斯想象中涅槃仙境的样子。我们很荣幸能够在巡演的早期在那里演《哈姆雷特》——这是头一次有人在联合国的议事大厅里演戏。我们一开始尝试在安理会的议事厅表演,但被俄罗斯人挡在了门外(很符合联合国的风格),于是我们不得不选择隔壁联合国经济及社会理事会(ECOSOC)的议事厅。我们在那里搭起舞台,在两百个大使面前演出,他们集中坐在装饰了闪光灯、国家名牌和麦克风的桌子后面。这并不是一个非常温馨的场面,但幸好在屋子后方还坐着四百个普通百姓。更加奇怪的是,谁也不知道为什么金·凯特罗尔[1]和劳里·安德森[2]会坐在大使们中间。英国方面的代表建议我们把演出时间缩短到两个小时,因为没人能待更久,我们拒绝了。他又劝我们切掉中场,因为大家肯定会在那时离场,我们也拒绝了。让我们开心的是,观众们一直留到了最后,并在谢幕时对演员报以了热烈的掌声。

联合国是个高压锅,汇集了全世界的波洛涅斯和想当西塞罗的人。怪不得这个机构会格外强调自己的神秘感;它的存在就是为了用自己的

---

[1] 金·凯特罗尔:英国女演员,代表作品有《欲望都市》。
[2] 劳里·安德森:美国著名女歌手。

迷雾幻境掩盖全世界的所有问题。进入联合国大厦是个持久战式的过程，需要咨询、祈求、填表格，以及长时间的等待（等待是权力的终极武器）。除了这些繁文缛节之外，这个地方的历史感与电视新闻为其增添的神秘串通一气，成功地让我们在接近它的时候充满敬畏。

然而，这个地方本身并没有那么高不可攀。这里的环境甚至称得上是破烂——地毯破旧，墙上涂着旧漆，四角弥漫着20世纪50年代的乐观主义。这里的工作人员，从无聊的保安到看上去长得像莫妮卡·莱温斯基的实习生和过分热心的健康安全官，似乎都置身于情景喜剧，而非权力游戏。楼外立着一个赫普沃思[1]的雕塑，楼内挂着《格尔尼卡》的挂毯，每转一个弯就可以看到一些民族装饰。这些物件的审美价值正驳斥着周遭破旧的环境。

在野蛮的布什政府之前，联合国可能是最擅长玩弄权计和故作神秘的机构。如今，这里给我们的印象是破旧不堪的会议厅。面对这个刚刚发了疯的野蛮世界，它心怀好意却手足无措。这让人不禁怀念起旧日联合国的影响力。同时，它如今的蹒跚和脆弱让我们重新意识到波洛涅斯们和西塞罗们的价值，相比于当今的切尼[2]和"圣战士约翰"[3]，他们要好得多了。正像一位巴勒斯坦人不久前说过的那样："我们已经厌倦生活在莎士比亚的悲剧里了。我们宁愿改换契诃夫式的悲剧，在心碎和渴望中煎熬一两个世纪对我们也没什么。"联合国的创立起源于对一个可

---

[1] 赫普沃思：英国雕塑家，被誉为20世纪最伟大的雕塑家之一。
[2] 切尼：即迪克·切尼，小布什任内的美国副总统。
[3] 圣战士约翰：原名穆罕默德·埃姆瓦齐，恐怖组织成员，曾以斩首方式处决多名包括美国记者和英国人道工作者在内的人质。

以自控的世界的希冀。人们以为这个世界能够克制自己的愤怒和不公，将其精力抒发为精细的修辞和饶舌的雄辩。虽然这是个滑稽的理想，但总比悲剧的噩梦要好。西塞罗们和波洛涅斯们虽然愚蠢，但没有了他们的后果要我们自己担负。

★★★

大约在一年以后，我们的巡演回到了吉布提。第一次拜访时金玉满堂的奢侈让我们有些许不快，因此，这一次重访时大家抱着对吉布提有所改观的希望。远在英国的一些多事者为我们的这一尝试冠上了排他主义的帽子，这种指责是多么言不符实。然而，我们这次的拜访仅仅让曾经的不快变成了难过——这就是我们所在世界的黑色幽默——这次，难得回到吉布提的我们面对着一批更加流离失所的观众。几百号逃离内战的也门人聚集在山丘上，愉快却木讷地看完了演出。

扮演波洛涅斯的是约翰。在巡演的过程中，随着他对角色认识的深入，他的表演方式也经历了几次变化：从严厉的权力主义者到困惑的小丑，再到好心的笨蛋。随着巡演在接近尾声时逐渐成熟，他的角色诠释完善成了这些版本的综合体，既有很强的表现力，又吓人，还充满人性。

观众们爱他的表演，大家为表演结束后的吉格舞而疯狂，音乐和舞蹈轻柔地融入进沙丘的沉默当中。在沙漠里，约翰扮演的波洛涅斯在一群难民面前跳舞。他的衣领浆得挺直，裤线压得整齐，头骄傲地抬起。在这样奇特的地点，在这样特殊的观众面前，波洛涅斯跳着舞，他的自命不凡尤其格格不入，但他的笨拙却显得格外充满人性和美丽。烈日下的此情此景，正是对这个世界的波洛涅斯们顽强的生存本能的坚定致意。

55	**哥伦比亚**，波哥大 科尔苏布西狄奥·罗伯托·阿里亚斯·佩雷斯剧院	2014年11月2日、4日
56	**厄瓜多尔**，基多 苏克雷国家剧院	11月6日
57	**秘鲁**，利马 利马市政剧院	11月8日
58	**玻利维亚**，拉巴斯 阿尔韦托·萨韦德拉·佩雷斯市政剧院	11月10日
59	**智利**，安托法加斯塔 克罗迪亚花园	11月13日
	智利，圣地亚哥 伊内斯·德·苏亚雷斯公园	11月14日
60	**阿根廷**，布宜诺斯艾利斯 圣·马丁将军剧院	11月15-16日
61	**巴拉圭**，亚松森 伊格纳西奥 A.帕内市政剧院	11月20日
62	**乌拉圭**，蒙得维的亚 索利斯剧院	11月22日
63	**巴西**，圣保罗 保罗·奥特兰剧院	11月25-27日
	巴西，里约热内卢 城市美术馆	11月30日-12月1日
	巴西，贝洛奥里藏特 SESC艺术中心	12月3-4日
64	**委内瑞拉**，加拉加斯 查考市文化中心	12月8日

7
太平洋岛的上帝

哈姆雷特：无论我们怎样辛苦图谋,我们的结果却早已有一种冥冥中的力量把它布置好了。

（第五幕,第二场）

午夜的台北市中心，霓虹灯让黑夜变成人造的白日。珍和我站在一个帘幕遮盖的入口处，正想凭借我们的巧舌如簧进入一家夜店。在为身份证和价钱争论了半天之后，我们走进一个宽敞的长方形房间，四面垂着重重的天鹅绒挂毯。大门在我们身后关上，我们紧张地四处张望，并没有找到任何紧急出口。正在我们开始被害妄想时，整个房间猛然一抖，我们这才意识到自己正在一个巨大的电梯里缓缓朝上升去。电梯再次抖动，我们到了。

在20世纪80年代中期去过中国的朋友们告诉我，中国的迪厅和性完全无关。漆着白墙的房间里，人们在晃眼的白炽灯下笨拙起舞，金属桌子上整齐地摆放着可口可乐，扩音器里大声放着"泡泡糖"音乐[1]。穿着得体的男孩女孩们羞怯地摇摆，他们刻意避开彼此，分散在房间的两侧。听人说，这就是城里最热闹的场面。然而，现在和那时候可不一样了。在台北，电梯门打开，我们的眼前是一片群情沸腾。闪动的白色灯块在亚光黑的墙面上画出富于表现力的形状。穿着时髦的酒吧保安身材修长，面无表情，一脸训练有素的冷酷。一群未成年的女孩仿佛是从昆廷·塔兰蒂诺脑补的学生妹功夫电影里走出来的一样，正兴奋地渴望着堕落。在吧台的保单上签名就可以拿到可卡因，电子舞曲"动呲哒呲"地不停歇，空气里充满快活、自由和嬉戏的味道。这是对西方年轻人的生活风格的再创造，而非死板的复制。如果我非得给它起个绰号的话，

---

[1] "泡泡糖"音乐：指一类朗朗上口、旋律轻快、歌词通俗的流行音乐。

就叫"喜庆酷迪"好了。

在这个充斥着工业享乐主义的豪华顶层公寓里,我和几个月未见的巡演剧组重聚了。我比他们中的许多人都要大上二十到三十岁,在这种年轻人的场合看到我,他们脸上惊讶的表情可以说是这次巡演中的亮点之一。我们在这个不像我这个岁数会出现的场合拥抱、亲吻,并为此大笑。他们欢快不已。那天是纳伊姆的生日,而且台北是他们几周里来过的第一个大城市。他们刚刚完成巡演中最漫长、艰难的一部分:穿越散布在南太平洋上的群岛。这支尤利西斯的队伍,在经历了荷马史诗式的煎熬之后决心要好好庆祝一番。我们在长软椅上坐下,年轻人轮流去舞池跳舞,频闪的灯光下,他们扭动的身体被定格在奇怪的姿势上。在软椅上,那些坐下休息的人大声叫喊着,零零碎碎地讲起巡演的故事。

剧组刚刚结束在帕劳的巡演,那是个位于密克罗尼西亚的小岛国。在经历了不少关于场地的讨价还价之后,剧组定下在一所学校的报告厅表演,汇集了由二十七位"高级"观众组成的观演阵容。演出开始前不久,一辆豪华的劳斯莱斯停在了门前。乘客座椅旁的有色车窗被摇了下来,车里坐着一位戴着深色墨镜、看上去有权有势的女人。舞台监督相当尊重地走上前去,却被对方大吼了一句:"我的钱呢?"

"不好意思?"

"我的钱呢?不给钱,不给演!"

"做什么用的钱?"

"要在我的报告厅演出,现在就要交一千五百美元。我是帕劳女王。不给钱就不许演!"

"呃……有人告诉我们钱是交给政府的!"

"钱不交给政府。你现在就要交给我,不然就不准演!"

她拒绝离开她的女王车后座,剧组的人只好一边扒着车窗向她示好,一边疯了似的给伦敦方面打电话以弄清事情原委。戏剧学院的舞台监督专业并不教你如何和帕劳女王打交道。

剧组成员还有很多关于乘坐单发螺旋桨小飞机穿越太平洋的恐怖故事。很多这种小飞机都不能托运剧组的超规格道具箱,这意味着很多装着服装、道具和大部分舞台布景的航空箱我们都不能携带。不止一次,剧组不得不用只剩下三分之一的必要道具东拼西凑出一场演出。与此同时,舞台监督还要尝试在太平洋的海水里寻找刀剑、紧身衣和涂绘布景。这种事情发生过太多次了,以至于最终大家集体喊了一句"去他的",决定放弃这些行李箱,干脆每到一个新国家就从零开始搭一次台。剧组搜遍了当地的市场,寻找适合人物角色的布料和围巾,依靠想象力将看似不可能的物件转化成关键道具——显然,台球球杆就是剑的完美替代。

蟑螂是故事中的一个常规主题——每个人都有个关于蟑螂的故事。在黑暗静谧的小岛之夜里,在常让人幽闭恐惧发作的岛上生活中,除了数房间里的蟑螂并给它们分门别类之外,剧组成员们没有别的消遣途径。"它有**这么**大。""房间里有**这么**多。""我的枕头上有三个……"蟑螂侵入了这片地区并泛滥成灾,同样也骚扰着大家的头脑。约翰是蟑螂故事之王。一天早上,他收拾得干干净净,到并不怎么宜居的旅馆的大厅同剧组一起吃早餐。再回到卧室时,他看到床正上方的一大块天花板跌落了下来。它是被岁岁年年累积下来的蟑螂压垮的,这些蟑螂正在一片废墟里嘶嘶作响。

除了这些脏兮兮的逸事之外，剧组还讲起很多被热情欢迎的快乐故事，他们用手机视频记录了一些短暂却美好的相遇。在图瓦卢，剧组在机场和酒店之间的一个小地方即兴搭建了一个舞台，一群孩子着迷地看完了他们的排练和表演。一段视频里，一群兴高采烈的四岁孩子跟着谢幕的吉格舞高兴地蹦蹦跳跳。另外一段视频记录了在基里巴斯的一个大型体育馆里举行的欢迎仪式、仪式上的舞蹈是如此协调美丽，然而，外宾使节们西装革履地正襟危坐。这一情景跟原住民们为他们的到来而摇摆舞动的画面放在一起，简直影响了这种传统欢迎形式的美感。这很可惜，因为还有什么比舞蹈更棒的欢迎方式呢？在索马里兰，当地人用脚步踩踏出节奏，我坐在稻草屋里看着，感到无比的快乐。剧组里的几个人加入了舞者，和他们一起跳了起来。也许我们也应该鼓励国会议员的代表们在希斯罗机场用交谊舞迎接来访者。

在台北的舞池里翻转的是另外一种舞步。人们喜欢扎堆跳舞，这种集合并无性的意味，其乐趣在于感受个人融入舞动的人群的过程。我们剧组的人则遵循西方的风格，要么自己跳，要么和舞伴一起跳。舞步的差异很明显，更何况我们的剧组还有另外的特别之处：我们是舞厅里仅有的白色、黑色和棕色面孔。这更添加了狂欢的气氛。马特出于自己的好意，找到了一位新朋友并邀请他加入了我们。"这是修凌。"他喊着，"他在这儿没有其他朋友，所以我拉他加入我们。""你好，修凌!"在震耳的音乐背景里，每个人都大声地和他打招呼。"马特人真好，我们都这么想。"马特和修凌讲了三分钟话，然后他好像感觉有点儿无聊，就丢下修凌回到了舞池。

我太累了，年纪又大，行动也迟缓，不愿加入舞动的人群用自己老

太平洋岛的上帝 133

掉牙的舞步降下舞池的热度，于是我坐回到沙发上，听剧组大声讲更多在太平洋群岛历险的故事。有一些故事讲述了在不可思议的地方的艳遇（大家将其戏称为"召妓"）、浮潜经历和像野马一样颠簸、抖动甚至下坠的飞机……然而，所有这些关于过去几周的环游故事似乎都在同一个地方汇聚，一个像磁铁一样将其他故事拉到一起的神奇国家：瑙鲁。

在2013年夏天我们为各国大使举办的那次早餐宴会上，一个男人迟到了。他穿着萨维尔街[1]定制的西服，细瘦的身材顶着一头狮子式的鬃毛，突出的下巴是典型的英国私立学校风格。他看上去像是房间里头等重要的人物，用带着特权的眼神扫视着人群。他是联合国的高官？是外交部的家伙？还是英国文化教育协会的主任？我们惴惴不安地接近他。

"请问您是哪里的代表？"我们小心翼翼地问道。

"我——"他一开口的自信仿佛惊雷，然后停顿了下才继续说道，"我是瑙鲁的高级专员。"

"哪里？！"我们异口同声地发问。每个人都在心里纳闷："瑙鲁是哪里？"

他看上去有些泄气，把一本宣传册塞进了我们手里。那是我第一次听说这个国家，但是手册封面上的照片瞬间吸引了我。那是一张航拍照片，照片里是一座浮在太平洋深蓝色的海水中、漂亮极了的圆形岛屿。他解释说这是全球人口规模最小的国家。这片环状珊瑚岛原本充盈富裕，主要资源是鸟粪石。澳大利亚人为了提取磷肥开采了鸟粪石，资源开采干净之后，他们就将这里抛弃了。这位专员告诉我们，瑙鲁曾是一

---

[1] 萨维尔街：英国伦敦的一条老街，街上都是高级男装定制店，又称"裁缝街"。

个美丽的地方，但那里没有人听说过《哈姆雷特》，可能也没有人听说过莎士比亚，甚至英格兰。

瑙鲁成了我们追寻的焦点。这个遥远的地方，那里的景色和文化我们不曾见过，它在地理上难以接近，其思维方式与我们更是相差了十万八千里，于是它成了一个象征，象征着巡演任务的范围之广、野心之大，以及所接触的陌生文化之多。"我们可能连瑙鲁都会去。"我们会跟别人这样讲，看着他们脸上露出越发困惑的表情。"我们正在去瑙鲁的路上。"每当我们开始计划确定巡演的范围时，我们也会这样告诉自己。"我们终于到瑙鲁了。"我们把抵达瑙鲁时从小飞机上走下来并走向一张写着"欢迎来瑙鲁"的海报的视频发给伦敦的办公室，还附上了一声惊喜的大叫："万岁！"我们自以为来到了天堂。然而，从我在台北听到的故事来看，真相并没有这么美好。

"天啊，瑙鲁！"他们朝我大喊，"我们恨不得立刻离开那儿。""那是我这辈子最长的三天。"所有南太平洋旅程上的疯狂似乎都在瑙鲁交汇。澳大利亚人，在剥削了当地的自然资源之后，罪上加罪地把他们最没有营养的食物输出到瑙鲁的市场。澳大利亚那些被施了掠夺而来的磷肥的草地喂饱了奶牛和猪，这些猪牛身上高脂肪的下脚料被做成炸肉块和其他加工蛋白质，重新进入瑙鲁的市场。这不仅导致了当地的肥胖问题，也让大多数人精神萎靡。在工作日早上任何一家麦当劳餐厅里都可以看到这种极其萎靡的状态，这是全岛的普遍现象。澳大利亚不仅将这座岛用作屠宰场废料的处理厂，还在这里扣留和处理从伊朗、巴基斯坦和阿富汗远道而来的难民。剧组在歇工日去拜访了这些难民营，和滞留在那里的人交谈。有人选择环游世界以享受旅行的自由以及新鲜多样的文化交流，这些人能够以故乡的美梦为安慰；也有人被这个世界可憎的不公逼迫，不得不为了寻求一个更好的未来而踏上危险的旅程。在这两种人之间横着逻辑和正义的鸿沟，但我们的剧组宽厚而细心地试图通过询问和倾听来跨越这个鸿沟。

站在夜店里，我听到了很多关于难民的转述故事。载满了人出海的船只再靠岸时只剩下不到一半的乘客，饥饿、暴力、疯狂和自杀已经将很多人的生命掠走。留下来的人经历了难以想象的恐怖，最终仍只能坐在太平洋中的一块火山岩上等待，而澳大利亚政府却对他们的存在置之不理。在岛上，难民和原住民之间的关系也相当紧张和不安。几年前，被警卫的残忍和前途的无望逼得走投无路的滞留者们发动了暴动，放火烧了部分拘留中心，不断加深的绝望让他们不惜毁灭自己的生存之所。那一年，地中海和印度洋中涨满了移民们绝望的新故事，这让我们巡演的愉悦和热情看上去更加奢侈，这也提出了关于巡演宗旨的新问题。面对这个世界无法无视的残酷、愚钝和悲伤，我们能做什么？该怎样回应？在现在这个时候，除了倾听更多故事之外，我们无能为力。

剧组到达瑙鲁的第二天，当地酝酿已久的怨恨转化成了赤裸的攻击，瑙鲁反对党失去了对政府的耐心，袭击了他们自己的议会大厦。涉及澳大利亚和臭名昭著的"鸟粪石"事件的腐败指控传播到四处，剧组见证了一场最终发展为攻占议会大厦大门的争夺。第二天，剧组在电视上看到一位反对党政客猛烈地批评了执政党。他们没想到的是，那天下午，这位政客与他们同在一班离岛的航班上。起飞一再推迟，直到几位警官登上飞机要求这位政客下飞机。他拒绝了。事态很快升温。忽然飞机遇到了技术问题，所有人都被赶下飞机。当他们再次回到座位上时，那位反对党政客已经不见了。他遭遇的或许就是罗森格兰兹和吉尔登斯吞的命运，如果有这么一回事的话。

★ ★ ★

压轴的是瑙鲁历险记中最奇异的一个故事。在这个世界上最小的岛国上，由奇迹般的巧合指引，剧组遇见了一位和他们一样正试图环游世界的人。然而，这位来自美国中西部、好心又老实的家伙却背负着与我们不同的使命。他的目标是肩扛一个巨大的十字架徒步穿越世界上每一个国家，这是耶稣基督缓步走向加略山的当代再编版。幸好，这位年轻人的十字架带着轮子，他的名字也恰好就叫作基思·惠勒[1]。尽管十字架看上去规模惊人，但其实可以折叠起来作为随身行李带上飞机。惠勒的精神导师是另一位名字恰好叫阿瑟·布莱斯特[2]的人。如果你不信我的话，可以去查他们的网站。

我们剧组的那位基思和惠勒先生聊天发现，惠勒在阿肯色州立大学读书时是一名撑竿跳运动员，他就在那时感受到了召唤。在1985年的耶稣受难日（周五），他把一根竿子换成了两根，开始了穿越七个大陆、一百五十个国家、长达四万公里路的朝圣之旅。他进过监狱四十次，被车撞倒了三次，两次险些丢了性命。据他说，他在基督教国家遭遇的冲突最多，因为他并不把自己归类在任何一个基督教派系中。

他经历了卢旺达大屠杀，在上一次伊拉克战争前去了伊拉克。由

---

[1] 惠勒（Wheeler），英文名词根为wheel，意为"轮子"。
[2] 布莱斯特（Blessitt），即"bless it"，字面意思为"保佑它"。

太平洋岛的上帝

于没有得到伊拉克的入境许可，他背着十字架走到了约旦边境，要求会见萨达姆，然后跪下来祈祷。在一番争论和电话联系之后，边境守卫同意了。于是，惠勒得以入境，并被允许和萨达姆进行长达一个小时的会面。剧组成员们被惠勒的真诚和朴实打动。尽管并不是福音剧团，大家却比任何人都尊重惠勒的成就。在瑙鲁，惠勒遇上了暴动并在其情势恶化的时候亲自说情调解。他说，他背着十字架走进人群，开始祈祷，每个人都很快平静了下来。

剧组成员对宗教各有各的看法。阿曼达的父母都是英国国教的牧师，她的母亲尤其受人敬重，一度有内部消息称她将被选为首位女主教。她的母亲有牙买加血统，在哈克尼主管一个教区，还曾是国会大厦的牧师，那时她曾经为玛格丽特·撒切尔守灵一整夜。马特的父母是犹太教民主进步派的拉比，他的母亲是英格兰最早的几位女性拉比之一。珍的成长环境有佛教文化背景，她有特别的笃信佛教的方式，并不拘传统。

纳伊姆是我遇到过的最为安静又最虔诚的人之一。在彩排和巡演期间，我曾几次目睹他面对困难时以冷静和沉着稳住大家的阵脚。每当他接受新意见或面对新情况时，你可以看得出他在使自己冷静下来，他仿佛在自己的头顶盖起一个大理石房顶，在周围竖起坚固的石墙，将世界的嘈杂和躁动隔离开来，以便在他私人清真寺纯净蓝色的包围下思索化解冲突之法。他的父母是虔诚的穆斯林，他们对信仰的坚持使他们无法来观看演出，亲眼见证儿子纳伊姆的成就。

一次在吉布提吃午饭时，我们聊起宗教如何影响我们的生活。我们对话的内容是信仰、困惑和个人经验叙事的结合，在当下这个世俗的世界里,前辈们坚韧的信仰已如同古老教堂的壁画一样褪色,我们这样的对话并不令人意外。"我的宗教信仰是私人的,以我自己的方式形成"……"我借助我的信仰在这个世界上寻找一条道德的途径"……"宗教给我归属感"……"我在任何事物中都可以看见上帝"……"我不相信传统体系"……我曾同其他人一样迷茫困顿。不可知论的限制性特征是它拙于辞令:它既不是无神论残酷的现实主义,也没有宗教的强烈笃信。它支配的是一片无人区,思维在其中试图寻找并不存在的语言,其目的是捕捉一个轮廓被遮在雾中的形象。

红海轻柔地拍打着船下的礁石,我们坐在甲板上,谈起不可知论的不可说如何伴随影响我们的一生。我们的句子总是以不确定的词语开头:"我不知道,但是……""我感觉……""有一种感觉……""在我们所知的东西之外还有其他的存在……"这种不确定性代表了一片真空,在让我们害怕的同时也给人以希望,因为真空需要被填满。这种缺失激发了我们对世界、对其饱含的惊喜的渴求,以及最重要的对爱的渴求。这种爱带着翅膀,时常就在我们的身侧飞行,但偶然会被气流捕捉,飘到别处,留下温和的不可知论者再次开始他的找寻。爱是寻找的过程,而非确定性本身。不可知论者的旅程充满怀疑、未知和困惑,他们面对世界心怀谦卑。从很多方面来讲,我们希望我们的环球巡演和这部剧的故事本身就是这样的一个旅程。《哈姆雷特》是讲给不懈追寻着的不可知论者的故事,它抵抗确定性。而且,这是一种积极的抵抗。

耶稣基督如同那个走在孤独的受难之旅上的男人一样徘徊在《哈姆雷特》里,跳着舞步在它的世界里进进出出。有数不清的理论谈过宗教——尤其是基督教——在剧中的作用。虽然这些理论声称要解释《哈姆雷特》的世界，但每一个理论实际反映的不过是自身的宗教来源而已。曾经有一个时期，莎士比亚被视作巩固文明堡垒的又一支柱。在那时，《哈姆雷特》被解读为基督教戏剧，讲述一个迷失的基督徒在经典的基督教真理阐释的指引下迷途归正的故事。格林布拉特关于《哈姆雷特》与炼狱的研究极具启示性，它让我们清楚地看到来世以及埋葬的观念是剧中情感强度的最重要来源。很明显，剧中任何杀人的行为，不管是取别人的性命还是自己的性命，都被基督教世界观里的伦理价值衡量所影响。在这部主人公把大把时间都花在维滕贝尔格的剧中，你很难说当时席卷了全欧洲的热烈的基督教、新教之争有没有渗透进剧本的张力之中。

尽管如此，我们仍有可能过分强调了宗教和耶稣基督在《哈姆雷特》里的意义。剧中的独白是关于这个朦胧世界的清晰思考，而非清晰世界里的朦胧思考。正如哈姆雷特所说，来世并非是确凿的：

谁愿意负着这样的重担，在烦劳的生命的压迫下呻吟流汗，倘不是因为惧怕死后不可知的某些东西，惧怕那从来不曾有一个旅人回来过的神秘之国。

（这句话的论点并不扎实，因为哈姆雷特是少数见过神秘之国回来的旅人的人，这个人正是他的父亲。你确实可能想大喊"那父亲的鬼魂不算吗"……然而，在莎士比亚的剧里寻找宇宙的一致性和在现实世界里追寻这一点的企图一样愚蠢。）从莎士比亚潦草的用词"某些东西"（something）里，我们可以体会到一种强烈的不确定感。这个词提

140　　　　　　　带莎士比亚走遍世界

出了问题，而非表达了观点。这是个很有趣的英式英语用词，华兹华斯的《丁登寺》也同样巧妙地借此词表达了盎格鲁-撒克逊式的含糊。在诗中，华兹华斯追寻崇高，却只找到：

像是有高度融合的东西
来自落日的余晖，
来自大洋和清新的空气，
来自蓝天和人的心灵。[1]

在这两部作品里，"东西"一词都显得笨拙和偶然，它来自一个粗糙、困惑、世俗的世界，来自我们英国肥沃的土壤，它迫切想要企及那些崇高的理念，却缺乏触碰它们的信心。

《哈姆雷特》错综复杂的人物关系也质疑着基督教基础信念所承诺的确凿和稳定。哈姆雷特和奥菲利娅之间的爱并不是永恒的：这种爱压垮了二人，更摧毁了奥菲利娅。宗教信仰对此并没能提供任何慰藉：尼姑庵在别处。剧中充满焦虑的家庭关系建立在基督教诞生前的模式上，有意暗合埃斯库罗斯的《奥瑞斯提亚》。亲子之间的沟通毫无效果，而神明却丝毫不安抚、不缓和、不治愈。剧里的政治尽是权谋争斗，监视内部成员的不满，镇压大大小小的反抗，同他国竞抢地区影响力。剧中虽然有对宗教制裁的诉求，但这种制裁并非出于对信念的坚守，而是为了一己私欲。剧中角色都在犯错，并且与其他人的错交织在一起。即便

---

[1] 本译文节选自王佐良译本。

是剧中的牧师，也同莎士比亚作品中的大多数修士和牧师一样，是凡人而非圣人。当今世界，有不少人对宗教绝对性笃信得可怕；在《哈姆雷特》中，这样的人并不存在。

在故事的结尾，哈姆雷特确实将他的灵魂牵系在了一个平静安详之所。同海盗历险归来后，哈姆雷特给自己已经乱麻一般的自我又添了一条新绳，即受宗教影响的决定论。他和自己的密友霍拉旭谈起重回丹麦的经历时，他说："无论我们怎样辛苦图谋，我们的结果却早已有一种冥冥中的力量把它布置好了。"

这句话似乎能让"自我意志还是宿命论"的争论一了百了。之后，哈姆雷特在答应和雷欧提斯比武之后表现出了天使般的平静："一只雀子的死生都是命运预先注定的……"雀子的死生来自对《圣经·马太福音》第十章的引用："两个麻雀不是卖一分银子么？若是你们的父不许，一个也不能掉在地上。就是你们的头发，也都被数过了。所以不要惧怕，你们比许多麻雀还贵重。"引用《圣经》，一个疲惫的灵魂在冥冥之中找到平静，终于向某种更高意志臣服，所有这些似乎都指向一个方向，即一篇关于一个困惑的年轻人是如何通过宗教言语终于找到出路的本科生论文。

但这并不是故事的全部。在回到丹麦之后，哈姆雷特因看到雷欧提斯在奥菲利娅墓前悲痛陈词而发了疯；他机敏又刻薄地羞辱朝廷的弄臣奥斯里克；他的骄傲迫使他接受了雷欧提斯的挑战；在决斗中，他再次丧失了理智。哈姆雷特新近寻得的宗教虔诚和基督徒的平静固然不可否认，但这种虔敬同疯狂、压抑、骄傲和攻击性紧紧联系在了一起。哈姆雷特，同他的创造者莎士比亚一样，心灵躁动又性格多变，以至于不会执着于什么单一的信念。哈姆雷特将宗教信仰包含进了自身，他实践着宗教的丰富内涵和巨大潜力，但并不被它裹挟。

在剧本凄惨的最后一幕里，儿子、母亲、继父和雷欧提斯流血的身体扭曲着横在朝廷之上，刚刚死去不久的尸体躺在新掘的坟墓之中，国家正在塌陷的边缘，一位外来的领袖即将成为新王，所有的失去叠加在一起。面对这些，我们很难想象宗教信仰的存在，更不要说它统摄一切的力量了。耶稣基督在剧中出现，但并不是主要角色——他只存在于页边的空白处，在剧本当中飘然而过，他的身影也只轻轻掠过莎士比亚的世界。同正走遍全球的阿瑟·布莱斯特和基思·惠勒一样，基督是背负十字架孤独行走在世界上的人。虽然他被逼迫至《哈姆雷特》和这世界的边缘，但他依旧存在。

★★★

此刻的台北已经差不多是早上，像在之前的很多个国家、很多个城市的很多家夜店一样，我们是最后一批离开的人。店里的音乐不再燥热，眼花缭乱的灯光秀转眼间变成纯粹的白光，一片催促着人们回家的空白。经历了穿越太平洋群岛的反乌托邦历险，剧组耗尽了所有累积下来的狂欢的力气，他们的热情已融化成疲倦。这个房间几个小时之前还充斥着性、噪音和舞蹈，还有旧的、新的，以及有待讲述的故事。现在，当我们踏进电梯、准备走到黎明里去时，它已是空无一人。所有的陌生人都已经离开。

65	**葡萄牙**，里斯本 贝伦文化中心	2015年1月5日
66	**阿尔及利亚**，阿尔及尔 马耶迪内·巴赫塔齐阿尔及利亚国家剧院	1月7日
67	**突尼斯**，迦太基 迦太基圣路易斯大教堂	1月10日
68	**埃及**，开罗 亚历山大图书馆	1月12日
69	**厄尔特里亚**，阿斯马拉 罗马影院	1月15日
70	**苏丹**，喀土穆 国家剧院	1月19日
71	**埃塞俄比亚**，亚的斯亚贝巴 埃塞俄比亚国家剧院	1月22日、24日
72	**吉布提**，吉布提 吉布提皇宫凯宾斯基酒店	1月26日
73	**索马里兰**，哈尔格萨 大使酒店，由哈尔格萨文化中心主持	1月29日
74	**肯尼亚**，内罗毕 欧斯瓦中心	2月2日
75	**乌干达**，坎帕拉 乌干达国家文化中心	2月4日
76	**卢旺达**，布塔雷 卢旺达国立大学	2月7日
77	**布隆迪**，布琼布拉 国王会议中心	2月9日
78	**坦桑尼亚**，达累斯萨拉姆 小剧场	2月12日

79	**尼日利亚**，拉各斯 穆森中心	3月4日
	尼日利亚，拉各斯 救主书院	3月6日
80	**贝宁**，科托努 英语国际学校	3月8日
81	**多哥**，洛美 洛美英国学校	3月10日
82	**加纳**，阿克拉 加纳国家剧院	3月13日
83	**圣多美和普林西比**，圣多美 议会大厦	3月15日
84	**象牙海岸**，阿比让 吉-艺·姆博克村	3月19日
85	**刚果共和国**，布拉柴维尔 表演艺术培训及研究中心	3月22日
86	**刚果民主共和国**，金沙萨 博博托文化中心	3月24日

8
谋杀和稻田

哈姆雷特： 现在我可以痛饮热腾腾的鲜血，干那白昼所不敢正视的残忍的行为。

（第三幕，第二场）

作为文学世界里公认的最具冥想与哲思的剧本之一,《哈姆雷特》中的死亡人数是惊人的。其伤亡比率虽然比不上《终结者》,但和《泰特斯·安德洛尼克斯》相差不远。《哈姆雷特》开始于一个看守严谨的城垛上。丹麦正处于紧张的全国守戒当中,因为邻国挪威的年轻王子福丁布拉斯"召集了一群无赖之徒",准备夺回他父亲所丧失的土地。

　　鬼魂的首次出现交代了导致这一颇具紧张感的场面的背景。以鬼魂模样现身的哈姆雷特之父(名字也叫作哈姆雷特)在哈姆雷特出生当天杀害了福丁布拉斯的父亲(名字也叫作福丁布拉斯),并以此为自己的国家获得了一大片领土。父子同名为想要弄清剧情前提造成了困难,却给精神分析学者们提供了研究课题。考虑到莎士比亚幼年夭折的小儿子叫作哈姆内特(Hamnet),课题研究很快发展成研讨会。再加上有传言称莎士比亚本人曾在自己父亲去世不久后饰演过哈姆雷特之父的鬼魂,研讨会很快又发展成没完没了的学术大会。

　　谋杀老福丁布拉斯是推动剧情发展的多条缜密线索之一。第二个也是最主要的杀人事件当然是鬼魂老哈姆雷特的被害。尽管我们都知道在人间逗留的鬼魂常常有冤屈,一开始,老哈姆雷特之死对于观众来讲仍是个谜。很快,鬼魂以言辞华丽而引人入胜的戏剧性演说解释了他的缘由:

鬼魂: 我是你父亲的灵魂,因为生前孽障未尽,被判在晚间游行地上,白昼忍受火焰的烧灼,必须经过相当的时期,等生前的过失被火焰净化以后,方才可以脱罪。若不是因为我不能违犯禁令,泄露我的狱室中的秘密,我可以告诉你一点儿事,最轻微的一句话,都可以使你魂飞魄散,使你年轻的血液凝冻成冰,使的双眼像脱了轨道的星球一样向前突出。啊,听着,要是你曾经爱过你的亲爱的父亲——

哈姆雷特:上帝啊!

鬼魂:你必须替他报复那逆伦惨恶的杀身的仇恨。

哈姆雷特:杀身的仇恨!

鬼魂:杀人是重大的罪恶;可是这一件谋杀的惨案,更是最骇人听闻而逆天害理的罪行。

这段对话以"杀人"一词作为支点,其结构性意图仿佛是在构造复杂的拱廊上落下一块拱顶石,也像以脚尖支撑不可思议的重量完成趾间旋转动作的芭蕾舞演员一样平衡在这个关键词上。这起谋杀是故事的起点,杀人也成了推动全剧的火箭燃料。

在莎士比亚所有的作品当中,《哈姆雷特》对剧中人物的"大清洗"最为惊人。波洛涅斯被哈姆雷特所杀;奥菲利娅因父亲的死和与哈姆雷特的悲剧恋爱而抑郁自杀;罗森格兰兹和吉尔登斯吞被一位没有露面的英国国王砍了头;葛特露意外地被克劳狄斯为哈姆雷特准备的毒酒毒死;雷欧提斯被自己抹了剧毒的剑锋刺死;克劳狄斯被毒剑和自己的毒酒"双杀";哈姆雷特也死在这两者之上。哈姆雷特最后的台词"此外仅余沉默而已",既总结了自己的死,也总结了台上四散的其他尸体的命运。

剧中,我们在一片白骨中看到了弄臣郁利克的头骨,还看到一支要去波兰进行恐怖屠杀的挪威军队穿过舞台。剧中轻盈机敏的哲思、活跃闪烁的智慧和从容快意的即兴见解，都以死亡作为背景。

最终没有丧命的霍拉旭是一个无尽善良的角色，但他更像一个见证者而非主人公。另外幸存的福丁布拉斯是一位久经杀戮的军人，他也见证了混乱，通过抒发自己的不安让观众得以审视结局的残酷："这一种情形在战场上是不足为奇的，可是在宫廷之内，却是非常的变故。"这是个几近无人生还的故事。

剧中行动的迅猛让人怀疑该剧作为哲思论述的声誉，哈姆雷特自己也不像大家一贯认为的那样拖泥带水。这种想法其实是被奥利维尔的电影版本所强化了的一种谬见，那部电影一开头就说"这是关于一个无决心之人的悲剧"。在剧本的前半部分，哈姆雷特在排了一出戏之外什么也没有做；而在剧本的后半部分，他刺死了帘幕后的波洛涅斯，间接导致了奥菲利娅的死，假造了一封信打发了老友罗森格兰兹和吉尔登斯吞。他还无意中用毒剑刺死了雷欧提斯，又有意地用剑和毒酒杀死了克劳狄斯。在大约一个小时的台上时间里，他完成了三次意外杀人（杀害波洛涅斯全家）、两次间接的故意杀人和一次直接的、蓄意的成功谋杀。让人难以相信的是，经历了这场混乱之后，我们仍对哈姆雷特怀有同情。我们很难想到另外一个莎士比亚剧作的主人公像哈姆雷特一样杀害了这么多我们逐渐熟悉并喜爱上的角色，但当霍拉旭在刚刚死去的尸体前哀悼朋友时，我们仍忍不住掉下眼泪：

一颗高贵的心现在碎裂了！晚安，亲爱的王子，愿成群的天使用歌唱抚慰你安息！

《麦克白》讲述了一个精神病患者的故事，麦克白对待周围人如同死人一般冷酷（当然这是另一个值得探讨的话题），但即便是他都没有像哈姆雷特一样在台上伤害这么多主要角色。莎士比亚擅长在表面之下暗藏秘密，《哈姆雷特》的结尾让观众为一位造成了大规模毁灭的角色流下眼泪，这正是莎士比亚写下的最引人深思的矛盾之一。

当哈姆雷特开始行动时，他思绪的混沌和剧情的加速一并削弱了他的道德判断能力。在剧情的前半部分，哈姆雷特被困惑所麻痹；在后半部分，他不断在突发情况的干扰下行事。"生存还是毁灭"是关于自我毁灭正当与否的思辨。这个"应不应当"的问题常被误会成他该不该按照父亲的命令谋杀克劳狄斯。然而，哈姆雷特对后者的看法并非"应不应当"，而是"为何不能"。这个问题并非是个道德难题，而是有没有勇气的问题。从被父亲提出要求的那一刻起，哈姆雷特就没有进行太多道德分析，而是一味责备自己行动太慢。莎士比亚又一次不讲道德地操控着我们的同情，我们发现自己也放弃了道德考量，急切期待着哈姆雷特的杀人行为。哈姆雷特越是用完美的说辞和尖锐的真相自问"我为何不能杀了这个人"，我们就越是一齐想着"对啊，为什么不呢"而不去问这种行为正当与否。我们都成了同谋。

在《捕鼠机》这场戏中戏的结尾，宫廷一片混乱，哈姆雷特尤其因计谋奏效而得意，这时他终于表达了一位真正的行动者的决心：

> 现在我可以痛饮热腾腾的鲜血，干那白昼所不敢正视的残忍的行为。

很快，莎士比亚为哈姆雷特提供了行动的绝佳时机：克劳狄斯正在毫无防备地祈祷。哈姆雷特想："我正好动手。"他握着剑冲向克劳狄斯："我决定现在就干。"然而，他在半路停手。这一幕是该剧最为经典的定格画面之一：年轻的王子将剑悬于正在祈祷的国王头顶，在杀人的瞬间停顿。他正要动手，又决定不要动手。

让哈姆雷特在此刻放弃杀人的是严格的宗教信条。死时祈祷的人会上天堂，他怎么能在克劳狄斯祈祷时杀他继而送他上天堂呢？这算是哪门子为父报仇？毕竟哈姆雷特父亲死时刚刚酒足饭饱（"满腹面包"）正在午睡，他的灵魂在享乐之时被夺走，没有忏悔和被净化的机会。这些理由是很严肃的，在当时那个年代，它们是灵魂得以永远安息的重要条件。在相当世俗化的国家和世俗化的年代里（当今），这些信条的广泛接受度已经降低了。然而，这个即将杀人却选择停手的形象仍引人深思。

我们排演的版本为哈姆雷特提供了其他原因。我们实验性地安排克劳狄斯在哈姆雷特到来之际发出一小声悔过的叹息，因此，哈姆雷特停手是出于突然的良心发现。我们让哈姆雷特走近，正是这种近距离阻止了他，这让他惊恐地意识到他人肉身的实在性。他闻到了国王身上汗水的味道，他近距离地看到了国王脆弱的脖颈，他的手被某种天性直觉稳住了。这个画面十分有力，并且牢牢地镶嵌在我们的道德良知里，这不仅因为其中铺垫了多层讽刺（一位杀了人的国王想和上帝沟通而不能，不知情的他跪倒在一位无法杀人的王子面前），也因为这一画面提出了很多重要的问题，比如，我们为了什么而杀人；更重要的是：我们为什么不杀人？为什么停下？为什么不把他们全杀了？

★★★

"柬埔寨很平坦。"我们的飞机降落在金边机场时,就有人拖着诺埃尔·科沃德式的长音说道。这里的风景没什么特点,一片无尽的平原围绕着宽阔的湄公河,黄褐色的平坦土地被划分成长方形的农田。从高空看下去,这片黄褐色仿佛被红色点缀,土壤渗透出一股黑暗的魅力,让人不禁想起它近来所经历的暴力历史。我不确定这红色是真实的,还是被渗透进我这一代人意识里的西方意识形态所渲染出来的,但在那一刻,那猩红色的黏土足够真实。

湄公河串联起三个国家:它发源于老挝,穿过柬埔寨,在越南宽阔的三角洲汇入大海。四十多年间,这三个国家陷于经久不断的疯狂动荡之中,这样的动荡同任何国家的战争编年史一样荒唐。越南战争的爆发有一系列的历史原因:殖民主义的终结、西方世界与中国竞争所导致的权力代理人的战争、意识形态的对抗、区域地盘之争,以及对美国超级大国尊严的检验。然而,就像许多电影和重要著作里记录的那样,其动机最终仍可以归结为军队间的比武竞技。这种竞技的愚蠢导致了一场没有道德罗盘的战争,鼓吹士兵们为杀戮而杀戮,给越南这片土地带来了丑陋的疮痍,将破坏扩散到了周边地区,而且,不管是何来路,所有参战方的根基都被腐蚀了。越南遭受了重创,但邻国所遭受的可怕的连带伤害也是不可小觑的。

美国人的预防措施是对自己所有的预防措施都采用了归谬法,在越南邻国柬埔寨和老挝投下了相当于第二次世界大战期间所有参战国所使用的弹药量总和的弹药。其结果不仅是骇人的大规模死亡,还破坏了当地的社会结构和社会凝聚力,这种破坏使得最邪恶的势力得以乘虚而入。同叙利亚和伊拉克的情况相似,震撼与威慑跟经历数百年缓慢形成的社会系统相碰撞,并将其炸裂成碎片。无论发达与否,这些传统社会体系都胜过完全的无序,因为它们可以制衡疯狂和暴力。无论何种社会凝聚力,不管是无害的还是有害的,都需要历经几代人才能得以稳固;炸弹只需几秒钟就能将其炸毁,除了一片混乱之外它们几乎什么也没留下。混乱——尤其是由暴力导致的混乱——是怪物的温床。

1975年,在美国人离开西贡后不久,柬埔寨的红色高棉政权驶入了自己的首都金边,被沿街站着的人群雀跃地迎接。红色高棉领袖波尔布特和他的同僚都曾在巴黎留学,并为法国大革命着迷。法国人对纯洁和抽象的偏好,让机械一般的冷酷扎进了他们的心里。他们决心将他们所接受的罗伯斯庇尔等人的理念推行到极致,但他们比罗伯斯庇尔彻底得多。在进入首都后几天,红色高棉政府借口美军爆炸袭击预警危言耸听,将市民疏散到农村。市民一旦迁入农村便永久不可再回城,因为政府试图将整个柬埔寨变成稻农国家。他们将这一时刻定为"元年",将历史清洗干净,决定重新开始创造更好的世界。

为了更容易地达成这一目标,他们试图消灭一切有其他想法的人。他们不仅追捕批评家和反叛者,还追捕所有有可能成为批评家和反叛者的人。所有知识分子、教师和各种思想家都被清洗。有传言称他们曾决心杀害所有戴眼镜的人,因为眼镜显然代表了知识。不过在这一命令之后还戴眼镜的人显然也聪明不到哪里去,这一原则似乎有些适得其反。然而,红色高棉政府决心摧毁的不仅是知识,还有各类艺术。艺术成了敌人。他们不仅要砍掉国家的大脑,还试图破坏其想象和感受的能力。

在所有20世纪刻下历史疤痕的疯狂暴行中，柬埔寨遭遇了其中最恐怖的之一。

从空中俯瞰这片土地，很自然就会在头脑中为其标记出过去的疮痍，柬埔寨人也是这样鼓励我们的。旅游产业的收入不会降低，任何能带来收益的东西都被视作大有帮助。我看到一辆嘟嘟车、一辆尾气冒黑烟的黄包车。车的一侧有一块板子，上面列着一串旅游景点和去往各个景点的价钱。第一排列着"市内景点"，在金边王宫和国家博物馆之后排在第三的是大屠杀纪念馆；第二排列着"市外景区"，第一个就是杀戮战场。这种赤裸裸的对大屠杀的商品化让人感到不适。

在前往演出地点的路上，这种不适转化成了黑色幽默。我们只在柬埔寨逗留三十个小时，和其他时候一样，我们决心最大化我们的体验。大家举手示意有谁愿意在第二天一早参观杀戮战场。人们吵闹着计划起行程：睡觉、演出、晚饭饱餐、睡觉、大屠杀纪念馆。就在讲出的一瞬间，剧组意识到了在演出日程里安排参观谋杀现场的荒诞。他们以黑色幽默调侃起这个点子，有意轻松地回应一个旅途中的难题：我们该如何得体地看待他人的苦难？

这并不是我们第一次遇到这个问题。带着同样的黑色幽默，剧组讲起他们去过的其他地方，在那里，他们直面了人类屠杀同类的能力。最近的一次是在东帝汶。1975年，印度尼西亚凭着一个并不足取的借口入侵东帝汶，并侵占东帝汶长达二十五年之久，大量杀戮了当地人口。在东帝汶，剧组拜访了圣克鲁斯屠杀事件发生地，这一屠杀暴行被西方媒体目击，承认这一事件是人们不再闭目不见的缓慢转变的开始。在卢旺达，由于室内断电，剧组不得不在室外临时搭台，在聚集了上千名观众

谋杀和稻田

的庭院里成功完成了表演，一些观众甚至爬上树和墙观看，演出反响热烈。令剧组诧异的是，当地观众对死亡的反应就同对幽默和爱情一样轻松。跟随剧组进行观众反应调研的学者请一位女性观众解释原因。她讲起了在至今仍能从地里挖出白骨的国家生活是怎样的感受，她说在这里所有人都曾失去过很多亲近的人，对这里的人来讲，死亡并没有那么可怕。死亡就是死亡，没有什么特别。在埃塞俄比亚也有一座大屠杀纪念馆，在那里意识形态的棱角又被强加于其蜿蜒的版图之上。这个世界仿佛就建立在大屠杀上，以上就是生动的例子。在这个世界上，大规模杀伤被用来雕琢历史那张棱角分明的面孔。英国、美国和澳大利亚，这些隐藏得最好的国家远非清白。

我们到场地之后，技术人员问的第一个问题就是："这是关于红色高棉的戏吗？"他指着哈姆雷特手举郁利克头骨的海报这么问道。这个画面在很多国家都被认出是一部戏的标志，而在这里却让人想起不久前的历史。红色高棉政权创造出了属于他们自己的屠杀标志，他们将头骨铺满地，把它们密密麻麻地堆叠成石冢，点缀了当地的景观。很快，实际操作问题分散了我们的注意力，我们协商起该怎样在巡演至今最奇怪的场地顺利表演。这是一个像翻转的巨大澡盆一样的场馆，大得能够装进几千人。它位于大学校园内，在场馆的另一端是校长的演讲厅。这并不是演出一场复杂人文戏剧的地方。

演员们回到宾馆，我在大学里进行了演讲。台下八九十个面庞明亮的学生带着期待的神情看着我。我简述了环球剧院的历史，然后请大家提问题。他们用不同方式坚持问道："这部剧对现在的我们意味着什么？""对柬埔寨的历史意味着什么？"……我试图回答，但也敏感地意识到这是他们的历史,作为从别处来的无知之人,我不该冒昧地告诉他们该如何治愈他们的伤痕。然而,当时房间里充满了一种解释这出戏意义的强烈欲望。在这里,《哈姆雷特》并非仅是文学命题,而与一片至今仍在黑暗的包裹中渴求光明的土地产生了联系。

场地后方的光线不好。演出开始时有大约两千名观众,大多数学生都是免费入场。室内的音响效果让人着急,观众席中的任何咳嗽声都震耳欲聋,即便全部演员都站在台前把嗓子喊哑也没有人听得见他们的声音。在这样的场馆里,舞台布景需要重新设计,其复杂的造型需要在台前简化;复杂的心理变化也不得不让位于手势信号,细腻的台词韵律不得不变成奥林匹克大嗓门比赛。除此之外,全场被雨季来临前的闷热包裹,蝙蝠颇能渲染气氛地在台前和场内俯冲来去。虽然如此,演员们仍将戏剧、表演空间和观众们整合成了双方的交流。演出结束后,观众们热烈欢呼,激动地感谢表演的成功。

之后,我们和汤米的几个朋友见了面,他们正在同一个叫作"柬埔寨活艺术"的组织合作。柬埔寨一直以来都慷慨地贡献了丰富的艺术和文化,尤其是茁壮地生长于个体创作和公众视野前沿的艺术形式——音乐、舞蹈和歌谣。红色高棉给这个传统带来了破坏性的伤害。死于大屠杀的二百万人中有百分之九十是柬埔寨艺术家,他们是迫害的主要目标。但有少数人得以幸存,其中就有一个叫作阿恩·春-庞德的年轻音乐家。阿恩在儿童劳动营里学会了弹柬埔寨扬琴,他幸存的部分原因就是他可以在集体行刑时为红色高棉军官们弹琴。之后,他返回家园,决心在其他幸存艺术大师的帮助下,尽可能多地从灰烬中挽救曾经存在过的文化传统。他尽可能地录音、录像、教课,通过所有可能的方式传授相关知识，在这种坚持下，传统渐渐重获生机。柬埔寨活艺术悉心地再生了一片曾被清洗干净的生态环境。用他们自己的话说：

  对于历经了战争、种族屠杀和武装冲突悲剧的社会来讲，艺术发挥着加快社会恢复的决定性作用。守护艺术和文化遗产对于重拾意志、应对创伤和解放思想来说至关重要。在冲突日益频繁和加剧的当今世界，艺术拥有重建希望和鼓舞民族自决的力量。

在这般支离破碎却坚忍不拔的文化重建项目中，我们看到星星点点的希望。演出结束后，我们在路边一家明亮的咖啡店吃饭。我们吃了据传掺了可卡因的鲜美牛肉、炸成团的甜玉米和一大碗咖喱牛蛙。我们的一位承办人说，她对这个国家的迷恋只有一小部分来自吴哥窟和它们经久不衰、令人称奇的魔力，而大部分则是关于这片土地和它每年展示一次的神奇魔法。每年，雨水降临，黏土般的土地很快充满疯狂旺盛的生命力，泛红的褐色转换成最生动的绿色——一种目光所及之处无所不在的浓郁又明亮的绿色。

★ ★ ★

《哈姆雷特》中有两条以谋杀为中心的轴线。其中一个角色，哈姆雷特，被无情地怂恿实施谋杀，这是一条将不可避免导致杀人之实的线。另外一个角色，克劳狄斯，则试图从他的罪行中解脱出来，他的肯定和自信随着剧情的发展渐渐分崩离析。哈姆雷特在决定不杀克劳狄斯之前的踌躇一刻发生在剧本最关键的节点上，正是在这一刻，两条轴线交叉了。

在前两幕中，我们并不能确定克劳狄斯是否就是真凶。我们相信哈姆雷特，因为他是与剧名同名的角色，同时也因为他的台词掷地有声。然而，哈姆雷特神经质的想象力也有可能将任何人视作恶人。我们还听到了鬼魂的证词，但连剧中台词也对它的真实性将信将疑，没人能证明他是"万恶的妖魔"还是其他什么恶作剧者。

首先出场的克劳狄斯貌似可靠、强壮且性情开朗。他处理国事手段迅敏、平易近人，而且似乎对哈姆雷特尤其温柔体贴。他关于"死了的父亲"的演讲似乎很恰如其分。这个自信又有行动力的国王恰是哈姆雷特的反面，哈姆雷特将会被其惹恼，这也就几乎不难想象了。我们对克劳狄斯的怀疑直到第三幕第一场才被坐实。在波洛涅斯关于外表可以掩饰心灵的台词之后，克劳狄斯忽然转向台下，说出了以下这段最终被我们剪掉了的让人脊背发凉的独白：

> 啊，这句话是太真实了！它在我的良心上抽了多么重的一鞭！涂脂抹粉的娼妇的脸，还不及掩藏在虚伪的言辞后面的我的行为更丑恶。难堪的重负啊！

在克劳狄斯说完这段话并终于道出了自己的真相之后，哈姆雷特上台，开始了"生存还是毁灭"的独白。之前这位阳光的国王头顶悬着一团疑云，现在他已被黑暗完全笼罩了，我们对他罪孽的知情影响了他接下来的一系列行动。很快，他的边缘开始磨损。他和葛特露一开始还坚定而热烈的关系开始变得脆弱。他一开始时充满把握的判断力开始摇摆。听信波洛涅斯的计划监视哈姆雷特和奥菲利娅是一个多疑且欠考虑的行动。他似乎并不喜欢请伶人来宫中演戏的点子,但迟疑之后还是前来看戏了。在他眼前演出的正是他谋害王兄的过程,这一过程被两次再现,第一次是哑剧,第二次是念白。这恰是心怀罪孽负担的人最害怕的噩梦,罪行被曝光在众目睽睽之下更是任何君王的噩梦。克劳狄斯冲上台,大喊着:"给我点起火把来!"第一幕中圆滑的政治家一下子变成了胡言乱语着想要摆脱噩梦的独裁者。之后我们看到克劳狄斯紧张地试图与罗森格兰兹、吉尔登斯吞和波洛涅斯商量对策。其后,他独自一人留在了我们觉得应是个小教堂的地方,我们看到他在观众面前试图承认自己的罪行、忏悔自己的灵魂。

紧接着的是莎士比亚最有力的独白之一。这是一个很有吸引力的戏剧时刻,其主角是一个与自己的良心摔跤的人、一个想要洗净自己灵魂的人、一个试图勾销自己罪恶过去的人。幸好,我们当中几乎没人了解杀人是怎么一回事,尽管它常常出现在我们最可怕的噩梦中;我们也并不是很清楚时刻想要逃离罪恶是怎样的感受,但我们仍可以通过文学想象(比如陀思妥耶夫斯基笔下拉斯柯尔尼科夫狂热的自我折磨)来同情地理解这种感受。在这段话里,对人类良心血淋淋的撕扯被展现得淋漓尽致,这在文学作品中是少见的:

> 我的罪恶的戾气已经上达于天;我的灵魂上负着一个元始以来最初的诅咒,杀害兄弟的暴行!我不能祈祷,虽然我的愿望像决心一样强烈;我的更坚强的罪恶击败了我的坚强的意愿。像一个人同

时要做两件事情，我因为不知道应该从什么地方下手而徘徊歧途，结果反弄得一事无成。可是，唉！哪一种祈祷才是我所适用的呢？"求上帝赦免我的杀人重罪"吗？那不能，因为我现在还占有着那些引起我的犯罪动机的目的物，我的王冠、我的野心和我的王后。试一试忏悔的力量吧。什么事情是忏悔所不能做到的？可是对于一个不能忏悔的人，它又有什么用呢？啊，不幸的处境！啊，像死亡一样黑暗的心胸！啊，越是挣扎，越是不能脱身的胶住了的灵魂！救救我，天使们！试一试吧：弯下来，顽强的膝盖；钢丝一样的心弦，变得像新生之婴的筋肉一样柔嫩吧！但愿一切转祸为福！

"救救我，天使们！试一试吧！"这可不是一个温和的祈求，而是迫切的咆哮，是迷途之人的咆哮，他呼唤所有可能提供帮助的神明，祈祷它们伸出援手。正在这时，哈姆雷特出现在毫无察觉的克劳狄斯身后。哈姆雷特下不了手去杀的正是这个克劳狄斯，这个被毫不抽象的罪恶感紧紧扼住的可怜人，这个向亦真亦幻的上帝祈求着的人。年轻的王子愉悦而痛苦地纠结着想要杀人的念头；年长的国王挣扎着想要摆脱杀人的过去。这种对比与平衡使得哈姆雷特不能下手，只有这样，两人才能保持僵持、陷于困惑，谁都无法与自己和解。一人想要杀人，一人想要远离杀人。哈姆雷特下台后，克劳狄斯对刚刚逃过的一劫并不知情，他望着观众，赤裸裸地讲起他赎罪的失败：

我的言语高高飞起，我的思想滞留地下；没有思想的言语永远不会上升天界。

对于克劳狄斯这个凶手来说，没有什么能够赎罪或者提供解脱。从这一刻开始，克劳狄斯成了一个越发干瘪的形象，沉重的罪孽掏空了他的一切希望和人性。他的偏执和对权力的欲求越发绝望，他威胁哈姆雷特的人身安全以从他口中索取信息，把哈姆雷特送到英格兰并下密令将其处死。他欺骗葛特露。他们的这段感情，在开始时充满性吸引力和热情，现在变得干枯而沉闷。克劳狄斯以死气沉沉的平淡口吻讲起任何一段感情都必将经历的爱的丧失：

> 我知道爱不过起于一时感情的冲动，经验告诉我，经过了相当时间，它是会逐渐冷淡下去的。爱像一盏油灯，灯芯烧枯以后，它的火焰也会由微暗而至于消灭。

待哈姆雷特回到丹麦，克劳狄斯在带着最后一丝国王的尊严收服了雷欧提斯之后，突然冒出一个卑劣的念头，即利用雷欧提斯杀掉哈姆雷特。克劳狄斯此时表现出的兴奋与窃笑同卑鄙的低等罪犯无异。剧目开始时君主的威严在剧终变成了小人的紧张和妄想。克劳狄斯的阴谋注定要失败，并连带将葛特露、雷欧提斯同自己一同害死。死前的克劳狄斯还留有最后一口气，一声已经太迟的"救命"的呐喊，类似于萨达姆·侯赛因在绳子勒紧了脖子时朝行刑者喊出的那一声"去你妈的"。被抹了剧毒的剑尖刺中，并被迫喝下了自己的毒酒之后，克劳狄斯大叫："啊！帮帮我，朋友们；我不过受了点儿伤。"

这是个悲伤的结局，逃离杀人之过的旅途并不好过。克劳狄斯灵魂中的丑恶使他始终同真实分隔，也使他远离了他最亲近的人和其他所有人,并且在不久后,他自己也最终丧命。克劳狄斯这条与主线并行的剧情是哈姆雷特不愿杀人的另一个原因。克劳狄斯的故事让我们看到杀人这种罪行所带来的身份危机。

谋杀被安置在《哈姆雷特》的中心。哈姆雷特最初的踌躇之后紧接着的就是疯狂的大规模死伤;克劳狄斯谋杀兄长的行为促使了他踏上寻求宽恕之旅,其失败导致了他道德观念尽毁。这告诉我们,取他人性命实则是给自己的毒药,也会牵连周遭的人。

★ ★ ★

波尔布特死在逃亡路上。他躲藏在泰国边境的二十年间手里紧握着一丝有名无实的权力,眼看着自己的党羽因为脱党或自己的偏执谋杀而逐渐解散。他自己的军队转而攻击他,在他即将被捕并交给当权政府时,他在睡梦中死了。有人说这是自杀,有人说是谋杀,这两种说法都确定他是中毒而死。抓到波尔布特的塔莫在对其的"反悼词"中反对说:"波尔布特像成熟的木瓜一样死了。没有人谋杀他,也没有人给他下毒。他现在完蛋了,不再有权力,也没有任何权利,他就好比牛粪,甚至连牛粪都比他重要,因为我们还可以用牛粪做肥料。"

波尔布特是否曾受到良心的折磨是个无解的问题。我们也不知道是否所有手上沾了血的人都像莎士比亚笔下受折磨的杀人犯一样渴望摆脱血迹。我所了解的三种曾取人性命的人中,一种人当真受着折磨,第二种人试图为自己的行为找到自我宽慰的借口,第三种人则几乎完全不在乎。虽然这很让人抑郁,但我想这样的分类在更大的范围里也适用。一些人挣扎着杀人,一些人说做就做,一些人之后同受了诅咒一样饱受折

谋杀和稻田

磨,也有一些人仍睡得安稳。在这个意义上,《哈姆雷特》的情景是理想化的。它既不是《麦克白》里蛮荒的苏格兰,也不是《李尔王》里黑暗时代人贱如纸的英格兰,在《哈姆雷特》的世界里,生命是有价值的,对生命的掠夺绝非小事。

★★★

演出结束的第二天早上发生的一系列事件让这些问题更加突出。我坐在酒店大厅的大理石桌旁,喝着泥一样的黑咖啡提神。我的平板电脑开始收到信息。一条是来自基思的。基思有个老朋友,在他环游世界的过程中,这位朋友也在完成一个同样有野心的壮举,即为全世界的每一个国家画一张漫画。其中以柬埔寨为主题的那幅尖锐而有力。画中,缩小版的哈姆雷特站在堆满了白骨的河边,对着空中弱弱地呼唤着:"郁利克,郁利克,郁利克。"漫画上方的文字说明讽刺地写着"演出顺利"。我收到的另外一条信息来自环球剧院的同事,他为了纪念我在环球剧院工作的最后一年,每天都会给我摘录一句莎士比亚的台词。今天的摘录来自《约翰王》:

建在鲜血上的根基不会坚固,
以死亡换来的生命不会长久。

另外一条信息来自一位观众在剧组社交媒体账号上的留言,这位观众来自一个正在缓慢重建本民族戏剧传统的国家,他的留言简洁恰当,说出了我们想要听到的一切:"我笑了。我感到了痛苦。我感觉我在活着。这是我看过的第一场戏剧,我没有任何遗憾。"

在连续收到这三条信息之后不久,我们的几位哈姆雷特——拉迪、纳伊姆和马特——刚一起参观完杀戮战场回来。像所有不知做何表情的人一样,他们脸上带着深受触动又尴尬的神情。他们像是在葬礼上想要询问父母该如何表现的困惑的孩子,在问出问题的那一刻前忽然在懵懂中体会到,自己的父母此时正面临着更糟糕的难题。我自己曾多次感同身受,也在我爱的人脸上看到过同样的表情,它总是刺痛我的心。怜悯存在却并不知道如何表达,这一困惑之地正是道德开始的地方。马特描述了他们所见的场景:散落的骨头、成堆的头骨、婴儿和幼童被砸死在树上,折磨继续的同时喇叭里播着轻快的亚洲民谣。马特讲话时的语调仿佛这次拜访发生在很久之前,这是人们为了防止崩溃的自我保护保持的距离。

我在离开的路上读进化历史,那是一本时而让人安慰、时而让人恐惧的书。给人安慰的是,它指出我们进化过程中的一大主要推动力就是人类幼子的羸弱。体积大的脑部让人类能够两足直立行走;两足意味着人类的母亲髋部狭窄;头大髋窄意味着婴儿将早产且脆弱。大部分人类社会都是为了给脆弱的婴儿提供保护而建立起来的。让人恐惧的是,人类也有杀戮的能力,为保护婴儿而建立起的社会组织也会发起大屠杀。马被大量屠杀,其他能成为人类食物的动物被关进栅栏畜养;其他人种(尤其是尼安德特人)被屠杀,其原因不过是为我们的自大以及沾满了血的胜利清道。最后,我们屠杀自己——智人,为的是一些不明不白的原因。领土?快感?习惯?或者这些都是真的。这就是我们真实的样子,迷失在保护幼子的温柔和屠杀他人的贪婪之间。我们对生命,尤其是脆弱的生命带着根深蒂固的尊重,这种尊重与疯狂野蛮的毁灭本能形成对比。当然,《哈姆雷特》给不了我们答案,这不是莎士比亚的意图。艺术同国家一样本能地拒绝条条框框的规束,哈姆雷特和克劳狄斯绝不是什么榜样。但也许正是由于答案的缺失,莎士比亚始终在无解的纠结中快乐地活着,仅仅要求我们尊重试图理解和试图进步的努力。这种努力本身才是最重要的。《哈姆雷特》不安地靠着一个问题活了下来:"生存还是毁灭……"也许,我们能要求自己做到的最好状态,就是不断地问这同一个问题。

我们一起乘大巴前往机场,在那里我们就要分手:我飞往伦敦回家,剧组飞往老挝和越南去迎接更多同样丰富的体验。我们驶过的金边充满生命力,集市里五颜六色,马路上车辆流动如织,小餐馆里满是坐在躺椅上的人,他们一边看着一侧电视里播放的足球比赛,一边看着另一侧电视里的情色影片,人行道上人头攒动。不管这个国家经历了什么(而且与其他所有国家相比,它遭受了最超出范围的恐怖摧毁),生命都带着它不可抗拒的明快欢喜汹涌逆袭而来。

我们必须感激这种不可抗拒的、汹涌的再生浪潮;感激音乐和舞蹈重新回到了这个几乎丢失了它们的国家;感激哈姆雷特在面对杀死克劳狄斯的机会时的踌躇,甚至感激克劳狄斯的良心;感激参观杀戮战场之后回来的几个孩子露出的困惑但道德观也得到了重塑的表情;感激在恢复和重生面前杀戮和残忍绝对的毫无意义;最终,感激在雨季到来时不顾一切疯长的那一片深深的、耀眼的绿色。

87	**南非**,约翰内斯堡 集市剧院	2015年3月27-29日
88	**莱索托**,马塞卢 莱索托国立大学	4月1日
89	**斯威士兰**,曼齐尼 火房子娱乐中心	4月3日
90	**莫桑比克**,马普托 阿维尼达剧院	4月5日
91	**马拉维**,布兰太尔 圣安德鲁国际学校	4月8日
92	**津巴布韦**,哈拉雷 七艺术剧院	4月10日
93	**赞比亚**,利文斯敦 首都剧院	4月12日
94	**博茨瓦纳**,卡萨内 萨博巴文化中心	4月15日
95	**纳米比亚**,温得和克 纳米比亚国家剧院	4月17日
96	**西班牙**,马德里 卡纳尔剧院	4月21-24日

9
安第斯山脉间的独白

哈姆雷特：现在我只剩一个人了。啊，我是一个多么不中用的蠢材！

（第二幕，第二场）

厄瓜多尔的基多是个建在高原上的城市。它被两座火山夹在中间，高纬度使这里的一切都像被幻彩荧光颜料涂了色一样。在市中心有一座公园，那里长满了超大的刺槐、雪松和桉树，还有绿得发亮、仿佛刚被刷了漆似的草地。公园里聚集了两三百人的"小"群体，人群中一个混血人都没有，全部是当地原住民。他们在树林边围成大圈，中间留出一片空地。我穿过公园时听到人群中传来阵阵笑声，并看到了光亮闪动。我靠上前去，用胳膊推搡开里三层外三层的人群挤到中间，想要看看这里面到底发生了什么。

大家目光炯炯、全神贯注，所有人的注意力都集中到了在中间空地上走动的一个男人身上。他一边四处踱步，一边以轻松却诚恳的口气讲话，看似漫不经心，实则专心致志。忽然，一眨眼的工夫，他的身体剧烈抖动，肢体形态变了个样儿，声音升高了几个八度，一瞬间就入戏地换了个角色来演。没有帽子、没有道具、没有服装，只有对身体和声音的创造性运用。这种表演在观众身上的作用是立竿见影的——人们发出愉快的笑声，为表演者的"变身"和他与观众间的心有灵犀而惊喜。这是最为原始的戏剧形式：山脚下，一个人在两棵树之间的一片草地上讲起故事。我一个音节都听不懂，但也被深深地吸引了。

笑声在围成一圈的观众之间反弹加倍，在我们共享的欢乐气氛中旋转回弹。自己偷偷笑笑是一回事，在大庭广众之下，受表演本身以及周遭人群爆笑的感染而大笑则是另外一种感受。这让我想起了环球剧院和它所体现的愉悦的观演关系。不仅仅笑声是如此：讲故事者也可以通过挑一挑眉毛、动一动肩膀，就让故事从闹剧变成讽刺剧，把讽刺剧变成感伤剧。在表演中还有一些政治讥讽——愤怒透过讲故事者的声音，像电流一样传送到围成一圈的观众那里，观众即时的反应体现了其表演具备的像新闻报道一样的新鲜感。然而就在全场都正襟危坐的时候，严肃的氛围被骤然打破，表演者突然变身成某个精灵鬼怪，又或者是某个生动而夸张的喜剧人物。为了突出整场观剧体验的伊丽莎白时代感，每隔十分钟，就会有一位大块头儿的女人加入表演。她头戴大檐帽，推着手推车，用淹没演员的声音大喊："芒果汁！七喜！在这里买七喜！"

能让人想起伊丽莎白时期的剧院的不只是饮料小贩，还有互动的即时性，即表演者和观众的直接联系，这正是《哈姆雷特》如此引人入胜，且在首演的那个年代如此标新立异的最重要原因。在《哈姆雷特》之前，没有人能如此生动和直接地表现出人类的内心情感。在哈姆雷特开始他著名的第二段独白"啊，我是一个多么不中用的蠢材"之前，他转向观众说道："现在我只剩一个人了。"这是一个十分有趣味的元戏剧（Metatheatre）式的玩笑。在场有三千多名观众在看着他，但在这个节骨眼上，所有人正在经历一种群体性孤独，这里的"我"是包容的和集体性的。所有人都乘着"哈姆雷特号"，在充满不定数的海洋里航行。

《哈姆雷特》的核心之一是一个跷跷板一样的悖论，一个吸引人的、永远解不开的"内外"谜题。这部剧是有史以来对隐秘的内心世界所进行的最为亲密的探索，而且这一私密的探索是通过赤裸且公开坦白的方式呈现的，使精神世界的里里外外一同在观众面前挤压、爆发。达到这一效果的手段就是独白，而《哈姆雷特》证明了莎士比亚是驾驭独白的大师。

莎士比亚在创作过程中完善了这种公开而私密的表达方式。这种表达方式第一次展现出其威力是在《理查三世》当中的博斯沃思战役前夜。在《理查三世》当中，理查大多数时候是"操控"观众的大师，他同观众分享自己的秘密，并自信地给予观众诙谐的喜剧享受，以此来牢牢抓住他们的心。他用优雅的机言巧语、轻松的讽刺和孩子般的真诚，让自己骇人的罪行听起来纯良又自然。"我还有什么办法呢"是他的主导腔调。然而，在高潮性大战的前一夜，理查从噩梦中惊醒，梦里他的敌人——出现，击垮了他的自信。他言语中的魅力和反社会的轻松不屑都消失了，取而代之的是妄想狂的破碎呓语：

再给我一匹马！把我的伤口包扎好！饶恕我，耶稣！且慢！莫非是场梦。呵，良心是个懦夫，你惊扰得我好苦！蓝色的微光。这正是死沉沉的午夜。寒冷的汗珠挂在我的皮肉上发抖。怎么！我难道会怕我自己吗？旁边并无别人哪：理查爱理查；那就是说，我就是我。这儿有凶手在吗？没有。有，我就是；那就逃命吧。

这段话里的迂回、急转、自相矛盾和蜿蜒曲折如同电光火石。这是一个人分崩离析的声音，在他亲眼看见自我散落成碎片的过程中，他发掘出了自己之前并不自知的能力。好似一个第一次照镜子的人，自我意识如天启般降临。在这里，理查这个行动者第一次发现了意识的存在，以及在意识背后飘浮着的若隐若现的怀疑和困惑。莎士比亚的兴奋也很明显。他发现，言语中或长或短的停顿能带来电击一般的刺激，说出心中所想并不一定就意味着连续稳定地表达连贯性思维，它也可以是眼花缭乱而混乱无序的。莎士比亚在写作时意识到的这些写作效应在观众的反应中得到了验证，也是观众的反应使他真真切切地感受到了这种效应带来的激动和兴奋。

从理查王开始，莎士比亚就沉迷于不同角色各式各样的语言腔调：班奈狄克轻快顽皮；年轻哈尔英勇自信；福斯塔夫滑稽矛盾；罗莎琳德情绪激动，拼命想要弄清真相；朱丽叶言辞晶莹璀璨，在与自己的感情旋涡较劲的过程中挑战语言的极限。这些角色都走到舞台的边缘，向观众真诚吐露内心。但是，莎士比亚那种特殊的腔调，那种体现混乱不安的意识以及真实与困惑之间较量的腔调，被他有意地藏在他的裤子口袋里，在那里生长。在《裘力斯·恺撒》当中，莎士比亚让它出来放了放风，用来描写布鲁图斯——另一个被动手还是不动手、杀还是不杀的问题困扰的角色：

> 只有叫他死这一个办法；我自己对他并没有私怨，只是为了大众的利益。他将要戴上王冠；那会不会改变他的性格是一个问题；蝮蛇是在光天化日之下出现的，所以步行的人必须刻刻提防。让他戴上王冠？——不！那等于我们把一个毒刺给了他，使他可以随时加害于人。把不忍之心和威权分开，那威权就会被人误用……

在计划一件危险的行动和开始行动之间的一段时间里，一个人就好像置身于一场可怖的噩梦之中，遍历种种的幻象；他精神和身体上的各部分正在彼此磋商；整个身心像一个小小的国家，到了叛变突发的前夕。

句子结构的崩塌和标点符号突然出现："让他戴上王冠？——不！"这让我们看到了布鲁图斯不安的心绪。他的言语不受大脑的控制。这是话语，而非一段完整的演讲。我们听到他说理和自我说服的努力，并分享着他决定的过程。观众们被邀请加入书写历史的决定过程中，他们不仅被请进了反叛者的大本营，而且进入了反叛领袖的大脑，对于观众来讲，这是一种非分的特权。我们进入了布鲁图斯的"幻象"之中，主持着"精神与身体上的各部分"的"磋商"。剧场是一个由一群个体凭借同一个思维瞬间维系形成的一个群体的地方，它由此组成了一个小小的国家，大家都成了重要的决策人。

在莎士比亚之前，没有人试图尝试过这种程度的亲密。古希腊戏剧往往穿刺内里，而且手法直接，但却不能摆脱吟诵和歌咏传统对其节奏的限制。古希腊戏剧很少跳脱出其既成的模式，去展示在故事中迷失了的独立个体。莎士比亚所崇拜的罗马塞内卡人的悲剧往往跟随着一条主线稳定地发展，并最终抵达某一既定结局。都铎王朝时期的戏剧诗并不受推崇，它口语化的新气息尤其不被欣赏。马洛为莎士比亚开启了一扇充满无限可能的大门，他的作品是史诗、抒情和讽刺的结合，但他的诗行总是显得过于繁复、累赘和雕琢过度，且很少谈及人性和迷失的灵魂。而独白中这种思维的敏捷度以及在极端情境中令人眩晕的"即兴演讲"，很大程度上是莎士比亚个人的发明。在这一方面，喜剧赋予莎士比亚的灵感比悲剧要多。与庄严的悲剧角色相比，阿里斯托芬和普劳图斯的喜剧作品里不得不在麻烦中灵机应变的滑稽演员和靠灵快的脑瓜迅速摆脱危机的仆人或奸夫更能教会人如何描写内心和思维。没有喜剧的影响，或者没有幽默感，莎士比亚就无法用文字如此美妙地表现人的意识。那个在厄瓜多尔的公园里让所有人都着了迷的讲故事的人也知道，幽默能刺激观众思维的敏捷性，让他们能够紧跟表演的节奏。

独白这一形式在《哈姆雷特》中得到完善。坐在最开始的环球剧院里（这个大圆圈比基多的那个大得多了），三千名观众被带进了年轻王子如晕船了一般翻江倒海的脑子里。理查德·伯比奇站在舞台上，位置正与第一层的座席观众平齐，下方是院子里的站票席位，头顶是那些买了高价票坐在上两层的贵宾，观众将他环绕。作为一个形象，他被上下左右各个方位的人包围着，与其他所有人一起身处同样的光线之中。这绝非是一个可以命令他人的地方，而是一个适于共享的位置。

几个世纪以来，人人一意孤行地想要在每一座建筑形态各异的剧场上演莎士比亚剧目，却唯独排除了莎士比亚戏剧诞生的环形剧院。演员们纠结于独白的性质，想不通该怎么表演。他们会问："我在跟谁讲话？""我在自言自语吗？是在对剧中的其他人说话？还是对我的母亲？对鬼魂？而且，我的目的是什么？这是坦白吗？还是祈求？还是辩解？"所有这些问题之所以会出现，都是因为观众被错误地忽视了。演员们只能看到耀眼的剧场灯光，却忽视了观众们渴望倾听和感受的面孔。环球剧院经过重建再次开张后，这些问题迎刃而解："你在和观众说话，蠢货。你在告诉他们你在想什么。"这个长达数百年的误导性的死结终于被解开了。

很多人认为这种演员观众的互动并不恰当，却流露出一股真诚。他们用哈姆雷特刺目的灯光和拿腔拿调的架子把哈姆雷特藏起来，不想让观众见到真正的王子。"他应该苦涩""应该讥讽""应该怨气满满"……数百年间积累了无数"应该"。然而，最重要的是他应该口齿清晰、新鲜自然、生动形象地活着。他的台词中饱含思想本身的纯粹，未被某些"先期经验"所影响。每一个想法都是第一次出现，都是第一次被人用恰当的语言表现出来。语言通常能创造思维，它们在与观众勇敢直率的互动中诞生并帮助彼此一再焕发新生。这样的交流是生动的、相互的。观众眼中的神情、他们共同的一呼一吸，影响着彼此的思想表达和流动。观众面前的是一个年轻脆弱的男人，他在说："我在这儿，这是我的想法（或者说这是我认为自己有的想法），听一听吧，求求你们了。"这一恳求中的坦白及其脆弱的直接，正是《哈姆雷特》征服了世界的原因。面对这样一个站在寒风中、语气谦逊、脾气温和的人，我们非常愿意请他进门。

在表演哈姆雷特的独白时，除了务必谈吐清晰之外，只有一个通用原则，那就是永不说教、常学常新。如果你在开口讲话之前脑子里已经有了事先包装好的观念解读，请为了你的观众将它们抛弃吧，否则你的哈姆雷特在开演之前就已经死了。占据道德制高点的哈姆雷特和在公园长椅或者餐桌上坐在你身旁的道德卫士一样了然无趣。学者、演员和导演们有时想要打造出一个站在奥林匹斯山上的哈姆雷特，一个无所不知的、优越的人。无论在舞台上，还是在现实生活中，这样的人都很欠揍。我们倾听的是那个像我们一样对他接下来要说的话同样感到激动的人。有时，哈姆雷特自己的指令——"随他去吧"——恰是对导演和评论家们最好的一句忠告：让这部剧顺其自然吧。

★★★

哈姆雷特的独白本身就是一系列事件，但同时也有一种亲密无间的叙事方式随之一同发展变化,这就是作为观众的我们与哈姆雷特的关系的变化。在我们与王子首次独处的时刻,他就把他的想法一股脑儿地丢给了我们。以他那位篡位的叔叔为首的宫廷中人刚刚下台,哈姆雷特也刚刚结束与母亲和叔叔少言、简短的对话,而他答话的语气充满了格言式的紧绷,传达出了他内心鼓动的紧张情绪。时机一到,他终于转向我们,把心声倾吐出来:

啊,但愿这一个太坚实的肉体会融解、消散,化成一堆露水!或者那永生的神未曾制定禁止自杀的法律!上帝啊!上帝啊!人世间的一切在我看来是多么可厌、陈腐、乏味而无聊!哼!哼!那是一个荒芜不治的花园,长满了恶毒的莠草。想不到居然会有这种事情!刚死了两个月!不,两个月还不满!这样好的一个国王,比起当前这个来,简直是天神和丑怪;这样爱我的母亲,甚至于不愿让天风吹痛了她的脸。天地啊!我必须记得吗?嘿,她会偎依在他的身旁,好像吃了美味的食物,格外促进了食欲一般;可是,只有一个月的时间,我不能再想下去了!脆弱啊,你的名字就是女人!短短一月以前,她哭得像个泪人儿似的,送我那可怜的父亲下葬;她在送葬的时候所穿的那双鞋子现在还没有破旧,她就,她就——上帝啊!一头没有理性的畜生也要悲伤得长久一些——她就嫁给了我的叔父,我的父亲的弟弟,可是他一点儿不像我的父亲,正像我一点儿不像赫勒克勒斯一样。只有一个月的时间,她那留着虚伪之泪的眼睛还没有消去红肿,她就嫁了人了。啊,罪恶的匆促,这样迫不及待地钻进了乱伦的衾被!那不是好事,也不会有好结果。

我们跟着思想的湍流以光速奔流直下,词句重复再重复,理智已与思维剥离,感叹句猛烈地喷薄而出。抑扬格的韵脚保持着一种向前的步伐,但它走在一个向下倾斜的斜坡上,地面也是不平坦的,每一次哪怕再微不足道的感情爆发都能使稳固的立足点随之松动。演员、角色和我们观众接连脚下打滑、磕绊,唯一保持不摔跤的办法就是向抑扬顿挫的韵律屈服。这段急速的独白巧妙地将观众们"活埋",我们被逼得无路可退。在我们找到认识这个年轻人的机会之前,他就已经将他灵魂的岩浆直截了当地猛然浇注在我们头上。这种直接迫使我们进入一种突然的即时共享中(如果不说是临时协商的话),而我们甚至还没有机会去留意被共享的是什么。我们直接地与这个年轻人混乱的心灵产生了联系,我们成了他的密友。所有忏悔都需要一个牧师,所有老水手都需要一个婚礼宾客[1],所有哀叹都需要有人聆听。倾听痛苦并不是一件被动的事情。这就好像一个大型聚会上有人忽然转向我们,在我们的灵魂上刻下一个热烈的吻然后立刻跑开。我们被冒犯了,也感到有些震惊;但与此同时,我们也想再次见到那个献吻的人。

我们一路跟随着哈姆雷特,陪着他听了关于老国王鬼魂的通报、见到了父亲的鬼魂、知晓了谋杀的真相,我们同他一样下定了为父报仇的决心。然后,在我们再一次见到他时,他没有按计划行事,而是陷入了心灵焦灼的状态,与自己的精神困惑纠缠不清。他的朋友罗森格兰兹和吉尔登斯吞前来拜访,随后,哈姆雷特曾经交往过的戏班也来了。在这

---

[1] 出自英国诗人柯尔律治(Coleridge)的叙事长诗《古舟子咏》(*The Rime of the Ancient Mariner*),以一位婚礼宾客倾听老水手的讲述为引子,讲述了老水手在海上的经历。

两场会面期间，他保持了暂时的平静。虽然我们乐于见到台上的他，但此时，一种亲密感被搁置了。这就好比我们在某个现场活动中见到了某个曾经认识的人，我们曾经分享过他的秘密，但却无法在当下重拾曾经深刻而亲密的关系。这让我们很沮丧，毕竟曾经分享的秘密让我们对先前的亲密感到激动。我们渴望着能重拾这种特别的友情。第一个伶人背诵了特洛伊之殇和赫卡柏之痛的故事，所有人（包括他自己）都感动得落下泪来。在这之后，舞台上的人渐渐散去。我们怀着激动预感到，我们即将再次和哈姆雷特坦诚相对了：

> 现在我只剩一个人了。啊，我是一个多么不中用的蠢材！这一个伶人不过在一本虚构的故事、一场激昂的幻梦之中，却能够使他的灵魂融化在他的意象里，在它的影响之下，他的整个脸色变成惨白，他的眼中洋溢着热泪，他的神情流露着仓皇，他的声音是这么呜咽凄凉，他的全部动作都表现得和他的意象一致，这不是极其不可思议的吗？而且一点儿也不为了什么！为了赫卡柏！赫卡柏与他有什么相干，他与赫卡柏又有什么相干，他却要为她流泪？要是他也有了像我所有的那样使人痛心的理由，他将要怎样呢？他一定会让眼泪淹没了舞台，用可怖的字句震裂听众的耳朵，使有罪的人发狂，使无罪的人惊骇，使愚昧无知的人惊慌失措，使所有的耳目迷乱了它们的功能。可是我，一个糊涂颟顸的家伙，垂头丧气，一天到晚像在做梦似的，忘记了杀父的大仇；虽然一个国家给人家用万恶的手段掠夺了他的权位，杀害了他的最宝贵的生命，我却始终哼不出一句话来。我是一个懦夫吗？谁骂我恶人？谁敲破我的脑壳？

谁拔去了我的胡子,把它吹到我的脸上?谁拧我的鼻子?谁当面指斥我胡说?谁对我做这种事?嘿!我应该忍受这样的侮辱,因为我是一个没有心肝、逆来顺受的怯汉,否则我早已用这奴才的尸肉,喂肥了满天盘旋的乌鸢了。嗜血的、荒淫的恶贼!狠心的、奸诈的、淫邪的、悖逆的恶贼!啊!复仇!——嗨,我真是个蠢材!我的亲爱的父亲被人谋杀了,鬼神都在鞭策我复仇,我这做儿子的却像一个下流女人似的,只会用空言发发牢骚,学起泼妇骂街的样子来,在我已经是了不得的了!呸!呸!活动起来吧,我的脑筋!我听人家说,犯罪的人在看戏的时候,因为台上表演得巧妙,有时会激动天良,当场供认他们的罪恶;因为暗杀的事情无论干得怎样秘密,总会借着神奇的喉舌泄露出来。我要叫这班伶人在我的叔父面前表演一本跟我的父亲的惨死情节相仿的戏剧,我就在一旁窥察他的神色;我要试探到他的灵魂深处,要是他稍露惊骇不安之态,我就知道我应该怎么办。凭着这一出戏,我可以发掘国王内心的隐秘。

在这段独白的每一个瞬间,我们都与哈姆雷特同行。他一开始感到自我厌恶,之后又一度怀疑伶人们虚构的感情能否与他自己真实的痛苦相比,我们同他一样钻进了牛角尖。在巡演中,我们的哈姆雷特在问出"我是一个懦夫吗"时都问得直截了当,演员会在观众中找一个对象,看着他的眼睛,用这个问题将他钉在座位上。有时这位观众会因为不安而把目光看向别处,有时他们会支持哈姆雷特,也不时有人回应一声"不"。"第四堵墙"在那一刻被彻底打破,我们的观众和主角得以进行开放的交流。这是一个激动人心的时刻,在这个短暂停顿的沉默瞬间,

带莎士比亚走遍世界

没人知道故事下一步的发展会是如何。听到一位偶像人物问出"我是一个懦夫吗"这样的问题，能让我们卸下所有防备。

接下来，哈姆雷特祈求能够像小丑一样被对待："敲破我的脑壳"、"拧我的鼻子"。这不是阿伽门农或普里阿摩斯，而与我们对英雄角色的期待恰恰相反。伯比奇是第一位扮演哈姆雷特的演员，他曾经是观众熟知的泰特斯、理查三世、奥伯伦、布鲁图斯和亨利五世。这些巨人角色的影子势必在他的哈姆雷特表演中有迹可循，然而在这里，他正在消解自己在观众心中难以撼动的权威，让他们拧他的鼻子，表现脆弱的勇气同其代价一样巨大。这是如此直白坦诚，也如此滑稽愚蠢，也如同基多的草地上那位表演者一样具有一股充满感染力的真诚。

我们也看到哈姆雷特自己和自己生气。他对叔叔的指责（"嗜血的、荒淫的恶贼"）并不是非常具有说服力，他试图"替天行道"的努力也显得有些刻意（"啊！复仇！"）。这种凶残和大吼大叫的表现对于我们认识的哈姆雷特来讲太过俗套，哈姆雷特也知道，他和我们一样为他的勉强和生硬感到难堪。他的那句"嗨，我真是个蠢材……在我已经是了不得的了"是一句后悔的道歉，其中甚至还带着一丝跟观众串通一气的幽默。这才是我们认识的哈姆雷特，我们在他的自责中找到了曾经的熟悉感，他决心排演一出戏中戏以推进复仇大计的想法似乎更加恰当。这段独白以一组对句稳当作结，安全地靠了岸。在哈姆雷特下台时，我们分享着他的决心和热情。

这也让我们在下一次与他见面并听到以下这段独白时尤其震惊：

> 生存还是毁灭，这是一个问题；黯然忍受命运暴虐的毒剑，或

安第斯山脉间的独白

是挺身反抗人世无涯的苦难,在奋斗中扫除这一切,这两种行为,哪一种更高贵?死了;睡着了;什么都完了;要是在这一种睡眠之中,我们心头的创痛,以及其他无数血肉之躯所不能避免的打击,都可以从此消失,那正是我们求之不得的结局。死了;睡着了;睡着了也许还会做梦;嗯,阻碍就在这儿;因为当我们摆脱了这一具腐朽的皮囊以后,在那死的睡眠里,究竟将要做些什么梦,那不能不使我们踌躇顾虑。人们甘心久困于患难之中,也就是这个缘故;谁愿意忍受人世的鞭挞和讥嘲、压迫者的凌辱、傲慢者的冷眼、被轻蔑的爱情的惨痛、法律的迁延、官吏的横暴和费尽辛勤所换来的小人的鄙视,要是他只要用一柄小小的刀子,就可以清算他自己的一生?谁愿意负着这样的重担,在烦劳的生命的压迫下呻吟流汗,倘不是因为惧怕死后不可知的某些东西,惧怕那从来不曾有一个旅人回来过的神秘之国,是他迷惑了我们的意志,使我们宁愿忍受目前的磨折,不敢向我们所不知道的痛苦飞去?这样,重重的顾虑使我们全变成了懦夫……

那六个字有力又轻盈、坦诚而直接,仿佛是一支思想组成的箭。这是一位英雄,他具有莎剧观众所期待的所有的英雄品质,这位英雄有勇气用最直白的方式问出最简单的问题。六个字、十三个字母,却包含了万千意义。这不是一句陈词,而是一个问题,且没有预设答案。哈姆雷特把我们带领至此,我们一部分是他自己,一部分是他的朋友,他代表我们问出了这个处在我们每一个人生活中心的问题。问题提出的速度之快让我们措手不及。我见过一百种对这六个字的不同演绎。有的用后现代的哑剧预先交代独白的上下文,有的伴随音乐将其重复演唱,有的把它们大声喊出来,这六个字翻腾、搅拌,被各式各样的击鼓声(既有实在的击鼓声,也有打比方的击鼓声)烘托出来。在我们的版本中,哈姆雷特只是简简单单地走上台开口把它说了出来而已。

接下来,哈姆雷特的想法开始迂回翻腾,我们也随其波动而改变想法。其第一步本质上就是诘问:为什么不呢?为什么不将自己从血肉之躯的暴虐束缚中解脱出来?为什么不挣脱那将我们与那只颤抖的困兽捆绑在一起的锁链,宣告一切的结束?质疑出现在一个句子中间的一个小小的词组里:"也许还会做梦"(what dreams may come)。这句话让我们绊了跟头。正是做梦,是那些未知的可能让我们踌躇。虽然在未知中烟消云散是一个诱惑人心的想法,"究竟将要做些什么梦"是至尊的邀请,但未知依旧是未知。我们也许可以枕在这句话后三个词里的三个轻柔的"m"叠成的枕头上,但未知的黑暗依旧是可怕的。哈姆雷特从形而上学的思索转换回了苦涩的现实里,带着满怀政治理想的愤怒,列举了生活在这个世界上所要经受的不公和挫折。然后,一个含糊得恰如其分的"什么"(something)让我们再次跌了一跤。随之而来的是一个更加形象的幻想:"从来不曾有一个旅人回来过的神秘之国"。这次,让我们踌躇的恰是我们想象中的那些未知之物。

哈姆雷特正站在一个我们每个人都会经历的转折点上,在这个时候,精神和身体这对在不安中长久相伴的伴侣会渐行渐远。所有身体的表征、所有实际存在且可以被记录在案的迹象都在表达一件事,而精神,却以其思辨、想象和另类思维的能力传达着完全不同的观点。第一次听到这段独白是一件多么惊人的体验!一个孤独的人站在木头舞台

安第斯山脉间的独白　　183

上,他被人群簇拥着,台下三千观众的屏息凝神支撑着他。我们每个人都努力地在一条钢丝上平衡着,试图将憔悴的身躯和脆弱的精神固定在不安稳的皮囊里,哈姆雷特吐出的每一个字都精妙地描绘出了我们脚下的这条钢丝。

这一纯粹的冒险,以及新思想所带来的极端刺激,都找不到比环球剧院更合适的舞台了。在这里,观众和演员在阳光照耀的下午或夜晚聚在同一片光下,共同探索思维的极限。镜框式舞台和黑箱剧场是控制和说教的场所,并不适合同行之旅。只有让一群愿意分享合作的人聚在一起,在言语迸发的瞬间同时催生新思想的共融才能发生。

即使哈姆雷特不直接跟我们讲话,我们和哈姆雷特的联系也一直保持着。我们是哈姆雷特的同谋,我们知道他对其他角色的想法,听得懂他言语中的讽刺和潜台词,他也会偶尔朝我们甩来一个私心念想。这些都使我们之间发展出的友情得以维持,哪怕我们会想念他在直接与我们对话时的强烈联系。我们悼念起我们自认为特殊的朋友身份,因为我们意识到还有一千多个人来和我们分享相同的特权。然后,当剧情越发紧凑、灾难即将来袭时,我们发现,我们能听到哈姆雷特声音的机会越来越少了,他渐行渐远。他导演了戏中戏;与我们分享不知该杀还是不该杀克劳狄斯的两难;他用灼热的言语责难他的母亲,这一幕中令人不适的紧张让旁观的我们感到有些尴尬;他不小心杀了波洛涅斯,又巧妙地以顾左右而言他之技嘲讽国王。这些场面几乎是歇斯底里的。哈姆雷特疯得半真半假,我们感到自己和他的距离越来越远,他变得有些遥不可及了。这个曾经与我们很近、让我们想要保护的男孩(男人)现在走到了一个我们只能旁观的地方。我们难以与他共情,甚至也难以摸清他的位置。

哈姆雷特被流放至英格兰。在他去往那里的路上，他偶遇了福丁布拉斯——一个分散我们注意力的镜像角色。福丁布拉斯正带着一支勇猛的挪威军队途经丹麦前往波兰。哈姆雷特转向我们说道：

> 我所见到、听到的一切，都好像在对我谴责，鞭策我赶快进行我的蹉跎未就的复仇大愿！一个人要是把他生活的幸福和目的，只看作吃吃睡睡，他还算是个什么东西？简直不过是一头畜生！瞧这一支勇猛的大军，领队的是一个娇美的少年王子，勃勃的雄心振起了他的精神，是他蔑视不可知的结果，为了区区弹丸大小的一块不毛之地，拼着血肉之躯，去向命运、死亡和危险挑战。真正的伟大不是轻举妄动，而是在荣誉遭遇危险的时候，即使为了一根稻秆之微，也要慷慨力争。可是我的父亲给人惨杀，我的母亲给人侮辱，我的理智和感情都被这种不共戴天的大仇所激动，我却因循隐忍，一切听其自然，看着这两万个人为了博取一个空虚的名声，走下坟墓竟如躺上眠床，目的只是争夺一方还不够给他们做战场或者埋骨之所的土地，相形之下，我将何地自容呢？啊！从这一刻起，让我摒除一切的疑虑妄念，把流血的思想充满在我的脑际！[1]

这段话有一千种解读方式，在一定程度上，每个读者都可以从自己的解读中看到自己的影子。在我看来，这段独白充满悲伤之感和分道扬镳的遗憾。对于真实性的怀疑，还有让人无能为力的意识过剩，这些是

1　此处台词由译者修订补译。

开场时我们已经逐渐熟悉了的主导感情。然而，尽管是出于意外，此时的哈姆雷特已经亲手杀了一人（波洛涅斯），我们强烈地感受到，快到哈姆雷特能够也必须行动的时候了。那些疑惑、思索和困窘已经消散，如同清晨低垂的薄雾一般，在阳光下蒸发了。接下来，哈姆雷特做出的选择和行动就要带走他身上那些我们最珍视的品质。我爱哈姆雷特，爱他的率真、他的懦弱、他的诚实、他在与生命面对面时的颤抖。我不想让他变成有行动力的人，也不想让他抱有血腥的念头。这是我们与哈姆雷特最后一个独处的时刻，我们冥冥之中意识到这将是一次分离。

在哈姆雷特从中断了的英格兰之旅回到丹麦之后，就不再有独白了。他讲起郁利克、讲起恺撒和亚历山大的无常、讲起对奥菲利娅的爱，在这些时候，我们想象着他是在和我们说话。当他拥抱着超常的平静思索麻雀的坠落时，我们希望其中一部分是他赠予我们的礼物。当他以"此外仅余沉默而已"一句为自己的故事作结时，我们愿意相信他也为我们找到了平静。这个刚从海上航行回来的男人周身萦绕着一种克制的气场，还有其内心散发出的宠辱不惊的独立气息。他不再需要向我们倾诉什么了。我们的这位密友已经长大并离我们远去。在我们的巡演版本中，当宫廷众人前来见证哈姆雷特与雷欧提斯的决斗时，哈姆雷特神情黯然地环视着观众，算是一个低调的告别。

★★★

那些后来成了荷马的诗人[1]脑子里储存的词句堆成了山，这些语言

---

[1] 有研究称，《荷马史诗》并非一人所写。

186　　　　带莎士比亚走遍世界

被音乐韵律和公式化的词组捆绑。那时的表演者面对一群无言的观众，吟唱着阿喀琉斯、赫克托耳和奥德修斯的英雄故事。这些观众为了听史诗，情愿一动不动地坐上几个小时。在马拉喀什的德吉马广场，戴着头巾的人穿越广场，踩着他们自己脚步的节拍唱起了阿拉伯歌谣。四五百名观众或站或坐，被这些很久很久以前的故事深深吸引。表演者单一声调的吟诵让这些故事重新活了起来。在基多，在那片翠绿的草地上，讲故事的人以政治与爱情、新买的洗衣机和旧日的心痛为灵感即兴发挥，点亮了周围人的脸庞。这些故事都是在人们围成的圈子里讲的，圈子里的人分享着同一片光，每个人脸上反射出的人性光辉成倍地放大了故事中体现的人文情怀。艾伦·加纳[1]说：讲故事需要一双张开的手，而绝非指责的手指。哈姆雷特站在围成一圈的人群前，以同样的姿态、同样的真诚讲述了一个全新的故事，一个关于恐惧、担忧和迟疑的故事，一个新的意识诞生的故事，一个在这个把叙事者和听者联系在一起的炼金术中融合铸就的故事。

在基多，表演者以一个相当"俗"的方式结束了表演，他刚刚如此鲜活地讲过的故事仿佛重新融进了现实世界。表演者带着小狗一样的热情向观众鞠躬致谢，人群为之疯狂了一小阵子，然后，贩卖七喜的小贩粗暴地挡在了他面前。表演者独自一人穿过公园走了。每一个故事都有一个结局，演讲者和听众之间特殊的亲密关系，那种压倒其他一切的短暂联系，最终也会消解。正如戏剧作品中最伟大的结束语，即亚马多在《爱的徒劳》中所说的那样："你们向那边去，我们向这边去。"演员走向谜一般的后台，而观众则向他们在世界里的万千故事中走去。

---

1 艾伦·加纳：英国儿童文学作家，代表作有《苏姗的月亮手镯》《宝石之歌》等。

97	**斯里兰卡**，科伦坡 英国学校	2015年5月14日
98	**马尔代夫**，马累 奥林巴斯剧院	5月17日
99	**马来西亚**，吉隆坡 爱普森学院	5月19日
100	**泰国**，曼谷 松柴艺术中心剧院	5月21日
101	**印度尼西亚**，登巴萨 巴厘艺术中心	5月24日
102	**东帝汶**，帝力 帝汶酒店	5月26日
103	**澳大利亚**，吉朗 吉朗表演艺术中心	5月28-29日
104	**新西兰**，惠灵顿 惠灵顿歌剧院	6月1-2日
	新西兰，奥克兰 天空城剧院	6月3-5日

10
来自英国的消息

哈姆雷特：谁愿意忍受人世的鞭挞和讥嘲、压迫者的凌辱、傲慢者的冷眼、被轻蔑的爱情的惨痛、法律的迁延、官吏的横暴和费尽辛勤所换来的小人的鄙视，要是他只要用一柄小小的刀子，就可以清算他自己的一生？

（第三幕，第一场）

✥

有时，一天还没过完你就会有想要立刻半途结束这一天的感觉。太多乱七八糟的事情都撞到了一起，在相当短的一小段时间里状况百出，一个接一个的麻烦酝酿成潜在的大灾难。在这种时候，首先受到威胁的就是你自己的判断力。有时，最明智的做法就是躺回床上，躲进被子里，直到霉运从你周围消散。

排练刚一结束，我们就着急地寻找挂着英国广播公司（BBC）招牌的车前去接受一次电台采访，却发现根本没有什么BBC的车。我们只好立刻叫了一辆非BBC的出租，但它迟到了。好不容易，我终于坐进车里，却发现司机根本不知道去河对岸的路，更别提找到BBC大楼了。路上，公关部的人打电话给我，告诉我当天晚上还要参加一场电台节目——《自由思想》——的直播讨论。"好吧，"我说，"只要这两个节目彼此知会过并没有异议就可以。"这辆错误的、迟到的、找不着路的车现在堵在了路上，迟到看来是必然的了。这时，我收到一条短信，采访地点变更了，现在我们又得改去广播大楼。我拨通了别人给我的电台制作人的电话，才发现电话号码是错的（毫不意外），并打给了《自然观察》的人。一切看上去都并不怎么顺利。

那是莎士比亚诞辰，也就是2015年4月23日的前一天，我们的巡演已经进行了一整年。第二天，我们将在环球剧院开始夏季演出季。后一天，我们将飞往马德里，《哈姆雷特》剧组将在那里进行四场驻场表演，以庆祝巡演一周年以及整个巡演计划过半。莎士比亚的诞辰让BBC意识到了莎士比亚至今不减的影响力，而我似乎是当天最重要的嘉宾——

如果我能赶得上节目直播的话。我被堵车困在路上,不得不从车里跳出来,急忙穿越周围逆行的人群(为什么从BBC里出来的人要比进去的人还多?),终于衣冠不整、满头大汗、上气不接下气地赶到了演播厅。制作人看上去紧张极了,他赶忙把我推进了演播厅。

当晚的第一场采访是BBC四台备受欢迎的艺术专题节目《前排》安排的。采访进行得还算顺利,直到关于朝鲜的问题被砸了下来。现在,这已经成一个常规问题了。"所以,你们要去朝鲜?"总有人这样问。而不管你怎么回答、不管你摆出什么样的理由来解释,你都无法穿透他们那层名为道德优越感的金钟罩。这在两个方面上来讲是非常令人恼火的:首先,这证明了他们自认为只有他们自己了解这个地球上最为人所关注的国家的现状。这一认知的前提是我们以为自己曾经对其一无所知。其次,这是个典型的廉价观点,能给人以短暂、满足的道德优越感。持这种观点的人通常只想在房间一角找到一点污垢,然后就可以不去管弥散在整个房间的恶臭了。

本来交通堵塞、没赶上的出租车和错误的电话号码就已经让我偶尔冒头的暴脾气有了爆发的迹象,但此时的我仍然努力控制住了情绪。我的解释是,这个世界范围很大,不仅仅是一个朝鲜,而且回想一下我们在非洲、索马里兰、苏丹、中美洲、萨拉热窝、基辅以及其他地方的巡演经历,也许你们就能理解我们选择朝鲜作为巡演其中一站的决定。除此之外,我认为朝鲜人民和我们一样都是实实在在的人,他们和其他人一样值得拥有《哈姆雷特》。我的采访者给了我一个自命不凡的怀疑眼神。记者们尤其擅长使这种眼色,他们都有一种错觉,那就是,他们对灾难的那种旁观式迷恋让他们拥有了特殊的智慧,而非过分的病态。这种态度常常能像斗牛士用来刺激公牛的红色斗篷一样激怒我,但我克制住了自己的另一种自命不凡,坚持做完了采访,并没有让自己出丑。

这场采访顺利结束,在下一场BBC三台的对话节目开始之前我有几个小时的时间。BBC大楼的周围在晚上七点之后就安静下来了,但我注意到了街对面一家看上去非常不错的餐厅。像照顾孩子一样照顾我的公关部同事也和我一样喜欢美食佳肴,于是我们走进餐厅坐下,点了一些好菜,顺便放松一下神经。佳肴当配美酒,一天的紧张更让我们格外口渴。很快,几瓶酒就下了肚,正当我们考虑喝最后一杯餐后酒作结时,我们意识到我得在五分钟不到的时间内赶回广播大楼。我踉踉跄跄地跑向马路另一边(这是一天里的第二次了),节目制作人正紧张地上蹿下跳。我们一路小跑上了电梯,在走廊里飞奔。然后,我被塞进了一间有圆桌的小演播室,其他嘉宾已经就座。直播倒计时已经开始。

这是那一天里又一个想让我喊停的时刻。演播室里的气氛降到了冰点,我立刻意识到另外三位嘉宾已经在BBC死气沉沉的会客厅里坐等了一个多小时。他们看上去仿佛喝了加了大量柠檬的醋一样。而且,他们显然都是学术界的人,而我过去与学术圈的交往都谈不上和谐,这三个人看上去对我也全无好感。在节目开始前的最后三十五秒里,我决定看看一些友好的示意会有什么效果。我绕着演播室与每个人握手并自我介绍。他们每个人都身体后倾地远离我,无疑是被我踉踉跄跄的脚步以及衬衫前襟上大片紫色的红酒印子惹怒了。这并不是个理想的开始。

凡是聪明人,在这种时候都应该走开,但我向来缺乏这种智慧,而且在我有时间思考之前,节目就已经开始了。这期节目的主题是"环球莎士比亚",我花了一点儿时间才搞清楚我们要讨论的话题。在搞清楚之前，我颇为兴奋地讲起环球剧院有多好以及我们的巡演多么成功。同桌的几位嘉宾向我投来同情且鄙夷的目光。"环球莎士比亚"在我看来是一件好处不言自明的事，以至于我不明白我们该如何用夸赞这位斯特拉福德天才的废话来填满四十五分钟的节目。但很快，从其他嘉宾的开场白来看，我知道我想错了。原来，在他们看来，国际莎士比亚热潮并不是件好事。奇怪的是，嘉宾中有两位教授专门开设了以"环球莎士比亚"为题的课，却在讨论中质疑起了自己的本行，但他们确实是这样说的。看来，每个人早上起床的动力都各有不同。

鉴于环球剧院邀请了不同国家的剧团来参与我们的"从环球到全球"戏剧节，再加上今年我们正把《哈姆雷特》带到很多从来没有近距离接触过莎剧的国家进行巡演，我误以为自己很有发言权。这种既以莎士比亚为主题，又以莎士比亚为切入点的谈话，在我看来非常有BBC式、颇有成效的"国家级对话"风格。只有满足了以下三个条件，我们才认为自己有资格进行环球巡演。这三个条件是：第一，演出团队要有文化多元性；第二，演出对象是普通人而非政府；第三，巡演与先前我们邀请其他国家来环球剧院表演莎剧的活动一脉相承。

我没有意识到我们的这一做法有多么"不仁不义"。在其他两位嘉宾看来，所有莎士比亚和英国的联系——不管是莎剧团从英国出发去其他地方演出，还是其他国家的剧院来英国演莎剧——一概都与罪恶相关：东印度公司、殖民主义、资本主义、文化软实力、文化强权主义等等。没有这些历史的认识，就没有办法从事任何相关的工作；而只要有了这样的认识，就是承认罪恶印记的存在。这样看来，唯一有资格自由地表演莎士比亚的，就是那些和英国没有任何关系的人。只有他们身上没有这些污点,只有他们可以带着令人尊敬的品德和真诚排演这些剧目,并去其他国家巡演。这两位嘉宾的观点也许比这种说法更委婉些,但无论如何,在困惑中的我来看,他们的意思就是这样。

针对这种说法,有上千种或热情、或冷静、或深刻的反驳论证。但经历了漫长的一天、糟糕的堵车,且一瓶红酒下肚之后,我并没有反驳的心情。我想起了汤米·库珀很久以前的一次喜剧表演。在表演中,他具体地、极富想象力地诠释了杰克医生与海德[1]的双重人格:戴上帽子说"好好好"的就是善良的杰克医生,摘下帽子摇着头说"坏坏坏"的就是邪恶的海德先生。就这么简单。每当有人因为我作为做莎剧的英国人而否定我时,我就想变成海德,轻声念叨"坏坏坏",于是我基本上就是孩子气地反复说着"错错错",作为一个邪恶的白人男性被逼入绝境。尴尬的是,我当下的处境多少也算自作自受。在我进门之前,我已经被他们先入为主的判断判处了死刑。

当一位嘉宾斥责我们的巡演违背了初衷、说我们无论去哪里都是在给政府高官表演的时候,我稍微冷静了一些。这一指责和事实相差甚远。我刚刚从东非回来,亲眼看到几千名观众免费入场看了演出,这一经历让我在访谈中多了一些发言权。然而,"莎士比亚剧目常常是上流团体表演给上流观众看的"这种不正确的想法是一个十分有吸引力的无稽之谈。我仿佛能感觉到这个并不真实的观点随着电波迅速地传播到了人们脑中,而我讲出的真相却只能艰难而缓慢地挣扎着挪出演播厅。真

---

[1] 出自英国作家罗伯特·史蒂文森的作品《化身博士》,讲述了绅士的杰克医生喝了自己配制的药剂分裂出了邪恶的海德先生的故事。

相就是，我们的演出对所有人开放，大多数观众都是免费入场的，我们巡演的主旨是与人结识、倾听他人和相互沟通。人们总是急于相信关于世人如何愤世嫉俗和世界如何邪恶的谎言，而不情愿相信这个世界笨拙的善意。

所有我能找到的论据都在关于所有权的问题上跌了跟头。我认为，这些经典剧目都有一个共同的非功利的作者，经历了并不完美的印刷出版过程，然后自由地流通于这个世界，无须版权也不需回报，可供任何人以其独特的方式进行诠释。这个观点似乎过分幼稚了。三位嘉宾中之前态度最温和的一个教育我说，这些剧目显然在诞生时就被作者所有权的锁链牢牢扼住了。其实——首先是剧组的演员、其次是出版商、再次是出售剧本的商店，还有之后所有与其产生联系的人，所有这些人都在莎士比亚的剧本上留下了"所有权"的手印。如果我还有气力的话，我也许会用这点进行反驳，但当时节目快结束了，我除了大喊"错错错"和念叨"坏坏坏"之外已经做不出其他任何反应。

我离开演播厅，打开了手机。我知道，在节目中我被全面击败，但我还是心存一丝希望。然而，我连一条"干得好"的鼓励信息都没有收到，这已经很能说明问题了。而社交媒体上更是有人激动地泼我的冷水，这更证实了这一点。事实上，我的表现确实挺粗鲁的，我不太有礼貌又口齿不清的表达的确严重削减了我的说服力。

即便我的头脑清醒敏锐，想要与这种带有攻击性的僵化态度辩驳也是很困难的。一直以来，演出莎士比亚剧目依靠的就是愉悦、天真和热情。但尝试去与莎士比亚学者争论这三点的重要性？你看上去准会像一个胡言乱语的盲目乐观主义者。对于学术圈的大多数人来讲（虽然并不是所有人),写在纸上、美妙轻巧的语言从来不只是美妙轻巧的语言而已,它们必须和地方主义、控制权和所有权相关。这从根本上来讲是因为持有这些观点的人想要成为它们的主人。他们想要拥有像钦定牧师一样的至尊地位,想要拥有教导别人该如何享受这些美妙语言的权威。这些剧本的排演必须与权力、影响力和利益协商有关,以便让这些学者可以成为制定权力交换规则的仲裁者。

归根到底,让我们想象一个蒙得维的亚男孩或者一个曼彻斯特女孩,他们在某天早上醒来,忽然有想要排演一出莎士比亚戏剧的冲动。他们的原动力有三重:第一,他们喜欢这些剧本;第二,他们觉得排戏很好玩;第三,他们认为排戏可以让他们想亲谁就亲谁。这些天真的愿望是所有戏剧排演的初衷,不管是巴西贫民窟孩子的游戏,还是百老汇热剧,或是波兰的先锋悲剧,其原动力都是一样的。

正是这种动力推动了我们巡演的开展。当然,除了亲吻那一条——毕竟我们早就过了那个年纪。巡演(以及所有环球剧院项目)的核心只是一个单纯的愿望,那就是向世界呈现莎士比亚。我们也知道,这种"单纯"并不是纯粹的,而需要妥协,这个世界里有许多阴影遮蔽的角落,想要剥削和操控这种"单纯"动机的家伙多的是。那么,面对世界的肮脏和污浊,你能做些什么呢?试图去理解和面对这一切(包括其所有数不清的细节),然后全盘接受?在这之后,又该如何呢?改写你的作品,以应付所有人的批评,以迎合他们的看法?先发制人,抢在所有可能的抨击之前自我开脱,我见过这种方式导致的令人绝望的后果。以这种方式创作出来的作品极力想要在道德上做到完美,却在艺术表现上了无生趣。这些作品在审美和道德层面双重瘫痪,被臆想中他人的批评吓得一动不敢动。也许，你该选择另外一种方式？比如尽力接受和理解这一切，继续前进，让真心和笑声成为你的推动力，然后尝试着向这个世界展示一些新的东西？思考过、反思过的你有两个选择，要么退缩到自我修正和自我反省的小圈子里，要么勇敢向前走。我们选择继续向前。

★★★

让人感到加倍讽刺的是，在我的一号电台灾难中，我们因计划访朝而被攻击，而不久前我们也刚被朝方政府劝退。紧接着，在二号电台灾难中，当别人抨击我们是"文化帝国主义"时，我们正与英国文化教育协会闹不愉快。英国文化教育协会一直以来都是个让人困惑的合作伙伴。他们驻扎在世界各国的官员们为我们提供了至关重要的支持。他们帮我们寻找承办人、提供建议、吸引观众、联系善良的当地人——甚至有几次还给了我们小笔的资金支持。（在这一方面，我们迫不及待地想要和"帝国主义"攀关系，因为酬金总是不嫌多的。）大多数英国文化教育协会的官员都是正直的英伦代表，他们年轻、热情，与所驻国家的文化感情深厚。其中有几个没那么优秀，他们是落后的旧时代遗民，他们在我们抵达当地时，用轻率的口吻说："老天，这地方终于有了点儿文化了。"而他们所处的国家，在英国人还不知道如何如厕时就已经在建造寺庙了。而让我们感到最为困惑的，是伦敦英国文化教育协会总部的所作所为。

英国政府机关的设立总是同其目的离奇相悖，英国文化教育协会就是这样。同其他大型英国政府机构一样，它的架构就如同一个堡垒，其运转的第一本能就是保卫自己的围墙。即便你拿着它想要的东西去接近它，它依旧设防。环球巡演项目的内容就像原始社会一样简单，就是把一部戏演给没看过的人看，并在这个过程中认识和激励艺术工作者和观众。这样的巡演目的直白得像色情片一样，而且与文化教育协会的设立宗旨直接吻合。然而，也许正是因为如此，文化教育协会的人也认为我们的项目有伤风化。我们并不是唯一对此不解的人。驻扎在世界各地的文化教育协会官员们也不明白为什么伦敦总部对我们的巡演如此不支持。两年的时间里，我们锲而不舍地想要从文化教育协会那里讨一个说法。一位趋炎附势的官员给我们发了一封愚蠢至极的电子邮件，称巡演项目缺乏文化间的对话交流。我当时火冒三丈，与这位官员陷入了一段针锋相对的邮件往来。虽然我一直都很奇异地享受这种争论，但从策略上来讲，这并不是个明智之举。整场风波以我赤裸裸的粗鲁态度作结，彻底搞砸了我们和英国文化教育协会的关系。而与此同时，一本正经的学者们还在斥责我们是英国政府的爪牙。

老实来讲，巡演的半程演出并不顺利，而且问题并不只是资金上的。我们尝试在没有额外资金支持的情况下完成巡演，毕竟环球剧院的运行一向不依赖资助和预支收入。我们为自己自食其力的能力而自豪。巡演的前提简单直接，我们从有钱的国家那里要钱补贴在贫穷国家的演出开销。从去一个国家到演出结束后离开，所有的开销差不多在一万五千英镑，所以我们对一些国家（例如德国）收取的较高演出费将被用作剧组在一些不那么富裕的国家的行程花销上（埃塞俄比亚以让人感动的尊严，向我们支付了五十五英镑的费用，补贴我们在他们的国家剧院为四千名观众进行的两场演出）。我们的筹款计划十分朴素，但却有一个很致命的缺陷。令人难过的残酷事实在于，这个世界上的穷国家比富国家要多得多。三分之二的巡演所经国家根本没有能力支付我们的演出费用，而我们得向富裕国家要求天大的数额才能进行交叉补贴。"欢迎来到现实世界！"有的人可能会讽刺地说。可他并没有说错。

这个问题已经发酵了一段时间，如今，剧组和董事会都意识到了它的紧迫性。在我供职于环球剧院的这段时间里，我们令人尊重的董事会常常能让他人的沉着镇静看上去就像是歇斯底里一样。如果你告诉他们你要启动一个国际戏剧节、建一个新剧院、搞一个视频点播平台，或者是派一个剧组去环球巡演，他们只会集体微微僵直一下腰板（就像闻到房间角落里有人放了个小屁却还没搞清楚味道从哪里来一样），除此之外毫无反应。而如果你和他们说，某个演出季或者某个项目面临赔钱的风险时，他们的反应就好像屋子里灌进了北极的大风，立刻变得冰冷严肃。从很多方面来看，这是一个理想的董事会。

在问题恶化之前，我们想出了一个解决方案。考虑到这个问题涉及削减演出经费、更换演出资源，以及在环球剧院增加额外的工作和演出以填补巡演留下的窟窿，这一问题的解决方案也理所应当地要通过分析讨论以达成共识、通过一系列让人筋疲力尽的紧急会议来表决，还需要处理大量超出人脑和电脑负荷的电子表格。我们着手解决这个危机的态度绝不算小题大做，但在当时，整个过程仿佛是一棵倒在路中间的枯树，把我们的劳力和精力分散到了其他地方，而不是放到真正重要的事情上。

★★★

我们位于长途旅行的中段,剧组刚刚在非洲结束了一段充满生命力和艺术活力的巡演,与此同时,我们也面临着来自四面八方的英国体制压力,这种压力阻碍和拖慢了我们的进程。媒体、学界、政府人员、管理机构,都极力否定所有冒险的想法、斩断所有他们认为挡了自己路的交流和联系。至少,在我们偏执的脑海中看来是这样的。

我们正集体经历着一个"哈姆雷特"式的时刻。这部剧开始让我们以它的眼光来看这个世界。在达到"生存还是毁灭"这一结论之前,哈姆雷特在这个世界里看到了许多敌人,自从人类社会开始形成,这些敌人就坚定地站在快乐和正义的对立面:

> 谁愿意忍受人世的鞭挞和讥嘲、压迫者的凌辱、傲慢者的冷眼、被轻蔑的爱情的惨痛、法律的迁延、官吏的横暴和费尽辛勤所换来的小人的鄙视……

"鞭挞和讥嘲"并不难理解,剩下的词句则是愤世嫉俗的年轻人说出口的话,或者说,是我们每个人心里都住着的这样的一个年轻人说出的话:压迫者的凌辱永远不休;"冷眼"指的是有权有势者看待弱者一贯的不屑眼神(想想西蒙·考威尔[1]);在这一段对政治的抱怨中突然爆发了一阵心痛,即"被轻蔑的爱情的惨痛"(这让我们再次想到溺水的奥菲利亚);"法律的迁延"也许特别适合当时那个爱打官司的年代,

---

[1] 西蒙·考威尔:美国电视选秀节目评委,以点评犀利、刻薄著名。

但放到如今也不算过时；最后一句，即"费尽辛勤所换来的小人的鄙视"，言简意赅地总结了在世上所有的破事儿面前好人常常不得好报的事实。哈姆雷特的道德和社会意识是他绝望的根源，然而这一因素常常被粗鲁地排除掉，因为人们更注重其他原因，例如他精神的崩溃和过度的艺术性敏感。哈姆雷特的感性与他对不公的看法密不可分，他无法忽视这个世界的虚伪，无法对其视而不见或袖手旁观。

哈姆雷特痛恨克劳狄斯，并非只因为他谋杀了他的父亲又与他的母亲同床（虽然这两条罪状足够可憎）。在哈姆雷特看来，克劳狄斯还是旧秩序的维护者，这种旧秩序通常昏庸腐败，且外交手段残暴。波洛涅斯惹人厌恶的原因是他可耻地利用了女儿的美丽，不仅如此，他讲话迂腐、含糊其辞，常用烟幕弹掩盖真相。在克劳狄斯和波洛涅斯的背后是国家机器，对它的解读可以多种多样。它既是中世纪野蛮的竞技场，也是无情的官僚主义，还可以象征着垮台的国家或是复辟的暴政。在哈姆雷特看来，所有这些都是腐败、老套、罪恶的。

丹麦是个监狱，丹麦之外的世界也是"一座很大的牢狱，里面有很多监房、囚室和地牢"。这座监狱充满可耻的虚伪，"那些当我父亲在世的时候对他扮鬼脸的人（克劳狄斯），现在都愿意拿出二十、四十、五十、一百块金洋来买他的一幅小照"。在这样的世界里，"一个人可以尽管满面都是笑，骨子里却是杀人的奸贼"（一些缺乏信心的演员在没有导演点拨的情况下，常取这句话的字面意思，总是在表演克劳狄斯时花几个小时龇牙咧嘴地绕着舞台转）。这句话道出了一个非常普通且老套的道理，像哈姆雷特这样聪明的人应该早就明白才对。然而，怒气能让思想变得迟钝。丹麦王宫里的风气让哈姆雷特这个受折磨的天才表现得像一个被惹毛了的八岁小孩。

　　同哈姆雷特相似的角色，希腊神话中有奥瑞斯忒斯，当今世界有吉米·波特、鲍勃·迪伦和鲁斯特·拜伦。这些人物无法为其过剩的情感找到合理的归置之所，于是转而对这个对人施加痛苦的世界心怀怨恨。外在世界的一切都成了他们的敌人，无论是各大机构、掌权者，还是政治正确的主流思想，他们反对一切让社会从和谐走向死板的东西。哈姆雷特就是这样一个能言善辩的、爱抱怨的王子，是所有觉得自己被愚钝世界所压迫的人中的典型。

　　然而，正如很多诸如此类的抱怨一样，哈姆雷特做得也有些过头。从这部剧本看，克劳狄斯并不仅仅是哈姆雷特指控中的恶人，他也有自己积极的洞见和良心上的自觉。波洛涅斯也不仅仅是哈姆雷特所说的"倒运的、粗心的、爱管闲事的傻瓜"。他爱他的子女，他的思维虽然刚愎自用但也高度灵活。看上去混乱而失衡的丹麦，尽管其内核的腐败毋庸置疑，但终归不像《麦克白》中地狱般的苏格兰一样荒凉而绝望，也不像《李尔王》中沉沦的英格兰一样冷漠而混乱。莎士比亚有能力写反乌托邦故事，但在塑造厄耳锡诺时，他还是有所克制的。

　　然而，我们很难说莎士比亚这样做的原因是什么，但似乎他想要表达的是：丹麦并不是唯一的问题，哈姆雷特自己也是问题的一部分。细腻的情感是美好的品质，但也很难与世界相适应。正统和霸权需要对立面，但若是一味让对立面不加控制地盛行，也很难让它停下来。另一个问题是，它应该停下来吗？难道不是只有过度的反抗才是有效的反抗吗？难道不是为此失去理智也在所不惜吗？但当反抗过度时，是不是也令人疲惫不堪了呢？鲍勃·迪伦的歌常听常新，它们触及了灵魂最孤独最无声的角落。然而，我们也常享受用山姆·库克的"人人都爱恰恰恰"来缓解迪伦的低沉。哈姆雷特作为榜样不得不极端，但他并不一定是我们在任何时候都需要效仿的对象。

所有偏执的疑心症，只要一犯便难以克制。跟我们的主人公一样，我们全剧组也都集体患了疑心病。全世界好像都在与我们作对，但其实，外界给我们提供的帮助比阻碍更多。我们的董事会，虽然有时显得太过淡定无情，但也批准和赞助了有史以来最冒险的戏剧表演项目，在面临潜在的风险时态度也异常坚定。英国文化教育协会，虽然总部的人不闻不问，却也雇用了一批灵活善思的优秀人才，他们致力于为世界文化的发展做出贡献。学术圈虽然有些人常常陷入自己的恐惧和厌恶中无法自拔，但也一直是整个环球项目重要且慷慨的伙伴。

当我们进入控诉世界不公的死循环时，总有一些时候，比如睡上一觉、某件偶然的小事，或是一时的愉悦，能给我们提供一个不同的视角，提醒我们这个世界远不只有邪恶存在而已，美好正"笨手笨脚"地同邪恶同行。然而，对于哈姆雷特，这样的时刻一直没有到来。四面的围墙无情地将他包围，他最阴暗的怀疑得到了证实，这使他的故事成了悲剧。而对于我们来说，仍有愉快的事让一丝光亮照进这个世界，我们对此心怀感激。

和巡演中的剧组取得联系是对于驻扎在环球剧院大本营的我们屡试不爽的解药。花一些时间与他们相处，近距离地了解他们正在做的工作，一直都是缓解愤懑的万能药。于是我们集体飞到了马德里。马特在过去的一年里扮演了雷欧提斯、霍拉旭、吉尔登斯吞等角色。在这段时间里，他一直在默默地为哈姆雷特一角做准备，今夜将是他的首演夜。

他的表演棒极了，他如同刺客一样镇定自若，整场表演没有丝毫差错，为我们演出了一位具有他独特风格、能言善辩、内心良善的王子。所有其他演员都积极与他配合，奉献了我看过的最棒的一次演出。他们的角色已经与他们融为一体，这让我们在观看演出时深切地觉得，与其说这是一场表演，不如说这是一次相遇，就像是奥菲利娅、克劳狄斯、葛特露和其他所有人走到了我们面前。演出在一个现代剧场里进行，观众们充满活力且看得十分投入。演出结束后，在场的六百人全体起立，用掌声一遍又一遍地请演员返场致谢。争论、怀疑和恐慌全部消散了。

马德里无忧无虑、轻松明快的氛围对演出产生了积极影响。西班牙剧场和西班牙演员自带某种天生的魅力，他们往那里一站就能散发出那种宣称"我在这里"式的、自信而自然的吸引力，这让其他国家的人羡慕得很。他们把这种舞台魔力叫作"精灵"（*duende*）。这种魔力很难定义，它是自然的，同时也是戏剧性的，你在哈维尔·巴登和安东尼奥·班德拉斯这样的演员身上就可以看到。他们的一句"我爱你"仿佛是替所有人说出了心里话一样，让你不禁为其欢呼。在别人身上看来滑稽可笑的动作和台词，经由他们丰富多彩的表演方式和风格演出来就会让人信服。其实，莎士比亚的作品在本质上也拥有一点点儿这种魔力，哪怕在《哈姆雷特》中，这种朴实、原始的吸引力是与北欧的寒冷忧郁交织在一起的。我们来自英国的演员只能顺便借鉴这种光环，但他们借鉴得十分巧妙。

我们也在社交活动中融入了当地文化，仿效了伊比利亚人的习俗。我们"霸占"了酒店外面的人行道，四五十人聚在街上边吃当地小吃边欢声笑语。我祝贺新任哈姆雷特的成功以及剧组一年内巡演九十七个国家的壮举，并发言表达对未来诸多任务与挑战的期待。随后，一队出租车抵达酒店，载着欢快的人群驶进马德里的夜色，进行深夜狂欢。他们与异装癖杂技演员跳了一整晚的舞。我不知道这算不算得上是英国文化教育协会所说的"文化对话"，但其效果是积极的。

第二天，我在马德里漫无目的地逛着，享受着藏在这个城市各个角落的故事与历史，这种让我能够发掘和品味这些故事的好奇心令人喜悦、值得珍惜。忽然，一个快闪队伍"突袭"了广场，在广场中央跳起了摇摆舞。虽然我知道这种行为可以解读为夺回领地和颠覆等级制度，虽然我自己一点儿也不喜欢爵士乐，但是我无法否认我在舞蹈中看到了一种自豪的、单纯的快乐。他们所带来的愉悦享受冲散了我的最后一丝忧愁。

105	**斐济**，苏瓦 南太平洋大学	2015年6月8日
106	**图瓦卢**，富纳富提 瓦伊阿库酋长院大厅	6月9日
107	**萨摩亚**，阿皮亚 萨摩亚国立大学	6月12日
108	**瑙鲁**，亚伦区 瑙鲁学院	6月15日
109	**所罗门群岛**，霍尼亚拉 国家博物馆报告厅	6月18日
110	**瓦努阿图**，维拉港 一个小袋子剧院	6月21日
111	**汤加**，努库阿洛法 圆形剧院	6月23日
112	**基里巴斯**，南塔拉瓦 贝蒂奥体育中心	6月25日
113	**马绍尔群岛**，马朱罗 国际会展中心	6月29日
114	**密克罗尼西亚联邦**，科洛尼亚 FSM体育中心	7月1日
115	**帕劳**，梅莱凯奥克 葛玛荣艺术中心	7月3日

11
沙漠中的维滕贝尔格

雷欧提斯： 当我们的眼泪干了以后,我们的妇人之仁也会随之消失的。

（第四幕,第七场）

✤

哈姆雷特的故事有诸多来源，其中包括一个12世纪的丹麦传说。在那个故事中，哈姆雷特本是女儿身，为了保证他（她）的王位继承权，他（她）的母亲隐瞒了他（她）的身份。没有这些笼罩在暧昧不明的迷雾中的谜团，也就不会有哈姆雷特的诞生。

这部剧首演时，饰演哈姆雷特这一角色的伯比奇兴奋异常——"两千条台词！好的，让我来试一试！"而在伊丽莎白和詹姆斯一世时期全男班的舞台上，女人是没有机会出演哈姆雷特的（想想《莎翁情史》）。但是，这段女演员不准上台演戏的时间并没有持续太久。对于戏班来讲（尤其是男性戏剧工作者们），最重要的无非是票房，为了票房他们简直毫无底线。虽然批评家们常常好心地让我们的工作显得很有深度，但他们最终会失望地发现我们是如何没骨气地追求卖空每一场演出，以及这种追求对演出各项事宜的决定影响有多大。在好色的查尔斯二世的"恩典"之下，女人开始出现在英国剧院的舞台上。很快（在大概十二秒之内），人们就惊奇地发现她们如此受欢迎。随后不出多时，女演员就开始领衔主要男性角色了。

哈姆雷特这个最能表现出人性之复杂的角色，也不出意外地受到了女演员的欢迎。这一人物欢迎开放的解读。哈姆雷特生活在迷雾之中，他的轮廓模糊而不确定。莎士比亚笔下的其他经典悲剧角色往往线条更加清晰：奥赛罗是个受人尊敬的摩尔人，李尔是个精神脆弱的暴君，安东尼是堕落的浪子。相比之下，哈姆雷特显得难以界定。他是一个被"他不是什么人"和"他不能成为谁"反向定义的角色：他不能继承王位，他不能回到维滕贝尔格继续学习，他不能如愿成为奥菲利娅的恋人，他无法成为父亲的鬼魂期待中的复仇者。也就是说，他无法形成任何明确的人格，这给了表演者更多诠释的自由。空白成全了想象力，这就是哈姆雷特特有的"反向"能力。他的独特性部分来源于他的模糊不清和不确定性，这让他可以被任何人自由地诠释。

哈姆雷特那超乎常人的智力，以及他玩的那个在装傻、真疯和摧毁性的清澈洞见之间穿梭的、复杂而危险的游戏（他也玩输了），都让他保持了不确定性。他清楚地看穿了别人禁锢着自己的那层虚拟的保护伞，而他自己变换的身份角色也让他得以精确地解构他人，于是他能够脱离传统人物定义的限制，其中也包括了人物性别的限制。E.M.福斯特将自己小说里的人物分为两个类型：扁形人物和圆形人物。扁形人物被禁锢在常规之中，圆形人物善于变化。而哈姆雷特存在于一个完全不同的维度，一个思维、感觉和情感交织的旋涡。他代表着人性的本质。

然而，从传统性别定义的角度来看，哈姆雷特这一角色确实有女性化的一面。他和丹麦宫廷中男性化的无礼粗鲁格格不入，他与奥菲利娅的感情与其说是传统的爱情故事不如说是灵魂的激情碰撞，他对霍拉旭的感情中姐妹情的成分和兄弟情几乎是等同的。在他最激烈的一场自我厌恶的戏中，他在斥责自己无法杀掉克劳狄斯为父报仇的同时苦涩地责备自己太像女人：

> 嗨，我真是个蠢材！我的亲爱的父亲被人谋杀了，鬼神都在鞭策我复仇，我这做儿子的却像一个下流女人似的，只会用空言发发牢骚，学起泼妇骂街的样子来，在我已经是了不得的了。

这段话的语气是贬义，但哈姆雷特愤怒的来源是对自己女性气质的不安。19世纪著名美国演员埃德温·布思谈起自己对哈姆雷特一角的解读时这样说道：

> 我一向努力表达出哈姆雷特角色中的女性气质，我想这正是我成功的秘诀。我不认为坚硬的、男性化的表演能像细腻的、女性化的一样被广泛地接受。我知道这让我有时把哈姆雷特表现得太过娇柔，但我们不可能总是将方寸把握得恰到好处。

这段话里有许多地方让你在想挥拳揍埃德温·布思的同时不得不认可他的观点。

哈姆雷特这一角色还肩负着独特的情感重量。我们能在剧中的某些时刻看到，连他自己都无法承受这个情感包袱。在传统观念里，无论好坏，情感的力量以及倾诉情感的能力一向被看作是女人的属性。人们一般认为女人善于"打开心扉"，男人则善于将情感打包，而且还给它扣上一把打不开的锁。哈姆雷特这一角色情感的波动很大，也需要敞开心扉吐露心声，这让他成了适合女演员来塑造的角色，这种情况在更粗犷的传统角色中一般是不会出现的。而且从纯粹的技术层面上来讲，女演员们擅长哭戏，而男演员们则常常必须借助手帕里的洋葱。

我们不能确定第一个女版哈姆雷特是什么时候出现的，但到18世纪中期，女版哈姆雷特已经谈不上稀奇了。1775年，政府通报文件中就已经提及了莎拉·西登斯在各郡表演哈姆雷特的出色表现。不管观众们是否喜欢她的哈姆雷特，她自己明显十分满意，并持续在接下来的二十七年里不断出演这一角色。伦敦首次有记载的女版哈姆雷特表演是伊丽莎白·鲍威尔1796年在德鲁里巷皇家剧院的演出。另外一位女版哈姆雷特先驱是姬蒂·克莱芙，她的表演得到了约翰逊博士的热烈赞扬。他说："克莱芙女士的表演是我所见的最佳。克莱芙的最好表现甚至超越了加里克。"[1] 我们很难想象加里克（约翰逊的好友）对此做何感想。谁知道呢，也许这并不难想象。另外一个女版哈姆雷特的粉丝是埃德蒙·闪电·基恩。跟他一起看过演出的沃尔特·唐纳森这样描述基恩对朱莉娅·格洛弗所饰演的哈姆雷特的反应：第一幕结束时，埃德蒙·基恩来到后台握住格洛弗女士的肩膀——不是用一只手，而是用两只手——激动地喊道："太棒了！太棒了！"这位美丽的演员笑着喊道："走开，马屁精！你是来嘲笑和蔑视我们庄重的演出的！"

那时，美国东岸的剧院和伦敦戏剧圈同现在一样和睦交好。1820年，莎拉·巴特利在纽约的花园剧院登台成为美国第一位女版哈姆雷特。在19世纪，还有另外两位美国女人在生活中亲身"试验"了这一角色。这两个女人在观念上非同寻常的反传统性，足以使她们成为堪比哈姆雷特本身的标杆性人物。安娜·伊丽莎白·迪金森是极其激进的共和党人，她一生致力于组织参与废除奴隶制和争取妇女参政权的活动。她从小就是一个有天赋、有能力的演讲者。在那个时代，站在箱子上用雄辩吸引人群的方式还多少能够左右一些历史的走向。因此，她对群众的影响力被发挥到了极致。不管是在内战之前还是在内战期间最危险的时期，共

---

[1] 约翰逊博士指英国作家、文学评论家塞缪尔·约翰逊。加里克则指大卫·加里克，18世纪英国戏剧界头号明星。

和党激进派都利用她的影响力来推动美国实现废除奴隶制。在那个时代，大多数女人还只有"观赏价值"而不能表达自己的意愿和观点，迪金森却起身在议会面前公开批评林肯的手段太软弱，这证明了她的勇气，也证明了美国在引领历史潮流方面具有出人意料的巨大潜力。当她接下哈姆雷特一角时，她的这一举动被看作是她发疯的证据。有点儿哈姆雷特式讽刺的是，迪金森后来被自己的姐姐"绑架"，被强行送进了精神疗养院。她之后赢回了自己的自由，用余生的时间试图在"疯癫"的诽谤面前证明自己的清白。

另外一位颇受喜爱的美国19世纪女演员夏洛特·库什曼正在泛黄的老照片里注视着我们。她并不能算得上是传统的美人，甚至可以说是相差甚远。但她钢铁般的意志和无所畏惧的力量仿佛维多利亚时期的战舰一般透过每张照片扑面而来。在照片里，她的身边常常有不同的柔弱美女相伴，这些女伴要么以祈祷的姿势跪在她身边，要么怯生生地站在背景里装点着整个画面。库什曼如燃烧弹一般在西方世界的历史里炸出了一条不寻常的人生路，这些女伴也是她在此期间交往过的恋人。年轻时她的女高音梦碎，继而，她转行成为演员，在十九岁的时候出演了麦克白夫人一角。传统的女性角色从来不能使库什曼满足。她曾与自己的妹妹同台演了罗密欧与朱丽叶的狂热爱情故事，得到了广泛的喜爱，罗密欧一角由她饰演。之后，她的演技日益成熟，并从1851年开始就在波士顿和纽约出演哈姆雷特，这成了她的"毕业"角色。为了表示对其挑战性别界限的努力的尊重，埃德温·布思还将自己饰演哈姆雷特时的戏服借给了她。

之后，托马斯·萨利为库什曼画了一幅颇为奉承的画像，而库什曼顺便色诱了他的女儿。二人交换了戒指，举办了非正式的婚礼，之后，库什曼飞到欧洲巡演，本来计划的数月延长到了数年，被遗弃的罗莎莉·萨利为此心碎而死。库什曼在欧洲的生活热烈而疯狂，猛烈的恋情一段接着一段。在每段恋情中总有这么一个时刻，这对情侣神情肃穆地坐在或站在镜头前，有意身穿庄重的男性服装，让黑白无趣的胶片将她们愉快但又颇具争议的爱情捕捉下来。在她仍在演出时，有很长一段时期她都住在罗马，在那里，她培养扶持了一个波西米亚主义的同性恋作家和艺术家群体。

对于这两位非同寻常的女人以及她们的同类来讲，扮演哈姆雷特是一项争取政治权利的运动，这与她们对为女性争取更大的社会和政治权利的诉求密不可分。为权利而战和扮演王子，二者都出于对平等的尊重和对平等话语权的追求。迪金森是二人中更有政治参与感的一个，而库什曼创建和领导的群体则走在了争取女性权益的现代思潮前沿。但是，两位女演员的表演都为解读《哈姆雷特》的文本以及哈姆雷特这一角色提供了新的视角。在这样有创新精神的叙述方式之下，和葛特露与奥菲利娅搭戏的从男人换成了女人，仅这一个变化就挑战了传统的思维模式，让观众们获得了全新的视角。据说，库什曼在排演的过程中一直致力于表现出哈姆雷特对女性角色的尊重。鉴于库什曼高超的求爱本事，我们很容易把她的这一行为看作是献殷勤，而不是什么对布莱希特的间离效果的早期实践。当然，这种解读不免太过刻薄了。

从欧洲大陆到美国随着淘金热发展起来的西部，这两位女演员以及其他先驱用哈姆雷特这一经典角色挑战并改变了人们关于正统和禁忌的观念。将女版哈姆雷特从文化边缘带到舞台中央这一神圣征程的典范，当属法国女演员莎拉·伯恩哈特。她的演员生涯好比一颗划过屋顶的炙热彗星，照亮了西方世界，哈姆雷特一角恰是她的最高成就。伯恩哈特谈起如何表演这一角色时语气很坚决："我无法把哈姆雷特想象成一个男人……他的台词、他的冲动、他的行为全都在告诉我，这是一个女人。"她塑造的哈姆雷特极其热情好动，将敏感的心思暴露在外。她每到一个城市都火爆到让全城瘫痪，抢不到票的可怜人疯狂地守在剧场外，只为能够感受一下剧场里的热闹，就好像伯恩哈特小姐能散发出地心引力波似的。

伯恩哈特非凡的人格魅力使她如同巨人一般征服了19世纪末和20世纪初的欧洲。根据传言，在她的葬礼上，躺在棺材里的她都能让半个欧洲因为她的死而悲痛欲绝。大家可以参考下伯恩哈特巴黎葬礼上那段令人震惊的视频，看起来就像是庞大的人群里有一半的人都在经历着失去亲人的悲痛，他们把帽子紧紧握在胸前，手帕在眼前被揉作一团，仿佛在演戏一样。亨利·詹姆斯曾经这样描述她："伯恩哈特小姐全情投入、带着狂喜（甚至有人称其为疯狂）的表演所能激发的好奇心和热情是难以用语言形容的。"

哈姆雷特是伯恩哈特传奇故事的中心，然而，遗憾的是，我们只能在仅存的两个很短的视频片段中欣赏到她精妙的舞剑技术、她苗条纤细的体格和她自然不做作的神情。让人开心的是，她优秀的"继承人"阿斯塔·尼尔森在1920年自导自演了一版《哈姆雷特》，全片时长两个小时，至今保存完整。这部电影虽然有台词太少的小缺点，但这并没有影响她塑造出一个机灵、优雅、有悲剧感又性格丰满的哈姆雷特。这一版电影完全改变了人们对哈姆雷特性别的定义。尼尔森扮演的哈姆雷特出生时是女儿身，却被葛特露和克劳狄斯当作男孩养大。这个哈姆雷特爱上了霍拉旭，而霍拉旭本身也对自己的感情感到困惑。当时的欧洲刚好是一段性别转换更加自由、性别界限更加放松的时期，这一时期在历史上前所未有，并且延续了很长一段时间。这种性别互换思潮在德国的魏玛时期最为盛行，而尼尔森的"性转"恰好与这一特殊的历史时期相呼应。

然而让人感到奇怪的是，在女性获得选举权之后，女版哈姆雷特却越来越少了。戏剧历史学家托尼·霍华德分析出两个原因。首先，扮演哈姆雷特本身是一个政治反抗的行动，随着女性获得选举权，这一政治意义逐渐失去重要性。第二个原因在于评论家的地位上升。这些坚守性别阶级价值观的评论家（大多数都是男性）反对女性出演哈姆雷特这样的角色，这个一度很普遍的现象在批评家看来不合体统，因此也是不应该被允许的。批评家威廉·温特在1911年的一番言论让他臭名昭著。他是这样说的："很难理解为什么哈姆雷特会被误认为是女性角色。他拥有女人鲜有的卓越品质：做事慎重、考虑周密。"

僵化落后的集体意识让女演员们逐渐远离了类似的角色。此类表演直到最近才重新在我们的舞台上复活，尽管其数量依旧是少得惊人。长久以来，《哈姆雷特》的流行从未间断，在它被越来越多的人广泛欣赏的时候，由女性出演哈姆雷特这一传统的中断也可以称得上是这部作品流传的自然连续性的诡异中断，我们也希望这样的中断不要再次发生。作为经典的戏剧角色和世界文化瑰宝，哈姆雷特这一角色与《哈姆雷特》这一作品都是兼容并包的，诸如性别问题这样的琐碎纷争不该成为它的拦路虎。

★ ★ ★

我登上了前往沙特阿拉伯的飞机,坐进了我的座位,期待着六七个小时不受手机干扰、"不闻不问"的快乐时光。然而在这个时候我看到我最讨厌的中学老师朝我走来,在跟我隔了一条机舱过道的位子上坐下了。我慌张地一会儿看向窗外、一会儿读起报纸,生怕他发现我认出了他。我偷偷朝过道另一侧瞥了一眼,失望地发现他也在做着同样的事情。可见,我依旧是他最讨厌的学生。

我飞往沙特阿拉伯是为了短暂加入巡演团队并出席一场非常有历史意义的活动——这将是男女演员同台的莎士比亚剧目第一次在沙特上演。为这场演出找到场地是巡演过程中遇到的一大难题。有几处场地表示愿意主办全男班表演,而我们并不打算这么做。在一番艰难的搜索和协商之后,我们找到了一个答应接待我们剧组的大学校园。

前排座椅背后的屏幕上放映了一段关于面向宗教信徒的传统宗教礼仪宣传教育片。在起飞之前被要求祈祷常让我感到不适。机上娱乐列表中的电影选项很奇怪,令人费解,我可能智商不够高,读不懂航班公司筛选节目的逻辑。于是,我看起了《火星救援》,我发现,尽管这已经是一部无性的电影,但每当有女性角色出现时,一团谜一般的云彩形状总会出现在屏幕上,遮盖住她们的胸部,并如影随形地跟随她们身体的活动而移动。似乎任何暴露在外的女性身体都必须被像素化到抽象的程度。我这才意识到这个片单的逻辑:尽可能少暴露女性身体。爆粗口、肢体暴力和充满屎尿屁的喜剧都无伤大雅,女孩们的肩膀却是禁忌。

在周五的深夜,飞机飞过吉达上空。整座城的夜色被摩天大楼一样高大的广告牌点亮,就好像在给月球上的人推销百事可乐。飞机着陆了,在机场滑行的过程中,我们穿过成排的私人飞机,它们表面光滑,造型轮廓硬朗,统一面向同一个方向,看上去像一支准备行军的外星舰队。我们涌下飞机,却因为一台死机的电脑被堵在了海关。这意味着我们不得不呆呆站在队伍里等候一个半小时。排在我前面的正是我最讨厌的老师,排在他后面的正是他最讨厌的学生。整整九十分钟里,鉴于我们愚蠢的"英国式做作"都发作了,我们探索了一切可能的身体姿势和动作,以避免互相对视。双方的这股蠢劲儿简直让我想当场晕厥。

我早就知道进入沙特的困难。在临行前,不同的人一共嘱咐了我不下十五遍。他们告诉我不能说自己是来这儿演出的,也不能说我们要排演《哈姆雷特》,甚至不能提及任何关于戏剧的事。如果我承认了自己的来意,我就会被遣返回家,演出也会被当局中断。他们像培养间谍一样教会了我一句台词:我是来做文化促进项目的。"文化促进项目……"我一边想尽办法避免和站在我前面的绅士进行文明互动,一边练习着这句台词。终于,我顺利通过海关,没人问起我的来意,也没有人在乎。在海关另一侧,我认识了另外一位文化促进者。他是一位气候变化学家,来这儿做演讲。他热情地坚信停止使用化石燃料的重要性,对于他来讲,来沙特阿拉伯演讲如同深入虎穴,但其意义也因此更加重大。我们两人都对我们要去的学校——阿卜杜拉国王科技大学——知之甚少,于是在沙漠开夜车时,我们决定做些功课。我们唯一了解的确切信息是这是一所男女同校的学校,这在沙特开了先河,这类学校在沙特也是独此一家,因此它受到了保守人士的攻击,甚至上了"基地"组织的暗杀名单。为了阻止女人受教育,防止她们意识到男人的愚蠢,一些男人就会如此长期采取极端且暴力的手段来达到目的。想要进入校园要经过三重严防死守的关卡：先是沿路修建的水泥墙，再是每个检查站的炮兵把守，最后还有颇具规模、目光炯炯的巡逻士兵。顺利通过安检之后，我们驶进了干净整洁的"天堂"，奇怪的是，这里空无一人。

在酒店，我见到了接待方代表，她是一位勇敢又友好的美国人，她看上去因紧张而恍惚不安，仿佛一根过于紧绷的小提琴琴弦。与之形成鲜明对比的是忽然出现的阿曼达，她跟"紧张"这个词完全不沾边儿。在一天的时间里，她和几位剧组的同事结识了一位教授，这位教授找到了有效利用沙漠稀缺资源的创新方法，酿造了特制烈酒。阿曼达显然已经喝醉了，她兴高采烈地甩动着自己的洗衣袋，先是努力佯装清醒（她的尝试让人发笑），然后忽然凑到我们面前，仿佛密谋过一般，小声地说道："你知道吗，我有点儿小醉。"她的语气就好像他们研究出了怎么登陆火星一样。接着，她迈着太空步走出门厅，但这都并不能缓解接待方的紧张情绪。

急于了解更多的我在招呼接待方坐下后提了一些问题。她自己是一个提琴手（音乐家同自己所用乐器的相似程度让我震惊），跟随自己的丈夫来到国王科技大学。她的丈夫是信息科学界的新星，曾负责世界第八大超级计算机的创造设计，而该计算机正是在这所大学组装的。阿卜杜拉国王科技大学的优势在科技和工程专业上，仅提供研究生项目，有着惊人的研究资源，一直以来对沙特阿拉伯以及全球的高端研究员都有很强的吸引力。对于上一位沙特国王来说，一所没有门槛、男女同校的现代大学是他的伟大梦想之一，他决定以一己之力亲自建造一所这样的大学。在投入了两百亿美元之后，这座令人惊奇的校园便在这片由海洋和沙漠雕刻出来的土地上矗立了起来。建校时间加起来不超过一千天，这个建造速度超过了社会对此的接受速度，建完时学校还没有招满学生。最不知所措的要数与该校毗邻的古老小渔村的居民们。他们饱经风霜的海边咖啡厅在两千年里每日听到的尽是关于当日渔获量的闲谈，如今却挤满了从麻省理工学院和斯坦福来的师生，讨论着多维空间。

虽然我们并不知道国王创建这所大学的初衷是出于愧疚还是希望，但这无疑是个令人瞩目的地方。我们的接待方虽然神经脆弱，但她对利用有限条件来改变和改善现状的坚持和决心让人备受鼓舞。这个大学校园是沙特阿拉伯唯一允许女人开车的地方，在这样的条件下，让她来招待我们有着特别的意义。这是在寸草不生之地艰难创造生机的第一步，更丰富的生命将随之发芽开花。

★ ★ ★

整个校园像是电影《楚门的世界》的怪异复制品。当你走出门，热气像一堵墙让你的大脑和天空都雾气蒙蒙。一切都像是水做的，而在目之所及的地方，一片凡士林涂抹过的污渍出现了，看起来就像是20世纪50年代颜色格外鲜亮的彩色电影一样。一长串统一样式的房子整齐地排列在干净整洁的街道上。在炙热的空气之中和灼热的蓝天之下，用来搭建这些房子的淡粉色石头看着十分养眼。成团的花朵装饰好像烟花一样在地面上绽放。棕榈树按照等距排开，让这片地区的规划看上去更加人工——无论在什么地方，棕榈树都看上去不像真的，不是吗？唯一不和谐的音符来自大自然的审美。大片的绿地上有很多中空的石头，像是被大块的石头手镯点缀着，具有当地特色的地表上也多有牛尾状的地质凸起，大自然有自己专属的亨利·穆尔斯[1]。

这些富有表达力的石块背后是一些我所见过的最漂亮的现代建筑，这些造型优雅线条流畅的大楼好像飘在天上一样。目光所及之处，大自然的鬼斧神工让我想起古典绘画，然而，那些人类用木头和玻璃建造起来的大型建筑物温柔地将我的眼神吸引到了最新建成的露天广场和下方的海岸上。空气、大海和人造建筑自然从容地相伴在一起。虽然这里的建筑物看着就像J.G.巴拉德反乌托邦小说里的噩梦一样，虽然在隔离栅栏另一侧就是成堆的垃圾，但这一侧的风景依然让人赏心悦目。大多数时候你还可以看见像摩天大楼一样矗立在红海中一块礁石上的灯塔，这就是"知识之塔"。塔顶除了超强探照灯之外，还有一个老鹰的雕塑。这样，国王可以在附近的岛上看到这座灯塔，想起他立下的功德。这拿破仑式的浮夸与周围建筑的现代性显得格格不入。

剧院的条件好得出奇。同大多数现代剧院一样，它的面积太大，但是它拥有比大多数国家剧院更为完善的设备。剧院是崭新的，似乎还没有被使用过，就像一个兴高采烈的高尔夫手全副武装地来到球场参赛却不知道该怎么打球。大家因为该不该拍照而纠结了起来。鉴于我们的巡演可能会激怒很多人，剧组并不太想拍照片。我一开始觉得无所谓，直到剧院告诉我他们不能给观众拍照，因为人们不能发现有女性观众在场。只保护观众而不保护演员似乎有点儿奇怪，不过我们也因此决定全场禁止拍照。

随后，"奇迹"出现了：看戏的观众们一一到场。第一场演出是午

---

[1] 亨利·穆尔斯：英国抽象雕塑艺术家。

场，不论这是一桩历史事件还是政治事件，也不管演出有多危险，还是有大批观众前来看戏，而且都兴奋不已。没有比满怀期待前来看戏的人群更快乐、纯真的存在了。剧院周围警卫不多，四处洋溢着节日般的氛围。女士们看上去尤其兴奋，而且让人庆幸的是，没有人用演讲、海报或报告给她们（也包括我们）添麻烦。罩袍下的双眼闪着光，鲜亮耀眼的头巾下是开怀的笑脸。此外，一群美国女孩吵闹的欢呼也让气氛更加活跃。活动的统筹则是由一位来自加州理工学院的非裔女性负责，她的谨慎保证了演出活动的顺利开展。总之，在各方努力之下，我们的首演全场满座，演出进展平稳，我们充满活力的表演赢得了观众热情的回应。

演出结束后我们感到有些泄气。演出开始前，大家都说这将是一个非比寻常的事件，这是在沙特上演的第一场由男女演员同台演出的专业表演。大多意义重大的事件最终都多少归于平淡。筹备演出的过程中，大家都决心低调对待此次演出的历史意义，费尽心机想要让它显得普通正常，以至于最后它有些太过平常了。演出结束后，一位漂亮的沙特女人来到后台和我们交流，她告诉我们她作为一名演员常出现在吉达和利雅得的舞台上。这一对话让我们振作了起来。很明显，她有些夸大其词了。不管怎么说，这让我们有了圆满完成任务的感觉，毕竟演出的氛围轻松自由，观众们享受了戏剧的魅力，接待方试图做成一件英勇大事的努力也得到了回报。

我和剧组里的一位演员一起去喝咖啡，从他那里听到了又一个因不堪巡演重负而导致恋人分手的崩溃感情故事。在绕着地球转圈的过程中维持长距离恋爱关系并非易事，尽管如此，这段感情也结束得相当残忍，这位演员因此陷入痛苦当中无法自拔。

我觉得自己需要一些私人空间。自从到了沙特，我的双脚几乎没有怎么接触过地面，于是我决定去散个步。在位于这一纬度的国家，白天与黑夜交替的时段有一种神奇的魔力。夜晚降临前的一个小时左右，炙热的空气逐渐降温，夕阳的余光变得温和。然而，白昼电流般的热量被储存在沙滩、石头和砖石里，反射着光芒，交相辉映。在那个短暂的瞬间，一切看上去都是那么宁静安详、那么璀璨和充满能量。不同温度的气流在空气和景物中流动，冷气和热气碰撞交替。格雷厄姆·格林在《问题的核心》一书里曾描述过这样的景象，这昼夜交替的一小时，其独特的魔力可以弥补白日里令人窒息的虚无。

在校园中心有一座清真教堂，我正朝它走去。这是座高大的建筑，但它并没有压迫感。冷白色的墙面上方是一个高高的蓝色尖塔，建筑外围由交叉错落的三角形石柱装饰，让教堂看上去仿佛神迹一般能为这个燥热世间的灵魂提供阴凉。昼夜交替之时，夕阳的光晕与热浪、白昼和黑夜跳起了方阵舞。夕阳跌进了红海的怀抱，白色的教堂外墙温柔地喃喃自语，黑夜即将开始接管大地。清真教堂被从红海延伸而来的水湾包围，与阿姆斯特丹和威尼斯十分相像。白色的海湾步道同宝石蓝的海水形成对比。在热浪、夕阳和海水之间，傍晚的空气变得湿润柔软。正在此时，穆安津[1]吟唱起了歌谣。清澈的歌声中充满了渴望，仿佛祷告一样划破宁静。整个如梦一样空旷的校园里，我只身一人，在那一瞬间，我仿佛感受到了伊斯兰教清净单纯的意义。我向来是一个倾向于嘲讽宗

---

[1] 穆安津：伊斯兰寺院里祷告时间的报告人。

教信仰的人，在这一刻，我却在伊斯兰信仰的温柔能量面前灵魂赤裸，卸下了防备。我从来不曾感到过这样的平和，在乳白色的夜色里，我感受到了某种柔软而鲜活的存在。

晚上的演出爆满，学生、老师和校外观众挤进了剧院。演出很有感染力，观众整晚都很活跃，演出结束时大家都热烈地鼓掌欢呼。随后，剧组和多位接待方成员（有美国人、法国人、非洲人和沙特阿拉伯人）一起吃晚餐。我周围坐着几位聪明绝顶的数学家，他们的谈话内容相当抽象，讲话速度比机关枪发射还快，我理解起来很困难，但依旧被对话中碰撞出的思维火花吸引了，他们也迫不及待地想要与我分享这所大学的情况和他们的研究成果。国王科技大学里四分之一的师生是沙特人，剩下的四分之三来自世界各地。吸引他们的不只是这里的研究资源，还有这所学校推动社会变革的潜力。他们不仅在这里进行原创性的研究和原创性的思考，也想要证明这些研究和思考的社会价值和重要性。他们中有一位"老教师"，曾任职于几所西方高校，正如他所说，在这样的大学里教书的每一刻都令人感到欢欣鼓舞，因为在这里，思考本身就是激进行为。许多西方高等教育学府目前正沉迷于地位之争，关于学科领域划分的争论不断，一群以自我为中心的人神经紧张地圈起各自的领地，以至于大学的发展已经偏离了他们的初衷。正如他们中的一位所说："我之前工作过的每一所大学都生怕丧失脸面，以至于忘了大学教育的本质。"人们各自有自己的理解，但这所大学的办学宗旨的确响应了解决某些现实问题的迫切需求。大学应当改变世界、创造出崭新的曲调，以供其他世人选择是要随之起舞，还是置之不顾。

当然了，《哈姆雷特》就是一部关于学生的戏剧。哈姆雷特从维滕贝尔格的大学放假归来，他的朋友罗森格兰兹和吉尔登斯吞也从学校前来拜访。学生之间的哲学探讨仿佛一剂补药，让人耳目一新。克劳狄斯想让哈姆雷特留在厄耳锡诺，首先是为了方便监视他，第二个原因就是克劳狄斯似乎对维滕贝尔格这个地方也起了疑心。葛特露有这么一句台词："他来了，在读着书呢！"仿佛爱读书就是哈姆雷特精神不稳定的证明。波洛涅斯跟哈姆雷特打探书里的内容时，也小心翼翼得仿佛在拆炸弹一样。显然，提起维滕贝尔格有不少有关新教的弦外之音，但那里首先是一个学习和掌握新知的地方。现在，叫某人"学生"常带着些讽刺甚至侮辱的意味。然而，这个词一度有着崭新的、激进的含义。在这所沙特阿拉伯的大学里做一名学生能重新给人这种新鲜感，就像哈姆雷特曾经感受过的那样。

对于哈姆雷特来讲，对他产生了感染力的思想成了他问题的来源。大学教育让他看到了万花筒一样的可能性，而这种多样性与死气沉沉的厄耳锡诺以及他的现状是不可调和的。"人类是一件多么了不得的杰作……"这正是因为哈姆雷特在发现了无限可能性的同时，也意识到了这样的可能性与现实格格不入。丹麦是个监狱，但"都是各人的思想把它们分别出来的"。我们可能也有过这样的经历，在某个地方旅行时，我们见识到了一些新的想法，回家之后却感到一股令人窒息的沉闷，因为没有人理解这种在自己心里翻腾的新思想。哈姆雷特代表了所有有着类似经历的年轻男女，他们一度接触到了新思想，却不得不在之后忍受失去的痛苦。不管他们是穿着设计精妙的黑色衣服，还是身披黑色罩袍，这种痛苦都是一样的。

人文主义思想家伊拉斯谟关于教育体系的设想影响了莎士比亚成

长的那个时代,他曾说过这样一句话:"共和国的第一个希望在于男孩子的教育。"根据乔纳森·贝特[1]精辟的研究成果,这一观点是都铎时期文法学校改革的基础,这也解释了为什么莎士比亚之前的三代人都特别支持文法学校的发展。他们相信,不停地将古人的智慧填鸭一样灌输给未成年的男孩子有利于他们将来在社会中活跃积极、有所作为,能让他们在社会活动中做出明智的选择。对于北欧人来讲,文明——乃至人性——的精髓在于良好的人文教育。莎士比亚自己对这一原则是持怀疑态度的,在他所塑造的角色里,受教育程度最高的人往往最没有人性,而一些没怎么受过教育的人却更讲文明。这样的人文教育理念把社会理想强加在个体身上,这种对个体的期望是不切实际的,哈姆雷特一角就证明了这一点。

上文所引用的伊拉斯谟的话中最重要的关键词当然是"男孩子"。当都铎时期的男孩子拖着脚步走进学校被迫学习奥维德的诗歌时,女孩子甚至连门都不许出,她们得留在家里专心做针线活儿。当然,有许多女人选择反抗这种压迫,伊丽莎白时期受过教育的女天才数量惊人,然而,时代并没有站在她们这一边。接下来的几个世纪里,她们的处境并没有改变。在西方,争取女性受教育权的斗争是一个漫长的过程,类似的猛烈、暴力的变革在当今世界的一些国家仍在继续进行。马拉拉·优素福·扎伊[2]就是一个例子。关于什么是最佳教育的问题仍存在争议,但可以肯定的是,受教育肯定比不受教育好,否定任何人(不管男人还

---

1 乔纳森·贝特:英国学者、评论家和小说家。
2 马拉拉·优素福·扎伊:巴基斯坦籍诺贝尔和平奖获得者,因争取女孩子受教育的权利而被塔利班袭击。

是女人）受教育的权利都是犯罪。只有人人都能享有的幸福才是真的幸福。

从我抵达沙特阿拉伯以来，我遇到了很多强大独立的女性，她们选择来到这里，为改变而努力：那位研究气候变暖、来这里用演讲大声反对这个国家支柱产业的科学家；我们那位保证了整个演出项目顺利进行的接待方；负责学校里大部分活动统筹的主管人员；还有我们剧组的女演员和舞台监督。当然，最让人难忘的是观众席中的女青年们，她们漫不经心地耸着肩，反抗着她们所处世界的权威力量。此外，《哈姆雷特》这部剧的存在本身就证明了教育的德行。虽然父亲并不识字，但莎士比亚依然写就了如此意味深长、充满智慧和自由思想的作品，这本身就是对教育事业的肯定。莎士比亚自己没有上过大学，但文法学校对他的影响十分重要。

我们穿过校园往旅馆走，周围满是兴奋的学生。大家都很累了，但我依旧思绪翻涌，需要散步才能理清，于是我打算绕学校走几圈。黑夜更加衬托出了这里的空旷和安静，平和之感依旧。酒店四周种满了夜里开花的奇花异草。我不禁在心里默默赞美起这位种了这些花的园艺大师，感谢他给黑夜涂上了如此绚烂的色彩。

我闲游到了之前和那位心碎的演员一起来过的露天广场。三个沙特学生（两个男孩和一个女孩）在夜色里坐在藤椅上，正聊得尽兴。我走上前找他们借火，加入了对话。他们刚刚看完《哈姆雷特》的演出，灵感大发。他们告诉我，最让他们感到激动的是剧中的政治对抗：一个年轻人违背自己的亲生母亲，反抗国王，与国家政权为敌。他们说不清哈姆雷特到底想要什么，但却知道他渴望变化、渴望新鲜、渴望一种摆脱过去的自由。我们谈起各自的愿望，他们要求我说说自己的追求。我一向不知道该怎么回答这个问题，所以只能引用契诃夫简洁有力的名言："除了免于谎言和免于暴力的自由，我别无所求。"他们客气地对我的回答表示欣赏，但这句话来自特权阶级，对于他们的境遇并不适用。我问他们自己的追求是什么，那个女孩立刻用放松的语气清楚明了地说："我们想要不受需求和欲望所限制的自由、参与和奉献的自由，以及爱的自由。"两个男孩默默地点了点头，也没有什么需要补充的了。我向他们告别，让他们继续交谈。

我享受着令人愉悦的孤独，一边向海边走去，一边思索着那位女学生所说的话。它们像一把钥匙，慢慢地拧开了我脑海里的一把锁。我想起伊斯兰信仰中充满吸引力的肃穆和平静，或者至少是其中受到偏爱的那部分。同时，我也仿佛透过一面颠倒的镜子，清楚地看到了一个尖锐的事实：那个与这里形成鲜明对照的铁丝网外的世界。这里的美德使得住在这里的人们从中受益，他们所感受到的欣慰是看得见摸得着的，而这也恰恰暴露了校园之外的世界的现状。这里是一个乌托邦，而且显然是个一千天造出来的假的乌托邦。但和所有乌托邦一样，它存在的意义就在于暴露它所处的现实世界的谬误。托马斯·莫尔的《乌托邦》不只是对一个更好世界的设想，也是对现实世界的批判。这个被栅栏保护起来的男女几乎平等的现代社会，正是对栅栏和机关枪防卫圈之外的世界活生生的批判。这是一个将死的国王的梦想，是童话般的、对现实生活的否定和批评。哈姆雷特正是如此，他闪亮的新思想反映了他所处的现状。而在沙特，梦想与现实是有差距的。这种不协调的差距和年轻女学生简洁的话都让我更加理解了我在这里见到的一切，以及在南美洲、非洲、欧洲、北美洲和任何地方都存在的问题。这个问题一再出现，始终与人类试图建立和改善社会的努力如影随形。

"不受需求和欲望所限制的自由"：需求和欲望是现实世界中一切的"出厂模板"，是集体非人道主义和财富不均以及所有无休止的残忍和疯狂行径的原爆点，让所有人羞愧。在这些现实面前，关于天道正义的说辞都纯属胡扯。关于世界上到底存在多少良言善行这种纠结于细枝末节的讨论并没有太大意义，我们生存的国际社会对于很多人来讲不过是因无法满足的需求以及贪欲而互相折磨的处刑室，而我们中的多数人都参与了这个处刑室的维护。阿布格莱布监狱虐囚事件的可怕之处不在于其惊人的残酷，而在于其真实性。

"参与和奉献的自由"：不管是谁，不管自身影响范围如何，不管他们身处街角还是议会大厦，不管是在《纽约时报》还是街头小报上，每个人都想要发表观点、希望他人能听自己的意见，以及拥有试图改变周遭环境的权利。每个人都渴望参与贡献、伸出援手、促进改变。所有人都值得拥有这样的权利，任何社会都应该尽可能地为更多人提供挥洒汗水和表达思想的平台。人们需要更多、更灵活、更丰富的参与机遇，也需要一个公正的系统来认可他们的贡献。

"爱的自由"：不管是专一还是多情，不管是爱同性还是异性，还是其他的任何一种情况，每个人都应该有按自己喜欢的方式去爱的自由。任何人，不管是神父、暴君，还是官僚，都没有权力成为爱的阻碍。就如埃琳娜·费兰特说过的一样："如果爱被驱逐出城市，爱的良善将转化为邪恶。"

这三种自由互相影响，互为因果，彼此密不可分。当三种自由全部被否定、当经济不平等限制了思想和心灵的自由、当社会的约束阻止人们参与和发声、当爱被监管和禁止，必然会导致虚无主义的暴力盛行。我们，或者说我们中的大多数人，都活在这种否定当中，也只能生活在这种否定当中。然而，只有在这时，与这种否定相反的对自由的肯定，才能像夜里绽放的花朵一样鲜艳夺目，这就是现实世界的悲喜无稽之处。

我在海边漫步，走过人造湖和校园里无人的步道，这些想法就在深蓝色的夜色中潜进我的脑海。这是一个被绝望包围却充满希望的校园，存在于理想与现实的夹缝中。远处，国王"知识之塔"上的进步之光正在闪烁。

第二天，我们驱车经过绵延几十公里的沙漠离开沙特。这片迷人的荒漠上到处都是被遗弃的橡胶轮胎、矿泉水瓶和像彩纸屑一样的塑料袋，合成纤维和石头一样的持久性让人称奇。

在到达机场之前，我们在公路旁见到了一个两层楼高的简陋建筑，与它破旧的尊严形成对比的是远处世界第一高的摩天大楼。楼前横着的招牌让人想起美国老西部片里的银行，上面写着几个字："国家人权保护协会"。

116	**中国**，台北 水源剧场	2015年7月6日
117	**柬埔寨**，金边 金边皇家大学报告厅	7月8日
118	**老挝**，万象 国家文化中心	7月10日
119	**越南**，胡志明市 GEM中心	7月13日
120	**孟加拉国**，达卡 国家剧院	7月15日
121	**中国**，上海 上海戏剧学院	8月1-2日
	中国，北京 国家大剧院	8月5-9日
122	**蒙古**，乌兰巴托 国家戏剧学院	8月12日
123	**韩国**，首尔 马罗尼埃公园	8月15-16日
124	**日本**，东京 埼玉艺术剧院	8月19-20日

12
反抗中的世界

哈姆雷特：有本领的，随他干什么事吧；猫总是要叫，狗总是要闹的。

（第五幕，第一场）

✥

在哥伦比亚首都波哥大，主街上两根灯柱之间的一根晾衣绳上悬挂着一组照片。那天是公共假日，街道上只有普通百姓，没有值班警察来摘下这些照片。这显然是哥伦比亚革命武装力量[1]或其追随者的所作所为。这些黑白照片经过数次重印，画质已经十分粗糙。照片上的内容都是在电视和报纸上看不到的：无情的特写镜头下被打烂了半边头骨的脑袋；被屠杀的尸体像沙丁鱼一样被码放成排，而走过的警察却对其视而不见；被炸弹袭击击碎的肢体碎片如同拼图一样散落四周。这些照片就这样显眼地挂在街上，孩子们舔着冰淇淋从一旁经过。

再走几条街，可以看到一圈围绕着一个中庭建成的造型朴素的18世纪建筑，这里是一个国家博物馆。在这幢建筑的中心区域矗立着一个我见过的最精致而易碎的"革命导火索"——在楼上的一个房间里，它被保护在厚玻璃箱中，如同神像一样被照亮。那是一大块带着光滑涂层的陶瓷，斑驳的白色中间镶嵌着亮晶晶的绿色叶片、精细的浮雕珠宝以及一条颜色鲜艳的游蛇，看上去媚俗不堪。很难想象，正是这块花瓶碎片引发了持续了十五年的革命战争。或者说，我们很难想象，一个国家的民族意识因一块碎瓷片而产生和凝聚。

两百多年前，在1810年7月20日的早上，当地一群身为贵族阶层的克里奥人厌倦了西班牙殖民者无能且令人失望的统治，导演了一场戏剧性的冲突。他们把实施计划的地点定在波哥大市中心的集市，他们知

---

[1] 指哥伦比亚左翼叛军（Fuerzas Armadas Revolucionarias de Colombia），简称FARC。

道在那里有理想的"观众"——那里的群众都热情洋溢且情绪容易被煽动。他们穿越人群拥挤的广场，以为一位负有盛名的解放主义者筹备晚宴为由前去拜访一位极保守且愚蠢的西班牙商人，向他借一个装饰餐桌的花瓶。不出意料，花瓶的主人略伦特以霸道的方式拒绝了他们的请求。这群克里奥人夺走了花瓶，特意用夸张的姿态将其摔碎，双方因此互相动了拳头。广场上的人议论纷纷，都说是西班牙人再次暴露出了他们种族歧视的嘴脸。拳脚打斗很快升级为暴乱，在当天太阳下山之前，一个人民联合军形成了，目的是为了之前从未被提出过的政治诉求。

当然，当时的社会境况受迫于各种社会、政治和经济的压力，这个花瓶不过是致其崩溃的最后一根稻草。但华而不实的花瓶与它引发的流血冲突（包括前述照片中所记录的残酷）之间的关系存在着一种不和谐感，让人不由地浮想联翩。热血沸腾的革命热情是由一个漂亮花瓶挑起的，这样的联系有种吸引人的滑稽感。"他干什么了？不肯借花瓶？是可忍孰不可忍！开战！"

在另外一个地方的另一组照片也为"花瓶事件"的后续冲突提供了证据。在厄瓜多尔首都基多的某俱乐部男洗手间里，有一组肃穆的肖像展览。那是过去八十年里厄瓜多尔历任总统的裱框肖像。这些总统个个一脸自负的神情，坚定地凝视着未来，眼里闪烁着远见之光。他们每个人看上去都很端庄严肃，跟头上笔挺的将军帽相比，浆得一丝不苟的小胡子也有过之而无不及。在每幅肖像的下方并没有任何讽刺性评论，只标注了他们各自的任期长度。有的执政长达十年之久，有的稍显逊色，只坚持了几年，有的不到一年，而很多届总统的任期只有几个月，有不少只持续了几天，让人感到荒唐的是，还有几位连一天都没坚持下来，这本身就是对当地政治动荡的辛辣讽刺。这些国家深刻地懂得政权更替和革命的意义。

最初的解放战争期间，革命联盟阵营就在土著人口、外来奴隶、把自己当作美洲人的西班牙贵族阶层以及远在西班牙的殖民者之间不停转手。从那时开始算起的两百多年就是一连串没完没了的政权更替的过程，内战一次接着一次，军事独裁者的统治更迭循环往复，其核心是一种被称为"考迪罗主义"的现象。在这种政权更迭中，通常会有一个"考迪罗"，即一个有魅力的独裁统治者登场。他往往来自执政党外部，其目的是为了修正当前的政权；而且他一般都是从只有鬼知道是哪里的地方突然冒出来，并迅速夺取政权。每一个这样的独裁统治者都会推行新的民主政治政策，直到下一个独裁者上台。从卫生间墙上的肖像来看，这些独裁者都十分相像，只有脸上的胡须有分毫的差异，很难看出他们推行的政策有什么不同。在拉丁美洲，暴力和革命是日常生活不可分割的一部分，这种现象在当代西方世界已经（几近）绝迹。尽管经济不平等、殖民主义苦涩的历史遗留问题以及外权干预是当地社会动荡的主要原因，但我们难免会有这样的感觉：政权之所以交替频繁是因为这已经成为"习俗"，而革命之所以发生是因为人们乐在其中。

西蒙·玻利瓦尔这位革命家中的革命家（在其崇拜者看来是这样，当然并非所有人都认同，比如马克思就不赞成其资产阶级的抱负）是位哈姆雷特式的人物。他有边缘性人格障碍和躁郁症的症状，充满自我厌恶，这位家大业大的富家子弟在成长过程中一直情绪混乱而不稳定，以至于他既能做出需要惊人勇气和毅力的壮士之举，也同样能崩溃陷入自我封闭。他一时可以带领一群士兵穿山越岭，一时又会退回自己的巢穴冥想不止。现在"寄居"于雕像的他仍在曾经被称作大哥伦比亚共和国的土地上占据着重要地位,基本上每座城市都充斥着他的全身塑像和面部肖像。在波哥大市中心,巨型的玻利瓦尔雕塑骄傲地矗立在一个拱廊神殿的中央,镶嵌在远方的两座山峰中间,相当壮观。然而,在这里,即便是革命偶像也时常遭遇"颠覆"。石柱、神殿和雕像都被涂鸦铺满,玻利瓦尔雕像的双膝也被贴上了"食人族集团"牌街头艺术服装的海报。这让人想起之前一次群情激奋的集体游行活动,活动中有人给伦敦议会广场的丘吉尔塑像戴上了一顶由鲜绿色草皮做成的莫西干假发,让伟大领袖多了一丝朋克风采,让人忍不住暗自欢呼。

在街上鲜艳多彩的节日狂欢氛围中,人们仍无法摆脱政治动荡的阴影。街上的"活雕塑"和西方国家那些迪士尼玩偶的气场很不一样,他们仿佛来自充斥着社会动乱的噩梦,如同黑影一样阴森森地向你逼近。一些人骑着自行车在人群中穿梭,每九米左右就会停下来让人们阅读立在车后座上的大概两米高的牌子,钉在长杆上的是关于政治理论的文章(对,不是标语而是文章)。人们极其严肃地阅读它们,还会随之展开激烈的讨论。

在这里,政治活跃在街头,与文化紧密相关。我在利马遇到的一位智利人曾和我讲起他的剧团对政治戏剧的设想:演员们分别从公交车的前门和后门上车,朝对方打个招呼,之后就隔着整个车厢开始一场政治辩论。随着争论逐渐升温,他们开始向对方走去。当他们走到车厢中部时,争论已经发展成喊叫并继而升级成吵架。然后,某个演员给出一个信号,吵架结束,随后相互拥抱。这确实称得上是当众展示的"辩证统一"。这是缘起于诉求和痛苦的政治活动,我们当然不该让它变得过于情绪化。(一次,我看到哈罗德·品特在一位智利诗人的朗读会之后张开双臂走上前去想要拥抱他。这位诗人转身想要逃,但品特跑得很快,追上了他,激动地从后面抱住他不放。那画面并不怎么好看。)尽管把政治美化是很危险的,但我们仍很难禁得住这种政治形式及其能量和激情的诱惑,难免会被彻底煽动,并自愿"上钩"。革命始于诉求和渴望,这完全没错,但它也始于满腔的热忱和激情。

1990年人头税暴动[1]的那个下午是我迄今为止最刺激的亲身经历。我明显地感觉到权力在街头角逐,也因听到压抑已久的声音终于得以呼喊出来而愉悦。在恰逢时宜的政治狂热中,城市的物理空间得到重塑。我深知,许多事情将因此而改变。这是喷涌的肾上腺素,不分青红皂白又充满危险,但与此同时,一直以来绷得太紧的那张布终于被撕破,这种撕裂声以及随之而来的解脱是相当令人满足的。当《哈姆雷特》中的侍臣(一个除此之外没什么存在感的角色)冲进宫廷向王后和国王禀告雷欧提斯带领叛军回国的消息时,他的激动溢于言表:

> 赶快避一避吧,陛下;比大洋中的怒潮冲决堤岸、席卷平原还要汹汹其势,年轻的雷欧提斯带领着一队叛军,打败了您的卫士,冲进宫里来了。这一群暴徒把他称为主上;就像世界还不过刚才开始一般,他们推翻了一切的传统和习惯,自己制定规矩,擅作主张,高喊着:"我们推举雷欧提斯做国王!"他们掷帽举手,吆呼的声音响彻云霄,"让雷欧提斯做国王,让雷欧提斯做国王!"

---

[1] 人头税暴动:1990年3月31日,两万民众集中在特拉法加广场抗议撒切尔的人头税政策,导致撒切尔被迫退去首相职位。

他劝国王"赶快避一避"是好心，但我们也难免会有种感觉，与其说是急于救主，这位侍臣可能更因叛军的到来而激动。而且，当着现任国王的面大喊"让雷欧提斯做国王"也算得上是高兴过头的愚蠢之举，尽管如此，侍臣的兴高采烈是显而易见的。莎士比亚一如既往地以其文学巧匠的手笔捕捉到了动荡来临前民众所感到的不可抗拒的快感："就像世界还不过刚才开始一般"。

在有些《裘力斯·恺撒》的舞台版本中，罗马民众在恺撒遭袭之后会表现出迟钝但痛苦的悔意。然而，莎士比亚的本意却完全不是这样。在他的笔下，这群人沉浸在暴力的可怕快感之中，疯狂地高喊着"自由，自由"。他们像因为吃了太多糖而兴奋的孩子，受群体气氛的感染而失去理智。莎士比亚了解、懂得，并且也享受一场恰当的暴动。在他那个年代的伦敦，时刻都有暴动发生——学徒们总是分不清放假狂欢和暴乱的区别。在早期剧目之一《亨利六世》（第二卷）中，他描写了当时的杰克·凯德起义，这一场极具影响力的暴动几乎将国王搞下了台。莎士比亚用同情的笔触刻画出了群众暴蛮的智慧（他们的口号是："我们要做的第一件事，就是宰掉所有律师！"——一句永远不会过时的口号）、其直白朴实的魅力，还有深刻而危险的愚蠢。

当我们的巡演剧组经过那些被暴动、叛乱和革命反复塑造后依旧炫耀着革命者肖像且伤痛未平的国家时，很难不做以上的思考。罗素·布兰德的《革命》一书被广为传播，虽然人们对其褒贬不一，但对它进行探讨的热情从未减弱。从很多方面来说，南美洲现已取得了经济上的繁荣，也为其他国家提供了将经济繁荣与大规模的社会公正相结合的范例。约翰一直都有与众不同的见解，他之前给我们读过一本叫作《如果拉丁美洲统治世界》的书，书里从经济和历史的角度长篇大论地谈起南美洲将如何超越北美洲并带领它走向22世纪新时代。我们听了都很激动，甚至忍不住欢呼。然而，这里的历史写满了暴力和变革，政见交锋也会更加尖锐。《哈姆雷特》是站在革命者这一边的吗？它是否代表着那些想要推翻当今政权以催生新未来的反叛者的愤怒？还是说，它是莎士比亚创作的用来批判叛乱改革的保守戏剧呢？

《哈姆雷特》的故事背景是充满不确定性的政治危机。丹麦正受到来自外界的威胁，挪威年轻的王子福丁布拉斯对上一辈的土地争抢怀恨在心，"在挪威四境召集了一群无赖之徒"。这不仅是一句值得赢取诺贝尔奖的经典台词，它还为人营造了一个社会的形象——一个正惴惴不安地试着容纳一群不受管制、无法无天、四海为家的暴徒的世界。丹麦的军备处正在加班加点地锻造武器，这让紧张感无法平息。城垛上有鬼魂走过，夜晚也并不安宁。其他国家开始把丹麦看作满是酒徒醉汉的国度，将"下流的污名"加在丹麦人身上。这是哈姆雷特的看法，虽然他可能对丹麦有偏见，但连克劳狄斯都承认别的国家说丹麦"脱节混乱"，这迎合了哈姆雷特所说的"这是一个颠倒的时代"。在克劳狄斯继承王位的问题上，整个国家都被阴谋蒙在鼓里，对此莎士比亚想说的是建立在谎言上的国家注定不会安宁。雷欧提斯从国外回到丹麦，因为父亲波洛涅斯的死而怒火中烧，随着他的回归，革命热情如大浪涌进宫廷。克劳狄斯不得不解决这个危机，这能表现出他作为国王的执政能力，但他并不能将问题化解。

《哈姆雷特》中还包括很多监控的隐喻。波洛涅斯指导雷奈尔多如何通过蒙骗打探出雷欧提斯在巴黎的所作所为，也安排奥菲利娅在宫殿里上下走动以引诱哈姆雷特，他自己更是擅长躲在帘幕背后偷听别人的谈话。这些暗示很明显讽刺的是伊丽莎白女王的首席间谍弗朗西斯·沃尔辛厄姆爵士。然而，这一解读手段已经被用滥，于是我们尽量在自己的版本中回避。如果你看过的每一版《哈姆雷特》都充满了摄像机镜头、监听设备和秘门暗道，如果每场演出都像是有人在不停地大喊"快看，影射，影射"，那么看上去更好的选择是与之相反的套路。

很多诸如此类的话题（包括监控在内）对于莎士比亚来讲都是棘手的问题。他的上一辈人在一生中经历了英格兰三次剧烈的宗教思想变革，玛丽皇后上任前夕的举国混乱暴露了国家统治的脆弱不堪，而伊丽莎白女王自己则面临几场暴乱的危机并且把它们扼死在了襁褓中。这不是太平年代。煽动叛乱的言论，不管是真的还是说说而已，都会蔓延到每个人家中和每个街角。如今的我们很难理解这种国家始终处在崩溃边缘的危机感。

在当时的这些暴乱之中，埃塞克斯伯爵领导的叛乱尤其有悲喜剧的意味。这场叛乱发生在莎士比亚创作《哈姆雷特》之前不久。在叛乱的当晚，莎士比亚的剧团被要求表演《理查二世》，一部讲夺权篡位的戏（报酬是四十先令）。然而，选择这部戏却表现出了反叛者的无能。这是一部美妙优美的剧本，饰以一连串精美却冗赘的诗词，并不适合被用来鼓吹暴力。也许它会让人流下几滴眼泪，满怀柔情地想起配饰的鲜花。但暴力？不可能。历史学家们惊讶于莎士比亚和他的剧团与革命的密切联系没有为其招致惩罚；而要我说，他们没收到当政者的感谢才是奇事呢。在双方先前的一次冲突中，埃塞克斯伯爵冲进了伊丽莎白女王的卧房，伊丽莎白当时还衣冠不整，而伯爵出于礼节退了出来，这并不是自尊自负的"考迪罗"的所作所为。所有原本各自独立的因素——性别、阶级和历史——在这一刻都撞到了一起。当观众目睹雷欧提斯冲进国王和王后的私人空间时，他们一定都清楚地意识到了这一点。

没过几年，英格兰是个安静祥和的享乐之地的幻想被火药阴谋[1]击碎。这场潜在的恐怖袭击的规模之大在之前的历史中见所未见，其目的是一举抹掉整个行政统治机制。这是长期的宗教分裂和社会不安导致的结果，用来压迫叛乱的国家暴力终将会导致暴力反扑。伊丽莎白女王和詹姆斯一世都有幸躲过了这一劫，而随后詹姆斯的儿子查尔斯和他治下的国家却迎来了风暴。

在属于它的时代，《哈姆雷特》的成功获益于它本身与当下时局热点问题的切合。邻国年轻的王子野心勃勃、迫不及待地想要夺取王位，而当时人人都认为苏格兰国王詹姆斯六世是继承王位的最适合人选；外来入侵的威胁、边境巡逻和无休止的新兵器锻造也提醒着人们来自西班牙的威胁从未消停过；国家监控系统让人想起沃尔辛厄姆和塞西尔，以及他们所"发明"的心理操控术；时刻可能发生政变的危机感不仅能让人想起埃塞克斯伯爵，还有更多反抗伊丽莎白女王却失败的政变密谋。天才的莎士比亚懂得如何玩火而不伤身，他的作品取材于观众的真实顾虑。

★ ★ ★

那是我们在基辅演出的前一天，还有两天就是自"橙色革命"爆发以来的首次乌克兰总统大选。一位英国文化教育协会的代表带我们参观城市。不紧不慢的行程包括了这个那个历史旅游景点，但我们却更想跟

---

[1] 指1605年，英格兰天主教极端分子刺杀英国国王詹姆斯一世未成功的暗杀行动。

进当下的历史,闻一闻革命残留的火药味。我们很快来到了圣迈克尔教堂,这座雄伟的东正教教堂在动乱期间曾被用作避难所。伤者和逃难者在墙内躲避,中世纪的宗教庇护传统延续到了当今的现实社会。更穿越时空的是,在抗议期间,教堂的钟声是唯一有效的通信工具。每当防暴警察或是军队想要冲进教堂,钟声就会敲响,人群就会从城市的四面八方涌进来形成人墙,阻隔开革命力量和压迫力量。就这样,除了社交网络、短信和视频网站这些现代"革命"工具之外,人们也借助教堂低沉的、音调不一的钟鸣来组织集合群众。

我们在靠近教堂的地方看到了第一个营地,距离大本营有两条街的长度。这里仿佛被组织拒之门外,要么就是因为惹怒了组织被驱逐到别处。每一个营地的构造都差不多,一顶有几个房间大的杂乱帐篷直接搭在柏油马路上,周围围着一圈小堡垒,最外围是几层帆布或是简易栅栏。营地外还摆着一个捐钱的罐子和一个鸟笼,里面养了几只羽毛脏兮兮、乱糟糟的鸽子。从帐篷里走出了一个年轻人,他打开笼子拿出了一只鸽子让我抱着。鸽子的翅膀断了,它代表和平的意义似乎也随之减弱了。在这里,和平与爱的概念立马被商品化,但我还是往罐子里放了钱。

我们继续往前走,走进了独立广场。那时已经差不多七点,烈日正在下山,夜晚的第一缕微风吹进了白天时像毛毯一样紧裹住大地的炙热中。我们隔着眼前宽阔的广场望去,只见广场的另一头挤满了交错相连的营地。上万支焦油香烟、各个小炉灶和每个帐篷后方架起的移动厨房一齐冒着烟,柴火杂乱地堆得到处都是,拆散了的汽车被用作户外家具,收音机里大声播放着庸俗的音乐,烈酒的气味弥漫四周,伏特加的味道浓烈得能熏死人。每个营地外面都展示着革命主题的剪贴簿。许多戏剧性的时刻被塑封铭记：爆炸中的火焰、举着盾牌的警察、某个反抗的瞬间。除了照片之外的其他纪念品——旧武器、临时组装的迫击炮装置、还没用的燃烧弹——像博物馆的展览品一样被陈列在帐篷前。革命仿佛在爆发的同时就成了展品。

导游简单地向我们介绍了当下的政局：现在的广场就是国中之国，只对自己负责。他们基本上以百人为一个单位，每百人自行选举一位代表，每位代表将作为总顾问委员会的一员参与整个集体的政治决策。他们自我管理、自我防卫，一同守护着革命的精神。值得庆幸的是，这里至今还没有出现个人领袖。

虽然提起来显得有些无足轻重，但除了政局之外还值得注意的是抗议营地中的审美元素。帐篷颜色深浅不一，橄榄绿和卡其棕相互交错，像是森林色系和水泥灰色之间的较量。在广场上方，一排办公楼被炸得只剩下空壳和大片的焦黑。有位艺术家往焦黑的墙上投掷了粉色颜料包，颜料砸在墙上散开，留下了一圈圈醒目的粉色。这是在暴烈的革命故事之外不起眼又狂热且愉悦的感叹。人们利用旧防毒面具改造成的雕塑随处可见，戴着面具的人形雕塑垂着用软管做成的象鼻，有的站在一旁引人注意，有的闲坐在沙发上。在别处，有的面具被挂在营地外的长杆上，仿佛保护神一般。

广场的中央有个类似体育场的露天舞台，我们本来打算在那里表演几幕《哈姆雷特》，但来自英国文化教育协会的随行保镖担心我们会遭到枪击。这不仅有些多虑，也是对我们娱乐观众的能力的怀疑。最终我们在广场中间仓促地合影留念（照片里的我们个个都疲惫不堪、表情迷茫）。然后，剧组的制作人汤姆和我赶去参加媒体发布活动，剩下的剧组成员接着在城中游览。在往地铁站走的路上，我看到有人在建路障，广场地面的鹅卵石被挖出来用作搭墙的砖或投掷的武器。联想到在伦敦的《裘力斯·恺撒》彩排现场，我们清楚地意识到：火药和鹅卵石，它们是两千年来不变的斗争语言和革命科技。

第二天一早我们就来到了计划的演出场地——米斯特斯基兵工厂。这座兵工厂是在18世纪晚期由彼得大帝建造的，有人在此投了很大一笔钱，将这里改造成了基辅首屈一指的现代艺术展览馆。展览馆的入口通道穿过一个封闭花园，户外的露台上种有精心修剪过的树篱，还有水花四溅的喷泉，这样的景观即便放在巴黎或者慕尼黑也毫不逊色。在这里，我们感觉独立广场距离我们已经很远了。为了配合我们此次巡演，展览馆安排了《哈姆雷特》和莎士比亚的特展。在场展出的大多是概念作品，还有很多录像和电影作品。这些作品背后有一股抑制不住的愤怒，这让西方的版本相形见绌。很明显，我们的承办方代表以及展览馆的馆长表现得越来越兴奋。《哈姆雷特》的演出已经一票难求，门外想方设法进场的观众已经排成了长队。下午场的观众已经来了，是一群活跃的年轻人，穿着时髦。展览馆里的轻松氛围看起来十分不符合斯拉夫民族的气质——鲜活的颜色仿佛是从黑海沿着第聂伯河漂来的，清爽简洁的设计风格和宽敞的空间感则仿佛来自波罗的海沿岸。我们习惯于用简单的西方—东方这一种两级化思维来看世界，而基辅沿袭了南方君士坦丁堡的宗教传统，又和北方的斯堪的纳维亚群岛用贸易和战争打了千百年的交道，似乎因此拥有了全方位的视角。下午场的演出开始了。尽管观众们积极活跃，这依旧是一场艰苦的战斗。场地的音响效果简直不能更糟，场地的构造也是个问题。鉴于室内四处是奇形怪状的大柱子，演员们不得不在迂回走台和正对观众表演之间进行协调。直到剧终的时候，大家才勉强把观众的情绪调动到他们所期待的紧张和热情上来。

傍晚时，展览馆工作人员早些时候的兴奋逐渐变成了歇斯底里般的疯狂。每个人脚下好像都装了弹簧，而英国文化教育协会的工作人员就像买彩票中了奖一样。看得出来，我们的演出很受欢迎，但这应该归功于剧本本身，这是一部大家都非看不可的戏。大家开始交头接耳地议论起晚上可能会有哪位贵宾要亲临现场。当我们看到到达现场的一小队西装革履、耳朵里戴着微型监听器的男人，以及他们身后紧跟着的士兵和警犬时，传言看起来越来越像真的。这些人要搜查现场是否有燃烧弹，于是要求我们从舞台上撤离。

在这充满刺激的氛围里，展览馆的工作人员洋溢着乐观的态度。他们讲起革命发生以来他们感受到的自由和希望。他们也承认，一切并不完美，但这是长久以来他们第一次得以相信自己可以成为命运的主人。他们说，空气中可以嗅到自然而然的正义的味道。而当晚的氛围确实也是这样的。这个彻底腐败的国家无处不渗透着绝望的气息，仿佛无形的浓雾一样让所有社会活动都凝滞了。然而，在这个夜晚，这个晴朗的夜晚，就在大选之前，人们都来到这个漂亮的演出场所看戏，不知不觉中，绝望感慢慢消散了。也许，这种情绪注定最多只能持续这一个晚上，但醉人的期待让人脚尖轻盈，让人觉得一切皆有可能，这确实是自由的感觉。

打扮得精干又风度翩翩的英国大使抵达了现场，他的出现浇灭了人们对可能出现的大人物的期待。"他们不会来的。他们从不出席这种活动,尤其在大选前夜。"场地外的花园里聚集了一群打扮极其时髦的人,这样的人在巴黎歌剧院外比比皆是,而这些人甚至比巴黎的观众还要性感。我数了数,这七百个人的鞋跟高度加起来至少有一千五百米,他们的总腿长合计也差不多有三千米。

尽管大使有言在先,大人物们随后还是来了,其中就有基辅即将卸任的市长,还有文化部部长耶文·尼什丘克。尼什丘克年纪不大,看上去像是欧洲歌唱大赛的选手,然而他是独立广场上的革命英雄之一。他以前是科班出身的职业演员,在抗议期间承担了发言人的角色,负责召集各方革命力量开会,并主持各次集会。在相传即将接任基辅新市长的大人物入场时,演出现场的闪光灯就欢快地闪成了一片,还越闪越疯狂。这个魁梧如山的男人名叫维塔利·克里琴科,他曾是重量级拳击冠军,也是革命的中流砥柱。他身上散发着精致而稳重的光彩,带着拳击手向擂台走去时的自信,穿过举着相机的人群。我心里猜想,对他来讲,面对《哈姆雷特》恐怕比面对伦诺克斯·刘易斯[1]还要更令人忐忑。

紧接着,头号人物波罗申科终于抵达,防护严密的保镖和家人走在他的两侧。他的姿态谦逊有礼,然而,无论如何,这可是乌克兰当时胜算最大的总统候选人,他竟然于大选前夜在公共场合露了面,而且还是在《哈姆雷特》的演出现场!在场的乌克兰人很难相信这些大人物此刻都聚集在了一处。我们也觉得难以置信。英国使馆和文化教育协会的人看上去随时都会因激动而爆炸,剧场里乱作一团。在每场演出前,演员们都会到台前来和观众见面打招呼。而现在,演员、摄像团队、政治家

---

[1] 伦诺克斯·刘易斯:前拳击运动员,世界拳王。

及他们的随从都在台前乱糟糟地挤成一团。我们担心起来，演出看上去永远也不能开始了。几位政客从人群中走出来进行了演讲，而且篇幅不短。没人在意他们具体说了什么，人们都为能出席这样的大场面而激动不已，顾不上听内容。演讲结束之后，演出终于可以开始了。

吸引观众的注意力再次成了挑战。特勤工作人员像玩偶匣里的小人一样跳上跳下，观众们的注意力都被几位特别观众吸引了。最糟糕的是，主办方试图向全乌克兰的观众直播整场演出。为此，他们启用了一组像"基石警察"[1]一样的广播员学徒。演出的前半个小时里，这些"小学生"在观众席正中央反复插拔直播设备的导线，大声训斥团队里仿佛只有"学龄前"的摄影师，随后干脆大声地开起会来。幸好，《哈姆雷特》是不加雕琢的戏剧，本身就是为露天演出而作的，没有什么放不下的架子。演员们懂得如何软硬兼施地让观众安静下来。这场演出就像环球剧院所有的演出一样，其本质是与观众交流。演员们直接对着前排的政治家们念出一句句台词，剧很快就与人"联通"了，接着，其他观众也加入了这张"对话联系网"。

一位国王被剥夺了王位，另一位接替了他；国王被下毒（那些还记得上一次革命中乌克兰前总统尤先科因中毒而变了脸色的人肯定会留意到这个）；年轻一代不满于上一辈的道德束缚；雷欧提斯的不耐烦……一句又一句台词言中了当下的时局，变得异常生动："这是一个颠倒的时代"，"挺身反抗人世无涯的苦难"，"世上没有哪个国王能高枕无

---

[1] 基石警察：出自基石（Keystone）电影公司在1912年至1917年间制作的无声喜剧，主角是一群滑稽无能的警察。

忧"……还有更多台词都与当今政局相呼应，获得了短暂的新生。

最重要的是，这是一场气氛明快的《哈姆雷特》。一场《哈姆雷特》的复兴，是对其焕发出的能量的颂扬，我为之而快乐。在为这座城市"量身定制"的这个明媚的夜晚，我们这些西欧人像习惯的那样哭丧着脸或是悲叹、呜咽都是很失礼的。正确的事就是愉悦地欣赏这位非凡的丹麦王子以及他想要在冥顽不化的旧世界里追求现代新思想的渴望。这也是我们对当下局势的致意。我们有很多地方并没有表达到位，但也说明白了很多。无论如何，观众们在剧终时爆发出了热烈的欢呼。他们是在为表演喝彩，更是为他们自己身为何人、身处何地而欢呼，而我们为得以分享他们的心情而感到荣幸。候选总统和他的家人容光焕发，满口褒奖之词。英国大使喜气洋洋，文化部部长也兴高采烈，心情一时无法平复。

在大家还在互相寒暄的时候，舞台监督和剧组人员上台，在二十分钟内拆卸了布景，舞台就这样消失了。政要高官们离场了，剧组成员也前往酒吧看了皇家马德里"屠杀"同城死敌的那场欧冠决赛。表演当天和前一天发生的事太过复杂丰富，只用一杯酒很难消化，于是我们去了几家别的酒吧，用香肠和伏特加化解了压力，用嬉闹和欢笑调和了所有不可调和的问题。

我在第二天的黎明时分起床，乘出租车赶往机场离开基辅。车在路上时，太阳正好从远处长满了茂密森林的山丘和第聂伯河的水面上升起。乌克兰人要在今早起床后去投票地点为自己选择一个未来。这是一群清醒而笃定的人民，他们知道波罗申科代表的是旧时代而非新时代，他们知道乌克兰和俄罗斯的紧张关系不会轻松地自行缓解。然而无论是在自由广场浓重的烟雾中，还是在米斯特斯基兵工厂外花园清新的香气里，这些人都似乎已经尝到了一点点儿未来的滋味，并开始渴望着更多对自身未来的控制权。

★ ★ ★

似乎是为了和它名字里所有写得弯弯绕绕的字母"a"相呼应，亚的斯亚贝巴的城市街道也规划得扑朔迷离，在地图上看几乎找不到一根直线。所有大街小巷要么拐着弯，要么画着圈，有的组成同心圆，有的相互交叉。道路很少有名字，有的自己对折，有的和别的街道拧在一起，我原本的城市方向感因此失灵了。不单单是地形扑朔迷离，这座城市的面貌看上去也破败不堪，被贫穷和强权约束的绝望企图碾压和摧毁一切。在亚的斯亚贝巴很多高速公路旁，都有破烂褪色的路标指向一条通往"营养健康部门"或者"社区科技局"的尘土飞扬、脏兮兮的车道，这些地方是曾经可悲的改革尝试的残破证明。埃塞俄比亚的集体农业已经破坏了数千年来大自然为其精心打造的生态系统，导致了一次又一次的饥荒。摧毁了乡下的东西也一样破坏了城市。

我们表演的场地是埃塞俄比亚国家剧院，这是一座畸形的法西斯式建筑，充满了可怕的墨索里尼的影响痕迹。在巨大的礼堂后侧，一个巨大的单人观戏台拔地而起，高度直逼天花板。在这个火箭似的观戏台中央，一个宽敞的包厢面向整个礼堂敞开，里面只有一把大椅子，这是为皇帝准备的"专座"。剧院的所有细节，包括走向突然变陡的房顶、装饰着四面墙的霸道的金属照明灯，以及整幢建筑的形状，都将人们的注意力从舞台转移到给皇帝搭建的中心神殿上。

从剧场后门出来可以看到一个破败的后院，院子的中间是个没有水的游泳池，游泳池里有一条死狗，就好像是有人特意摆放的装饰一样。化妆间里打着刺眼的扁平荧光灯，暴露了衰败的细节。门前卫生间有股浓浓的尿骚味，仿佛让空气都变得黏稠了，让人透不过气来，连我们剧组这样超强的适应力在此都受到了挑战。演出的观众大多数是年轻人，这是好事。但剧场的音响效果极差，很快演员们就只能给前排一小撮能听见台词的人表演了，而后排的一大批人只能玩起了手机。有猫溜达进来，从座椅中间穿过。大部分的座椅尽头都摆放有小塑料桶，猫把它们打翻，然后一路抓挠着打翻的东西从垃圾中间走过。暴君的美梦就这样变成了垃圾桶。

在怪事连连的巡演中，在这个引发革命思考的地方，一位不同寻常的客人的到来给了我们一个惊喜。在观众入场之前，我们正在进行演出前的彩排，这时一位穿着三件套西装的年长白人男士以及他着装优雅的家人被带进了现场，他们看上去像是伊夫琳·沃小说里的政治难民。这个人就是理查德·潘克赫斯特，他是妇女参政论者的领袖西尔维娅·潘克赫斯特的儿子。在20世纪30年代，西尔维娅·潘克赫斯特就曾反对过意大利对阿比西尼亚的占领，在那之后的20世纪50年代左右，她继续帮助埃塞俄比亚开展政治运动，并和赛拉西成了朋友。1956年，在赛拉西的邀请下，潘克赫斯特和理查德搬到埃塞俄比亚筹办一本杂志。她之后也留在了那里，1960年去世时还是国葬的待遇。她和其他在民族解放战争中反抗意大利的战士们埋葬在一起，是亚的斯亚贝巴圣三一教堂里安葬的唯一一个外国人。这是模范的一生。她的后代一家举止谦恭，说话方式和行为做派都让人以为他们是从爱德华时代的会客厅里走出来的。

当晚，我们坐在酒店里讨论起革命和暴动。我们刚刚去过独立广场，体会到了乌克兰的国家动荡。剧组也在北非的一些国家看到了内乱的余波，突尼斯、阿尔及利亚和埃及都仍局势紧张、危机四伏，并显露出了"阿拉伯之春"的伤痕。在委内瑞拉的加拉加斯，巡演恰逢当地暴动，反查韦斯派试图先掀起混乱，然后再嫁祸给查韦斯派的积极分子。这一事件发生在巡演前期，在这之后，剧组还经历了更多的动乱。在剧组到达马尔代夫前不久，当地政府行将垮台；在剧组前往塔吉克斯坦的途中，当地爆发了动乱；瑙鲁爆发了暴力冲突事件；有一段时间我们一度以为不得不因动乱而取消到巴林的演出。

革命的形式各有不同：有的和平，有的血腥。统治阶级相互操纵，下层民众无法继续忍气吞声；不同的族群为了自己的权利而斗争，受到思想压迫的阶层为了独立的理念和信仰而斗争；虚无主义者绝望地传播着内心深处的虚无，狂热主义者迫切地想将世界的多元归于一致；圣人为和平与他人而战，魔鬼为嗜血和自私的欲望而战。有那么多人在为全人类的自由而奋斗，只有少数人的斗争是以奴役多数人为目的。然而，任何逻辑都说不通的是，少数人偏偏总是获胜。革命不计其数。

哈姆雷特能够融入所有的革命当中，他是这个似乎无法安稳下来的世界里不安分的偶像。他为求真理而躁动，拒绝忍受依托于谎言的现状；他为求文明而躁动，致力于为人类的追求寻找一个新的目标；他为求诚实和正直而躁动，不能忍受虚情假意；在一切似乎太过混乱的时候，他为寻求平静而躁动；而在太过平静的时候，又为闹出点儿动静而躁动。在一个无法平静、从未平静，很可能将来也不会平静的世界，有谁比一个躁动的主角更能反映这个世界的真相呢?

  我们的巡演源于两种错觉。第一,哈姆雷特是一段向平和走去的旅程,隧道的尽头即是光明。当哈姆雷特说"随时准备着就是了"的时候,他找到了他追求不懈的某种意义上的涅槃。然而,莎士比亚是一位艺术家,艺术家并不描写"旅程",艺术家书写真相。确实,哈姆雷特找到了这种超脱的思维,但他仍然很难用这种思维去理解混乱的世界以及他复杂的人性。在他说"随时准备着就是了"之前,他在离开奥菲利娅的葬礼时用下层阶级的口气咒骂着,而这种口气与他自己的性格也是相符合的:

  有本领的,随他干什么事吧;猫总是要叫,狗总是要闹的。

  第二种错觉尤其让人害臊,那就是巡演《哈姆雷特》从某种程度上来说就像是做慈善,能有助于世界和平、促进国家与国家之间的对话,等等。虽然听上去光辉伟大得无法忍受,但我们确实是这么想的。我们为自己的愚蠢感到羞愧,但想要搞成这么大规模的巡演,没有愚蠢的帮助是不行的。巡演进行了几个月,我们就看清了现实。《哈姆雷特》并没有在巡演的同时解决世界上的所有问题,凡是我们所到之处,社会和政治矛盾反倒是加深加剧了。在很长一段时间内,这种错觉与前一种比起来更能让我们感到一丝耻辱。我们把这种感觉叫作"《哈姆雷特》的诅咒"。然而,随着演出的进行,我们对戏剧和人生的观念有了改变,躁动和不安似乎不再是祸害,而更像是谨慎的美德。《哈姆雷特》对世界的影响并不在于寻找肉身的安稳。莎士比亚将它赠予我们，试图借它来推动改变的进程，提醒我们保持躁动，不断追求向前，不断去给这大千世界创造各色"麻烦"。

★★★

格鲁吉亚可以说得上是世界上最爱电视转播的国家。其原因也许是之前苏联政权监控的积习难改，也许是单纯想要丰富新闻电视频道，我们很难下定论。在格鲁吉亚，我们的演出是当地一个戏剧节的"闭幕秀"。在演出中场休息时，有五个摄制组在现场采访观众。表演结束后，当演出逐渐演变为派对时，五个摄制组变成了十个。演出的场地曾是一个旧直升机飞机棚，各种城市建筑废料和无政府主义情怀把它改造成了一个混乱却充满活力的地方。这很有首都第比利斯的风格，废料、智慧与艺术的结合看似荒唐，却造就了独特的美。

演出一结束，一个重金属乐队立刻上了台，我离开的时候，剧组已经开始跟着敲击金属和迷幻的爵士长笛的节奏舞动了起来。在香港扭伤了脚踝的贝鲁斯把拐杖举过头顶，疯狂地挥舞着；跳着舞的阿曼达依旧热情四射，在她扭动的身姿周围很快就聚集了一圈粉丝。来自柏林的邵宾纳剧团加入了我们的后台派对，看起来却坐立不安。作为著名的欧洲剧院之星，他们在大神导演托马斯·奥斯特迈尔的带领下形成了加州-日耳曼式矜持沉着的风格，一举一动都牵系着复杂的身份地位符号。他们看到我们的演员愉快地和每个人交流，惊讶于我们诚恳无欺的天真，还因为格鲁吉亚人不和他们玩三维版四子棋而是和我们打成一片而感到有些恼火。他们试图入乡随俗，但表现得别别扭扭。

那天晚上的早些时候，我和奥斯特迈尔曾陷入一场极其幼稚的导演之争。戏剧节的负责人叶卡捷琳娜是当地的名流，也是我的好友。她把我们领到了一家咖啡厅里，和一位朋友坐在桌对面目睹了两个导演互相让对方出丑的好戏。奥斯特迈尔先是给我讲起了英国政治，然后一一列举了他曾执导过的莎士比亚剧目。作为回击，我谈起环球剧院以及我们刚刚建成的新剧场。他告诉我他也建了一个环球剧院，还给我看了照片。我的脸皱成了一个"看上去可不怎么样啊"的表情。他告诉我他的《哈姆雷特》已经上演了很久，我勉强认同，紧接着告诉他我的《哈姆雷特》已经巡演到了多远多远的地方。他脸色沉了下来，有些有气无力地说："我们剧组去过巴勒斯坦的拉姆安拉。""嗯……我们正要去拉姆安拉，还要去几个难民营。"这成了这场对话里最没有营养的一句吹嘘。"那你会来看我的《哈姆雷特》吗？"他几乎走投无路地问道。"可能来，也可能不来。"我回答。说到这里，我笑了出来，毕竟我们两人的孩子气使得这场"争论"变得像玩笑一样。叶卡捷琳娜和她的朋友也忍不住笑出了声。接着，似乎对幽默并不敏感的奥斯特迈尔掏出他的记事本，把近日所有的演出日期列了出来。"这天不行。"我说，"不好意思，这天我忙。"然后又说："不，这也不行。"对于很多人（尤其是整日关注戏剧评论区的剧迷们）来讲，奥斯特迈尔是个天神一样的角色，而我不过是个恶心的粗汉，所以这场"争论"带给了我一种充满罪恶感的愉悦。

叶卡捷琳娜是我来格鲁尼亚的主要原因之一。她在2011年曾经接待过我，2012年又带着她的马扬尼什维利剧团来参加我们的戏剧节。1990年格鲁吉亚正经历剧烈动荡时，我曾在第比利斯待过一个月，因此对这个国家和这座城市怀有浓厚的感情，当然对叶卡捷琳娜的感情更深。当我现在再见她时，她头上优雅地缠着头巾，掩盖着化疗导致的脱发。听到她讲起组织戏剧节的困难，我对她的敬意更深了。

第比利斯的戏剧政治和国家政治一样四分五裂，多个戏剧节和剧团相互竞争，其中不少仍受尸僵般的旧政权的严格控制。叶卡捷琳娜是新一代的代表，在这里似乎冷战的对抗仍在持续。我讲起1990年的旧事，她讲起当下和俄罗斯的交战，让我再次意识到，自己的城市被外国坦克围攻这种画面简直难以想象。她抱怨年长的戏剧人厌恶一切新鲜事物，依旧执着于旧时代的传统。"他们想弄死我们，用他们的失望把我们生吞活剥。他们总是说'放在三十年前，这样干就可以大获成功''二十年前，观众们哭得不行'……他们用自己的回忆和过去淹没我们。他们想把我们重新塞回到历史里去。他们仿佛是长在我们之中的毒瘤，剥夺了我们的未来。"这些话都出自一个年轻女人之口。她被吹散的头巾下露出短短的白发："我不记得自己之前做过的任何演出。我选择往前走。未来就是一切。"

"但看看你的周围，"我想要让她开心起来，有些勉强地指了指一个豪华的酒店门厅，里面尽是新开的花里胡哨的西式商店，"看看这些涌进的资本、投资，这和二十五年前大不一样了……"

"也许未来更让人担忧，"她笑了笑，"改变和革命需要时间和心思。"

我温和地责怪她没有把生病的事情告诉我们，也让她知道我们对她很是想念。我问她生病对她有什么样的影响，她先前的忧愁逐渐消散了："我觉得更干净、更透明，千千万万没有用的担忧都烟消云散了。

我清除了爱情的干扰，一干二净。现在我只想住在乡下，有一所房子、一个花园和许多小孩子。孩子的父亲是谁不重要。这是个愚蠢又乐观的想法，但这就是我现在想要的。我想看孩子们在玫瑰花丛中玩耍。"

革命的方式有很多种，一如这世上的人们各不相同。

125	**菲律宾**，马尼拉 菲律宾文化中心小剧场	2015年8月23日
126	**巴布亚新几内亚**，莫尔斯比港 明爱技术中学	8月25日
127	**文莱**，斯里巴加湾市 遮鲁东国际学校	8月29日
128	**缅甸**，仰光 斯特兰德酒店	8月31日
129	**中国**，香港 香港演艺学院歌剧院	9月4-6日
130	**新加坡**，新加坡 首都剧院	9月8-12日

13
为弹丸之地而战和复仇

福丁布拉斯、一队长及兵士等列队行进上。

福丁布拉斯： 队长，你去替我问候丹麦国王，告诉他说挪威老王的侄儿福丁布拉斯因为得到了他的允许，已经按照约定，率领一支军队通过他的国境。要是丹麦王有什么话要跟我当面说的，我也可以入朝晋谒。你就这样对他说吧。

队长： 是，主将。

福丁布拉斯： 慢步前进。

（第四幕，第四场）[1]

---

1 此处台词由译者修订补译。

福丁布拉斯的出现可以说是完全出乎意料。这一支线的故事背景在剧目开篇做了交代,在使臣伏提曼德前来觐见哈姆雷特的叔父时有了短暂的进展,但在剧本的其他地方则全无提及。和许多莎士比亚的悲剧作品一样,《哈姆雷特》的"广角镜头"随着剧情发展也逐渐收窄:一开始广阔的全景视野集中到了城堡里,又从城堡宽敞的宫廷大厅转移到卧房,随后又进一步缩小到城堡的走廊、楼梯间和地窖。开场时海浪拍击着广袤土地的图景变成逼仄、憋闷的空间,有种令人不适的幽闭感。至此我们已经看到了厄耳锡诺黑暗的权力中心以及皇室家族的紊乱状态。

随后,天空晴朗了起来,一群行进的士兵在一个新角色的带领下出现在台上。一股来自北欧的强风吹进了恶臭盈盈的马厩,这是剧情焦点的重要转折。福丁布拉斯带领着他的军队攻向波兰。我们记得,前文曾提及这件事却又将其搁置。现在,随着剧情的发展,这一支线也将展开。我们对福丁布拉斯的第一印象并不差:他行事谨慎而正派,对丹麦国王也礼数周全。"慢步前进"这句话,有时会有人用邪恶的语气念出来(天啊,真有人试着这么干过),实际上则带着一种温和的权威。我们对福丁布拉斯只有一个很仓促的印象,因为他还没说上什么话就消失了。和他扭曲的镜像分身哈姆雷特不同,他明显不是个性格优柔寡断的人。哈姆雷特见了他一眼就称其是一位"娇美的少年王子",虽然很多导演设法曲解哈姆雷特这句台词的语气,但他的观察是准确可信的。

紧接着,哈姆雷特和队长的一场戏表现出了绝妙的精练,堪称莎士比亚妙笔生花的又一例证。用几句简短的、无意中听到的台词,他向我们展现出了一个可信的角色，描绘出了一个既熟悉又出人意料的情境。

哈姆雷特、罗森格兰兹及吉尔登斯呑同上。

哈姆雷特：官长，这些是什么人的军队？

队长：他们都是挪威的军队，先生。

哈姆雷特：请问他们是开到什么地方去的？

队长：到波兰的某一部分去。

哈姆雷特：谁是领兵的主将？

队长：挪威老王的侄儿福丁布拉斯。

哈姆雷特：他们是要向波兰本土进攻呢，还是去袭击边疆？

队长：不瞒您说，我们是要去夺一小块只有空名、毫无实利的土地。叫我出五块钱去把它租下来，我也不要；无论挪威人、波兰人，要是把它标卖起来，谁也不会付出比这大一点儿的价钱把它买下来的。

哈姆雷特：啊，那么波兰人一定不会防卫它的了。

队长：不，他们早已布防好了。

哈姆雷特：谢谢您，官长。

队长：上帝与您同在，先生。[1]

多么精巧的设计！什么该说和什么不该说把握得正好，留下了可供

---

[1] 此处台词由译者修订补译。

角色去参透彼此的恰当空间，留下了恰当的沉默。每个"先生"和"官长"都恰如其分、各有意味，表现出的尊敬之感既是下级对上级的，也是上级对下级的。在"不"之后、"他们早已布防"之前的逗号值得玩味，停顿之中透露出一丝微妙的讽刺。可以说，莎士比亚用深不可测的妙笔勾画出了远处的军队和周围的环境。在我们精简的演出里表现出行进的大军并不容易，我们缺乏这样的条件，而我们决定用边唱古老的军歌边绕场走步的方式来代替的演出手法也并非屡试不爽。然而无论如何，"队长"这场戏演起来总是非常开心。

这位队长是一个魁梧强壮的男人，他对局势了如指掌，性格随和，寡言少语到有些失礼的地步，他的话里并看不出什么对当局首脑的言听计从。这是一个军人克制但又具有反叛精神的、简洁的语言。在哈姆雷特少不更事地询问出兵所为何事时，他的回答粗暴而直接：

队长：不瞒您说，我们是要去夺一小块只有空名、毫无实利的土地。

这个简略的回答总结了战争一如既往的愚蠢：年轻人穿着单调无聊的军队制服，结成千人的队伍穿越五湖四海相互残杀，为的不过是一小块毫不起眼的土地。

在这个时候，大家都期待哈姆雷特选定一方立场，他却转而投向了另一方。在见识过他的智慧和多思之后，我们希望他看穿战争的愚蠢并斥责它。他也确实这样做了：

看着这两万个人为了博取一个空虚的名声，走下坟墓竟如躺上眠床，目的只是争夺一方还不够给他们做战场或者埋骨之所的土地。

然而，让我们吃惊又困惑的是，他不仅没有谴责战争，反倒得出了相反的结论。以他当时的心智，他在战争中看到了人类奋斗的最高品质，即人们并不为有价值的东西而战，而是为虚无和毫无意义的东西，"为了区区弹丸大小的一块不毛之地"而战。"真正的伟大，"他说，"即使是为了一根稻草之微，也要慷慨力争。""不！"我们在心底和脑中大喊，但哈姆雷特的存在并不是为了迎合我们的期待或者抚慰我们当下的忧虑，他为了自己的存在而存在。哈姆雷特身上涌动的热血让人想起托尔斯泰笔下目睹了俄罗斯王子巡视军队时的尼古拉·罗斯托夫。

在过去的几年里我们曾广泛地与俄罗斯进行了多部剧目的合作，他们独特的戏剧文化极具魅力，让全世界羡慕不已。他们的做事方式也很特别。在巡演策划期间，我们原计划到圣彼得堡表演《哈姆雷特》。然而，我们一直与之合作的承办方负责人却想让我们去莫斯科。当我在莫斯科参加其他项目的活动时，他就坚持不懈地要说服我。"带着《哈姆雷特》来莫斯科吧。"他说。"不，谢谢你的好意，我们要去圣彼得堡。"我回答。"来莫斯科。"他说。"嗯……不，谢谢，我们已经安排好……""来莫斯科。"他坚持。"这，实在不好意思，但我们去不了。"在我回到伦敦的第二天，就接到了圣彼得堡剧院打来的电话，对方紧张兮兮地说："实在抱歉，但你们不能来了。"二十分钟后，来自那位承办方负责人的电话响了："来莫斯科吧。"当时，我们在到访白俄罗斯的问题上遇到了困难，白俄罗斯政府拒绝我们入境。我们与在俄罗斯的朋友取得了联系，向他们说明了剧组面临的问题。刚过了一天，白俄罗斯国家剧院就向我们伸出了橄榄枝。虽然我们在这个问题上不得不妥协，然而巡演不得不继续，说要去所有国家就要去所有国家。

在乌克兰正深陷混乱局势之时，就在马来西亚航空17号班机空难之后不久，我飞往莫斯科。飞机在多莫杰多沃机场降落，这里被白桦树林环绕。它们看上去像伸着的细长手臂，树枝和树杈像从顶端伸出的双手。我们的话题很快就转到了乌克兰问题上来，老朋友伊琳娜先发制人地辩解开来："美国想干什么就能干什么，他们能占领伊拉克、阿富汗、利比亚，现在还要加上叙利亚。但俄罗斯不行，俄罗斯干什么都不可以……"我试着用"积非不能成是"的道理劝解，但听上去显得尤其苍白。

演出中场时，我被叫进了一间小屋里。穿过一群围得里三层外三层、身着鼓鼓囊囊的夹克、戴着耳麦、一副颐指气使派头的人，我终于来到了这块隐秘的圣地。这里充满了剑拔弩张的气氛。坐在那里的是俄罗斯统治集团的第三号人物，我有幸得以一睹其尊容。屋子里有言谈活跃的一小群人，但一眼就可以认出哪个最有权有势——他瘦瘦的，坐在椅子上，身体向人群外倚着。他不说话，特意表现出对什么都不闻不问的姿态。这是一个彰显地位的老套表演：我掌权，我冷酷，所以我不屑于参与讨论。这种"不参与"的文化一开始在加利福尼亚形成（尼克·科恩在《摇滚的黄金时代》一书中精妙地揭露了这一现象的愚蠢），之后便像传染病一样散播到了全世界——一场装酷的瘟疫。在大部分世界已经从中走出来的时候，俄罗斯仿佛一个依旧播放着过时多年的音乐唱片的国家，依旧流行着这种风尚。联邦安全局甚至还在组织

"如何成为史蒂夫·麦奎因[1]"的培训课程呢。

他四周围绕着很多可爱健谈的女士和有魅力的男士,但他明显觉得开口说话会降低他的尊严。我忍受不下去了,直接问他道:"你不怎么讲话,是不是?"没有人给我翻译。"那你对莎士比亚怎么看呢?"这次有人做了翻译。他很快从被直接问了问题的被冒犯感中回过神来,用只言片语就莎翁的学识做了一些老套的评论,仿佛自己的一字一句都是智慧之河的水滴结晶。"好吧,现在我知道你为什么话不多了。"我回应道。现场气氛有些尴尬。我赶快喝了几口白兰地下喉,和其他友好的观众谈了些有的没的,直到他们回到剧场。下半场时,我在酒店的泳池游泳,周围都是山一样粗壮的斯拉夫肌肉男,有几位身上还文着帮派刺青,看得出这些人都有意将暴力倾向像荣誉勋章一样展示出来。第三号人物自以为优雅有品位,泳池里的硬汉们粗俗鄙陋,但他们的愚蠢不相上下。他们遵循着过剩又过时的阳刚之气,无可救药地抓着旧时代里早已过时的老派头不放,殊不知这在当今已经沦为笑柄。他们拒绝承认自己的可笑之处,甚至为此杀人也在所不惜。

在我们离开俄罗斯,途经白俄罗斯前往基辅的路上,东乌克兰境内既是秘密也不是秘密的战争继续升温。当下我们正走过一片外交雷区:在顿涅茨克周边,人们仍旧在挖掘坠毁的飞机和伤者残骸;俄罗斯一边拒绝承认自己与战争之间的任何关系,一边把年轻人派上前线。几个世纪以来,克里米亚地区一直是无数青年为弹丸之地而战的地方。曾经,年轻英勇的英国士兵们戴着羽毛装饰,和其他所有逗着血气之勇的年轻

---

[1] 史蒂夫·麦奎因:美国20世纪六七十年代好莱坞硬汉派影星,赛车手。

人一样,在"轻骑兵的冲锋"[1]中献身于此。现在,英国战士被俄罗斯青年取代。然而,乌克兰人决心不再丧失更多领土。他们曾在克里米亚丢了颜面,对于荣誉至上的年轻人来讲,失去的尊严必须被夺回。

基辅演出当天的早上,打扮漂亮的媒体负责人踩着高跟鞋"哒哒哒"地领我们走进新闻发布会的现场。发布会上,剧组谈了谈关于莎士比亚的一些陈词滥调,也回应了一些尖锐的政治问题。俄罗斯、白俄罗斯和现在的乌克兰,其处境和遭遇的危机各不相同,它们以各自的方式渴望着《哈姆雷特》,想在其中寻求的东西也不一样。与此同时,这三个国家也希望我们做出不同的政治表态。但我们唯一效忠的只有剧本本身,我们只拥护剧本中那无尽晦涩又晦涩无边的真善美。人们的心思全部被第二天即将举行的选举占据,除了选举其他一概不想谈。他们的一系列问题不过只是想要得到同一个回答:"××是个混蛋。"但我们坚定地拒绝踏入这些不怎么精明的陷阱。

新闻发布会结束后,午场的演出也顺利开始了,这时我决定走回昨天让我们入迷的独立广场看一看。昨日傍晚日暮下沉的余晖赋予了这片帐篷搭起的城中城一种神秘的美感,而今天午后的刺眼阳光就没有那么祥和了。我在广场周围和附近的街道上闲逛,处处围堵着被击垮的路障。广场上的人群看上去越来越整齐划一——无一不是愤怒、无聊、失望不满的年轻人。他们有的精神萎靡地坐在阳光下,有的生气地在自己的帐篷里避暑,马路上的热气融化了他们的愉悦和意志。这里的年轻人

---

[1] 1854年克里米亚战争巴拉克拉瓦战役中,卡迪根勋爵带领英军轻骑兵发起对俄军的进攻,由于战略失误导致英军伤亡惨重。

更像是预备军部队里的一群神情阴沉暴戾的年轻人,看上去像是过去的四个月里一天到晚都在喝自制伏特加的样子。他们目光呆滞,肌肤伤痕累累,在躺椅和地毯上百无聊赖地翻来翻去,意志逐渐消沉。

当然,并不是所有人都如此。有一家人身着传统民族服饰唱起了民歌,想要吸引人们来他们用简易桌子临时搭起的餐厅吃饭,而另一个地方似乎有人在提供建议和咨询;但大多数人看上去的确都很萎靡。广场上的另外一些细节则让人诧异和不安:一个看上去十五岁的男孩举着卡拉什尼科夫冲锋枪瞪着眼睛走来走去,在他的旁边,一群预备役军人正大口痛饮啤酒。昨夜空气里的火药味似乎还带着些希望,今天却只让人感到危机四伏。就像历朝历代都会发生的故事一样,他们是那群试图使用暴力建立新政权并成为禁卫军的人。

现在的独立广场给人最突出的印象是疲倦,是炎热仲夏里湿黏的疲劳。这看上去并不像是革命正待开始,而更像是革命在等待结束。这里看不到急待形成燎原之势的火苗,只能看到已在熊熊燃烧、现在又不知怎样将自己熄灭的火焰。深冬里那种纯粹的能量已经消耗殆尽,而是醉倒在烈酒当中,在夏末沦为热浪下的困顿。我想,对于任何革命来说,最困难的不在于如何开始,而在于如何结束。

我们拜访乌克兰后不久,波罗申科适时地被选为总统。新的政治阶级确立之后,他们不得不思考该如何处理这场革命剩余的能量,以及这群刚刚获得解放并仍燃烧着使命之火的革命者。他们是怎么做的呢?他们使出了常用的打发年轻人的伎俩:让他们去争抢某块弹丸之地。为了腾空广场、解决社会问题、疏散对城市的潜在威胁,大多数独立广场上剩下的人群为东面俄罗斯人的行径而群情激奋,于是就集结成先锋队冲

去光复顿涅茨克了。他们被送去将混乱带到别处,他们

> ……为了博取一个空虚的名声,走下坟墓竟如躺上眠床,目的只是争夺一方还不够给他们做战场或者埋骨之所的土地。

说所有混战和动乱的原因都是老年人针对年轻人对"空虚的名声"的渴望的剥削未免也过分简单化了。世界上有许多人为强烈的宗教信仰而战、为解放土地而战、为有力的理想而战、为助亲人同胞重获正义而战,这样的人有很多,但有更多人**的确**是被想要从无休止的混乱中获利的、愤世嫉俗的老家伙们引导到战争当中去的。一代又一代人视死如归地为这无望的虚名献身。军队制服的风格也许已经不再是中世纪的羽毛装饰或19世纪的奢华军装(现在更像是海滩男孩般的迷幻风格),但不变的是虚荣。在这个世界上,在我们为环球巡演安排行程的过程中,我们不得不倦怠地眼观六路,紧盯世界版图混乱的局势;同时也得耳听八方,估测下一场动乱将会在何时何地爆发。

埃塞克斯伯爵是莎士比亚那个年代出名的军事探险家,堪称同时代人中的"飞行侠"[1]。他仿佛是故意要成为不属于时代的怀旧者一样,在他的同代人里也显得格格不入。关于他的所作所为有多少意义暂时不提,不过他成功侵略了毫无防备的加的斯[2],以海盗的手段围绕大西洋对西班牙船队围追堵截,入侵了同样毫无防备的加那利群岛。此外,他还

---

1 飞行侠:出自英国广播电台1983年开播的历史情景喜剧《黑爵士》。该角色的性格特征包括自负、大男子主义、放荡等。

2 加的斯:西班牙南部滨海城市。

参与过一些由沃尔特·雷利（他更有战斗英雄风范）组织的规模更大的军事活动。无论如何，他的公关团队工作成果相当显著，凡是现存画像里的他一律都英姿飒爽（他除了给画师做模特之外还有时间做别的，这真是太优秀了），而且他自己也懂得如何维持个人的公共形象。他不仅受命带领远征，平压当时（1599年）尚在襁褓中的爱尔兰革命，而且成为自罗马时期以来收获了最多华丽赞美词的出征英雄。莎士比亚就是其中一个为他写赞美诗的人，在《亨利五世》的歌队中，他为埃塞克斯伯爵的凯旋做了预言，并称其为"征服者恺撒"。

出征之前的埃塞克斯伯爵正如典型的娇惯的少年王子一样，前去为了一根稻秆之微争名夺誉。然而，爱尔兰之征的结局却令人失望、滑稽可笑、尊严尽失。为了歼灭以蒂龙伯爵为首的反叛军，英军四处征战、疲于奔命，但狡猾的爱尔兰人绝不轻易正面交战。这一群贵族军人衣着极其华丽，打扮得就像中世纪挂毯里出席盛会的人一样花枝招展，在炫耀大不列颠的鲁莽和自负的过程中迷失了自我，被爱尔兰人的诡计和陷阱骗得团团转。为了保持充满荣光的假象，埃塞克斯疯狂地给人加封骑士爵位，但这并不足以鼓舞军人的士气。最后，英方只得草草签署了和平协议，把利益拱手让给了爱尔兰人，自己耷拉着脑袋、夹着尾巴打道回府。

从某些方面来讲，这场出征堪称一种存在方式的绝响。就像詹姆斯·夏皮罗在《1599年》一书中精妙的文字所写的那样，这是骑士精神的死亡。莎士比亚向来对一切事物的外部表征和内在含义都同样敏感，这使得他能够在作品里表现出历史和社会事件的表象之下各方势力暗潮汹涌的角逐。《哈姆雷特》就诞生在这样一个旧世界即将让位给新世界的关键时刻。在莎士比亚构思这部剧的时候,有一群商人在伦敦的奠基者大厅共同组成了东印度公司。他们拒绝在他们的首次远征过程中进行骑士般的探险。这些商人是一个新的阶级,有着新的野心,他们实现抱负的方式也有所不同。濒死的骑士精神正在挥动着手臂做最后的挣扎(从很多角度来看,老国王的灵魂就是骑士精神的象征和回响),贸易和全球化的新时代即将来临,《哈姆雷特》就是在此时诞生的。英国人再次回到爱尔兰时,他们不再只是来摆上一台绚丽的演出,而是大开杀戒。《哈姆雷特》正好身处两个历史时期的交界处,一场深远却无声的革命正在地表之下酝酿。

在民族、国家乃至更小规模的政治体都支离破碎的时代,过时了的荣耀幻想和骑士精神似乎又回到了凶残的战争当中。这可能就在一定程度上解释了为什么在过去的二十年里莎士比亚能够重获新生。在媒体的煽风点火之下,东乌克兰的民族分裂主义者们热衷于一种在这些渺小肮脏的战争中发酵出的自我神秘感;在中非的派系斗争中、在像阿尔肯[1]这样的足球流氓式人物会将自己包装成"变态将军"的巴尔干地区、在阿富汗,或者在当下叙利亚的混乱局势中,军阀主义重新现身了。因此,你可以通过观察军人的穿着以及他们在自拍和社交媒体头像里"纪念"自己的方式,看到骑士精神典则中所谓的"死也要死得优雅漂亮"这一丧心病狂的自我包装风潮的回归。这种行为在冷战时期和千人一面的现代超级军队时代中已经不复存在,但现在却又重新恢复了生机。"伊斯兰国"极端组织就尤其擅长自我标榜成魅力十足的斗士,他

---

1 阿尔肯:南斯拉夫战争中准军事部队塞尔维亚志愿护卫队(Serb Volunteer Guard)领袖。

们在吉普车里懒洋洋地歪着、披着头巾，身后是黄沙飞腾的地平线。他们之前在卡迪夫公交车站吸胶毒或者在勒阿弗尔偷老奶奶钱包的事迹都已经成为过去，毕竟这无论对世界还是对他们自己都有十分糟糕的不良影响。他们打算把自己塑造成独立的、有自由意志的个体形象，其目的是追求自己心底的"热忱"。然而，在现实中，他们同任何军队的军人一样受到严密管制的约束，曾经效忠于萨达姆的共和国卫队的暴徒在伊拉克建立恐怖政权的经验也有了新的用武之地。

埃塞克斯伯爵关于战争鲁莽的浪漫理想以及与其相对抗的、残酷的现实政治浪潮都是《哈姆雷特》创作的时代背景。福丁布拉斯在哈姆雷特眼中是一位值得称赞、遗世独立的神秘角色。在前面的引文中，我们看到他在台上匆忙走过；在结尾处，他再次匆匆现身，颇为能干地清理了现场可怕的烂摊子。在他们二人相遇的短暂瞬间，我们在哈姆雷特身上看到了变化，也对浪漫理想和现实政治的结合有了新的认识。哈姆雷特意识到，所有人类成就无非是虚无缥缈的追逐，与此同时，他也承认人性的确就是如此——我们不过是追逐虚无缥缈之物的动物。哈姆雷特知道世界不过是徒劳的虚构，任何行动都徒有一张华丽的空壳，本质上什么也不是。既然如此，他的无作为也就不再让他心烦。现在，让我们失望的是，在他识破谎言之时，他也学会了欺骗。现在，让我们难过的是，他已经做好了踏进角斗场的准备，他的复仇任务也即将付诸实施。

★ ★ ★

四百年了，复仇这个主题仿佛是一个陪伴着《哈姆雷特》却不受欢迎的阴沉客人。毫无疑问的是，复仇剧是一种专门的戏剧形式。莎士比亚基于复仇剧的形式模板进行创作，同时，他也在创作中对这种模式做出了回应。复仇剧是票房利器。其主人公不仅有非常明确的终极目标，还需要完成很多附属任务，这都是把剧情串起来的强有力的主线。结尾必定会发生的血案，也总是能让站在台下或是坐在粗糙长椅上的观众对在剧末堆起来的尸体翘首以待。

在莎士比亚决定对其进行修缮之前，在伊丽莎白时期的观众群里获得了些许成功的那部《哈姆雷特》似乎十分强调复仇的主题。这版剧本已经被后人淘汰了，从我们对它的有限了解以及对其他当代复仇剧的理解来看，这一戏剧类型强调极端的情感表达、精雕细琢又阴森的语言以及复杂的阴谋，而且人物下台时总少不了一阵歇斯底里的鬼笑。

这就是莎士比亚在创作中不得不遵循，同时又想要摆脱的戏剧模板。每当我导演这部剧时，我也都倾向于选择与莎士比亚一样摆脱这种模式。莎士比亚选择突破这一类型，并不是因为他坐在家里研读复仇剧全集，然后细致入微地研究如何解构再重构这一戏剧类型的"遗传密码"，他只不过是在安排故事情节的过程中觉得有必要在自己的作品里用一点儿诸如此类的元素。对莎士比亚来讲，他在复仇剧这一模式里找到了一个可以装下他所有行李的旅行皮箱：父子话题、矛盾的情感、自我认知和精神理智的问题、生命的意义所在、戏剧及其作用和误用，以及爱与失望。他发现了一个宽松的模板，可以激发他创造出最伟大的作品。在那里，生活和艺术可以相遇，并能跳起自然真实的舞步。

某些体裁结构可以激发杰出的作品创作、讲述惊险的故事，但它们的叙事架构有时过于单调和严格，往往会限制绝对的创作自由。《罗密欧与朱丽叶》《裘力斯·恺撒》《错误的喜剧》都是别具一格的优秀作品，但读者总是能跟得上剧情发展的节奏。这就好比来到一个熟悉的城市，对那里的地形和方向的了解可以让人感到安心；但莎士比亚还使用了别的结构，在这些故事里，看似清晰明朗的开端逐渐展开，然后剧情就变得越来越离奇梦幻，读者虽然感觉迷失了方向却甘心乐意。《仲夏夜之梦》《李尔王》《爱的徒劳》《暴风雨》和《哈姆雷特》都属于后面这一类型。拿《仲夏夜之梦》来说，即使是最熟识它的读者也会记不清哪一幕跟在哪一幕之后，森林里迷幻的雾障无处不在。《李尔王》中，荒野一场戏和老国王犯糊涂的情节意在迷惑观众（并且获得成功）。而《爱的徒劳》中的呆呆傻傻则纯粹让人愉悦。与这些作品类似，看似刻意却毫无目的的情节也在《哈姆雷特》剧情进展的半途出现了，这就是那段长长的、在城堡走廊里兜转的戏。"替我报仇！""我会的！"——一部在一开始充满决心、意义明确的戏逐渐偏移了单线型的路线，变成了九曲十八弯般的复杂，相当刺激。语言和角色以及感情和思想都超越了剧情或结构的限制，让观众也跟着角色一起漂浮在陌生的海域上。

有人认为莎士比亚是刻意将新鲜元素灌注于复仇剧的模板上；而在我看来，莎士比亚不过是将复仇剧当成一个装好了弹簧的跳板，这个跳板能让他在弹跳多次之后降落在某个新奇陌生的地方。在这种创作自由中，关于报仇还是不报仇的道德问题变得不那么重要。与布莱希特式的伦理寓言相比，这部剧关心的是某些更加神秘、更有意义的东西。到某一时刻为止（比如第二幕的开头），剧中是存在一个基础模板的，但它很快就逐渐消失了。若是将这个转折后的发展看作是作者故意设计的形式游戏，就等于小看了莎士比亚的创作。

我们在《哈姆雷特》中看到的并不是什么"智慧结晶"，我们看到的是一束光,一束十分耀眼的少年之光。我们看到这束明亮的光在闪烁之后渐渐变暗,最终熄灭。我见证了这部剧是如何吸引全世界观众的,其中有很多人甚至都听不懂里面的台词。我相信正是这束光吸引了他们,而不是关于复仇的抉择。于是我们为来到最后一幕而激动,我们知道自己可以看到之前悬而未决的问题得以解决,正义也得到伸张。你总是可以在剧场里看到,随着观众们接二连三地意识到危险,并看到接踵而来的决斗以及死亡时,气氛也跟着紧张起来。但在经历了之前奇怪而迷人的剧情转折之后,这个结局给我们的触动似乎并不比之前强烈。如果你听不懂台词,你所能看到的只是一个年轻人燃烧着的生命之火。但不正是因为你预先知道他难逃死亡的结局,这团生命之火才显得更为绚烂而壮烈吗?这团燃烧着的火,这束在一片漆黑之中闪烁着的微光,难道不是一幅壮丽的图景吗?

★★★

在策划巡演以及巡演进行的过程中,我们对于复仇及其意义进行了很多讨论。在这次旅途中,我们总会经历一些让全剧组都突然沉默的时刻,这时我们都会忽然发现《哈姆雷特》中某一句台词的现实意义是那样明显。剧组曾跟我讲过,在波斯尼亚时,当霍拉旭让人把尸体抬到集市上后,全场陷入了沉默,因为这个国家的人对集市广场上尸体横陈的景象记忆犹新。在卢旺达,人们常看见被胡乱埋葬的尸体,对死亡的了解不能更透彻。他们的态度影响了演出现场的氛围,使我们对死亡问题有了更深的思考。而我们直面复仇,则要等到巡演的后半程。

整个巡演中最困难的一次演出是在伊拉克北部库尔德地区的埃尔比

勒。这场演出的安保严格得要命。当我在早上四点抵达宾馆时，轿车的四个门同时被四个肩扛机关枪、头戴面罩的男人打开，嗅犬把我的全身上下都闻了一通以筛查爆炸装置。三十公里之外就是"伊斯兰国"极端组织控制的摩苏尔。同在索马里以及很多其他地方的情况一样，我们是多年以来第一批到访当地的文化使者，所以几乎人人都想来看我们的表演。在演出的前一天，我们被带到一个难民营里去拜访那些因"伊斯兰国"极端组织的侵略而无家可归的可怜人。一个曾被枪击中臀部的男士特别想跟我们分享他的故事。他举止稳重，讲话不紧不慢。他的翻译虽然并不完全准确而且很容易激动，我还是将他翻译给我听的话一字不差地在这里复述一遍：

> 在摩苏尔沦陷之后，就是"伊斯兰国"极端组织的人，在他们占领了摩苏尔之后，他吊死了我十一名家人……我的兄弟，我的兄弟和他的儿子们都被杀了，被"伊斯兰国"极端组织吊死了……我的兄弟是残疾人，他还坐着轮椅，然后他被吊死了……他们甚至还杀了我儿子的朋友，他们把他吊死了，我儿子的朋友……
>
> 他们拆掉、毁掉了我所有的房子，甚至还砍断了我的树，我院子里的树，做完这些之后他们说"真主至大"……
>
> 当我们谈到人权时，他们告诉你，你比"伊斯兰国"极端组织强，连动物都比"伊斯兰国"极端组织强，没有语言可以形容他们……之后我想复仇，人权组织过来告诉我说……哦，你应该停手，不要报仇……如果不能向野兽复仇，向凶手复仇，那还有什么人权可言……我告诉你，他们不是人。

为弹丸之地而战和复仇

烂死的黑洞，死亡的黑洞，他坐着轮椅，他们却把他推下去杀了……（指着某人）

他们当着他的面杀了他的父亲和母亲，现在他一直结巴地说，那就在他眼前发生的，衣服还被扒光了……（指着另外一个人）

一切都从零开始……他们剥削老弱病残……伊斯兰是正义和平的宗教……他们诋毁和丑化了伊斯兰教，让它变得丑陋肮脏……我的邻居是逊尼派，我并不知道，我的经理是基督徒，我也不觉得有什么问题，从来就不是问题……有什么人在幕后，有一双幕后的手做了这些，我不懂发生了什么……世界上有哪种宗教会叫人去强暴别人，去抢劫别人吗……？

人群中有声音问道："你觉得将来会怎么样？"

我很乐观，因为我相信他们会被驱逐、会被杀死，因为现在我们能认出"伊斯兰国"极端组织的成员，所以将来将没有他们的容身之所……

这段话表达出的心灵创伤原始、赤裸、不加修饰，想要复仇的欲望也是如此。这些都发生在这个世界（也就是现实世界）里，完全不是《哈姆雷特》虚构的那个世界。赤裸的伤痕，赤裸的愤怒。在哈姆雷特"哦，复仇"的怒吼以及福丁布拉斯想要为父亲失去的东西而报复的执念里，我们都能看到一丝这种愤怒在跳动。在现实世界里，我们发现这种愤怒依旧存在。俄罗斯和乌克兰的人们还能感觉到新伤口的痛，他们想要通过对彼此的狠打来减轻痛苦；"9·11"事件之后的美国自认为需要血债血偿，结果给世界带来了持续至今的混乱；在所有地区和国际冲突中，自己失去的痛苦只能通过给别人带来更多痛苦和掠夺才能缓和、消解。在我们从一个国家到另一个国家的巡演路上，我们常常感到这是一个充满了仇恨的世界，这个世界没有原谅，只有永远无法满足的、在历史上累积下的对复仇的渴望。

《哈姆雷特》的世界直接、轻易地与当今世界产生了联系，这不免让人难过。在晚期作品中，莎士比亚描画出了充满原谅、治愈与和解的世界。它们虽然极其宽厚动人，然而，我不确定是否能有一个能与这些作品相呼应的现实世界。

★ ★ ★

正如福丁布拉斯和他的军队穿越了一个国家后继续向前去追逐着一丝名誉一样，我们从一个国家来到另一个国家，征求他们的许可，演一出戏，然后继续前行。我们的项目有一点儿博取"空虚的名声"的意味，但我们既不想赢得一小片土地，也不想获得什么可以保留的东西。我们只想给一个国家留下一个回荡着的故事，让它徘徊在一些人的记忆里，也许还能对一个地方产生点儿影响。我们希望《哈姆雷特》带着它的怀疑、困顿和疑惑，能够劝说某些人放弃某些弹丸之地。

131	**阿塞拜疆**，巴库 国家学术戏剧剧院	2015年10月3日
132	**格鲁吉亚**，第比利斯 马扬尼什维利国家剧院	10月5日
133	**亚美尼亚**，埃里温 斯坦尼斯拉夫斯基俄罗斯剧院	10月8日
134	**阿联酋**，迪拜 迪拜社区剧院及艺术中心	10月10-11日
135	**尼泊尔**，加德满都 巴克塔普尔杜巴广场	10月13日
136	**不丹**，廷布 不丹皇家大学礼堂庭院	10月16日
137	**印度**，班加罗尔 兰加尚卡拉剧院	10月18-19日
138	**阿曼**，马斯喀特 教育部礼堂	10月22日
139	**约旦**，安曼 国宾圆形剧院	10月24日
140	**叙利亚（约旦）**，札塔里 札塔里难民营	10月25日
141	**巴勒斯坦**，拉姆安拉 拉姆安拉文化广场	10月27日

14
地面指挥中心

霍拉旭：把绞刑台立在集市上，把这世事原委公之于众。[1]

（第五幕，第二场）

---

[1] 此处台词由译者修订补译。

在筹备2012年的"从环球到全球"戏剧节时，我们请木匠打造了一个笨拙却很好玩的木头装置。那是一个指向三十七个来访国家首都方向的路标，非常夺人眼球。这个简陋的小玩意儿被我们放在了环球剧院外面的广场上。在戏剧节的六周里，它变成了戏剧节的标志。各家剧组和观众围在它周围，有的说笑，有的沉思。在伊斯坦布尔滞留的某天，我正好走到了原点纪念碑面前，这是公元4世纪时建造的一座穹顶建筑的最后一片遗骸，那时这里名字还叫作君士坦丁堡。这里曾是拜占庭帝国的中心，帝国的疆土内任何一个角落都有路标指向这里，并以这一点为中心坐标测算疆土范围。这里提醒着我们一直延续着的国际主义传统，尽管当今的我们很荣幸地不再像以前那样以刀剑进行贸易和扩张。

因错过了转机航班，我没能加入身在远东的剧组。在等待下一趟航班时，我用短暂的时间大开了一番眼界，参观了很多标志性景点。蓝色清真寺就好像一个蹲坐着的胖胖的佛陀，自在不拘地袒露着自己充满哲思的大肚腩。这座寺庙修建于《哈姆雷特》首演后不久，并在莎士比亚逝世的那一年封顶完工。现在它正在进行重新整修，室内支起了很多脚手架。寺庙内饰的颜色宛如一股清风，鸭蛋般的蓝色和泛灰的红色交错，中间刻着古老的经文。蕨类植物的茎叶图案在不同颜色之中穿梭，看上去很像伊丽莎白时期的布料。一群熙熙攘攘的游客围在一个拥挤的角落里，拿起手机匆忙地给全世界都能看到的那些虔诚的祈祷文拍照。

我穿过广场走向标志性的圣索菲亚大教堂。它修建于537年，一千多年来一直是全世界最大的宗教建筑，其规模放在今天仍然令人叹为观止。建筑工人如何在尖顶上码下最后一块砖一直是一个难解的谜题，但也许现在把半边大教堂都封锁了起来的脚手架堆可以提供一种解释，毕竟它也在重修。这座建筑的颜色和蓝色清真寺水一般的颜色形成鲜明的对比，它有锈色的砖瓦，涂漆痕迹中仍可以看到黄色和橙色，与罗马帝国的审美几乎如出一辙。它让人想起和平和芒果般的甜蜜。天上正好飞过几只叽叽喳喳的鸟儿，以不太端庄的姿态掠过穹顶的最高处。

我在大教堂的涂鸦中看到一行维京文字，那是由公元9世纪一位名叫哈尔夫丹的维京族守卫刻进石头里的，这位守卫的名字也因此被历史记录了下来。这让我想起剧组巡演至今的旅程，包括了斯堪的纳维亚和基辅，以及把从北到南的土地连成一片的大小河流。尽管我们喜欢把历史按照不同的族群和派系划分，然而从人类在好奇心的驱使下踏上对不同风味奶酪的寻找之旅开始，国境和边界的分割线从来就不是一堵密不透风的墙。实话来讲，圣索菲亚大教堂像是乱七八糟的拼贴画，低垂着的水晶吊灯、年代感错乱的画室、不同文化的审美相互碰撞，无一不在试图抵消这座建筑不朽的简约。然而，拜占庭风格的气息好像是被凝固其中了一样，"拜占庭"这个词所代表的丰富的想象力也包含在内。

短短几周之后，差不多的事情又发生了。我被困在了伊斯坦布尔旧日的劲敌雅典城里，同样是为了《哈姆雷特》的工作，同样是苦于航空旅行的波折。我来往经过希腊多次，但从没有走过雅典市中心的古典文化游览线路，于是我决定抓住这次机会走一走。我曾经是一个很奇怪的、本专业学得很不好的古典学学生，我对我本该研究透彻的文明遗址抱有复杂的情绪。我的审美感官被眼前的典雅所唤醒，比如我会想"这罐子真好啊"，但我也不得不承认自己得出的结论过于浅薄。我花了很多时间来欣赏众多雕塑上的衣服褶皱，它们垂坠在雕像的躯体上，让最残破的部分看上去都莫名有些情色的意味。然而，我也为自己并无法分辨各位女神都是哪位而感到羞愧。我的尴尬在我登上雅典卫城时加重了。在那里，一位希腊导游正给一群美国游客讲英国人偷走了帕特农神庙的埃尔金大理石雕塑的罪行多么罄竹难书，以此来博取这些美国人的好感，我因此缩回了身子。但和在蓝色清真寺和圣索菲亚大教堂一样，我在雅典卫城上的体验因为同一件东西而打了折扣：很多挡人视线的脚手架。在我的古典体验于短期内第三次被干扰了之后，我开始思考关于脚手架的问题。

我们现在驻足观赏的建筑里，几乎没有一个之前没有被同样规模的脚手架包围过。无论是帕特农神庙、蓝色清真寺还是泰姬陵，在建筑建成之前总有一段不见天日的"阴影期"，或者说有一个外部面具，这就是脚手架。在脚手架的高台上，无数艺术家和手艺人、众多体力劳动者和脑力劳动者组成的"大部队"，用他们的劳动完成了建筑的施工。随后，脚手架被拆掉，只为了让这些刚落成的建筑能够像新生婴儿一样干净漂亮。新建筑就好像一个忘恩负义的人，假装让它们得以完工的脚手架从来不曾存在。这些想法闪过我的脑海，忽然间，我莫名地同情起了这些脚手架，这些可怜的、被忽视的、被遗忘的脚手架。建筑比例完美的帕特农神庙端庄地矗立着，极具异国风情的圣索菲亚大教堂宏伟壮观，泰姬陵在黄昏时闪着粉色的光，它们仿佛是凭空出现的一样，对一开始让它们得以诞生的东西毫无敬意。直到需要修复了，它们才都叫喊起来："脚手架！"好像被宠坏的孩子一样，等着父母回来帮忙。无论大小，所有建筑都需要脚手架这个助产妇来把它们带到这个世界上。脚手架必须抱住这些建筑，紧紧地抓住它们，让它们能够站稳，然后才把自己拆毁，让建筑"自力更生"。它是所有高楼大厦的母亲。

戏剧出现在舞台上时也试图让自己看上去仿佛新生儿一样在观众眼前诞生，尽管并不总能成功。无论是反映平常人家长里短的现实主义戏剧，还是表现达官贵人家庭秘闻的悬疑剧；无论是古希腊悲剧，还是绕着厄耳锡诺转圈圈的哈姆雷特，所有演员上台时都要表现得像他们就正好在那一刻"空降"现场一样。他们不能表现出为了准备这出戏的漫长的几个月、紧张的最后几个星期、箭在弦上般的最后几个小时，所有的准备和安排都是为了台上的表演看上去像是毫不费力就演出来了似的。所有戏剧都是这样的。如果是巡演的话，你还要加上几个变量：剧组人员的旅行问题、舞台和道具的运输问题、住处安排以及每个场馆的技术细节。当你在国外巡演时还要考虑更多，包括签证、演出许可、翻译、安保、航空旅行问题的变数，等等。

此外，你还得保证演员们能尽量准备周全、状态良好地上台，最好看上去心无旁骛、毫无顾忌。你需要安装一个复杂的"脚手架"系统，时间一到就可以轻松拆卸，让演出可以光彩照人地呈献在观众面前。或者，即便不光彩照人，至少也要能"站稳"。这说不清道不明，我们谁也不能解释我们是怎么做到的。在过去的两年里，我们走过差不多两百个国家，计划的二百八十多场演出竟然一场都没有落下。在我们走过的、几乎遍布全球的每一个国家和地区，我们都按时登上舞台，以一首歌开场进行表演。在梵蒂冈，演员们经历了航班延误和汽车故障，不得不下车直接走到演出地点。因为从几内亚比绍到冈比亚的航班取消了，并不是所有的演员都能登机，所以其中两位演员和另外两位舞台监督不得不乘坐"征用"来的灵车才能到达目的地。在太平洋群岛，委婉地讲，当地对于航空旅行和时间管理的态度是很放松随意的，我们不得不跺着脚来保证飞机按时起飞并在正确的目的地降落。

在几乎每一个演出安排调度问题上进行把关并做出最终决策的是四位舞台监督，他们跟随着剧组走完了巡演全程的每一站。他们是戴夫·麦克沃伊、贝姬·奥斯汀、亚当·穆尔和卡丽·伯纳姆。他们的韧性、毅力和定力足够他们建成好几个泰姬陵，还要加上一个马丘比丘。我们飞过几百个机场，每个都有状况发生。谨慎起见，每次旅行都要在出行前预留出几个小时。这是很合理的，尽管在实际操作中这变成了一种水刑般的漫长折磨。再加上转换时差也能把人折腾得晕头转向，剧组几乎每隔一天就要在早上三四点钟起床。飞机降落时，全员常常累得像僵尸一样，邋里邋遢、无精打采地穿着颜色鲜亮布料舒适的衣服、宽松的裤子还有五颜六色的破旧T恤。他们个个都英俊漂亮，所以聚在一起时看上去就是多彩的美景。

在从车上下来之后，所有人都不讲话，半睡不醒地处在自动模式中，径直走到同行的卡车旁边，从里边扛出十六个沉重的航空箱。这就是我们走到哪里都带着的布景，里面装着演出需要的所有东西，包括服装、道具、帆布、钢制支架和几个头骨。然后我们把手推车用作大篷车，装上航空箱和私人行李，推着它们走过全世界所有的机场：有时是整洁光亮的建筑，有时是塌陷的院子，有时是木头棚屋。这是辆彩色的大篷车，常吸引不少人的注意。一旦走到行李托运处，贝姬和戴夫就会上前帮忙。虽然可能只懂一点儿或甚至根本不懂当地的语言，他们也总会用礼貌又坚定的语气解释为什么要托运几乎足够一支小型军队使用的行李。在处理这件事上，他们培养出了一种至今仍让我佩服的自信和平静。在他们身后，演员们耐心地等待着，他们聊天、听音乐、读书，看着在交通运输中熙熙攘攘的世界，这一幕颇有禅意。最终，包裹和人员都会一齐登上飞机。

抵达目的地国家之后，我们就把行李从托运带上捡起来，再次装上手推车。随后剧组要踏上兑换当地货币（或者说兑换"史布哩币"）的旅程。"史布哩币"是剧组给世界上所有货币统一取的新名字。因为巡演的行程太紧凑，根本没时间去记各地货币的名字，所以我们每来到一个新地方，总是直接找到换汇处，交出我们现有的货币，然后说："我能换一些史布哩币吗？"神奇的是，这个方法每次都能奏效。过海关又是一个需要自信和虚张声势本事的任务。我们常被要求打开行李箱，解释为什么里面有把剑，但在我参与的旅途中最让我惊讶的是官方工作人员对此的理解。只要我们解释了来龙去脉，一般都会被放行。"啊，演戏的！""啊，《哈姆雷特》！""啊，环球剧院！"这样的反应还常常伴随着迷茫的笑容，继而为自己能参与其中而感到愉悦。戏剧可以说是终极的护照，它拥有某些永恒纯真的东西。导演伯格曼在他的中世纪主题影片中拍过巡演剧团的画面，一群衣衫褴褛的人穿越北欧疆土，一股生命力从他们的马拉货车里散发出来，成为周围一片灰暗中的一小束光。看着在全世界机场中穿梭的剧组，我想起了他们，这是同样自由自在的积极心态和生命活力。我们的巡演有一种与生俱来的疯狂本质，却也因此带来了更多善意。

出了机场，当地的策划人、承办者或朋友会来迎接，把航空箱装上新的卡车直接拉到剧院，或者任何即将被我们改造成剧院的场馆。当天或者第二天，舞台监督会在演员到场之前来到场地，用航空箱里的东西搭好舞台，尽可能地解决灯光的基本需求，取出服装挂好，把道具摆在任何能用的桌子上。与此同时，他们还要和不同国家的后台工作人员和剧场管理者打交道。即便演出开始，他们也不能休息，因为他们要监督舞台，其中有几个人要演奏乐器，另外几个人要上台表演，还要处理转场的各种微小细节问题。然后，在演出结束的时候，甚至在观众还没鼓完掌的时候，他们就要开始拆卸舞台、打包装走。这时全员都要出动，这包括演员（其中一些）、舞台监督部门和在场所有能帮忙的人。我自认为有一点儿使用电动工具的能力，常常在第一时间跟尼基塔一起拧开所有的螺栓。看到我拿着工具撅着屁股却帮不上忙，我们的承办方常常对我是艺术总监这件事表示难以置信。在拆装的过程中，我们感到了一种坚定的、让人开心的集体凝聚感。我曾经带着当时声名狼藉的伦敦市长鲍里斯·约翰逊在一场演出结束后参观了环球剧院，他看到演员们收拾舞台时十分惊讶。"但是你们刚刚在台上演完戏啊！你们总不能连这个也要做！"他大声感叹。看到他对这种集体精神如此不解，这对我们来说本身就是一种成就感。一旦打包结束，大家就集体把所有的航空箱扛到停在场地外的卡车或者巴士上，准备前往机场开启下一个循环。

我们风风火火地到访一个城市，在短暂停留期间打一枪换一炮似的演一场《哈姆雷特》，这样的日常流程重复了两百多次，每次的情境又都大有不同。舞台监督们在瞬息之间搭起演戏的脚手架，又像变戏法一样迅速让它消失，以保证演出现场（很多情况下是临时搭起的舞台）能够准备妥当，能让演员们上场把他们讲过了上百遍的故事当作崭新的故事再讲一遍。除此之外，舞台监督们也要像牧师一样保证精神上的支持，偶尔要提供点儿医疗援助，甚至还要做一做导游。把他们比作脚手架听上去一点儿也不浪漫，但没有脚手架，就不会有泰姬陵、不会有蓝色清真寺、不会有帕特农神庙——也不会有《哈姆雷特》。

★★★

在所有优秀的太空探索电影里，剧情高潮和危险时刻的主题元素都是相似的：飞船对接失误，氧气舱里的氧气不足，宇航员决定为了大我牺牲小我。但是悄无声息地吸引住我们注意力的，总是地球表面上发生的事：地面指挥中心和里面的工作人员，男人们（往往都是男人）留着小平头，穿着短袖衬衫，胳肢窝下面能看到汗渍。他们每晚都通宵收听被困飞行器的信息，观察情况，尽其所能想出能解救它的办法。他们绷着脸坚持着"只能成功，不能失败"的信念，在他们的眼皮底下绝对不能出事故。这些人的团队协作、道德责任感和决心中有一种动人的情怀，我一向都相当喜爱这样的情怀。九死一生的、真正的月球探险以及那个被丢进无垠的寂静太空之中易折的锡铁罐成了一个比喻，象征着我们自己和我们所经历的那些根本算不上顺利平安的旅程，以及我们心中最美好的部分：疯狂的梦想、傻乎乎的勇气、无尽的好奇和"一切皆有善果"这一蠢兮兮的希望。除此之外，还有辛劳的工作、乐观的精神和无可撼动的团队忠诚。还有什么比这些更值得追求的呢？

环球巡演这一征程的地面指挥中心驻扎在伦敦泰晤士河畔的环球剧院办公室。每个人都为巡演出了力，但作为一个戏剧工作单位，我们还有很多其他事情要做：开放一个新剧院、策划其他巡演、录制一系列录像，以及完成（目前）两家剧院排好档期的演出。所以大多数巡演工作被移交给一个五人小组，他们分别是：我们的执行制作人汤姆·伯德；三位戏剧制作人塔姆辛·梅塔、马卢·安萨尔多和克莱尔·戈登；以及一位市场推广助理海伦娜·米肖夏，她的任务主要是吸引从奥克兰到圣地亚哥的全球观众。虽然这里并没有那么多平头男、短袖和汗渍，但绝对不缺辛劳、乐观和忠诚。

签证往往是最大的问题，花销也最多。剧组人员在巡演期间用掉了八本护照，每一本都印满了印章、贴满了表格。他们一般都会随身携带一本护照，另有一本在伦敦的各国使馆间传递。我们经常需要到其他城市（比如都柏林或巴黎），因为那里的使馆能更好地处理我们的签证申请。填表的重担本能将任何小型行政管理组织击垮，但环球剧院用三四个人就做到了。他们常常在桌子旁边一坐就是一整天，反复核对签证申请材料，唯恐出一点儿小错，但错误从来没有发生。有时，他们还需要实行边缘政策。尼日利亚会对入境者收取高得离谱的签证费，但鉴于英国内政部对来英的尼日利亚人收取的高额费用，这种恼羞成怒般的"报复"政策也合情合理。不丹的签证本来也很昂贵，但我们在那里表演结束之后，不丹国王表示他很满意，于是亲自补贴了剧组的签证费用。

剧组需要和承办场地以及承办人取得联系并确定演出时间，这常常让人神经紧张，把人搞得筋疲力尽。在大多数国家，演出时间会预先与当地的国家剧院或官方承办单位确认，筹备过程按照成熟的流程进行。有的时候，我在抵达当地前一周询问起演出地点时，剧组人员还常常用紧张的微笑和乐观的保证来回应。不管怎么样，我轻松地想，船到桥头自然直。怎么直？我也不知道。用斯托帕德的《莎翁情史》里汉斯劳的话说，"这是个谜"。反正有了这种神秘的吉运，船到桥头真的就自然直了。我们在早上飞到岛上时还不知道晚上能在哪儿演出，幸好，在最后关头，我们找到了一间棚屋，演出得以继续。

更出乎意料的是，不管走到哪里我们的演出都很受欢迎。不管演出时间公布得多晚，现场总是挤得满满的。很明显，莎士比亚很卖座，《哈姆雷特》也一样，而且环球剧院也声名在外，不过这也得感谢人们对诸如环球巡演这样的活动表现出的狂热。比如，在阿尔及利亚，我们就感受到了这种大规模的广泛热情。演出时间公布得很晚，这场在当地国家剧院进行的演出在开演前三四天才开始卖票。然而，票在几小时内就销售一空，而且，演出当晚另外又有上千人到场。我们在过道上摆满了椅子，但还有六七百人被留在了门外。这些人开始生气地砸起大门要求入场，噪声太大以至于演出无法开场。塔姆辛和剧院的经理们站在剧院的阳台上看着这些人。他们转身向她求助。

"你打算怎么办？"他们问道。

"呃，这是你们的剧院，你们应该想个办法，"塔姆辛回答道。塔姆辛来自伯明翰，讲话直来直往。

"你得出去跟他们解释，让他们回家。"他们坚持道。

"我不会你们的语言，你们去和他们讲。"

"但你金发碧眼，他们会更相信你！"

这话说得让人无法反驳，于是塔姆辛独自走上前去和人群解释，直到他们都在夜色中四散消失。这样热情的人群在别处也出现了。在基多和利马，我曾见到防暴警察出来控制人群。与这种受欢迎程度相反的是，有时候我们的观众只有三四十人。为了与剧本本身取得共鸣，我们觉得有必要去一下德国的维滕贝尔格。我们在当地的旧舞厅安排了演出,可惜的是到场的人数少得让人失望(不知道路德会做何感想)。太平洋群岛的一些国家坚定地对此表示并无兴趣。西非的一些法语国家感人地表现出对旧殖民主人的忠诚,他们像法国人一样耸了耸肩,咕哝着:"哦,莎士比亚?无聊!"在这种时候,剧组的责任在于保持干劲,而地面指挥中心则负责提振士气。

总的来说,地面指挥中心的职责还包括计划行程(试图兼顾预算和可靠性)、预订酒店(试图兼顾预算和舒适度——在一些地方舒适度的标准是按照蟑螂的数量而非星级来衡量的)、确保每段旅程都安排紧凑、负责保险的问题、关注剧组人员的健康情况(这意味着在难得可以在家休息的几周里,剧组人员还要到罕见疾病防疫中心去接种疫苗)、与当地政府机关联络以寻求工作支持、尽可能地在任何可以节减开支的地方省钱,同时看是否有人愿意自掏腰包支付部分巡演费用(几乎人人都自愿)。除了这些之外,还有成百上千的琐事。地面指挥中心就这样以几乎每周搞定三个国家的频率和强度,连续工作了两年。

演出的宣传推广是个有乐也有苦的过程。乐事在于看到世界各地的媒体都热情地响应了我们的计划且积极地参与其中,并以巡演作为平台讨论莎士比亚和《哈姆雷特》,以及二者与当地文化传统的交流和互动。无聊之处在于要和英国媒体打交道。他们有的根本不理解巡演的目的,有的只会对此进行尖刻的言论抨击,像在文化政策上自满自得的左翼党派那样念叨我们"为什么不把规模搞得更大些",又像右翼势力那样抱怨我们"搞这些没用的文化活动的钱都是从哪儿来的"。《太阳报》做了一个不温不火的头版报道,披露我们浪费了政府的钱。然而,我们当时并不知道,政府给海地的一个教育项目投了四千英镑。在巡演后期,又有人对我们施加压力,想以剧组到访以色列巡演一事羞辱我们。

我们坚持了下来。有时我想不明白我们是怎么能在英国国内搞定所有问题并顺利走出国门完成巡演的，但如果能熬过守旧的传统媒体以及新兴的社交网络媒体审判文化这一关，你就赢得了足够的坚强意志，未来的任何挑战都不在话下了。

筹款一直以来都是个难题，幸好我们能一如既往地享受地面指挥中心的工作人员用日日夜夜的工作换来的补贴。每个人都有机会走出去加入巡演的队伍，每个人回来时都会带回新的能量，但与此同时也因为不能和巡演剧组这一"马戏团"远走高飞而难过伤心。由于和巡演剧组当时的所在地距离太远，留在伦敦的我们感受到的成就感并不直接，但也是实实在在的。我们在剧组发来的照片前围成一圈，看到照片里人们聚在一起看戏，看一场有着美妙绝伦的布景的戏：在演员的身后，落日的余晖洒在广袤的太平洋、印度洋和地中海上。在一些手机拍摄的视频里，我们看到沙漠里的人群跟着吉格舞的节拍鼓掌，还看到汤米在尼日利亚的小学里教孩子们跳舞。我们会与剧组分享带有巡演剧照的媒体报道，还会相互转发合作承办方发来的感谢邮件，并都乐于看到观众们在观剧后发布的社交网络状态。剧组从每个国家寄回来的明信片就摆在伦敦办公室的公共餐桌上，这种有些过时的联络方式依旧让人欣喜。这虽然比不上亲自陪着剧组巡演，但也足够了。

而且，知道巡演剧组就在那里，在那些孤独又遥远的地方讲着《哈姆雷特》的故事，这本身就是一种慰藉。除此之外去要求更多就未免有失偏颇。这场巡演不只是一场跟获利多少有关的演出或体验，而是"给予"和"付出"。我们从来没有给这个项目下过任何定义。这样的定义十有八九都会令人失望，它们的分量比不上默默无言的辛勤工作，也比不上相视一笑时的心有灵犀。

142	**塔吉克斯坦**，杜尚别 阿依尼歌剧与芭蕾剧院	2015年11月1日
143	**乌兹别克斯坦**，塔什干 乌兹别克国家戏剧学院剧院	11月4日
144	**吉尔吉斯斯坦**，比什凯克 吉尔吉斯国家戏剧学院剧院	11月7日
145	**土耳其**，伊斯坦布尔 佐卢表演艺术中心	11月10-11日
146	**土库曼斯坦**，阿什哈巴德 阿普阿斯兰剧院	11月14日

15
路上友谊

哈姆雷特：给我一个不为感情所奴役的人，我愿意把他珍藏在我的心坎、我的灵魂的深处，正像我对你一样……

（第三幕，第二场）

全世界的跳蚤市场加起来都比不上我们在波哥大入住的酒店对面的集市热闹。露天广场上挤满了三十个摊位，这是一场旧物的集会、废品的狂欢，是一首以闲弃之物谱写的"视觉诗"。在一张并没有摆满的桌子上放着一个小木盒子、一个胶木电话、三副眼镜、一顶皇冠、两张阿兹特克面具（一张金色、一张绿色），在最显眼的地方则有一个电视遥控器。另外一张桌子上满是只有几英寸厚、细细长长的贾科梅蒂[1]雕塑风格的木质人偶，看上去像是生气了的大胡子耶稣，或者就像是有个婴儿耶稣跟电影《异形》里那样正从她腹中冲出来的圣母马利亚。还有一张桌子上铺满了彩色珠子，不同颜色相互碰撞，看起来就像罗斯科[2]的画作。其他的桌子上，有的把精致的陶器和日本武士剑放在一起，有的把玛雅陶瓷和迪士尼塑料玩偶摆在一块儿。还有张桌子则被四百多个姿势神奇的情趣小玩偶铺满，堪称微型玩偶的大型狂欢。我最喜欢的一张桌子上摆着一排表情伤感的麦当娜陶瓷玩偶，在每个玩偶前都放着泥土做的假阳具，看上去就好像在祈求什么东西一样。

　　所有这些近期历史留下的零散物件都被用心地摆好，不管它本身有多低俗。我看到一位摊主拿着一把旧锤子左右摆弄了五分钟，往这边挪动几毫米，再往那边挪动几毫米，只为了保证它在一堆破烂中处于恰当的位置。他们投入到这些废旧艺术品的摆放上的心思可以和诺曼底人码

1　贾科梅蒂：瑞士超存在主义雕塑大师、画家。
2　罗斯科：美国抽象派画家。

放木头时的细致相比。经过这些细致安排之后，我们看到的是让人眼花缭乱、对比鲜明的颜色，如同天主教堂内饰那极尽奢华的巴洛克风格与更为古朴的绚烂色彩相互碰撞交织而成。如果把加西亚·马尔克斯的小说压缩到一个狭小的空间，其结果就是这样的一个集市，在这里你可以读到很多丰富多彩的故事，你不得不靠可卡因平静下来。一个摊位上，在一架老式缝纫机和一台新式打印机旁边立着一个简易的木偶剧场。剧场上面的字写着"Nuestro teatro tiene vida."——我们的剧场有生命。用这句话描述整个集市也完全合适。

在哥伦比亚，加西亚·马尔克斯可谓是无处不在。他的照片在机场欢迎你，他与名人会面的照片是我们入住酒店的墙纸，他的名言名句被张贴在四处。马尔克斯适用于这里的一切，不管是政治运动还是一杯咖啡，我甚至还看到过画着泰迪熊一样的卡通马尔克斯头像的杯子蛋糕。这里有一所专门纪念马尔克斯的文化中心，但从很多方面来讲整个波哥大似乎就是属于他的文化中心。正如那个集市一样，这座城市的活力是马尔克斯丰富的想象力破土而出的象征。在这里，故事从每个角落涌现，每个大的叙事框架下都孕育有四个小故事。精神世界、政治生活和情感生活在这些街道上与喧闹的"人间烟火"争抢一席之地，和马尔克斯的小说没有什么两样。

在集市的另一头，波哥大正处在节日的喜庆气氛当中，主街被节日的庆祝活动占领。集市上的生机和热闹与街上人们的狂欢相呼应。每隔四五十米，就有一个街头舞蹈团体占领一片地盘，他们中最出色的那些舞者能跳出足以让人怀疑逻辑和生理极限可能性的舞步，他们可以跟随嘻哈节奏轻松地扭出新的姿态、创造出新的形体艺术，然后又像魔术师变戏法一样轻轻一挥手便变回原样。吹玻璃的人在街面上点起了火。看上去慈祥亲切的老男人们向我走来，挤眉弄眼地冲我一笑，打开用纸层层包裹着的浅蓝色的菱形"伟哥"药片。音乐来自四面八方，来自扩音器、现场乐队、独奏的手风琴，还有即兴合唱团。基思和我碰了个头，花了短短的五分钟时间在路当中的一场豚鼠比赛里打赌下注。灰发老人和眼睛明亮的男孩在下棋，人群围在他们周围很礼貌地安静围观，不论是学者、小贩还是流浪汉都被棋局所吸引。一组无政府主义民谣乐队在小街上唱起了针砭时事的爵士歌谣。小混混儿模样的人牵着地狱犬模样的美国斗牛犬四处闲逛。一个坐在一堆开裂的玻璃板上的瘦高男人忽然站起来，在玻璃板堆上一边跳着舞、一边把长刀戳进自己的鼻孔里。这是个真正的共享剧场，每个人都积极地参与其中。有一个女孩，大概因为没有更好的技艺可以展示，正愁眉苦脸地坐在路边，拿着一把刀在奶酪刨丝器上划来划去，这样她也算是参与了。最神奇的是，在总统府外的大广场上，在正心不在焉走着行军步的玩具士兵旁边，一个年纪很大的变装皇后死乞白赖地要我骑短羊驼，对此我甚至都不觉得奇怪，看来我真是见过不少世面了。

　　同集市一样，这仿佛是个远离任何等级制度的节日。这里没有人担心所谓的价值，没有人坚持说什么比什么更重要。麦当娜和假阳具开开心心地坐在一起、教授和朋克男孩一起下棋、贫民区的大喇叭和伤感的小提琴曲融成一片，一切都出现在同一条街上，和谐共处。这让我想起加西亚·马尔克斯魔幻现实主义的精髓：在《百年孤独》的世界里，最重要的并非其中有多少不同的现实和方方面面在相互碰撞，而是它们都同样重要，都是同样真切而坦诚的存在。

"霍拉旭，天地之间有许多事情，是科学所没有梦想到的呢。"这句台词单独看来不免太过沉重，这是自作聪明的哈姆雷特讲给他那位沉闷的朋友听的大道理。被反复引用时，这句话透露出一丝优越感，像一位通灵者高傲地向他天分欠佳的同伴讲起他见过的鬼神。这些都是错误的理解。这句话其实是由心底而发的急迫又激动的恳求。哈姆雷特刚刚见到了一个鬼魂，他父亲的鬼魂。现实刚刚打开了一扇新的大门，充满了无限的可能。"哎哟，真是不可思议的怪事！"有些害怕的霍拉旭如是说，语气里充满不祥的预感。哈姆雷特立刻用全剧的金句之一严厉反击道："那么你还是用见怪不怪的态度对待它吧。"我对这一句台词的直觉感受始终是：在头两个词里表现出愤怒，然后停顿一拍，把怒气压下，接着用温和的语气平稳地说完整句话。"用见怪不怪的态度对待它"是接纳新文明的关键，是哈姆雷特（我猜也是莎士比亚）试图投入实践的新的开放态度。如果一件事物是新的、奇怪的、陌生的，或不同的，不要转身就走，不要害怕它，不要拒绝它，而是试着接纳它。"天地之间有许多事情"（"事情"一词难道不是莎士比亚语言之模棱两可这一美妙意趣的又一例证吗？）正等着给我们带来愉悦、带来惊喜。哈姆雷特并不是在说他知道得比别人多，他的意思是：接受它，接受它的全部，它是能令人激动万分的存在。

剧组对城市探索这件事愈发驾轻就熟，并能接受他们所发现的"许多事情"。他们动作很快，常常仅用三四个小时就能逛遍一座城，他们挖掘地标建筑、街头小吃、危险的隐秘角落和公共广场的能力让人叹服。他们的探索方式很像碰撞剧团（Punchdrunk）的戏剧，没有地图、没有计划，只有在某一特定地点的浸没式体验，只凭直觉来进行取舍，跟随某些故事线，同时放弃另一些。正如碰撞剧团的表演那样，下意识的被动选择状态往往好过对预定目标进行主动攻击。剧组在一个城市里可以搜集的信息繁多，可以体验的快乐也是巨大的。他们可以自由地选择走进某条小巷，跟随某个人群，在某个毫不起眼的地方安然自处。这种自由是无止境的，也是最接近纯粹快乐的感觉。

在我启程前往南美洲之前，我和我的一个女儿长谈了一番，她刚刚读完杰克·凯鲁亚克的《在路上》。她被这本书迷住了，情感如雏菊一般鲜活。不管在当下还是在路上，活着的快意都仿佛高糖效应一样让她兴奋不已。这让我想起了我在那个年纪时的激情。我曾想像这本书中的萨尔·帕拉迪塞和迪安·莫里亚蒂一样生活，去探索新事物，尽我所能"挖掘"更多。在基多的一晚，我突然想起了凯鲁亚克。在为一群喧闹快乐的观众献上了一场精彩的演出之后，剧组去了一家爵士酒吧。酒吧里的很多顾客刚刚看完演出，于是愉快地招呼我们加入到他们中去。一支实验性爵士艺人乐队上场开始即兴试音。这支乐队规模一般般，只有小号、单簧管、一组邦戈鼓和钢琴，但他们的天赋绝不一般。优秀的爵士乐有一种魔力，它们从轻松的、漫无目的的闲散节奏开始，似乎没有目标，仿佛只是借用了某个别处的旋律；接着，接地气的摇摆滑步变成精湛技艺的爆发与和音的起伏转折；直到一瞬间，全体被卷进即兴的旋涡，所有人都想要加入一场前往未知、新奇地方的集体冒险，那里充满噪音、激情、快乐、灵魂和温暖。随着音乐声调逐渐升高，我们一起同时抵达了那个地方，那个刺激、神奇的地方。但我们在那里的逗留是短暂的，因为想要前行和继续前行的冲动犹在，所以我们换了个方向，踏上另一条穿越未知之地的道路……所有这些，只有爵士音乐才能做到。

在基多的那一晚就是这样,整个酒吧里的人仿佛都被带着飞了起来。我想到迪安·莫里亚蒂和萨尔·帕拉迪塞也曾坐在一起听乔治·希灵[1]弹钢琴,我的生活也把我带到了与之相似的境遇里,我因此感到快乐和放松。我意识到《在路上》的精神并非可怕而严肃的冷酷(正是我之前在莫斯科感觉到的那种冷酷)。这种精神和黑色墨镜、嘴上叼着的万宝路香烟,或者谁看上去最无牵挂、最不在意无关,而是与这些相反。前者的那种冷酷真的只适合那些极其无聊的蠢货,而《在路上》的精神讲究的是灵魂、勇气和渴望,是敢于向前看、敢于发现更多。莫里亚蒂和帕拉迪塞、凯鲁亚克和《玛吉·卡西迪》里的卡西迪,还有哈姆雷特自己,他们都是灵魂的探险家,他们在大千世界里的探索从不停止。

正如约翰圆睁着好奇的眼睛在利马闲逛时说过的那样:"没有错误的转弯。"他当时说,"在这里没有错误的转弯。"

重要的不仅是别处有什么,还有你如何享受别处的不同事物。剧组不仅擅长定位和探索,更乐于亲自体验当地的生活。他们称赞当地的食物、与抗议者辩论、与摊贩讨价还价、懒散地和酒吧服务员搭讪、向当地历史学家讨教。基思常去探索自然、米兰达每到一个国家都要录制一首当地民歌、小伙子们总去酒吧猎艳、阿曼达在每个国家都要寻找购买特色乐器,每个人都在收集小物件、趣闻和资讯,这些东西为他们打开了几扇了解世界的新大门。他们知道,想要让世界对你敞开怀抱,首先要做的是把自己的生活过得精彩。就像经历了20世纪50年代的美国

---

[1] 乔治·希灵:英国爵士钢琴演奏家。

的迪安和萨尔,就像我们想象哈姆雷特在他的世界崩溃之前的所作所为一样。

旅途中意想不到的事件还有很多。在利马的十字路口,有个人忽然出现,翻了个筋斗,几乎是从我的头顶上腾空飞过。他的搭档很快出现,两人表演起了杂技,相互把对方丢来丢去。突然,音乐响起,杂技变成了霹雳舞。他们似乎只在意自己快活,没人吆喝,但有一群观众很快聚了过来。这种毫不尴尬的快乐和在公众场合大方表现出满足感的活力让人有一种久违的感觉。在这里有一种自由的氛围,仿佛那张恐惧、憎恶和罪恶感的帷帐被掀掉了。

若想在这过剩的感官刺激中找到片刻安宁,历经几个世纪仍安然不变的教堂就在那里。当你穿过沉重的木门在教堂中坐下时,所有燥热、喧闹、熙熙攘攘和人来人往都在瞬间停了下来。不管是穿过高大的圣殿教堂拱门,还是走上通向修道院回廊的步道,或是弯腰走过低垂的门楣抵达隐蔽的小礼拜堂,骤降的温度总能让你冷静下来。阳光被挡住了,热气消散,四周一片宁静。教堂仿佛灵魂的冰柜,我们把自己搁置在架子上,停止我们感官的运行,尽量让自己得以"保鲜",在平静中进行自我修整,让几个世纪的沉默使你得以稍作放松。我并不确认它是否能让人看到"天地之间"的"许多事情",我甚至并不确定天堂是否存在,但这里一定有集市里和街道上所没有的东西。作为一个笃定的不可知论者,我不懂将自己封闭在单一的世界观里有何道理:何苦错过一场认知的狂欢呢?

基多的圣弗朗西斯科大教堂雄伟壮观,外部是一片威风的白色,室内是富丽堂皇的金色殿堂。在这里停留片刻之后,我感受到了一种被宠溺的快乐，并因此内疚起来。凯鲁亚克的"挖掘"（digging）、对世界的抽样品尝和享受虽然很美妙，但其条件是什么呢？我思考起这个问题，答案被周遭的平静祥和吹来，谦逊优雅地飘了过来。最重要的是人类幸福的总量，是所有个体都尽其所能为此增砖添瓦的集体的幸福。你可以走到一座城里最悲伤的角落施予一些快乐，或者你可以去到更令人快乐的地方，坐下享受那里的馈赠，再回报一些幸福。最重要的是世界上幸福的总量，你要去增长它，而不是消耗它，这是从今往后都要做到的事。

我们的巡演和《在路上》相似却并不完全相同。我们拥有同样的自由，同样的体验世界的狂喜，同样难以平静的想要品味或"挖掘"细节和观测全景的欲望。但我们还拥有额外的一项特权：我们能够回报一些东西，在挖土的同时也种下了种子。哈姆雷特既脆弱又坚毅，我们挚爱的王子有独特的感动人心、开放眼界的能力。每一段旅程，每走一步，我们吸入的是感官感受和文化，呼出的是《哈姆雷特》。在利马的演出正是最精彩的一场。

★ ★ ★

酒吧打折的狂欢时段并不只是跟鸡尾酒有关。全世界下午六点到七点的街道都洋溢着欢乐的氛围，在拉丁美洲更是如此。漫长的白天已经过去，夜晚即将来临，一天的工作虽然辛苦，杯子里的酒也许只剩下不到半杯，但对夜晚的憧憬能让人们快活起来。在那一刻，人生变成了现实和想象的交错。白日的过去是现实，夜晚的未来是想象。我们好奇演出会有多么精彩、晚餐会有多么美味、争吵会有多么激烈、亲吻会有多么甜蜜。

当晚的秘鲁人表现出了狂欢的潜力。当晚除了有《哈姆雷特》的首演之外也恰逢当地欢度节日。剧组正在当地剧院的露台上接受电视采访，却完全被身后街头的演出抢了风头。一群马戏团演员正表演着不可思议的杂技动作。高秋千和钢索从脚踏车上伸出，演员在上面飞来飞去，灵巧得不可思议。除了在半空中翻转的人，还有奇形怪状的大张纸片燃着炫彩的火焰蹿上天空。这些花招完全突破了常理的限制，让人看得瞠目结舌。如果这是为观众准备的《哈姆雷特》表演的开胃菜的话，这个标准有些太高了。演出地点是一座19世纪的镜框式舞台剧院，建筑比例设计得非常好，并以奶白色和金色为装饰色调。这次演出是免费的，想要入场的观众很多。几乎整个利马城的人都想挤进来，大家因为能聚在一起而激动开心，这氛围简直让人兴奋。拉迪在开场前提前出现，跟半场的观众进行热情互动；基思则给市长献了一朵花，给我们的表演起了一个好头。演出正式开始前，汤米做了介绍演讲。他刚说了一句"你好"，观众立刻爆发出长达三分钟的欢呼鼓掌，阿曼达笑得嘴角都快咧到后脑勺了，其他演员更是惊讶得合不拢嘴。观众的热情令人感动，甚至到了让我们受宠若惊的地步——他们"用见怪不怪的态度"接受了我们，以烟火般的热情。

接下来的演出是完美的。我在波哥大看到过几场苍白的、不尽如人意的演出，在基多的那场倒是非常优秀，而这一场简直实现了质的飞跃。表现力和感染力极强、表演思路清晰、角色栩栩如生，演员们稳重又自信，轻松诙谐、沉静内敛和磅礴大气的分寸都把握得恰如其分。这场演出呈现了一个惊险刺激的故事，同时也是一场思想与语言的愉悦之旅，这样的亢奋氛围正是我们想要的效果。中场时，观众看起来就像不愿意让演出停止一样。然而，大家的激动之情在后半场有增无减，他们凝神屏息、聚精会神地听着演员说出的每个字。每个字对在场的人来说都举足轻重，都为《哈姆雷特》这首含义丰富的诗歌延续了生命。演出结束时台下爆发出的欢呼超过了开场时的欢呼，于是剧组得意扬扬、飘飘然地去吃了晚饭。我们谈起当晚的经历，拥挤的人群、世人的喧闹，这些并没有让我们感到恐惧或失落，而让我们因人性之美而心情振奋。我们三三两两地结伴回到酒店，走在利马漆黑的夜色里，每个人都感到满怀的……可以说是圆满的心情。这是圆满的一夜。

★ ★ ★

《哈姆雷特》和大多数莎士比亚的作品都可以在魔幻现实主义的传统中占有一席之地。剧中的魔幻现实成分很多：比如在不同情况下出现了三次的鬼魂、意识流，还有用无韵诗表达出的困惑和欲望、政治元素（包括开场前的政权交替和剧中持续威胁政权的革命）、对现实进行灵活巧妙的偷梁换柱的剧中剧、借助关于特洛伊陷落的演讲而得以展示的古典主义背景，以及作为丑角的掘墓人带来的幽默感（有时还真的逗人发笑了）。剧中既有平常的爱情，也有史诗般的爱情；有家庭政治，也有幻象主义和不同故事的交织，福丁布拉斯和哈姆雷特家族的世代相争构成了家族史诗的元素。即使是加西亚·马尔克斯、巴尔加斯·略萨和伊莎贝尔·阿连德也难以写出更复杂的故事，或者把它讲得这么有趣。我们常常执着于《哈姆雷特》中的黑暗、阴郁和生存之痛，却忘记了它所体现的讲故事本身的乐趣。

像所有出色的魔幻现实主义作品一样，不是只要设计出不同的现实元素就是好的作品，最重要的是创造出一个不同的事物、人物可以轻松共处的故事和世界。这不只是按照细节的重要性，把最重要的、不那么重要的和无所谓的元素按序排列，把严肃的愤怒排在最上面、低俗的喜剧排在下面，而是要让故事包容一切：每种颜色、每个比喻、每种模式都共享同一空间。无论是鬼魂还是精雕细琢的自然主义细节，无论是讲给演员听的轻松建议还是被拒绝的爱人流下的眼泪，都在故事里共存。每个瞬间都既奇特又新鲜，都在迎接着下一刻的到来。在所有莎士比亚的剧目中，台上的每个细节都同故事的整体格局一样重要。

每个肢体动作的细节都很重要，每个表演瞬间和时间线的推进也都同等重要。正如他的作者一样，哈姆雷特也很欢迎新鲜陌生的事物，剧中的每个时刻都同样重要。哈姆雷特在这部戏临近尾声时这样说道：

一只雀子的死生都是命运预先注定的。注定在今天，就不会是明天；不是明天，就是今天；逃过了今天，明天还是逃不了，随时准备着就是了。一个人既然在离开世界的时候不知道他会留下些什么，那么早早脱身而去，不是更好吗？随它去。

在这段话里，哈姆雷特所达到的哲学高度常被人解读为一种平静、一种禅意的高度和对万事万物的接受态度，我在一开始也是这样理解的。然而，除了这些，这句话中还有一种欣喜、一种积极面对一切以及活着的每分每秒的态度。若你要预知雀子注定的死生命运，你要先看清它的情况。若你要随遇而安，你也要先真切地完全经历过每时每刻才行。随时准备着不是被动地等世界向你挥来棍棒，而是随时准备着迎接生命、迎接喜悦、迎接刺激、迎接生活中每一件讨厌的琐事和每一个该死的窘境。

这与凯鲁亚克在《在路上》中也赞美过的对生命的渴望如出一辙。然而，《在路上》还讲了很多别的事。如果除了旅行和经验，它还将其他什么东西视若神明的话，那便是友情了。书中赞美了萨尔·帕拉迪塞和迪安·莫里亚蒂不是爱情但胜似爱情的故事——他们一起开车、一起听音乐、喜欢同一个姑娘、一起喝掉几加仑劣质红酒、一起看日出、一起品尝这个世界的甜蜜。他们的生活是很多青少年梦寐以求的：找到志同道合的朋友，一同诗酒人生。《在路上》的最后一句话讲的就是友情。随着太阳下山，这个故事的叙述者告诉我们：“当没有人、没有人知道除了绝望地变老之外还有什么在等待着我们时，我就会想起迪安·莫里亚蒂，我甚至会想起老迪安·莫里亚蒂，那个我们从未寻到的父亲，我想起迪安·莫里亚蒂。”

同莎士比亚的其他作品一样，《哈姆雷特》深刻地探索了友情的主题。很明显，在事情变得一团糟之前，哈姆雷特是个热情洋溢且精力充沛的朋友。在剧中，他与罗森格兰兹以及吉尔登斯呑的第一次会面穿插了很多轻松诙谐的玩笑，三人很有默契，听上去像是曾经把臂同游多年。哈姆雷特看到他们时说的那句"我的好朋友们……好孩子们"所表现出来的激动之情是立刻自然涌现、发自内心的，因此也是真诚的，甚至令人感动。在此之前，和霍拉旭见面时的哈姆雷特克服了低落的情绪，在好朋友面前表现出一股小动物一般、天然乐天派的兴奋。从剧情来看，哈姆雷特和雷欧提斯曾经关系友好，和马西勒斯相互尊重，和霍拉旭更是交心的老朋友。欢迎霍拉旭时，哈姆雷特说："我们要陪你痛饮几杯。"从这一句话看来，我们可以想象哈姆雷特一度也是乐享人生的人。然而，在这些美好的旧时交情的对比之下，它们的腐烂和恶化更显得悲哀。刚刚热情地欢迎了罗森格兰兹和吉尔登斯吞，哈姆雷特就感到气氛有些异样，他质问道：

哈姆雷特：可是，凭着我们多年的交情，老实告诉我，你们到厄耳锡诺来有什么贵干？

罗森格兰兹：我们是来拜访您的，殿下，没有别的原因。

哈姆雷特：像我这样一个叫花子，我的感谢也是不值钱的，可是我谢谢你们。不是有人叫你们来的吗？果然是你们自己的意思吗？真的是自动的访问吗？来，不要骗我。来，来，快说。

吉尔登斯吞：叫我们说些什么话呢，殿下？

哈姆雷特：无论什么话都行，只要不是废话。你们是奉命而来的。

罗森格兰兹：为了什么目的呢，殿下？

哈姆雷特：那我要请你们指教我了。可是凭着我们朋友间的道义、凭着我们少年时候亲密的情谊、凭着我们始终不渝的友好的精神，让我要求你们开诚布公，告诉我究竟你们是不是奉命而来的？

吉尔登斯吞：殿下，我们是奉命而来的。

哈姆雷特：让我代你们说明来意……

哈姆雷特掩盖了他内心受到的伤害，他太善良、太骄傲，不愿意过多责备他的朋友，而是转而感叹起"人类是一件多么了不得的杰作"。他谈起"凭着我们始终不渝的友好的精神"时实际是在痛心地质问朋友间的信任。这让我们在看到信任破碎时更难过，虽然罗森格兰兹和吉尔登斯吞两人也是出于友谊的牵绊才坦白承认的。哈姆雷特酝酿了一段时间，一直等到戏中戏过后才说出心里话：

哈姆雷特：啊！笛子来了，拿一支给我。你愿意吹吹这笛子吗？

吉尔登斯吞：殿下，我不会吹。

哈姆雷特：请你吹一吹。

吉尔登斯吞：我真的不会吹。

哈姆雷特：请你不要客气。

吉尔登斯吞：我真的一点儿不会，殿下。

哈姆雷特：那是跟说谎一样容易的。你只要用你的手指按着这些笛孔，把你的嘴放在上面一吹，它就会发出最好听的音乐来。瞧，这些是音栓。

吉尔登斯吞：可是我不会从它里面吹出谐和的曲调来。我不懂得那技巧。

哈姆雷特：哼，你把我看成了什么东西！你会玩弄我；你自以为摸得到我的心窍；你想要探出我内心的秘密。哼，你以为玩弄我比玩弄一支笛子容易吗？无论你把我叫作什么乐器，你也只能拨动我，不能玩弄我。

罗森格兰兹：殿下，我曾经蒙您错爱。

这是哈姆雷特精心设下的陷阱，这个陷阱击垮了罗森格兰兹。尽管我们钦佩哈姆雷特聪明的计谋和精妙的设计，尽管我们站在他这一边，这种公开羞辱仍未免太残忍了些。然而，哈姆雷特之后要做的更残忍：他要让他们两个人去送死。面对霍拉旭的质疑，哈姆雷特的回答简短生硬："他们本来是自己钻求这件差使的；我在良心上没有对不起他们的地方。"此刻的哈姆雷特已经远不同于开场时那个热情的朋友。然而，信任和真诚对于这部剧来说至关重要，对哈姆雷特来说更是如此。一时失信，永远失信。在哈姆雷特的世界里，信任和真诚是罕见的货物，它们的价值因此也更高。

　　信任在其中能发挥决定性作用的环境有两种：军队和剧场。我斗胆认为在创造信任环境这件事上，剧院做得更好。戏剧的组织基于一种极其复杂的合作形式，不同的行为动作、不同的想法、不同的细节情况和各方的能量活力需要在某一个特定的瞬间按照某种特定的模式集合起来，融合成一个整体，并维持到演出结束。为了达成这个效果，作为参与者，你需要完全信任你的同事，相信他们会按时出现，明确自己的任务，并和你合作完成整场演出。有情况发生时，你要照应他们，他们也要时刻照应你。除了信任之外，戏剧表演还要求人们遵守一套复杂的"行规"，这包括了不给其他演员提建议（除非别人问你）、不抢别人的戏、不要当演员同事的"拦路虎"，等等。这样的"行规"也相当于一套新的友谊准则，其核心却是不变的信任。如果有人像罗森格兰兹和吉尔登斯吞对待哈姆雷特那样破坏了彼此间的信任，他们将会立即被彻底地拒之门外。这在任何一个剧组里都一样。

哪怕是仅在滨海弗林顿进行为期一周的大热剧目表演都要如此。对于我们剧组如此大规模的巡演来说，还要考虑到更多的问题，比如巡演安排的场次、演出场地时常会出的差错、一些巡演所到之处要面临的紧张局势，剧组成员也免不了生病抱恙，除此之外还有很多需要处理的尴尬关系。在这种情况下，信任变得更加困难，也更加重要。没有人像童子军教练那样教导大家信任的重要性（当你发现这样的必要性时，你的队伍已经散了），然而每个经受过专业训练的戏剧从业者都明白，信任是必不可少的。演员们必须互相支持，否则整个剧组就会完蛋。我们的剧组接受了这一挑战，他们在生病时互相照料、在舞台上彼此照应，求同存异，给彼此空间，坚守各自的岗位，无论个人的角色选择如何，都相互尊重。这不仅是信任的象征，更是为人的模范。我还从未见过比这更美好的事。

在《哈姆雷特》中，无论在哪里都可以称得上是模范友人的是霍拉旭。他身上有一切我们能称之为"好朋友"的优秀品质：忠诚、谨慎、敏感、自我奉献、乐观开朗、善于倾听、值得信任。哈姆雷特对霍拉旭的评价相当准确，又满怀真挚之情：

> 自从我能够辨别是非、察择贤愚以后，你就是我灵魂里选中的一个人，因为你虽然经历了一切的颠沛，却不曾受到一点儿伤害，命运的虐待和恩宠，你都是受之泰然；能够把感情和理智调整得那么适当，命运不能把他玩弄于股掌之间，那样的人是有福的。给我一个不为感情所奴役的人，我愿意把他珍藏在我的心坎、我的灵魂的深处，正像我对你一样。这些话现在也不必多说了。

最后的"这些话现在也不必多说"一句十分巧妙。哈姆雷特和霍拉旭这会儿都因情谊的重量而有些难为情，不得不把这个话题抛开。

哈姆雷特一针见血地道出了好朋友的品质：稳重、轻松地面对生活的残酷、情感丰富又不矜不盈。这是我们在剧组成立时盼望能够在大家身上找到的品质，幸运的是，他们没有让我们失望。他们无论何时都能支持彼此、迁就彼此，在有矛盾冲突时也保持冷静，彼此珍重却不至于互为负担。他们能把握好彼此间的距离，懂得怎样才是合理的程度——亲近得可以相互照顾，但不会让彼此窒息。他们总会留意对方，但不是过分的监视。他们之间也难免有互相惹怒、情绪紧张、脾气相左的时候，但他们总会想办法互相协调、继续协作，保证所有人都状态良好。

难得的是，在具备如此多优秀品质的同时，霍拉旭依旧是个真实的角色，这是莎士比亚天才的又一体现。所有演员都喜欢演他，到最后，剧组里有六个人都演过这个角色。在最后几场演出中，霍拉旭成了大家最难与之告别的角色。他的最后一场戏让人心碎，也是他友情忠贞不渝的又一证明。他试图喝下杯中剩下的毒酒，和他挚爱的好友一起去死。他是这样说的：

不，我虽然是个丹麦人，可是精神上我却更是个古代的罗马人；这儿还剩着一些毒药。

这句话里表现出的至死不渝的忠诚总是能让我掉下泪来。哈姆雷特阻止了霍拉旭，并要求他活下去以向世人澄清真相，维护他的声誉，霍拉旭接受了这最后的使命。在好友死在自己怀里之后，霍拉旭讲出了无论是在历史上还是在虚构故事里都最动人、最温柔的告别辞：

　　一颗高贵的心现在碎裂了！晚安，亲爱的王子，愿成群的天使用歌唱抚慰你安息！

　　在最后几场演出里，几乎所有饰演霍拉旭的演员都会在说到这句台词时哽咽。当然，这很大程度上是因为他们不愿和哈姆雷特告别，但这也和扮演霍拉旭这一角色有关。这一句台词表现出的深切的关怀也成了一个象征，象征着他们与彼此、与巡演途中所遇之人的关系。这一时刻与整个巡演的意义相呼应：这是一场友谊的冒险、一次对忠诚和坚韧的试炼、一段探索世界之美好的旅程。我们的演员们是彼此的霍拉旭、是这部戏的霍拉旭，也是他们走过的这个世界的霍拉旭。

★ ★ ★

　　在从拉丁美洲回到英国的路上，我途经洛杉矶，并在那里短暂逗留，去看环球剧院正在当地排演的《李尔王》。我一向喜欢洛杉矶，但在经历了哥伦比亚、厄瓜多尔和秘鲁的活力和刺激之后，这里立刻贬了值。我想起了瓦尔特·本雅明对于艺术作品在大规模创作的时代会失去光彩的担忧。忽然间，洛杉矶看上去仿佛是机械量产复制版的拉丁美洲，因此其影响力弱化了不少，魅力也削减了。可能是因为我还没从之前切身感受到的生命力中缓过神儿来，洛杉矶风情看上去缺乏精神韧性，不仅如此，为了掩盖这种缺乏，这里还充满了攻击性。而且更糟的是，在我们下榻的圣莫尼卡区有很多绷着脸的英国人，他们因为美国电影市场的繁荣而迁居至此，连空气都因为他们的口音而变得沉闷了起来。仿佛所有在伦敦苏荷区混得满腔怨怒又生无可恋的人都被一股脑儿地兜起来倒进了洛杉矶。他们人人都剃着光头，戴着飞行员墨镜，跌跌撞撞地走来走去，一副想学杰森·斯坦森却又学不像的样子。除此之外，还有好些从萨里来的、把自己打扮得像俄罗斯黑帮女一样的漂亮姑娘。

不过洛杉矶依旧是洛杉矶，其海景挽回了它的地位。持续不断的轻柔海浪声仿佛曼陀罗咒语的低吟，一排排倾斜的木头支柱支撑着圣莫尼卡港，从其中穿过并看着夕阳落入太平洋足以让人平静下来，几乎可以比得上在南美洲教堂的体验。不停变换的白色泡沫标记着大海的边界，它们泛白、淡去、再泛白。沙滩上几只小巧的矶鹞踏着威风又优雅的小碎步疾走着、抖动着羽毛冲向浪尖，这一情景称得上是世界上最抚慰人心的自然喜剧。

我想起迪安·莫里亚蒂、想起凯鲁亚克，也想起我们的剧组，巡演路上的无限新生和享受以及这次旅程的纯粹动机占据了我的思维。我想起之前在广播节目上听彼得·布鲁克讲过他的《仲夏夜之梦》剧组的故事，他是这样描述巡演的乐趣的："巡演可以给人在每个拂晓都重新开始的理由。"我想起自己跟随巡演剧组走遍世界各地时所体会到的纯粹的、彻底的愉悦。我们似乎曾经错误地只将自己的勇气留给了深沉和痛苦，而不懂得用它们来创造快乐，我们为此感到愧疚。我们似乎忘记了怎样享受这个世界、忘记了怎样去发现其中的甜蜜和美好。哈姆雷特的精神给这个世界带来了这么多光亮，我们却把他当作了忧郁的偶像。我还想起之前在排练《量罪记》时，一位修士曾来和我们对谈。他是个可爱、体贴、开放的人。他真诚地和我们分享他生活的所有细节，所有失望、失败和回报。他告诉我们，他自己经常在外奔波，总会看到世界的坏，偶尔也能看到世界的好，这是种多么艰难却又非凡的体验。我问他是如何接受没有僧侣们得以享受宁静的修道院的旅途生活的，他仿佛有些惊讶，又毫不迟疑地回答我："旅途就是修道院，修道院也是旅途。"

★★★

我飞回了伦敦。回到帕丁顿车站时，我的路被一只表情沮丧、破破烂烂的超大帕德西熊[1]挡住了，它看上去并没有文化活力。我开车穿过伦敦，经过白金汉宫路，骑在马上的轻骑兵扛着擦得锃亮的古董机关枪，正为纪念战争死难者的典礼做准备。

---

[1] 帕德西熊：英国国家广播公司"儿童援助"（Children in Need）慈善项目的吉祥物。

147	**安哥拉**,罗安达 巴西-安哥拉文化中心	2015年11月27日
148	**喀麦隆**,雅温得 雅温得第一大学	11月30日
149	**中非(喀麦隆)**,曼丘 曼丘难民营	12月2日
150	**赤道几内亚**,马拉博 西班牙文化中心	12月5日
151	**加蓬**,利伯维尔 法加圣埃克苏佩里大学	12月9日
152	**塞内加尔**,达喀尔 国际学校	12月12日
153	**佛得角**,普拉亚 费拉德帕拉夫拉广场中心酒店	12月14日
154	**几内亚比绍**,比绍 法语学院	12月17日
155	**冈比亚**,班竹/萨拉昆达 厄班干剧院	12月20日
156	**爱尔兰**,都柏林 罩衫巷剧院	2016年1月2日

16
札塔里的恺撒

哈姆雷特：恺撒死了，他尊严的尸体，也许变成了泥把破墙填砌。

（第五幕，第一场）

最先让我们意识到不对劲的是光线的变化。木头和锡铁拼成的窗框已经颤颤巍巍地哆嗦了好一阵子，从一扇窗户向外望，我可以看到屋外的粗帆布被吹得鼓胀，随后"咔嚓"一声裂开，拍在墙壁上。此时的窗框也开始"咣当咣当"地响了起来，不再是之前那样"嘎达嘎达"的声音，然后光线也跟以前不一样了。由于联合国规定不允许开动发电机，难民营里没有通电，所以我们只能借助透过多功能厅窗户照进来的强烈自然光进行照明。那光线由白变黄，接着变成蜂蜜似的深黄，与此同时空气也变得越来越闷。演员和观众被雾状的瘴气蒙住，整个世界仿佛都变成了深褐色。随后，光线变成了极深的橙色。窗框的碰撞声逐渐升级成了巨大的咆哮，光线彻底消失了，人群陷入一片昏暗之中。一场沙尘暴朝我们席卷而来。

观众席中的孩子尖叫了起来，他们的妈妈也跟着一起尖叫。这不是慌张的尖叫，而是从内心深处发出的哀号。他们害怕的不是天气变化，而是上帝和即将来临的末世。他们从位置上跳起来，全都蹿上了舞台，有些人抓紧了演员，有的站着不动，仿佛正演着戏的这个两小时前才临时搭起来的舞台现在被赋予了保护和救赎的力量，仿佛戏剧的虚幻力能抵挡邪恶。黑暗、迷雾、尖叫声撞上了演到一半的戏，演员们一个个都不知所措。他们跌跌撞撞地坚持演了一阵儿，接着也就放弃了表演，在原地坐下。观众们冲向大门，担心着自己在门外的亲人。这时，联合国的官员走上前，组织大家坐下。人人都想要冷静下来，但我们知道，我们这场中途被沙尘暴打断的巡演在此达到了疯狂的新高峰。

我冲到门外。自小，我就喜欢在雷暴天气跑到外面在咆哮的雷声里开心地蹦跶。大风像一堵墙一样朝我拍过来，沙子扑上我的脸、扑进了我的嘴巴、吹进了我的眼睛里。我把围巾绕在嘴边，开心地倚着这堵风墙。此时的能见度只有两到三米，我能看见其他人的身影在翻滚的沙潮里闪现、在风暴里穿梭。演员们的身影若隐若现，我听见他们在一片混乱中尖声笑着。我困难地迈着步子，背后立起的汗毛像我的围巾一样僵直，这情景很像卡通漫画中的一格：一个人佝偻着身子，一步一步坚定地走进旋风狂沙之中，用这个画面来描述我们的巡演也很恰当。

★★★

在前一天的清晨，我在贝鲁特转机前往约旦，我想抽空补几个小时觉，顺便带着手机去充电。在我打算睡下的沙发旁边，一本正经地并排装着两个电源插口，一个是法国标准，一个是英国标准。它们提醒着我们《赛克斯－皮科协定》的影响至今还在。1916年，两位分别来自英国和法国的外交官马克·赛克斯爵士和弗朗索瓦·乔治－皮科制定了这一充分展现殖民主义威信的条约，在地图上用尺子丈量着中东地区，把它划分成了一格又一格的小国。人为画出的直线割断了古老的宗教、部落、民族、帮派和家族的纽带，这一行为暴露了殖民帝国病态的盲目自信。奥斯曼帝国的衰亡必然不会是平静而美妙的，帝国的破裂过程中不会飘洒着玫瑰花瓣或洋溢着爱和理解。然而，让人难以置信的是，它竟会结束在一群看着地图的人的手里。这些人只顾竞争地区利益，他们对当地生活、文化的了解以及情商也就是他们手中的那套几何工具。

历史无处不在：机场到处挂着古罗马遗址的巨幅装饰照片，摆在石柱上的考古文物四处可见，此外还有见证了帝国兴衰故事的破碎大理石块。贝鲁特的书店里很少有畅销书，多的是历史书籍。我的航班飞越被初升日光照亮的黎巴嫩群山和叙利亚沙丘，抵达约旦。从安曼机场到酒店的路上，我的司机，一个巴勒斯坦裔的第三代居民，慷慨地同我分享了他所了解的这座城市的悠久历史。

安曼的人类聚居史延续了一万年之久。这是一座建在七座陡峭的连绵山坡上的城市，它是东西方贸易通路上的重要一站，东西双方载着人和商品的大篷车都曾在这里缓缓驶过。这里曾发现了石器时期的房屋和塔楼建筑。在特洛伊战争期间，这里成了亚扪人的首都拉巴亚扪，市民们从这里出发，投身于反抗索罗王和大卫王的战争。到了托勒密时代，它被重新命名为费拉德尔菲亚。在亚历山大大帝的继承者塞琉古的统治下，这里被纳入古希腊统治的版图长达数世纪之久，然后又经历过很短的一段纳巴泰人的统治时期。之后，安曼作为德卡波利斯诸城中的一个，被从属于罗马帝国的犹太国王大希律王统治，从此作为宏伟的罗马帝国的一分子进入了全盛时期。拜占庭帝国期间，安曼逐渐衰落，7世纪时被萨珊帝国占领。二十年后，也就是公元635年，伊斯兰教的阿拉伯军队将萨珊人驱逐出境，他们对安曼的统治才告一段落。这位出租车司机讲给我的故事听得人头晕眼花，这是一个持续了几千年的"谁才是老大"的争霸游戏。主日学校课本里出现的人物在故事里依次出现：索罗王、大卫、托勒密、亚历山大、大希律王、穆罕默德。这些都是从颜色鲜艳的教科书里掉出来的神话人物，而我现在就在他们的后院里，和历史如此近距离的接触让我感到眩晕。

近期的历史也够让人晕头转向的，只不过描述当今历史的"参考资料"不再是圣经插画，而是电视新闻。1916年到1918年的阿拉伯起义结束之后，阿卜杜拉·本·阿勒侯赛因酋长在1921年将安曼定为首都。1948年到1967年的战争期间，数拨儿巴勒斯坦难民涌进安曼，让城市人口激增。1990年海湾战争使人口进一步增加，该地区的持续冲突让更多无家可归的人移居至安曼挺立的山丘中。在外人看来，中东地区（自以为有权给所有东西起名字的西方人如是称）就像是研究人类历史发展的实验室，冲突、摩擦和不同的信仰在这一培养皿里发酵，只为了能在日后作为标本销售给其他国家。人类的早期历史在这里孕育，如今已经逐渐发展成了神话。能身临其境感受这一"神话"让人心情澎湃，我在这里所见的一切都承载着沉甸甸的、人们对历史的想象。

前往剧院的车程仿佛穿越文明遗迹的过山车。在转弯时，你可以看到起起伏伏的山丘上排满了不同时代的房屋，落日的余晖让山丘看上去充满了活力，它们绵延起伏、互相交错，仿佛波洛克制作的玩具剧场模型里活动场景的放大版一般。每座山丘上都盖满了用浅黄色石块一层层垒起来的房子，形态各异，看起来就像是一套套乐高玩具。每座山上的房子至少有一半只盖了一两层楼就停工了，地基的钢筋尖钉了无生气地戳向空中。这些废弃了、烂尾了的"家"无人居住，让这片城市景观的氛围消沉了不少。在这片密集的人类聚居区里，巨大的、露出地表的岩石就像是被困在山里的史前巨人，想要挣脱地表、伸出手臂。

这座剧院本身更是神奇，整个剧组都因能在此表演而感到万分荣幸。剧院名为国宾剧院，它建于公元2世纪安东尼·庇护的统治时期，两千年间一直作为戏剧舞台使用。让人称奇的是，剧院的位置正处在城市的中心，建在一座陡坡的脚下，想必是最早的剧院群落的一部分。在它旁边，一座罗马式露天剧场依山势向上延伸至陡坡的三分之一处。这座嵌在山石里的大剧场为大规模的表演而设计，可以容纳六千名观众。国宾剧院建筑比例完美，其中心是一个伸展式舞台，台下只能坐六百个人。我们现在早已习惯了大剧院周围分散着一些小型剧场的建筑规划形式，殊不知这种形式在两千多年前就已经投入使用了。我们试图专门为国宾剧院的舞台重新编排演员的走台，但后来发现并没有这样做的时间，于是演员们决定即兴发挥。剧场外，城市的喧嚣不止，但随着白昼退却、黑夜降临，剧院奶油色的大理石吸收了落日的余晖，折射出柔和的光晕。城市的热气被这圆形的建筑纳入怀中，观众们陆续到场，四处都是满怀期待的喧腾，现场的隆重感让人兴奋不已。

　　演出非常成功。伸展式舞台为演员们的移动和表演提供了灵活多变的空间，舞台充满张力的棱角也使得这部剧要探索的人性难题得以展开。剧院的音响效果绝佳。演员吐出的每个字都清脆干净，每个角色都鲜明而生动。演出结束后，一位年轻学生和跟随剧组巡演的学者说道："我一开始还在担心外面马路上的噪音会干扰演出，但其实很快剧场里就听不到这些声音了。当看到奥菲利娅死去之后，我感到很伤心，因为外面的世界一如往常，外面没有人知道这个年轻的姑娘已经死了。"

　　当哈姆雷特中断去英国的旅途再次回到丹麦时，他和掘墓人有一段对话。哈姆雷特捧着郁利克头骨的一幕尤其经典。郁利克是朝廷的弄臣，哈姆雷特小时候曾坐在他的肩上玩耍嬉笑。在面对这剥掉了血肉的头骨和空荡荡的眼窝时，哈姆雷特直面了死亡，但他并不害怕，而是表现得平静而善解人意。这种平静是通过回顾历史而获得的。哈姆雷特握着头骨问道：

哈姆雷特：霍拉旭，请你告诉我一件事。

霍拉旭：什么事情，殿下？

哈姆雷特：你想亚历山大在地下也是这副形状吗？

霍拉旭：也是这样。

哈姆雷特：也是有同样的臭味吗？呸！（掷下骷髅）

霍拉旭：也有同样的臭味，殿下。

哈姆雷特：谁知道我们将来会变成一些什么下贱的东西，霍拉旭！要是我们用想象推测下去：亚历山大死了；亚历山大埋葬了；亚历山大化为尘土；人们把尘土做成烂泥；那么为什么亚历山大所变成的烂泥，不会被人家拿来塞在啤酒桶的口上呢？

"恺撒死了，他尊严的尸体，也许变成了泥把破墙填砌。"

现在我们所在的这座城市，亚历山大也许曾经经过、恺撒曾经到过、耶稣或许曾在这里饮水、穆罕默德曾在这里打破禁食。在这个人类历史的交汇处，这些词句在夜晚的空气中回旋，同时和过去与将来对话。

莎士比亚的作品常通过对时间和历史进行思考以获得某种平和。很多研究者试图猜测莎士比亚的宗教倾向（如果他有宗教信仰的话）。在我看来，莎士比亚将历史本身、历史的进程、历史的记载和始终向前碾去的历史车轮看作了某种可怕的力量，同时也具备独特的超验存在。他将时间看作最终的仲裁者，它可以粉碎所有人类的努力，并将它们化为虚无，但同时又认为人们可以在接受这一事实的过程中找到解脱。时间无情地流逝，它不在乎我们的存在，我们好似在海中漂泊的、不幸的游

札塔里的恺撒　　319

水者,唯一能做的只有顺着潮水的上下翻腾伺机而行。然而,认识到这一点之后,我们便可以坚持不懈地向前游动,势单力薄却坚定不移。身处巨浪和潮涌间的我们是渺小的,但我们却仍可以在随波而动的努力中找到平和的快乐。意识到这些并身体力行去做,我们就可以在一定程度上获得平静。

这并不是加州嬉皮士独有的精神治疗方法,当然,也没有人能完美地达到这种状态。哈姆雷特凭借着他冒险和实验的能力,比任何人都更接近这一状态,但他的努力必然会遭遇波折。没有人可以在短短几日内快速学会这一套,莎士比亚戏剧里的人物也不行。

这也是一种带着政治意味的超验主义。哈姆雷特提及的不是试图在历史长河里寻找自我定位的凡人[1],而是古时候最有名望的两个人物:亚历山大和恺撒。他们两人都在与时间的较劲中颜面尽失,有史以来最伟大的战士化成的尘土被用来堵住酒桶上的洞、最伟大的政治家被用来糊墙防风。哈姆雷特的这段话也呼应了他在被送往英国之前和克劳狄斯的对话中所表现出的思想自由。一怒之下杀掉波洛涅斯之后,哈姆雷特的"疯疯癫癫"让他失去了平静。当克劳狄斯问起波洛涅斯的去处时,哈姆雷特回答道:

> **哈姆雷特:** 不是在他吃饭的地方,是在人家吃他的地方;有一群精明的蛆虫正在他身上大吃特吃哩。蛆虫是全世界最大的饕餮家;我们喂肥了各种牲畜给自己受用,再喂肥了自己去给蛆虫

---

[1] 指中世纪戏剧《凡人》(*Everyman*)中的角色。

受用。一个人可以拿一条吃过一个国王的蛆虫去钓鱼，再吃那吃过那条蛆虫的鱼。

克劳狄斯：你这句话是什么意思？

哈姆雷特：没有什么意思，我不过告诉你一个国王可以在一个乞丐的脏腑里出巡呢。

这是哈姆雷特混乱失衡的头脑里闪过的一丝灵光。之后讲起亚历山大和恺撒时，哈姆雷特更加温和地表达了同样的困惑。不管是权力地位，还是徒有其表的金银珠宝、辉煌灿烂，在面对必然的灭亡时都显得那么荒唐，这两段话揭露的正是哈姆雷特对此的愤慨。意识到人类设置等级制度、显示自己的重要性的企图是多么滑稽可笑，这是一种思想上的解放。既然所有人最终都要在"乞丐的脏腑里出巡"（这是多么狠毒的说法啊——不只是被乞丐吃掉，还要从他的身体里穿过），那么何苦无望地分出三六九等呢？

这种说法放在今天是极端的，对于1603年的观众来说想必更加激进。那时，不同的社会阶级之间的界限划分得相当严苛，甚至规定了你和你的阶级所穿衣服的布料。哈姆雷特的话听起来过激，却能解放思想和言论。不管在什么年代，人总有想要将自己神化的倾向，社会舆论往往也会与之配合，为之造势。我们被舆论诱导，参与到这种过度的个人推崇行为中来，最后陷入对我们自己推波助澜神化了的对象的恐惧之中。所以，唐纳德·特朗普这类人物最终将被历史送到乞丐的脏腑里，能把这点记在心上总归是好事，能偶尔大声说出来更是让人神清气爽。

哈姆雷特对亚历山大和恺撒颇有风度的羞辱也尖锐地讽刺了文艺

复兴时期的价值观。虽然哈姆雷特和莎士比亚都对自己处于文艺复兴时期这一点一无所知，然而他们身处于一个重拾了对古典文化的热情的时代。很多人都已经忘了文艺复兴的概念和事物的重生有关。提起文艺复兴，有人会联想到一种无目的的现代性（比如达·芬奇发明直升机），其他人则会想到样式滑稽的裤子和刀剑。然而，它的真正意义在于古典思想的复兴以及对这一复兴背后的推动力的认识，其目的是推进社会变革。古典主义思想的复兴离不开当时的基督教文化霸权这一社会背景，而它也被用来挑战和颠覆这一霸权。当时知识界对亚历山大和恺撒这类人物的崇拜刚刚崛起，哈姆雷特在此时将他们二人化作尘土，也就是抨击了同时代的文化风潮及其思想基础。

我坐在这座漂亮罗马式圆形剧院的围墙里，头顶是一片星空，周围是安曼的山丘，我无法隔绝外面现代城市橙黄色的灯光和喧闹的噪音，却依然可以对历史进行畅想。这座城市在几千年间见证了人类世代坚持不懈的奋斗，巴比伦人、亚述人、波斯人、古希腊人、罗马人、穆斯林、奥托曼人、法国人、英国人和阿拉伯人都试图以他们微不足道的力量挑战时间的流逝。在这里，我得以理解和认同哈姆雷特所开的宇宙级玩笑，人类的文明帝国在面对历史和沧桑变化时只是一场宏伟的闹剧。在那一刻，所有的人类奋斗史，包括我们的巡演，都只是风中的轻语。

★ ★ ★

第二天一早，我们五点起床，迅速吃了早餐之后就前往约旦北部。我们的目的地是札塔里，这是联合国为十二万流离失所的叙利亚难民设立的难民营。我们没办法在叙利亚本土进行巡演，但在这里我们至少可以表演给叙利亚观众看，所以这似乎是最好的替代方案。剧组的各位成员想要在车上再多睡一会儿，为躺得舒服点儿便蜷缩成了各种奇奇怪怪的样子。然而，窗外的风景太引人注目，让人没法闭上眼。城市的外围堆满了破破烂烂的垃圾，有很多废旧金属板歪歪地架在废弃的车场里。驶离市区之后，黄褐色的沙漠在我们眼前延展开去，绵延的沙尘从土红色逐渐变成黄色。沙漠中偶有几堆小石丘，剩下的便是平坦无尽的荒芜。沙漠上还零星散落着几个小居民点，房子旁的栅栏圈起一小群闲散漫步的山羊或骆驼，它们在这片荒地上挖掘觅食的能力让我们讶异不已。

为何这片环境恶劣的土地会引起无尽的争端、始终是许多国家势力相争的焦点呢？石油，是的，但不仅仅是因为石油。为什么对世界历史影响巨大的三大一神教——犹太教、基督教和伊斯兰教都出生在这片艰苦贫瘠、杂木丛生的土地上呢？是不是自然条件之艰苦和它对精神的摧残激发了对另一个世界和超脱的宗教的向往呢？难道上帝来自石头而不是草叶？我想起了环球剧院近期演出的一部关于阉伶法里内利的戏。剧作者是我的朋友克莱尔·冯·坎彭，她很愉快地从我之前发给她的一封邮件里"偷"了一句笑话，马克·里朗斯在剧中把它生动地表演了出来，其效果是绝佳的："神这种东西，如果有许多个那是很有趣的，只有一个就成了噩梦！"难道这里的贫瘠最终只能创造一神论，而只有林地和水源才能造就有趣的多神论？那世界的其他地方又是为什么要为这些石头、沙漠和广袤天空的殉道而咽下苦果呢？为什么这种自我惩罚的一神教、这种要把人性剥离身体和物质世界的坚定不移的努力常常会成功呢？它们又是为什么会接连胜利，并不断以炸弹和挑衅的、令人瞠目结舌的沉默与麻木凌驾于这个世界上不那么在乎永恒的大多数普通人之上呢？

为什么坐在这辆摇晃颠簸的巴士上会让人感到尘土和石头里隐藏着暴力？这只是我们的心理作用吗？这种暴力并不像是流血冲突的结果，而更像是红色岩层自身固有的、早就刻进了沙漠尘土里的命运。这种暴力似乎是必需的，你可以看到它正把每一个路人身上的肌肉都拉得紧绷起来。这些问题仅靠坐在维也纳的和平大会里高谈阔论是无法解决的。

难民营建在地势低矮的平原上，很难从远处看到，靠近之后，它的规模之大也让人无法估量。这恰好有效地掩盖了难民营的存在这一糟糕的事实。我们路上经停了几个前哨基地，看上去百无聊赖的胖男人们穿着劣质戏剧演出里的军服，坐在那里抽烟、看报纸，等着全世界都为了迁就他们的节奏而放慢脚步。在难民营入口处停着两辆装甲兵运输车，却感觉不到什么威慑力。一堵泥墙进一步遮蔽了难民营，好像是有意的伪装。通过入口，我们进入了一个白色盒子组成的小城。我们的眼前是一片低矮的白色活动板房，它们的形状结构大致相同，一排排地排列得密密麻麻，并用数条通道间隔开来，组成了一片一眼望不到边、毫无个性的集体生活区。每个小白盒子上似乎都顶着卫星天线，这景象让人感到有些压抑。

抛开每个人都统一住在白色集装箱里这一让人感到麻木凄凉的现实不说，难民营里的氛围正常得让人惊讶。那天是周日，所有人的心情都轻松明朗。我们瞥见一群人在几栋板房之间开会、男孩们骑着脚踏车互相炫耀、孩子们四处乱跑找乐子、婴儿迷迷糊糊地爬来爬去，还有好几位母亲正抱着她们的宝宝。一些板房架起商店的招牌用作遮棚，给简陋的咖啡店和甜食店挡挡太阳。人们好像都穿上了最好看的服装，有几个戴着闪亮首饰的女人走过，显然是要去参加派对。一个年轻人骑着脚踏车从我们身旁驶过，他两脚蹬着踏板，屁股从坐垫上抬起来。我留意到了他的坐垫，那是用带着雅致刺绣花纹的布料来来回回地缠绕出来的，包住了部分车架。车座背后，一小片紫色流苏被车速带着飞扬起来，这一小小的细节看起来颇具风情。

我们抵达了用栅栏圈起的联合国难民营小寨，它位于难民营中心，这将是我们的演出场地。这里被围起来的建筑群是一片教育用房，建筑群中间留出了一块空地，空地中心有个锡顶集合会场。接下来的几个小时，我们尝试离开这个小学校去难民营的其他地方看看。虽然有人同意了，我们还找到了人来申请通行许可证，但通行许可一直拖着没给，我们最终也没能成行。很快就有一群人围了过来，盯着我们看。剧组带着轻松真诚的心情走进人群当中，开始进行言语不通的交流。一群兴高采烈的年轻人聚在栅栏的另一边，在他们的对话中可以来来回回地听到足球明星的名字。米兰达让他们弹她的曼陀罗琴，基思给他们变起了魔术，大家玩起了一些全球通行、无须语言的小把戏。按照严格规定，我们不准给他们任何东西，他们也十分自尊自重，根本不会索要。双方的交流只有欢乐的游戏和假装嘲弄、假装生气的互相玩笑而已。剧组聚在阴凉处，排练着歌舞和音乐串场。熟悉的曲调和陌生的环境相映衬，更烘托出了梦幻之感。

我走到其他几座房子那里看了看。在一间临时教室里，我看到了六个课堂小组活动留下的展示模型作品。每个作品的设计图纸都贴满了墙壁，他们用纸片、卡片、木头和所有能找到的东西拼凑起来的模型让我感到佩服。这些模型都是参考他们的古代文明遗迹里古老的叙利亚纪念碑做的。他们对这些古老遗迹的样子、对这些像奥兹曼迪亚斯一样破碎的宏伟形象的印象和感觉，已经刻在了他们天生自带的基因里，他们越是流离失所，想要重建家园的愿望就越强烈。他们描画这些遗迹的样子，把它们记录下来、把它们的形象还原，哪怕只能用火柴或者纸箱作为工具，似乎都可以让人在狂风骤雨的世界里找回一丝安全感。当今，一些极端组织四处猖狂，想要消灭所有历史的痕迹，在这样的时刻看到这些年轻人心里如此珍视古老的过去，这让人感到希望还在。这六个模型里有三个古代剧场。在英国人还在互相投掷牛粪团的时候，这儿就已经能建造出独特、精美的剧院了。把英国戏剧带到这样的文化当中，我们自觉班门弄斧。

在一个铁皮搭起来的图书馆里，一群戴着头巾的女人在闲聊。我问她们我能不能进来看看，在得到她们的同意之后，我有些尴尬地在书本间走过，毕竟我的出现使得她们的闲谈停了下来。这个在沙漠里为难民准备的小型图书馆是多么微不足道的努力！我想将眼前的这一幕看作是我混乱头脑中希望的象征。但我看到，除了几本畅销书和几本关于内战的科普读物之外，这里的大部分藏书都和会计有关，还有一整个书架摆满了关于养老金改革的相关材料。此情此景下，这种荒唐的现象简直荒唐成了艺术——我们生活在一个被普华永道掌控的世界。

按计划，演出马上就要开始，但大家有些担心，因为现场缺乏表演的最重要元素：观众。演出开始时间是中午十二点，但现场观众只有五个。大家看上去还很平静，于是我们在演出后台闲逛了一阵。一刻钟后，观众席上坐了大约二十个人。让人紧张的是，十二点半时观众人数竟减少到了十五个。剧组开起了玩笑："我们的演出太烂，拿到难民营里都没有人看。"还说："大家都有别的要紧事要做。"大家的笑声里透出紧张的情绪。排练的忙乱加上起得太早，我开始感到疲惫，于是钻进幕布和墙之间的缝隙里躺下，打算打个瞌睡。我的脑子很快迷糊起来，演员和观众们来来去去的声音变得模糊，我闭上眼睛，刚刚过去的几个小时里我所看见的画面涌进睡眠的虚空中，紧接着又冒了出来，在眼前的黑暗里一闪而过。忽然，一张脸出人意料地在黑暗中浮现。这张脸从一片墨色的黑暗里冒出来，但又不愿清晰地展现自己的模样，便慢慢在漆黑中隐去。许多年前在类似的情景下，半睡半醒的我曾经瞥见过这张脸。我还记得它给我留下了一样的印象：温暖、羞涩、敏感、谨慎，然后逐渐消失。虽然这并不算得上是灵异事件，但如果你总会在某个瞬间突然强烈地感觉到莎士比亚的灵魂，在札塔里又有何不可？

突然，我从瞌睡中惊醒，现场已经坐满了兴奋的观众，我走进去找了个座位坐下。这群观众虽然迟到了，但出现的时候却是呼朋唤友而来。大厅里挤了三百来号人，他们穿得好像要去狂欢节一样，而且都带上了手机。大家聊得很开心，好像不管旁人怎么劝都停不下来一样。现场还有不少兴高采烈的孩子，他们跑来跑去、大喊大叫、叽叽喳喳、蹿上陌生人的大腿，那股高兴劲儿仿佛像泉水一样从他们身上冒出来。演出开始了，现场的活跃丝毫不减。孩子们还在四处乱跑，演员们也高兴地配合他们。当哈姆雷特一边说"我的记事本呢？我必须把它记下来"，一边拿出纸笔记录鬼魂的话时，两个小女孩跑上台，靠在他肩上瞧他写的字。鬼魂的表演效果非常成功，一点儿白色的妆容、两只圆睁的眼睛和惊雷滚滚的音效把观众吓得不敢出声。在这里，鬼魂的存在感觉更加真实。这部戏的故事简单明了，在演出时一些夸张的动作尤其讨观众喜欢。他们从头到尾都在议论剧情、表演和角色。大家分成了男女两派，女性观众热情、激动、参与感很强，而男性观众群里除了懒散、无动于衷的年轻人就是神色严峻的年长者。观众们举着手机把演出全程拍了下来，大多数人都只从一个角度拍，但有一个穿着浮夸亮粉色套头衫的年轻人在观众席里走来走去，有时站上椅子，有时爬上柱子，有时趴在地上，只为了找到最佳的拍摄角度。

然后，沙尘暴袭来，本来就够离奇了的情况变得更加难以想象。前一天晚上，安曼的历史让我们意识到了自己的渺小；今天，轮到大自然来让我们见识一下什么叫"天谴"。墙壁在摇晃，天空被浓浓的雾障笼罩，太阳被完完全全地遮蔽了。观众们对此的反应充满了莎士比亚式的想象：这必然是不祥之兆。天知道他们究竟在怕什么，但对于我们来说，这是徒有光鲜外表的我们本身之渺小的又一例证。在这场沙尘暴中、在我们认为它永远也不会停止的时候，有一瞬间，我脑中闪过一个画面：一阵狂沙将我们和我们那些可笑的表演姿态一并淹没了。想到我们的努力会在沙尘暴中终结、化为尘土，我不得不承认这一想象中的画面真是恰如其分。

我们消失之后会留下什么？这是莎士比亚在他的十四行诗中积极地思考过并生动地展现出的问题，在他的剧作中却少有提及。一首又一首十四行诗描写了时间的力量，时间可以淹没君王、摧朽纪念碑和雕像。然而，在每一首诗中，莎士比亚都肯定了他文字的力量：它们是不朽的，不管经历何种灾难都仍得以流传。他对文字的永恒性持有坚定不移的信念。石碑和权力是脆弱的，情诗中的精妙语言却可以永存。同很多

伟大的艺术家一样,莎士比亚始终懂得至柔则刚、至刚则柔的道理。我们可以在一首十四行诗中找到对此最纯粹的表达:

坚硬的大理石、鎏金的王宫墓碑
都不比这有力的诗文长久;
你在这字里行间可以永恒生辉
不怕落灰的石碑被淫荡的时间腐朽。

奢靡的战争将纪念碑倾覆,
争执让砖石建成的建筑也塌倒。
然而战神的刀剑、兵戈的火速,
也无法烧毁这首你记忆的鲜活记录。

抵抗死亡,忘却仇怨,
你将坚定地向前,对你的赞誉
将永世闪烁在后代的眼中,
直到这世界被人类耗尽至终结,

直到你在最终的审判后重生,你——
活在我的诗中,活在恋人的眼里。

所有宏伟物质的存在都会消散,而文字、脆弱漂泊的文字,却可以永存。奇怪的是,莎士比亚的戏剧很少谈及这一话题。克莉奥佩特拉意识到了后世以及后人评价的问题，也为此感到恐惧。她和她的情人迫切地想要提醒我们，他们的地位古往今来举世无双。尽管如此，整部剧的主题仍没有脱离他们在同时代内的挣扎。他们在时间流逝中探索自己的定位和处境，但并不执着于自己抵抗时间的能力。莎士比亚在戏剧创作中很少，甚至并不考虑世人或者后人的接受态度，这和他的十四行诗不一样。对于莎士比亚来讲，戏剧似乎是一次性的，它们只为当时的观众所写。

在这片纪念碑被炸毁、被历史抹平、在一夕之间或经年累月中被沙漠无情淹没的无边无际的土地上，不管我们的力量多么微薄，能够在这里坚持这些文字永恒的影响力都是一件荣幸的事。在札塔里，并非所有观众都在认真看我们演戏，场地条件也许都比不上临时舞台，我们的表演更无力与当地历史背景的宏大和悲壮相比，甚至连自然之力也想打断我们的演出，但我们依然乐观地将这些美好的文字投入那片虚空。不管文字如何留存下来，是在石头上、在纸上、在书本里、在口中、在耳边、在空气中，还是在那些来看神经质的外国人演戏的小孩子的脑海里，我们都为那串不可言喻的宇宙循环链的形成贡献了自己的力量。

当场地重新亮起来时，演出带着出奇的平静继续进行，现场的气氛发生了一些变化。观众们变得乖巧认真，仿佛上帝刚刚告诉他们要安静下来。虽然如此，一些台词还是引起了一些特殊的共鸣。当伶王上场讲起普里阿摩斯的死亡、特洛伊的陷落和赫卡柏的悲痛时，现场的气氛变得紧张了起来。伶人所讲的不仅是关于古代历史，还是距离他们并不遥远的古代历史，更是关于帝国的衰亡以及随之而来的社会动乱。在坐满了难民的现场，这难免会在观众中激起一些波澜。在座的男孩对剧中女性所遭受的暴力表现得过分激动，当哈姆雷特对奥菲利娅和葛特露的态度逐渐变得粗鲁时，他们兴奋起哄的样子让人有些尴尬，而女观众们则一脸忧心忡忡。那个穿着烦人的亮粉色套头衫的年轻人把自己的影片拍摄发展到了新的高度，常凑近舞台给演员拍大特写。让人不安的是，他随后便登上舞台，忽略掉演员开始拍摄观众。演出接近尾声时，哈姆雷特和雷欧提斯拔出剑，死亡加快了逼近舞台的步伐，这时观众们涌到台前，并集体掏出了相机。前排的一小撮人特别不喜欢克劳狄斯，当克劳狄斯终于被杀死时，他们忍不住爆发出一阵掌声，高兴地跳了起来。很明显，观众很乐意看到坏国王被杀，即便这只是发生在舞台上。

演出结束了，挤满了现场的观众和四周萦绕的能量逐渐消散。有的人显然觉得这部戏很神秘，有的觉得它很可笑，有的喜欢它所讲的好故事，有的则反复咀嚼剧中的每个细节。我接受了一个摄制组的采访，场面很搞笑：采访时，立在我身后的一个摇摇晃晃的联合国广告板总是倒在我的背上，采访因此被打断了数次。有一小群观众留下和演员聊天，和我们分享他们的故事，还唱了一首歌给我们听。他们希望我们能再来，让我们下一次到叙利亚去。今天发生了太多情况，我们没法清醒地消化掉这些惊喜。在回程的路上，很多人都睡着了，而演出中最后的一个奇幻细节让我诧异得说不出话来：

在哈姆雷特死去时，就在那一瞬间，另一个声音轻轻地在现场响起，那是温柔地、有节奏地、"滴滴答答"地敲击屋顶的声音。哈姆雷特死了，雨来了。

157	**黎巴嫩**，贝鲁特 埃米尔·布斯塔尼礼堂，阿尔布斯坦酒店	2016年1月4日
158	**科威特**，科威特城 美国联合学校礼堂	1月6日
159	**沙特阿拉伯**，吉达 阿卜杜拉国王科技大学（KAUST）	1月9日
160	**巴林王国**，麦纳麦 国家剧院文化厅	1月11日
161	**卡塔尔**，多哈 赖扬剧院礼堂	1月13日
162	**也门（吉布提）**，奥博克 中央难民营	1月16日
163	**乍得**，恩贾梅纳 马兀都文化剧院	1月18日
164	**毛里求斯**，莫卡 圣雄甘地大学礼堂	1月22日
165	**马达加斯加**，塔那那利佛 穹顶RTA	1月25日
166	**科摩罗**，莫罗尼 法国学校	1月27日
167	**塞舌尔**，马埃岛 塞舌尔大学	1月31日
168	**法国**，加来 "丛林"营地	2月3日
	法国，巴黎 暴风雨剧院	2月5日
169–170	**马耳他（及利比亚）**，斯利马 慈幼会剧院	2月8日

17
大裂谷旁的围墙剧院

哈姆雷特：人类是一件多么了不得的杰作！

（第二幕，第二场）

哈姆雷特的剧情可谓充满高山悬崖,其中有一个矮丘,一个稀松平常得有些惊人的背叛瞬间:哈姆雷特被两位大学同学罗森格兰兹和吉尔登斯吞辜负了。他们来到厄耳锡诺和哈姆雷特共度假期,然而,在简短的问询之后,哈姆雷特揭露了他们到访的真相,原来他们是受克劳狄斯所托来监视哈姆雷特的。在这尴尬的时刻,性情乖戾的哈姆雷特以其巧思创造了戏剧史上最惊人的一段散文:

我近来不知为了什么缘故,一点儿兴致都提不起来,什么游乐的事都懒得过问;在这一种抑郁的心境之下,仿佛负载万物的大地,这一座美好的框架,只是一个不毛的荒岬;覆盖众生的苍穹,这一顶壮丽的帐幕,这一个点缀着金黄色的火球的庄严的屋宇,只是一大堆污浊的瘴气的集合。人类是一件多么了不得的杰作!多么高贵的理性!多么伟大的力量!多么优美的仪表!多么文雅的举动!在行为上多么像一个天使!在智慧上多么像一个天神!宇宙的精华!万物的灵长!可是在我看来,这一个泥土塑成的生命算得什么?人类不能使我发生兴趣……

这段话里最妙的就是哈姆雷特的"演技"。哈姆雷特在撒谎("我近来不知为了什么缘故"),实际上他十分了解自己悲伤的原因,而且是太了解了。他的装疯给了他狂人般的创作自由。然而,谎言和装疯反而能让头脑得到解放,让舌头倾吐出真相,这样对真相的袒露仿佛是从他忧郁的灵魂中涌出的一股水流。在这段话里,哈姆雷特歌颂了世间大美的可能和人性良善的潜力,与此同时,他也因这些可能难以实现而心痛、失望。这也成了所有忧愁善感之人在清晨喜悦歌颂、在傍晚伤感哀叹的圣歌。这是灵魂感受力的证明。它让你可以看到世界的壮丽,也同时让你看穿它的虚假。对很多人来讲,这些话在现在看来不过是装腔作势而已;然而对于哈姆雷特来说,这话里的道理好似雏菊一般新鲜,又像炸药一样危险。它代表着人类对新领域的占领、新文艺复兴时代的灵性、对人能拥有与上帝和天使平等的地位的渴求,但同时也看到了这种追求的徒劳。

★ ★ ★

索马里兰一站是当时那段巡演行程中最困难的一场演出。这里是二十三年前在索马里北部建立起来的"独立共和国",其主权至今仍没有得到非盟和联合国的承认。这里很危险,虽然比不上索马里的首都摩加迪沙,但也不差多少。出发之前,我们在亚的斯亚贝巴的酒店房间里集合,舞台监督给我们做了安全简报。形势不至于令人恐慌,但也相当紧张。抵达哈尔格萨的时候,我们被带到一间"安全房"里,等待相关部门安排武装卫队来护送我们前往下一站。约翰和我偷跑回到机场跑道附近抽烟,看到一辆拖拉机载着剧组的行李和十六个大航空箱经过。那个拖拉机的司机可以称得上是世上最快活的人。他启动发动机,肆意鲁莽地按响拖拉机的喇叭,朝我们招手、打招呼。仅仅是看着他就能让我们打起精神。我们安静地抽了一会儿烟。这时,这辆比坐式割草机大不了多少的小拖拉机从另一侧返回,再次经过我们身边,它仿佛变得更加轻快，正高兴地摇摇摆摆，让窜动、嘟嘟声和挥手都显得更加愉悦。我们又保持了一段时间的沉默，然后约翰说道："这才是媒体场演出前半小时的理想工作。"

负责迎接和"护送"我们所有人的是阿延——一位优雅的当地女士，也是我们在索马里兰的主要合作方之一。阿延生活在伦敦和哈尔格萨，她在巡演初期拜访了我们的办公室，为了能让我们来这里巡演，她历尽千辛万苦。在防备森严的大门前，我们钻进了三辆黑色车窗的越野车，出发了。大门的另一侧有两辆皮卡，车上挤满了手拿卡拉什尼科夫冲锋枪的年轻士兵。一辆车走在我们前面，另一辆跟在我们后面，这架势看上去跟体面得体的参观导览的殊荣相差甚远。我们出发前往酒店，一路小心翼翼地驶过一连串防撞护栏、金属栅栏和成堆的工业水泥。

驶离大门之后，我们仍旧能感受到这里的森严戒备。酒店里的每个房间都显眼地张贴着一套房内规范。其中包括严禁集会、赌博或玩博彩游戏。那天是基思的生日，作为玩乐大王，这里的禁令大大干扰了他的庆生计划。规范还要求女人不能进男人的房间，反之亦然。一看到这条规定，阿曼达立刻就冲进贝鲁斯的房间里放纵起来。之后，在同样精神的怂恿下，我们告诉酒店我们要在拉迪的房间里开集体祷告会，实际却是闲散的打扑克聚会。然而，扛着机关枪的警卫正在窗外寂静的街道上巡逻，在刺眼的白炽灯下喝着可口可乐的我们很难有喜剧演员鲁尼恩式的捣蛋情绪。

第二天一早，肩扛AK-47的青年护卫队带着我们前往市里的文化中心，该文化中心的创立者正是我们这次演出的组织筹办方。街上五彩斑斓，每个店铺的门面都用明亮的对比色做装饰，有的组合拼凑出抽象的形状，有的只是色彩明快的撞色色块而已。在其他地方，太阳已经把之前鲜艳张扬的颜色晒成了柔和的水粉画质感。店面的漆刷得像高街艺术一样，给这一片灰尘和沙漠注入了几点生机和活力。在街头的喧闹和混乱中，我们和护卫队走散了，在我们正紧张起来的时候，这群愉悦地将致命武器握紧在手里的年轻人在我们的身后出现了，于是我们接着朝目的地走去。

文化中心被一圈高高的红色黏土墙围着。我们穿过大门，立刻看见了一支以摄像机、记者和麦克风组成的队伍。他们有些羞涩地退后了些，像盯着外星人一样盯着我们。这正证实了这里文化访问活动的稀少。我们是索马里兰共和国历史上第一个到访的剧组。大家对我们的态度过于尊敬，让我们不知如何是好。我们快步走上前和大家握手，向他们问好，想让自己显得不那么特殊。一位年轻的外事官员兴奋地上前介绍了自己。

"你们好，我是——我不在这里！"

"啊，你好，那你在哪里？"

"我在亚的斯亚贝巴。按道理我不能来这里，因为这个国家的主权还没有被官方承认。"

"啊，那你常'不在'这里吗？"

"每周有四天'不在'。"

她把我们介绍给了一位大使，这位大使刚刚特地从摩加迪沙飞来。他可是实实在在地"在"这里：他周围的安保阵容让人胆寒，他们全部是前英国特种空勤团成员，个个精瘦，脸上都留着胡茬，代表着威胁和暴力。

有人带我们参观了中心。我们参观了图书馆，房间不大，一圈高高的书架把一张简朴的桌子围在中间。我们还看了一个艺术展厅，展厅里的画描绘了不可思议的痛苦：一群迷失的可怜人躺在彼此身上，女人在铁链的囚禁中扭曲着身子。颜料绘制的强暴、饥饿和逃亡栩栩如生，这种直接的感染力让很多别的艺术作品都显得轻浮。文化中心里还有一个剧院，它就像是荣耀的象征。这是一个小小的椭圆形建筑，由木条、木板和一些羊毛及芦苇织成的粗垫搭成。它可以容纳大约一百名观众，简约的建筑构造和简洁的形状让它看上去很完美。这是特别为戏剧表演这一简朴却源远流长的魔法所准备的空间。手提收音机放出迪斯科音乐，当地人为我们献上了当地舞蹈表演。我们剧组不好意思单方面向他们索取过多的热情，很快便起身一起加入了跳舞的人群。

露天的主席台上架起了一张桌子，新闻发布会即将开始。到场的记者不少，他们表现出来的热情程度却与其人数规模不大相称。其中一位记者问道："你们为什么这么勇敢？"在请他进一步解释这个问题之后，他说："现在没有人敢来这儿，你们为什么愿意来？"听他这么讲，我们在某种程度上感受到了一种令人难为情的满足感，但更多的是尴尬，因为他这句话搞错了情况。勇敢的是邀请我们的他们，是在这里建一所文化中心、不停下前进脚步的他们，我们不过是夜里乘飞机来的过客而已。我试图回答但却言不及义，现场的气氛因我的发言沉重了起来，空气中轻快的魔力也减少了些。有人问了朝鲜的事，这一无法规避的话题完全在我们意料之中。阿曼达回答道："人人都有听故事的权利。"我把这句精妙的回答记了下来。

阿延是我们在这里的向导。而我们的正式主办方，也就是文化中心的负责人则名叫贾马。他是一位真诚热情的好人，更像是个交易商而非美学家（这简直不能更棒了，上帝保佑我们不要遇到美学家）。显然，这所文化中心的建成是钢铁意志和多方和解共同创造的奇迹。对于建文化中心的想法，思想警察不同意、真警察不情愿、政府不出面，而面对多方的反对，真正有此愿望的人也不敢吱声。这些反对派可不是只在新一期莎士比亚季刊上写写文章那么简单，他们是会向你投迫击炮弹的。这也是我们为什么不能直接在文化中心表演、而不得不选择在酒店演出的原因：文化中心的防护措施还不足以抵御迫击炮。

哈尔格萨在20世纪70年代曾建过一座当地人引以为豪的国家剧院。这一幢水泥建筑和我们的英国国家剧院有些相似，它是这座城市的骄傲。1992年，占领当地的军队撤离，在离开之前，他们在剧院底下埋了炸药，将其炸成碎片，其目的就在于确保人们再也无法享受愉悦，无法思考、领悟这些快乐的"无稽之谈"。戏剧始终有颠覆性极强的一面。直到今天，当台上的文字传进观众的耳朵里，在他们的思想里激发民主的追求，依然还能让当权者的脊背也跟着发凉。

我们不顾媒体、专家的痛批和嘲笑，三番五次地尝试到朝鲜去进行巡演。我们曾经一度获得了有关部门的许可，却因在联合国引发的争议而不得不取消。我们重整旗鼓再次争取，最终成功地把朝方代表请到了我办公室的沙发上。他是一个有些拘谨但也挺随和的人。他给我们介绍了朝鲜近年来文化交流的部分对象，其中包括纽约爱乐乐团、丹尼斯·罗德曼[1]、一个名叫北京披头士的翻唱乐队、一群电影《我爱贝克

---

[1] 丹尼斯·罗德曼：美国前美国职业篮球联赛运动员。

汉姆》的热心观众,还有米德尔斯堡女子足球队。米德尔斯堡在朝鲜文化史中占了很重要的地位——朝鲜足球队在1966年世界杯上击败意大利的那场比赛可以称得上是这个国家最荣耀的时刻。我和朝方代表的面谈进展不错,大家对前景都很乐观。之后朝方给出的答复是接受我们的到访,但条件是表演只能由"音乐、舞蹈和杂耍"构成,台上不允许讲话。自朝鲜建国以来就不曾有戏剧在本土上演过,他们也不打算用我们来开这个先河,我们就拒绝了。文字的力量是不可估量的,即使在听不懂的外国话里也蕴藏着其他事物难以匹敌的威胁。

贾马告诉我,无论是境内还是境外,有很多宗教和文化权威都将戏剧等同于罪恶。他回忆起他的家乡哈尔格萨,在他年轻时,这里进步、轻松、自由,任何想法和意见都有发展的空间;而现在,这里聚集了家财万贯的有钱人、他们圈养的蛊惑人心的政客,以及生活拮据的穷人。如此堕落的社会构成使得一切自由都变为不可能,而这些人试图建立的是一个以愚蠢和易于操纵的憎恨为基础的社会。"真无耻。"贾马说,他抑制不住自己的愤怒,"还有对我们进行经济制裁和文化孤立的西方社会也一样。全是一群无耻之徒。"

在这种人心惶惶的情形下,阿延和贾马建立了文化中心。四周都是混乱、无序、腐败,以及因处在国际社会底层而遭遇的无谓苦难,但在这一切的动荡和丑恶之中,有一些四处搜罗来的教育丛书、一些异常天真却见证痛苦的艺术作品,还有一个可以让人们聚在一起唱歌、跳舞、讲故事的地方。"那些有钱人(我猜测这个模糊的说法指的是索马里兰之外的人)操纵着一种令人恐慌的文化和对我们自身的厌恶。为什么我们不能创造一个与其相反的文化呢?等到明天你们的《哈姆雷特》

演完，索马里兰就会和以前不一样了。"这是一个我们无力承担的责任，而无法让我们自欺欺人的现实是：我们的《哈姆雷特》不能改变任何事。尽管如此，我们仍被这话里的激动情绪感染了。

我们在车队的护送下，颠簸着走过坍塌的路面前往一个小旅游村吃午饭。这个村子的特色是几栋重建后用来展示索马里游牧民族生活的棚屋和几个同样用木条和粗织垫搭成的大粮仓。午餐简单却丰盛：骆驼肉、山羊肉、鱼和玉米，每道菜都很简单地直接堆在木碗里。贾马详细地向我介绍了当地的诗歌传统，它们有丰富的诗句韵律，每句诗的音调和节奏都是为了某项特定任务而特意设计的，比如有专门对着山羊和骆驼唱的歌曲格式。坐在宽敞的游牧帐篷里，听人讲起骆驼民谣，这再次让我怀疑自己是不是在做梦。

也是在这个时候，贾马给我讲了他们的民族诗人哈德拉伊的故事。他在当地的影响力好比加西亚·马尔克斯之于拉丁美洲或者莎士比亚之于英格兰，而且他的地位远远高于任何政治家。他至今依旧健在，本想亲自来观看《哈姆雷特》却最终因故无法出席。这个性格暴躁的老人始终拒绝被拥为国家诗人，而更愿意做一位首席国家批评家。他的批评曾使三个不同的政权依次将他囚禁，却让他在普通百姓中间越来越受欢迎。他现在的地位有些接近活神仙。据贾马所言，他的诗歌听来仿佛某种活跃灵动的表演艺术，将古老的艺术形式、现代的政治问题和即刻的灵感相融合，大概像是荷马史诗和嘻哈说唱的结合。他可以面对上千名观众，通过麦克风抓住全场的注意力，并给每一个人都带来极强的心灵震撼。他的作品有不少即兴创作的部分，也有不少是经过他自己的措辞雕琢而写成，但是每一首都充满了他独特的智慧。

我请贾马给我背诵些他最喜欢的诗句。我从中听到了不少沙哑、激昂的送气音"h"，以及悠长曲折的元音，伴随着这些音节，地上的沙尘仿佛都要飞了起来。这种诗歌在韵律上押了很多头韵，既方便记忆又有乐感，每一行诗歌的首字母会在这一句里分散着重复出现，有时出现在词首、有时在词中。随后，贾马为我翻译了一下这一句诗：

我既痛苦又欣喜，在同一刻，在这里……

若是放在冷漠的日光里，这句话也许听上去既琐碎又平庸，但对于坐在大游牧帐篷里、嘴里尝着柠檬味骆驼肉的我来讲，它绝不只是"刚好合格"而已。在那个瞬间，这句话仿佛囊括了万事万物。

★ ★ ★

"人类是一件多么了不得的杰作！"这一段话中表现出的哈姆雷特的困境在哈尔格萨显得格格不入，却又出奇地合乎时宜。在这片饱经磨难的土地上，一位文艺复兴时期养尊处优的王子的哀叹似乎是脱离现实的。哈姆雷特生活在厄耳锡诺城堡，那里有可以称得上是历史上最耗费人力的音响系统。一群音乐家整日都在相互隔绝的房间里，分别独自演奏自己的乐器，他们表演的音乐会通过联通城堡内部的管道传到不同房间，而房间内的人只需控制隔音的排风口就可以播放或停止音乐。厄耳锡诺城堡大约于16世纪末建成，是当时全欧洲最豪华、最夺目的建筑。丹麦海峡使丹麦可以和俄罗斯、瑞典、芬兰、波兰、波罗的海沿岸和德国北部相互往来，在海峡旁边练兵的丹麦国王可以收取得来容易又利润丰厚至极的税收。他用这些收入建造了厄耳锡诺这座宏伟壮观但又极其阴森忧郁的城堡。而哈姆雷特在当时最具思想前瞻性的学校接受了最高水准的教育。他的身上集中了所有文艺复兴时期的成就。

哈姆雷特对世界万物的热忱称赞有一小部分可以归源于他的皇室特权,另外一大部分则和他所接受的教育有关。他所学知识的渊博程度、所涉猎经典的宽广内涵,以及它们对束缚个性的基督教世界观的解放、由此而来的独立思考的兴奋感、表达思想的自由度,和选择表达思想的新途径的灵活性——正是所有这些将哈姆雷特推上了充满无限可能的高度:

> 多么高贵的理性!多么伟大的力量!多么优美的仪表!多么文雅的举动!在行为上多么像一个天使!在智慧上多么像一个天神!宇宙的精华!

在这里,哈姆雷特并不是简单地将这些品质陈列出来而已,他是在宣称自己拥有说出这些话的权利。在这个给人类品质下定义的过程中,他也在宣称自己有权利具备这些品质。这段话既是断言又是声明,把这些话讲出来即成了一种自我解放。要求与天使和上帝平等看似傲慢,但在这个人们因交通和科技而得以发现更多新的大世界和小世界的时代,这也是值得欢欣鼓舞的。在逐渐扩张的世界里看到大美并找到完美的表达方式来描述其壮丽,这既是描述美的过程,也是将其据为己有的过程。我说即我有。从高处远眺的风景让人振奋,还会让人自以为像神一样,但这也会让人眩晕。

清晰的视野既能彰显潜力，也会暴露现实。哈姆雷特可以看到人类的伟大，也看穿了人类行为的不足取。科学给人力量的同时也揭穿了现实。望远镜或者显微镜能让我们看到刺激的新细节、新全景，同时也夺去了世界的神秘感。居高临下当然令人激动，但高处不胜寒。我们都要独自踏上旅程，从最初的自己开始，走向未知。哈姆雷特虽然并不能说是这一征程的开路人，但他也是这条路上的旅人之一。高贵却愚蠢的我们不断探索、开拓和进取，走到更远、更远的地方，远到永远追不回自己的根。我们既做不了上帝，也做不成动物。

在哈尔格萨的帐篷里，贾马很快又分享了他最爱的民族诗人哈德拉伊的几句诗，诗里依旧有很多有力的元音。贾马的翻译如下：

> 当你把一切都放在一起时，那才是真正的胜利
> 分裂和孤立的自我
> 立场迥然不同的个体
> 将他们安置在一起才是胜利，而不是任其争斗……

很明显，这几句诗说的是政治。然而，将破碎的自我和崩塌的国体整合到一起这一点似乎给哈姆雷特提供了一个解决方案，尽管只是暂时的。在哈尔格萨，我们看到的与哈姆雷特的描述恰恰相反。在这里没有文艺复兴时期的奢华，几乎没有让人为之振奋的崭新潜能；这里只有困难和残忍，只有政府的骄傲蛮横和他们手中的刀枪棍棒。但在艰难之中，你却可以看到承诺和付出，因其处境而更显珍贵。店铺门前的鲜艳涂鸦，通过建图书馆来让大家学习更多知识的渴望，通过绘画见证残酷

暴行的需求——这些也许不同于哈姆雷特歌颂人类新潜力的文艺复兴精神，但却是同样伟大的表达方式，告诉我们作为人的价值以及不断进取的意义。想到他们为人们提供这些可能所需的勇气，他们的伟大是难以用语言来形容的。

"人类是一件多么了不得的杰作！"在生活条件优越的西方世界，在我们把米开朗琪罗、莎士比亚和莫扎特看作人类楷模的地方，这句话总结了人类文明的丰功伟绩。但在更原始的生活环境里，这些彰显勇气和决心的"小事"才是哈姆雷特希望精神的体现。

然而，就在我们为贾马过分感伤的时候，他又给我们念了几句诗，这首诗是一个男人给他的骆驼唱的歌。贾马背诵的时候咯咯地笑个不停，在翻译时，他为这首诗的大男子主义道了歉：

要是你死了，人们要开始饿肚子了，
要是男人死了，社会要跟着崩溃了……
要是女人死了，男人要去再找一个妻子了……

面对剧组女士们一脸不赞成的表情，贾马"唬唬"地喝起了倒彩。

★★★

当晚的表演并不轻松。我们的场地是酒店里一间低矮的舞厅，了无生气的白炽灯泛着绿光，毫无吸引力可言。开场前的观众席场面一贯混乱，幸好最终场内坐满了观众，而且都是我们希望见到的学生、演员和当地人，他们的脸上都写满了激动。市里发生了暴乱，不同团伙正在混战，前来观戏的观众因此迟到了。规划部部长的车在来的路上被人投了石头，几近报废，但幸好部长逃了出来，而大使的安保团队则毫不严肃地摇晃着身体四处张望。

演出过程中，观众十分"好动"，有的人在场内走来走去，有的人则用各种肢体动作来表达对演出的欣赏。但也有很多人注意力十分集中，好像见到了什么新鲜奇怪的东西一样，还经常爆发出开怀的笑声。临近剧终，哈姆雷特和雷欧提斯拔剑相向，台上的角色接二连三地死亡，观众们起身凑到台前，拿出他们的相机，一边录像，一边激动地议论着，大家好像在围观街头斗殴一样兴致昂扬。之后，观众们起立欢呼，这是演出结束的惯例；但随后，最让我们感动的事情发生了：当掌声平息，观众又坐回了座位上，眼睛紧盯着表演刚刚结束的舞台。他们盯着不久前还充满刺激和动作的空旷的舞台，沉默却充满期待。他们不想离开，他们想要故事继续，想要空旷的舞台再次被严肃却荒唐的想象填满。这沉默虽然尴尬，却也美好。

这种美好终究要被打破，此刻这个责任落在了我的头上。我被拉到台前，简短地致辞感谢了贾马和阿延的努力。观众们再次报以掌声。随后，舞台监督上场迅速拆掉布景，大家也随之散去，散进了夜色中。

我们在索马里兰的这段时间里，一个当地的年轻女孩从头到尾都黏在剧组成员周围。演出结束的第二天，她坐下来和我们交流了一番，又送我们去了机场。她想成为一个剧作家。"一个享誉全球的剧作家。"她说，"下一个威廉·莎士比亚。"她很欣赏我们剧组成员间的相互信任，并为我们而感到骄傲，说我们是优质的精神食粮，她还希望更多剧组能来演出。我们承诺把她介绍给伦敦对外国戏剧作品感兴趣的剧院，之后也这样做了。我们带着遗憾和不舍跟她告别，心里也有一些愧疚，对于我们来说，"翻篇"并开始下一段旅程是多么容易啊。

在机场，一位负责行李托运的年轻人大声地跟我们所有人打招呼，告诉我们他有多么喜欢我们的表演。他凑到饰演哈姆雷特的纳伊姆身边悄声说："但你是最棒的！"给我们端咖啡的服务员说他最好的朋友在看了我们的演出后给出的评价是"绝了"。在最后一道海关关口值班的一位移民局的年轻女士也去看了我们的演出，她说她的父亲是位著名的诗人，还想和我们大谈莎士比亚的诗歌。这段停不下来的对话险些让我们误了飞机。在飞往亚的斯亚贝巴的飞机上俯瞰，大地被层层云彩遮盖，这和来时的风景已经大不一样了。

★★★

我们从亚的斯亚贝巴飞往哈尔格萨时，窗外的风景让"人类是一件多么了不得的杰作"这句话蹿进了我的脑子里，如同春天里的圆蘑菇从草地下冒出地面。我们脚下的东非大裂谷拥有最悠久的人类繁衍及劳动生产的传统。除了一些隆起的山丘和戳出地表的大块岩石之外，这里大部分是平坦的平原，点缀着一些起伏的地表纹理，看上去就好像远古文明时期的木刻作品一样。这里常年气候多变，土质干而硬。在每年的雨季，地表的褐色就会变成绿色，干涸转换为生机。长期的垦殖使这里的地表形成了红棕色、棕黄色、黄色和浅褐色交织的细密网格状，让无边无际的农田看上去就像一卷拼贴画。将这些方格连接起来的是一个自然和人力联合打造的、复杂的灌溉系统，两侧种满了树木的深色河道就像静脉血管一样给沿岸干燥的土地提供养分，山涧和小溪蜿蜒而行，水流使周围的土地变得湿润而松软。

这里的居民以水源为中心建立聚居地。先人顺着地貌地势开垦道路，几千年来，游牧民族都沿着这些小径赶着他们的牲畜走向比巨石阵还古老的圆形空地进行放牧。从高处看，久远的游牧路线好像粗糙的巨大车轮的辐条，它们像星光一样从最大的聚集点朝四方散射开来。这样的路线是数百年间人们用双脚踩踏出来的，它们有城市道路和高速公路所无法匹敌的美感和诗意。小寨散落在四处，木栅栏围起的茅草屋组成聚居群落。这些聚落是圆形的，从天上看好像细胞或阿米巴变形虫，有的独自存在，有的和其他群落聚集在一起组成结构更加复杂、规模更大的聚居区。

若要追溯至比农耕文明更早的年代，有很多人相信这里——东非大裂谷——正是人类历史的起源地。顺着穿越干裂大地的蜿蜒溪流而上，追根溯源找到的正是如同星辰般神奇的线粒体夏娃[1]，继承了她的遗传基因发展而来的后代就是智人。之后，人们就沿着流经平原的大大小小的河流向北迁徙。这片土地仿佛一张巨毯，人类的起源就隐藏在其中的裂缝和褶皱里，隐藏在星星点点的绿洲之中。在绿茵和水源的怀抱中，我们的祖先和我们一起迁徙到同一片把这些河流都纳入怀中的尼罗河流域，并继续迁徙到世界各地。

还有什么比"裂谷"更适合用来描述人类历史的开端呢？线粒体夏娃独特的基因作为最初的染色体，本身就是与之前历史时代的割裂。她

---

[1] 线粒体夏娃：一种人类进化学说中的概念，认为线粒体夏娃是所有现存人类共同的母系祖先。

为自己和后代开启了分离和孤独的漫长一生。从那时开始，人们都从尘土中孕育而生，成长为哈姆雷特那样耀眼独特的个体，却逃不掉终归于尘土的命运。差异是夏娃及其后代天生具有的特点，是我们永远无法弥合的最初和最后的隔阂。被永远驱逐出淳朴伊甸园的夏娃，虽然被人用异样的眼光看待、被排斥，却一直勇往直前。人类和赐予她生命的世界就如同地球和月亮——从初生之始就饱受离别之苦，却依旧彼此不离不弃。夏娃和她的后代，永远摆脱不了距离和差异带来的创伤，却可以在万物归一的结局中找到安慰。哪怕是集天地之精华于一身的人物，终究也会化作泥土。

此时此地，地面上是五万年前人类愚蠢又美妙的繁衍史发源的地方，而地面上空的飞机里坐着一群演员，他们的行囊里装着传承了四百年的智慧："人类是一件多么了不得的杰作……"这是又一次全新的冒险，也是又一次逃脱沦为尘土的命运的无谓尝试。

随后，我们听到了橡胶轮胎在停机坪的柏油跑道上摩擦而发出的毫无美感的声音，飞机安全降落了。

171	**比利时**，布鲁塞尔 圣米歇尔剧院	2016年2月11日
172	**毛里塔尼亚**，努瓦克肖特 青年之家	2月16日
173	**希腊**，雅典 雅典音乐厅	2月27日
174	**摩纳哥**，蒙特卡洛 哥伦布酒店	2月29日
175	**安道尔**，圣胡利亚－德洛里亚 劳瑞迪亚国会文化中心	3月4日
176	**利比里亚**，蒙罗维亚 RLJ肯德哈度假村	3月7日
177	**塞拉利昂**，弗里敦 英国文化教育协会礼堂	3月9日
178	**几内亚**，科纳克里 法国－几内亚文化中心	3月12日
179	**摩洛哥**，拉巴特 穆罕默德国家剧院	3月14日
180	**卢森堡**，卢森堡 卢森堡大剧院	3月16日
181	**列支敦士登**，列支敦士登 SAL礼堂	3月18日
182	**瑞士**，日内瓦 BFM大剧院	3月19日
183–185	**马里、布基纳法索和尼日尔（法国）**，巴黎 联合国教科文组织总部	3月28日
186	**以色列**，特拉维夫－雅法 卡梅里剧院	3月30日
187	**巴基斯坦**，拉合尔 佩林·博加圆形剧院，金奈尔德女子学院	4月1日

188	**伊拉克**，埃尔比勒	4月5日
	萨阿德公馆	
189	**伊朗**，德黑兰	4月7日
	伊朗沙赫尔圆形剧院，纳齐尔扎德·凯尔马尼厅	
190	**阿富汗**，喀布尔	4月10日
	英国大使馆	

18
此外仅余沉默而已

哈姆雷特：你可以把这儿发生的一切事实告诉他。此外仅余沉默而已。

（第五幕，第二场）

❖

巡演的最后一个周末总是格外艰难。许多开始和许多结束、许多欢迎和许多道别都集中发生在同一天：莎士比亚的生辰和忌辰，4月23日。莎士比亚在400年前的这一天逝世，我也将在这一天结束在环球剧院10年的工作。纪念日当天，在环球室内剧场上演4部莎士比亚晚期作品的演出季也要闭幕。我们也要在同一天对一个大型对外项目进行揭幕仪式——在泰晤士河南岸沿岸的37个大屏幕上展出介绍莎士比亚37部剧目精髓的37个短片。这一天，BBC一个新的快闪频道也要在环球剧院做一天的直播。在当天早上，萨瑟克教堂还举行了一场有菲利普亲王出席的礼拜活动。然而，这一天里最重要的当数《哈姆雷特》巡演的结束。哈姆雷特回家了，他的身影也即将隐去。这块在过去两年里被我们不懈推上高山的巨石，这个被我们带到190个国家、地区和数个难民营去的庞然大物，也就这样即将消失。

在距纪念日仅有4天的时候，在焦头烂额的准备工作中，奥巴马总统的访问就好像半路杀出的程咬金，无疑让一切变得更加复杂。这当然不是让总统来坐几分钟就完事儿的。连续几天，安保团队、各路媒体，以及外交活动的负责人都成群地涌进环球剧院进行组织安排。访问当天，警察和国土安全局在萨瑟克区全区都实行了戒严。"机械战警"们堵住了环球剧院的所有出入口，枪支和防弹衣的野蛮现代性与橡木和泥灰形成强烈的对比。

总统抵达前的一小时，我们正在排练为他准备的一组简短的音乐和独白表演。突然，一架直升机出现在我们头顶，马达的巨响淹没了所有声音（环球剧院没有屋顶这一点让它尤其容易受莫名其妙飞来的直升机的噪音影响）。"直升机不能停在这儿。"我在机翼的噪声中向一位白宫工作人员大喊。"等一下。"她说，"我去找安全负责人来。"很快，她叫来了一位非常有礼貌但个头高大的男人（他看上去比巨人哥利亚还要高大）。我伸长脖子很客气地大声重复了一遍："这里不能停直升机。""不好意思，先生。这是做新闻报道的需求。""好。"我说，"那我们不得不取消演出了。"他盯着我看了一会儿，低声朝着别在领口的麦克风说了些什么。很快，直升机轻巧地飞走了。

三天前，我和还在维也纳机场的巡演剧组通了电话。我受吩咐不能泄露来访者的姓名，所以只和大家说世界上令人失望最少的人要来参观。尽管身在伦敦，我也可以通过听筒听见电话那头因为激动而颤抖的声音。消息在剧组中传开，人人都为此兴奋不已。在回到伦敦之前，他们将飞往厄耳锡诺进行两场演出。他们的演出地点是丹麦卡隆堡宫的宴会厅。16世纪80年代，莎士比亚自己的剧团成员想必也在同一座大理石和木头筑成的朴素宫殿里表演过。现在我们的剧组要在丹麦女王面前演出，正如乔治·布赖恩和托马斯·波普曾为丹麦国王弗雷德里克二世表演一样。一切都回到了最初的起点。丹麦观众十分喜爱剧组在表演中对丹麦皇族的调侃，并把这部剧当作自家的作品一般。

周六一早，我们全部要在早上七点半集合，在剧场前厅接受安检。彩排结束后，安保人员把我们赶进后台的更衣室等候总统的到来。看到这些人搬进我们的家，还把我们逼到了自家的走廊上去，让我们有些不是滋味，也难免有些抗拒。当世界上令人失望最少的人被工作人员护送着穿过后台时，我们在暗处偷偷地打量着他。大家都忍不住咯咯地傻笑起来，工作人员不得不反复地叫我们安静。当会面的时间到来时，我转过身说了一句："愚人节快乐！"逗得大家大笑起来。伴随着更多让我们安静的"嘘"声，我们走出更衣室、走上了舞台。

  剧组的表现很棒。音乐让气氛轻松了下来，也让表演变得不再那么正式。奥巴马站在庭院的一侧，另一侧挤满了上百家媒体，演员们则在中间的台上。马特、拉迪和纳伊姆带我们领略了莎士比亚几段重要独白的魅力。他们的吐字清晰干脆、节奏把握准确，又富有感情，总统聚精会神地听得入神。之后，我邀请他上台加入我们，他同每个人都握了手。我们闲聊了好一会儿，他的真诚和热情使我们都放松了下来。最后，有人告诉他我第二天就要离开环球剧院。他问道："那你接下来有什么计划？"我回答说："完全不知道。""那好，也许我们可以一起去海滩打发时间。"他说。这句话让我感到特别高兴。我们一起拍了一张照片，握了手。这时我的肚子不自觉地发出一阵"咕咕"声，就好像是我在说："谢谢您，先生。您是我和我女儿的榜样。"这动静听上去有些粗鲁，更像是小心的调侃，而非表达感激之情，他一开始有点儿反应不及，但很快镇定了下来，犹豫地回复了一声："谢谢你。"随后就在工作人员的陪伴下离开了。"这比整轮巡演都棒。"拉迪说道。

  为了筹备我们的公众活动，大家忙得手忙脚乱，还要说服在泰晤士河南岸安装大屏幕的公司把屏幕打开。这场活动免费面对公众开放，将在周末为上万观众进行放映。这些观众中有的是从事莎士比亚研究的专家，有的是恰好经过的路人。与此同时，我还要赶去萨瑟克教堂参加有菲利普亲王出席的礼拜（莎士比亚和他的剧组应该曾在这座教堂里参加过弥撒，莎士比亚的亲弟弟也被埋葬在此）。这两项活动的结合（在两天之内一边面向公众提供免费或几乎免费的文化娱乐，一边为女王、总统和王子表演）很符合环球剧院几百年来一贯承袭的风格。教堂的礼拜进行得很慢（为什么教堂总是特别热衷于把活动搞得断断续续的呢），我不得不提前离开赶回去出席BBC电台在环球剧院的直播。直播有一点儿作秀的成分，他们想要记录巡演剧组回家的过程，然而当时剧组已经回家一整天了。不管怎样，剧组成员通过剧场的大门进来的瞬间，我们都欢呼雀跃起来（尽管我们夸张地"演"出来的兴奋在镜头里显得有些做作）。之后大家热热闹闹、装模作样地互相打了招呼。在那之后，大家就开始为周末的四场演出进行排练。我们还是有很多真正的工作要做的。

周六的午场演出即将开始的时候，我溜进剧场看了看。演员们在开场前同观众打招呼的时候，舞台上方的屏幕滚动播放着巡演期间的照片。这些照片勾起了一系列回忆，让人想起来一系列令人感动的瞬间：拉迪站在札塔里难民营里给叙利亚观众表演的独白、孩子们聚在太平洋岛屿上的体育馆里的画面、剧组在吉布提的沙滩给也门难民跳的吉格舞、联合国大使的集体合影（这张照片引起大家一阵哄笑）、喀麦隆临时搭成的舞台、拉脱维亚的宽阔庭院……在很多照片里，演员们表演投入，观众们则屏息凝神，被情节深深吸引。在每一张照片里，都有亲切大方的演员和热情洋溢的观众。视频停止，开场音乐响起，汤米走向前说："大家下午好！"观众们立刻爆发出一波又一波的欢呼。大家对剧组的努力、坚持、成就和走过的里程的认可与赞扬让我们有些受宠若惊。

★★★

"此外仅余沉默而已。"哈姆雷特的最后一句台词充满了讽刺。彼得·奥图尔常讲起他在老维克剧院表演《哈姆雷特》时的一件趣事。演出第一天他连续演了两场,就要结束这八小时的马拉松时,他说完了最后一句台词"此外仅余沉默而已"之后又朝着其他演员大声咕哝了一句:"真他妈的感谢上帝!"他的同事们被逗得不行,把他的尸体扛下台时,大家都笑得浑身颤抖,而且抖得停不下来,差点儿把他摔了下来。最讽刺的是,这句话大错特错了。自1601年哈姆雷特的首次死亡开始,他唯一没有做到的就是保持沉默。他无数次重生,他的台词是所有戏剧人物中最常被引用的。他也许在某一个地方死了,但瞬间又在别处死而复生,继续诘问、继续给出答案,从来不曾陷入沉默。

《哈姆雷特》的最后一幕仿佛一股旋风,也是舞台表演的大难题。在巡演期间的无数表演中,我看了一百多场,其中恐怕只有两三场符合标准。这场戏里需要安排的内容很多——哈姆雷特和雷欧提斯的比武、擦了毒的剑刃、被克劳狄斯放了毒珍珠的酒杯及其在台上角色间的传递、多位角色相互之间的背叛和揭发。单单讲清楚故事已经很不容易,更何况还要交代清楚人物关系:哈姆雷特与雷欧提斯的和解、克劳狄斯和葛特露的道别、葛特露向儿子伸出的双手、哈姆雷特对克劳狄斯的最终了断、他和霍拉旭的告别,以及他最终和他至爱又至恨的生命的告别。所有这些都发生在台上的短短五分钟里。在这场飓风里,我们很难在保证这场戏节奏紧凑刺激的同时保持对表演质量和深度的稳定控制。正是在这一片混乱中,观众们不得不见证哈姆雷特的死亡。不管我们对哈姆雷特是爱是恨，对饰演哈姆雷特的演员是喜欢还是讨厌，剧情的发展都已经使得我们与他越来越亲近，看到亲近的人死去总是难免会给人一种强烈的心理负担，也让人陷入难以自拔的悲伤。

当哈姆雷特看到贵族们出场与他同台时，他就已经在冥冥中意识到结局将近。他和雷欧提斯取得了某种和解，他让他的母后和各贵族相信他已经丧失理智，然后斗志昂扬地与雷欧提斯比剑决斗。在这场令人眩晕的疯狂之中，有一个值得注意的哈姆雷特式风度的瞬间。哈姆雷特夸赞起雷欧提斯：

哈姆雷特：雷欧提斯，我的剑术荒疏已久，只能给你帮场；正像最黑暗的夜里一颗吐耀的明星一般，彼此相形之下，一定更显得你的本领的高强。

雷欧提斯：殿下不要取笑。

哈姆雷特：不，我可以举手起誓，这不是取笑。

即使在这雷欧提斯心生杀念的紧要关头，哈姆雷特仍发誓自己并不是在取笑对手且绝无此意。尽管他的确曾杀害雷欧提斯的父亲并导致了他妹妹的死亡，他也因他人会对他产生的误解而感到受伤。在那一刻，他仍然无法忍受别人可能会把他当成没礼貌的粗人这一念头。这是莎士比亚看似不通情理却又十分真实的巧妙处理之一。它符合哈姆雷特的性格，也是真实人性的体现。在生死关头，竟会有人如此纠结于礼仪礼貌的细枝末节，这让人难以置信。

没过多久，哈姆雷特在这场三局两胜的比剑决斗中赢了雷欧提斯，比赛结束后雷欧提斯又给了哈姆雷特致命一击。葛特露喝下了为儿子准备的毒酒，哈姆雷特用毒剑接连刺中了雷欧提斯和克劳狄斯，还逼克劳狄斯喝干了剩下的毒酒。经过了这么多的对话和流血死亡事件，哈姆雷特已将行动拖延了数月，在舞台上大家也磨蹭了好几个小时，这一切都在最后转化成了飓风般的行动。这一发展一定程度上是由哈姆雷特的精神状态决定的，也是哈姆雷特自己冲动性格的证明，他一旦被逼进绝境就会猛烈回击，而且拳拳致命。与此同时，这个结尾的设计也是出于对戏剧节奏的考虑：紧张刺激的行动与之前梦幻般宁静的哲思形成对比。这是一个恰到好处的平衡。而且，这一片混乱都是围绕哈姆雷特发生的，他始终都处在矛盾旋涡的中心。这正是这部戏的本质，剧中的情节兜兜转转，就好像盘旋在卡隆堡宫中庭的回廊一样，不同人物的行动就好像不停旋转的原子，始终围绕着明亮闪烁的原子核而动。

在这片充满杀戮和混乱的"离心力运动"中，身在中心点的哈姆雷特仍维持着轻盈的姿态。他看穿了雷欧提斯和克劳狄斯处心积虑的阴谋，在死之前原谅了雷欧提斯，之后侧身说道："我死了，霍拉旭。"这句简单又大胆的话令人动容。我们甚至还可以想象哈姆雷特在说这句话时脸上可能还带着一抹温柔的笑容。他阻止了霍拉旭自杀，保护了朋友和自己的名誉。他义正词严地乞求霍拉旭留在人间传述他的故事、维护他的名誉，也要让这个会扭曲事实的世界了解真相。最重要的是讲故事的人要让它带着优雅的尊严，而不该让它显得廉价或浅薄。这是莎士比亚笔下的角色最在意的问题（克莉奥佩特拉是最担心的一个）。毫无疑问，这也是莎士比亚本人对后人会以何种方式来诠释他的作品的顾虑。

礼炮声响起，哈姆雷特听到福丁布拉斯走近。此时的他做出最后的努力，表现出王子的样子，试图将一切安排妥当。他最后说了什么固然重要，但这并不是唯一重要的事。同样重要的是他表现出了继续坚持、继续说话的勇气和逐渐丧失的力气。到了最后，他的话基本上就是些没太大意义的废话（这是全剧的第一次）。在他最终臣服于死神之前，他说道：

> **哈姆雷特：** 啊！我死了，霍拉旭。猛烈的毒药已经克服了我的精神，我不能活着听见英国来的消息。可是我可以预言福丁布拉斯将被推戴为王，他已经得到我这临死之人的同意；你可以把这儿发生的一切事实告诉他。此外仅余沉默而已。

在这里，我们眼睁睁地看着一个灵魂、一颗最明亮的星在我们眼前消逝。一瞬间，我们和周围的世界也一并跟着黯淡了。这个耀眼的男孩曾经那样热烈地对抗这个世界的混乱，那样孤注一掷地在这个世界里倾听和寻找美德与爱，那样拼命地试图阻止周遭一切无尽的退化、堕落和消逝。不论我们是何人、在何处，哈姆雷特一视同仁地保护我们免受同样的痛苦，而死亡却把这个耀眼的王子从我们身边夺走了。

★★★

4月24日晚上是最后一场演出，我站在二层看台的后面看着纳伊姆和剧组的末场表演。尽管兴奋和感伤的情绪在他们心中翻腾着，他们仍以极好的舞台表现力和毅力为观众奉献了最出色的一场表演。这是我们这版简单明了的舞台表演的"绝唱"。台下拥挤的人群中有不少环球剧院的老朋友，也有很多普通观众，他们都是来感受这末场的。当台上死去的角色起身跳起最后一曲吉格舞时，台下爆发出欢呼和掌声，庭院中站着的观众把双手举过头顶欢呼着，三层看台上的观众们也都起立鼓掌。我跑回候场厅，在演员第二次返场时上台跟他们站到一块儿。按照环球剧院的习惯，我要上台讲几句话。我很担心自己会忍不住掉下眼泪，但我周围的剧组虽然看上去疲劳，却轻松又自在。当我望向同一束光下观众们的脸，我看到此时的环球剧院充满能量、充满积极乐观的精神，这让我顺利完成了致辞。在被如此鲜活的生命力环绕时，人们很难感到痛苦。我感谢了观众、感谢了创意团队、感谢了指挥中心和所有为巡演项目得以顺利进行付出努力的人，最后感谢了剧组。之后，我退下来让剧组接受最后一轮掌声。按照环球剧院的末场演出习惯，演员们将玫瑰花投向天空和观众，观众又把玫瑰花扔回到台上。我在中门回头望着灯光下的剧组，他们站在一片玫瑰花雨中，脚下是一片玫瑰花毯，喧闹的祝福像一阵暴雨围绕着他们。

　　终于，演员们回到了候场厅，我正在那里等着他们。我们马上激动地抱作一团，眼泪不由自主地涌了出来。拥抱的对象像旋转木马一样轮换，一连串的熊抱，一个接着一个，大家紧贴着彼此，好像是怕站不稳一样。紧紧的拥抱、毫不羞涩的亲密，其中的意义不言而喻。在候场厅之外，他们的爱人、家人和朋友正在等待着和他们重聚、开始新的生活。这个不大的剧组在过去的两年里朝夕相处，培养出了一种"你中有我、我中有你"的默契。在候场厅里，他们脸上还带着妆，身上还穿着奇怪的戏服，相互拥抱着，无声地向彼此说着"谢谢""对不起""我原谅你""我会非常想念你"，还说这次巡演是多么美好的经历。戏剧行业流动性强,人际关系都是"昙花一现",这一残酷的行业本质让大家也不得不跟对方说"再见"。我们已经带着《哈姆雷特》一起环游了世界,现在将返回各自的生活里,也走进一段长久的沉默中。

191	**圣马力诺**,圣马力诺 新剧院	2016年4月12日
192	**梵蒂冈**,梵蒂冈城 文书院宫	4月13日
193	**意大利**,的里雅斯特 罗塞蒂剧院,弗留利-威尼斯朱利亚大区地产	4月16日
194	**斯洛文尼亚**,卢布尔雅那 斯洛文尼亚国家剧院	4月18日
195	**奥地利**,卡农图姆 霍夫堡宫,骑马大厅	4月19日
196	**丹麦**,厄耳锡诺 卡隆堡宫	4月21日
197-198	**南苏丹和朝鲜(英国)**,伦敦 莎士比亚环球剧院	4月23-24日

结　局

　　剧组在西印度群岛的圣卢西亚进行巡演的时候，被告知要做好面对一屋子吵闹的观众的准备，因为观剧时插嘴和自发互动是当地文化的一部分。演出全程，我们都可以听见观众的谈话声，仿佛他们对角色和角色的每一步选择都要做一番实时分析，但这并不至于干扰演出。直到哈姆雷特挥剑向帘幕刺去，把剑收回来后发现自己误杀了波洛涅斯，这时，哈姆雷特意味深长地沉默了一会儿。可能就是太过意味深长了，场上的沉默被坐在第二排的一位女士打破了，她好似舒了一口气一样拉长声音说："终——于有人死了……"

　　剧组巡演至位于喀麦隆西部的一所用来安置流离失所的中非共和国人民的难民营时，他们在早上乘大巴抵达当地，却不知道演出地点在哪里，也不知道演出该怎样进行。随行的汤姆·伯德在和难民营的警长协商之后，成功获得了在一家酒吧外进行表演的许可。然而，这个许可是有条件的，用警长的话说，他需要"在场"。"好吧。"汤姆说。演出正准备开始的时候，两位年轻警察搬着一张大桌子穿过广场，走向他们刚为剧组划出的表演区。他们把桌子放下，一下子占用了三分之一的场地。不久后警长也到达现场，他坐在桌子前，看着这出戏在他周围激情上演，脸上带着很符合他身份的严肃表情……

以上只是巡演全程千万个故事中的两个插曲。我们的巡演带着一个故事出发，在途中听到了很多世界上其他地方发生的故事，同时自己也谱写了无数新的故事。作为人类栖身之所的地球，各个角落都充满了故事，这是个不缺少传奇的世界，而且每一个故事都值得尊敬。我们巡演的目的并不是为了把某一个故事当作标本，或者声称某些故事更有价值。用一个标准将一切都统一起来或者列出三六九等都不是莎士比亚的风格。巡演的目的在于挖掘其他故事，鼓励新故事的展开。巡演是为了提出问题，而非下定义。

人们常常问我这个问题："为什么要做巡演？"如果我当时心情不好，我就会反击道："为什么不做？"如果我心情平静，我会意识到自己有了新的理解，尽管这一理解还并不全面。做巡演最重要的原因在于它可以证明"世上无难事，只怕有心人"的道理。我们的时代有很多局限，这些限制是那些不愿看到别人做成事的人自行划定的。他们不允许人们走出成规，而且"可能性"与"可行性"的标准也是这些人从他们的自我定义出发而自行设立的；网络和社交媒体上又常常出现斥责别人的抱负和野心的声音。然而，没有抱负和野心，我们又还有什么呢？

对于在20世纪60年代长大的人来说，关于太空计划的新闻报道好像总是把它描画成一个无比愚蠢、堂吉诃德式的天方夜谭。汤姆·沃尔夫曾在文章中把先前苏联和美国之间的争霸比作中世纪骑士比武的复刻。对于这种比试，我们可以（也有权）用一千种方式加以嘲讽，但无法否认的是，这种将人类送到四十万公里之外的太空去采集石头带回家的项目可以称得上是一种纯粹的浪漫，有埃塞克斯伯爵那般敢作敢为的气度。现在，这种以太空计划为鲜明代表的大胆做梦的精神已经在我们当中消失了，我们被对社会不满的一派和利用权力进行压迫的另一派左右夹击，吓得战战兢兢。我们将大型逐梦计划托付给了垄断集团，然而，他们的目的并不是开拓新的疆域，而是控制我们已有的梦想。

把我们的巡演项目和太空计划相提并论简直是大言不惭，但我们的项目确实也是朝着伟大梦想进发的一小步。在我的工作生活中，我一直试图挑战所谓的成规，幸运的是，环球剧院一直以来都不是传统意义上大家"约定俗成"的那种"剧院"。在这里，没有人会反对别人的想法。想要做国际戏剧节，可以；展出三十七段短片，没问题；建一座新剧院，为什么不呢；去世界各国巡演，可行。我们是幸运的，因为我们有一群优秀的同事，他们总是追求更高、更远的挑战。用一位同事的话来说，我们工作的信念就是：只要紧紧联手，最惊人的峡谷也可以跨越；只要夜以继日，任何事情都可以做成。

带着经典作品走向世界有十分重要的意义。这是一部戏剧，不是什么永久性建筑，它是一件不断变化的艺术品，它会随着每一次表演被赋予新的想法。然而，任何沿用了四百年的东西都会被逐渐赋予某种权威。在当今这个古怪的世界，却有很多人会为这种传统感到羞愧。想要保护和维持现已成型的世界多元文化，我们需要反对这样的愚蠢想法。我们带着我们这部经典的传统戏剧绕着叙利亚走了大半圈儿，访问了它周边的其他国家——土耳其、伊拉克、约旦、巴勒斯坦、以色列和黎巴嫩。与此同时，一些极端组织的人在叙利亚境内转了一圈儿，意图摧毁任何不符合他们世界观的古老文化。人们对这种旨在"抹杀一切从零开始"的行为感到恐惧和愤怒，但恐惧和愤怒还远远不够，我们需要更大的决心才能阻止他们。在我还是个孩子时，主流的思想潮流是善良的国际主义精神；而现在，这种精神似乎正在我们眼前渐渐消失。那时，人们推崇人与人之间的交流和文化与文化之间的交流，而这种交流常常是通过那些在一定程度上代表了某种文化和民族的古老遗址文物完成的。这种允满善意的精神，是人类拥有过的最美好的希望。

我想起在我常去看戏的时候，去过由颇具名望的罗丝·芬顿和露西·尼尔主办的伦敦国际戏剧节，也经常去看阿尔梅达剧院、英国国家剧院和皇家莎士比亚剧团安排的国外剧团来演的剧目。现在的伦敦国际戏剧节依旧在运行，他们做了很多优秀的工作，常有剧目在四处上演，但在专注度、影响力和名气上都不比从前。有一次，我们在为到访日本的巡演寻找演出场地的问题上遇到了困难，便求助于特尔玛·霍尔特这位处理跨国文化交流事务的鬼才（这位女士在数十年间不断将新思想和新文化引进英国）。她帮我们联系了著名的蜷川幸雄在东京的大本营——埼玉艺术剧院，商定了演出日期。霍尔特专程飞到日本来观看了演出。之后，她给我发来了以下这封信：

亲爱的多米尼克：

我现在正在东京给你写信，我刚刚在埼玉剧院看完了你们的戏。这场《哈姆雷特》非常出色，观众反响也非常好。我不习惯在剧院起立鼓掌，因为我觉得这是美国人的粗鲁习惯。然而，在这场演出的最后，我站了起来，而且还把英国文化教育协会的代表也拉起来鼓掌。

你们的剧组在做的是一件非常有意义的事。这不是西区的《哈姆雷特》，也不是百老汇的《哈姆雷特》。你知道它的重要性：当我们能把一群闲散的演员凝聚成一个真正的整体来完成它时，它表现出的是英国文化的巅峰水平。演员们的情绪和表现收放自如，表演非常吸引人。他们的这次巡演实在是了不得。

这一周我都感觉仿佛被束身衣紧紧绑住了一样，但随着《哈姆雷特》的演出开始，我的束缚也跟着解开了。

特尔玛

文化交流的核心始终是这些历史文物，不管它们是遗址、教堂、几首不完整的歌谣，还是绘画或者戏剧，它们都让我们更加了解自己，也更加理解他人的差异性与独特性。

我们的巡演以哈姆雷特为名，这个聪明又俊美的年轻人将质疑看作责任，他在任何时候都本能地倾向于停下来进行反思，他总是在计划和行动之间稍加停留、加以思索。他提醒我们拖延并不是恶习，而是品德。《哈姆雷特》看似批判人类的本性，但这不过是个"假动作"，是装出消极的姿态用来蒙骗那些道德卫士的。最后的结局是，哈姆雷特击破了所有确定性的"烟幕弹"和道德规范的伪装。在开启这段《哈姆雷特》之旅时，我坚信这部剧本身讲述的是一次修行，并努力以此作为这部剧的排演方向，把这一想法在舞台上呈现出来。然而，我和很多人一样，都不止一次地认识到一点："修行"的主题并不适合用来呈现这一伟大的艺术成果。哈姆雷特终究是为存在而存在的。这部剧讲述的是人生的故事，而哈姆雷特的人生比大多数人的都要张扬、鲜活。

数千年来，人们凝视着火焰虚度了不知多少光阴：这是延续了几世代的晚间娱乐活动，直到电视的出现打破了这种传统。（然而，难道电视不就是角落里闪烁着了无生趣的画面的壁炉吗？）如果不望着火焰，人们也会花上几个小时来盯着烛光。这不正是莎士比亚的《哈姆雷特》的必需元素——跌跌撞撞地步向死亡的生命之光吗？这束光不正是吸引着我们一再追寻的纯粹力量吗？我们都喜欢凝视着光。

莎士比亚想要让他的艺术忠实于生命而非符合逻辑。《哈姆雷特》整个结构的逻辑不够令人满意，也并不完美，但它却忠实于生命的混沌。哈姆雷特被父母和邪恶的叔父伤害、为这个世界讥诮的残酷心碎、为冷漠无情而又腐朽残败的政治体制而哀痛、被爱的希望蹂躏，随后又被爱的失落碾压。他多思善变，将自己的重大决定一再拖延；他还袭击了错误的目标，被朋友背叛；他常年为人死之后该去向何处的问题而不安（不管从疯狂、唬人的宗教信条来看还是从疯狂、唬人的无宗教信仰角度来看都是如此）——我们每个人不也都是这样的吗？在世界各地，我亲眼看到很多观众被这个人物所吸引，哪怕他们一句话也听不懂。看着哈姆雷特，我们不正是看着坦荡荡的自己吗？

除了将这部戏看作是一次修行之外，巡演初期存在的另一个错误观念就是相信巡演可以给这个世界带来有益的影响。这其实是痴人狂想。把哈姆雷特当作一个以世间之善道为目标的修行者、认为他能有效地影响这个世界，这两个想法也许是相互关联的。然而，也许是我之前对善道的理解有些偏颇，又也许是哈姆雷特的意义其实在于让万事万物变得飘忽不定、让生存不再轻松简单，并给这个世界创造出一些矛盾问题；总之，哈姆雷特的目的并不是让我们都变成小佛陀，也不是让我们成为乔纳森·斯威夫特的《格列佛游记》中拥有完美理性的慧骃国智马，而是让我们不要忘记人类的缺陷、忘忧和不懈的追求，并提醒我们，不应满足于现状，而是应当追求不止。

巡演过程中最奇特的事件要数我们在叙利亚难民营遭遇的世界末日一般的沙尘暴。沙尘暴袭来时，四周变得一片黑暗，大风拍打着铁皮屋，哭闹着的孩子和他们尖叫着的母亲冲上台抱住了演员。演员们任由观众们抓着，困惑地呆立在那里。尽管表演的场地是在联合国难民署的破旧大厅里临时搭建的，台上的演员依旧被赋予了权威。

我的父亲曾给我讲过第二次世界大战期间他在北威尔士被疏散的经历，他看过刘易斯·卡森和西比尔·桑代克在当地礼堂上演的布景简陋的《麦克白》。这两位演员似乎也有让大家都肃然起敬的气场，被大家奉为榜样和模范。对于我父亲来讲，他们让他得以在那个疯狂的时代更好地理解世界。在莎士比亚的戏剧世界里，那些有幸在《第一对开本》中留下了名字的演员能在全景剧场里为与他们共享同一束光的观众念出那些美妙的诗行，他们拥有的权威必定是非同寻常的。这种权威并非来自夸张的喊叫和表演，而来源于他们谦逊、真实的人性。他们拥有权威，因为他们能帮助观众们在这个变化莫测的世界中更好地认识自己。在札塔里，我们也稍微领略了一点儿这种权威的意义。

我在环球剧院工作期间最常被问到的问题是：为什么莎士比亚这么受欢迎？我习惯的回答是因为莎士比亚拥有将个人与社会联系起来的特殊能力。这个说法虽然有道理，却显得有些程式化。巡演期间，我一边在诺曼底的山上散步，一边反思这个问题。我的两个女儿走在我身后。她们和我的距离近得刚好可以让我听见她们的对话。她们闲谈起自己的朋友们：谁和谁在交往、谁遇到了成长问题、谁和母亲有矛盾、谁利用男朋友来弥补父母留下的感情空缺。她们的对话里充满举例、逸事和平静的分析。这些都是关于人的故事，就是这么简单。和彼此分享关于他人的故事，这是人生的乐事之一，也是我们认识周围世界的主要方式。有些故事能够像一颗磁水晶一样将一系列重要元素集合起来，比如政治元素、心理元素和神话元素。当这些元素有机地结合起来时，它们就汇成了一件艺术作品，可以与任何人对话交流并帮助我们更好地跨越一切障碍、相互了解。我们将《哈姆雷特》带到世界各国所想要证明的就是一群讲述他人故事的人的力量能有多大、能走得多远。结果，我们成功地走遍了全世界。

讲故事是建立和维系人与人之间联系的行为，我们通过讲故事娱乐他人、通过倾听更好地理解对方。在讲述和倾听的过程中，我们不断学习，并认识到自己并不孤单，我们的生活也不只是关乎自己而已。《哈姆雷特》巡演是与人加强联系的一小步，是用一部经典的"老戏"将不同地区和文化的人拉到"同一片光"下的微不足道的尝试。它让我们重新找回归属感，让我们重新认识到：尽管社会与社会、个体与个体之间的差异如此之大，我们彼此之间的联系对我们产生的决定性作用并不亚于我们自身的特殊性和独立性。从最初与母亲子宫的温暖依附到最终让生命与世界分离的坟墓，我们都与他人、逝者、生者和来者紧密相连。通过每一次"破"与"立"的小小努力，我们为自己，也为他人孕育了新的未来。

致　谢

在这里，我的感谢主要分为两部分，其一是关于这本书，其二是关于巡演。这两者不能混为一谈，但也息息相关。鉴于没有巡演就没有这本书，我先从我们取得的戏剧成就讲起。我首先要感谢的毫无疑问是巡演剧组的十六名成员。没有他们对项目的信任，没有他们启程上路的勇气和坚持完成巡演的毅力，就不会有这些故事。与其说这是我的故事，还不如说是他们的故事，我也希望他们能有机会讲出自己的故事。在波哥大的一晚，我们围坐在餐厅的桌旁吃饭，我问了一个问题："你们中有谁要写本书吗？"他们都听到了这个问题，回答接踵而来："我想写。""我要。""我大概也会吧。""嗯，一本印满了照片的。""大概类似日记或游记那样的吧。""对，要写本书。"看起来每个人都计划写一本，直到轮到拉维里时，他"傲娇"地回答："不，我才不要写。"停顿了几秒后，他说："我要让别人替我写一本。"我希望大家都坚持着自己的想法，也希望他们的书能早日写成。

"老兵"荣誉奖要颁给汤姆·劳伦斯，他参与了2011年的首次巡演，又在2012年再次加入剧组，并坚持了整整两年。这就是奉献精神。汤姆是个诙谐的喜剧演员、优秀的舞蹈演员，舞台表演自然而生动，演技极好。我之前没想到他会再次参演，但作为一个热情的旅游爱好者和杰出的戏剧从业者，他一开始就表示出想要参加巡演的热切意愿。经过四年，演遍了除哈姆雷特之外几乎所有角色的他终于得以在新西兰扮演了丹麦王子。在那场异常精彩的演出之后，他做出了一个令人意想不到的决定，那就是不再出演哈姆雷特。另一位2012年巡演期间的功臣是马特·罗曼。我们发起小规模巡演的目的之一就在于吸引更多年轻演员加入我们的大家庭。马特就是我们找到的一块宝。他是个非常感性的演员，非常擅长韵文的处理和真实直接的表演，他还是一个优秀的音乐家，有着超出他年龄的成熟。他也极其关心他人，总会体恤他人的心情。巡演的第一年结束后，他成了我们的第三位哈姆雷特。

2012年巡演剧组的第三位杰出演员是饰演葛特露的米兰达·福斯特。她曾活跃于西区和英国国家剧院的舞台上，是一位非常有经验的女演员。她是个优秀的全能选手，而且兼具古典美的气质和落落大方的姿态，轻松而自在，随和而纯真。这让她既可以演戴着花的嬉皮士，也可以演高贵的女爵。不管是在金碧辉煌的剧院还是在尘土飞扬的路口，哪怕是用最苛刻的标准来衡量，她都表现出了高超的水平。约翰·杜格尔也是如此，你很难找到比他更纯粹的演员。在20世纪80年代，约翰随英国莎士比亚剧团（第一个实现了飞到国外表演莎士比亚这一目标的英国剧团）到全世界各地巡演。他们飞到世界各地，在当地留下了轰动一时的话题和乱七八糟的风流韵事，也带去了快乐，这完全继承发扬了历史上英国喜剧人剧团的传统。约翰喜欢全身心地投入到巡演到访城市的夜生活中，但第二天依旧能准备充分地登台演出，他在舞台上充满热情，表演自然不生硬，总能用才智妙语活跃现场气氛。

拉维里·帕拉特恩是毛利戏剧界的表演王，也是电影《鲸骑士》的当家明星。他在2009年加入了我们的国际演员协会，并在第二年出演了《罗密欧与朱丽叶》中的劳伦斯神父。2012年环球剧院国际戏剧节期间，他带领一个剧组在毛利表演了《特洛伊罗斯与克瑞西达》，成为戏剧节的亮点之一。他已经子孙满堂，在剧组里，他一定程度上也是大家心目中的父亲和长辈。作为一个演员，他心胸宽广、风趣幽默；在日常生活中，他也是如此。基思·巴特利特是另外一位加入了我们队伍的老朋友，他是皇家莎士比亚剧团、英国国家剧院和环球剧院的优秀演员，他对世界及世间万物的道理都充满了无尽的好奇。他也是一位非常有善心的演员，为自己看到的贫困和不公而感到震惊。因此，他暂时放下了表演事业，投入到了他在马拉维偶遇的一家基金会的筹款工作中，不辞辛苦地为"玛丽的晚餐"项目筹钱。这家基金会主要在全世界各地招募劳动力，为当地学校中没钱吃饭的孩子提供食物，每日能有超过一百万个孩子因此受益。

阿曼达·威尔金在巡演开始的前一年出演过环球剧院的《暴风雨》和新剧《加布里埃尔》。阿曼达身材高大，有牙买加血统，当时她高超的演技就让我们刮目相看。她也是位心地非常善良的女士，脸上总是带着笑容，我们都可以明显地看到她的善良如何影响了整个剧组。珍妮弗·梁是由我们曾经合作过的香港优秀粤语剧团推荐过来的演员。与高大的阿曼达相反，她身材娇小，但天性活泼灵巧，在舞台上非常优雅，而且像柚木一样坚韧。她也是在全世界朋友最多的人，巡演所到的每个国家都有她的朋友。菲比·法尔兹虽然是科班出身的专业演员，但她在环球剧院工作时一直在我们部门担任音乐助理。我们知道她风趣又热心，但并不了解她的专业实力。她后来离开我们加入了音乐剧《曾经》的剧组，逐渐从替补演员成长为西区剧目的领衔主演，并且博得了满堂喝彩。贝鲁斯·汗很可爱，有着小动物般的热情和好脾气。他是一名优秀的演员，和阿曼达一样也有凝聚集体的力量，剧组的各位正是从他们二人不息的热情和能量中汲取了所需的活力。作为一个疯狂的桑德兰足球俱乐部球迷,贝鲁斯立志在每个国家拍一张身穿桑德兰球服的照片,最后他的这一抱负也实现了。

对于拉迪·艾梅鲁瓦和纳伊姆·阿亚特来说,参加巡演并肩负起饰演哈姆雷特这一光荣的重担是一个很大的挑战。饰演这一角色仿佛就意味着你要对整晚的演出负责,甚至对整轮巡演负责。虽然在我们的剧组中大家都互为对方的轮替,没有"绝对主角"和"龙套群演"之别,对所有人都一视同仁,但这两位主演依旧感受到了压力。在巡演的前期宣传期间,他们要握着头骨拍宣传照,还要出席巡演初期的新闻发布会。在剧组出发之前,我陪着他们一同拍摄了一条电视新闻。在拍摄过程中,他们紧张得张口结舌,直到拍摄结束还在颤抖(等到巡演结束,他们已经熟练得好像"老油条"政客一样了)。他们体贴地不愿以自己的忧虑来增加他人的烦恼,所以都尽可能地不把压力表现出来,但我们还是可以感觉到这份工作的重量。最让人佩服的是他们对彼此的宽容大方:他们观看彼此的表演,互相借鉴,互相支持,一起讨论角色,共同成长。他们两人的哈姆雷特各有特色,就像他们的性格各有不同一样,但从一定程度来讲,他们就像亲兄弟一样。

此外,我们的剧组大家庭里还有四位舞台监督。首先是亚当·穆尔,他简直是个超人,跟着走完了之前的两次巡演之后,他决定更进一步。除了管理舞台演出事务之外,他还负责演戏、跳舞,并要在台上演奏三种乐器。接下来是戴夫·麦克沃伊和卡丽·伯纳姆,这两位在之前的巡演中有过合作。卡丽是精力和决心的代名词,而戴夫则把"沉着冷静"这个词的概念推向了新的高度。最后还有贝姬·奥斯汀,她在环球剧院做了很长时间的舞台监督,这次也没能抵挡再次上路的诱惑。她是坚定而耐心的绝对典范,在我们这个并没有什么等级制度的环境里,她自然而然地成了领袖。

这十六个人(获荣誉提名的还有大卫·塔肯特和迪康·蒂雷尔,他们总是在人手不够时挺身而出)做成了一件非常了不起的事。在出发前,我们开玩笑说巡演需要的是"演航员"——他们要能忍受在"外太空"中飘浮好几年,还要在保持头脑清醒和情绪稳定的同时专注于专业技能上的工作。这群人的表现完全超过了我们所有的期待。他们是彼此的忠诚伙伴,在离谱的困境面前保持镇静,为给大家带来生动的表演而不懈努力,永远热情礼貌地对待遇到的每一个人。他们值得所有的敬意。

对于这次巡演的诞生,我尤其要感谢我的创意合作伙伴:比尔·巴克赫斯特、乔纳森·范森、劳拉·福里斯特-海、比尔·巴克利、沙恩·威廉斯、凯文·麦柯迪、贾尔斯·布洛克、格林·麦克唐纳、马丁·麦克凯兰、塔蒂·埃内西和亚力克斯·索普。在一个阳光明媚的日子,我们聚在环球剧院,带着乐观、真诚和谦虚努力做着巡演的规划。没有人做作地问为什么,没有人炫耀地出主意,也没有人怀疑该不该做。我们就这样做成了事,这是多么幸运啊。

除此之外要感谢的是环球剧院这个大家庭,这是一群轻轻松松就可以兴高采烈地让不可能变成可能的人。我已经赞扬了那些与巡演联系最紧密的人,但巡演的成功是所有环球人共同努力的结果,每个为巡演增砖添瓦的人都分享了这种内在成就感。不管别人如何评价我们,我们的的确确成功地把《哈姆雷特》带给了全世界。在此我向这些人表示感谢(以下的排名不分先后):汤姆·伯德、洛特·巴肯、海伦·希尔曼、保罗·罗素、威尔斯、费伊·鲍威尔-托马斯、布赖恩·佩特森、玛蒂尔达·詹姆斯、卡里什玛·巴拉尼、杰斯·勒斯克、萨拉·默里、洛蒂·纽思、詹姆斯·马洛尼、塔姆辛·梅塔、克莱尔·戈登、马卢·安萨尔多、海伦娜·米肖夏、凯特·雷纳、凯特·埃利斯、霍利·布拉克西利、伊拉里阿·皮齐凯米、埃米莉·本森、罗茜·汤曾德、钟翠怡、叶连娜·克雷索娃、安德烈·曼塔、亚历山德拉·布里德、理查德·格雷维特、玛丽昂·马尔斯、哈里·尼兰德、梅甘·卡西迪、帕姆·洪帕吉。他们都是我们的好朋友。在我们共享环球剧院的荣耀时,我们为活着而高兴,为能够有力气做事而庆幸,并乐于将这种快乐分享给他人。

我们很幸运能够得到环球剧院其他部门的热情支持和帮助。法拉·卡里姆-库珀博士的研究团队在巡演剧组出发前给了我们很多指点,在路上也一同与我们为伴,尤其是马尔科姆·科克斯博士、威尔·托什博士和佩内洛普·伍兹博士。我们也要感谢安东尼·埃维特和他的团队面对让人沮丧的条件依旧努力筹集资金;感谢马克·沙利文和他的团队的宣传工作;多谢我们的首席执行官尼尔·康斯特布尔,多谢他坚定的支持和不懈的热情。我们也不该忘记"千夫所指"的环球剧院董事会,感谢他们对这次"不可能的任务"自始至终的支持。

最后,我们当然还要感谢这个世界不可言喻的慷慨及其无穷无尽、足以移山填海的好奇心。巡演的完成也离不开我们在全世界结交的上千名新朋友,是他们参与的热情让我们的冒险得以成功。在这里,我点名提起几位:耶日、叶卡捷琳娜、阿延和贾马。这几位只是在各国帮助过我们的个人的代表,所有朋友都热情周到地招待了我们,让演出成为可能,并让我们所有人都拥有了难忘的回忆。正是他们让我们的旅途变成了发现世界大美的愉快探险。

对于这本书来说,我没有选择在这里按照惯例附上参考文献目录,因为我觉得这本书并不具备值得这样做的学术水平,但我还是应该在此感谢那些启发了我的书籍。克里斯蒂娜·施米德尔曾在环球剧院担任文学助理,她允许我阅读并引用了她关于英国喜剧人剧团的论文,让我很受启发;托尼·霍华德让我了解了很多莎剧表演史的知识,他的作品《女子哈姆雷特》让我眼界大开;我还要感谢莎士比亚学术界的深度和水平,莎学本身是个其乐无穷的领域,同时也是开拓思维的渠道。在这个领域我有很多人需要感谢,尤其是詹姆斯·夏皮罗、乔纳森·贝特和斯蒂芬·格林布拉特,他们对我的影响应当是可以在字里行间看到的。

杰米·宾主持的坎农格特出版社一直以来都充满活力且富于冒险精神,我很感激他们为了让这本书问世而付出的努力。我也同样感激在本书完成期间帕特里克·沃尔什所给予我的帮助。此外,美国格罗夫大西洋出版社的贾米森·斯托尔兹对这本书的出版所表示出的热情也让我感到万分荣幸。埃玛·德雷珀读过本书的初稿并为我稿件的文字修改提供了极大的帮助。比尔·斯温森细致认真地校对了我交付的书稿,他的专业水准和不急不躁的态度堪称行业典范,我对此表示万分感谢。艾尔萨·巴思盖特负责了书稿的润色并在整合整本书的章节顺序和总体结构上给予了我很大帮助。乔·丁利则认真地负责了这本书的整个出版流程。这些如此出色的人物为我的书稿费心费力,我对此一直都受宠若惊。

这本书的大部分是我在离开环球剧院之前不久(在那段时间里我像喝多了潘趣酒一样迷迷糊糊)和离开环球剧院之后迷茫的两个月内完成的。我必须感谢我的助理杰斯,在环球剧院工作的时候,她让我能够保持心态的平稳并鼓励我继续坚持。在格拉斯哥,当我为离开环球剧院之后的前程感到失落和迷惘时,是我的女儿西奥弗拉给了我最温柔的安慰。我要感谢我的老朋友昆廷和罗伊娜让我在萨默塞特度过了完美的写作假期,也感谢他们在我艰难告别环球剧院时给予我的关心。至于在马德里的写作旅行，我要感谢我的女儿格兰妮。最后，我感谢我的爱人萨莎和女儿卡拉，是她们让我在傻乎乎地四处浪荡了这么久之后，找回了常常会被忽视的、看着有点儿傻，但又完全在情理之中的安定和快乐。我们走了很远的路，现在终于回家了。

译后记

翻译本书的过程既是困难的，也是愉悦的。本书作者多米尼克从戏剧从业者的角度出发，写作此书的目的同书中所写的为时两年的《哈姆雷特》环球巡演相同，即把莎士比亚的天才和哈姆雷特的故事分享给世界各地的观众，去证明《哈姆雷特》跨越时空的"现代感"。与学者们的研究著作不同，多米尼克的写法亲切、轻松，他尽可能地与普通观众对话，还原《哈姆雷特》这一经典文本平易近人的吸引力，让故事本身与读者产生朴素的共情。然而，多米尼克俚语化、拙中有巧智的语言表达以及颇具英式特色的黑色幽默也给翻译本书带来了不小的挑战。译者尽可能用中文自然地表达出多米尼克的风趣，希望读者能有会心一笑的瞬间。

对于书中诸多莎士比亚《第一对开本》的原文摘录，译者参考了1998年译林出版社出版的八卷本《莎士比亚全集》，译者为朱生豪先生，个别做改动处均有译者注。多米尼克在书中几次琢磨莎士比亚台词的音节和韵律，在这种情况下，译者注明了英文原文以帮助读者理解。在本书的第十六章，作者引用了莎士比亚的第五十五首十四行诗，在这里，译者献拙，提供了自己的译本，以此，译者向莎翁致敬的愿望也得到了满足。

此译本的完成要感谢商务印书馆涵芬楼文化各位编辑老师的辛勤工作。

虽然，中文版的出版距离书中记录的巡演的发生已有一段时间，但多米尼克分享给我们的阅读、表演、体会《哈姆雷特》并以此与王子一同成长的心情，始终给人慰藉。至今，像莎士比亚环球剧院一样，把《哈姆雷特》带到世界各地几乎每个国家和地区的巡演还没有被重复第二次，这着实值得纪念，希望读者也可以同译者一样在这本富有体验的书中喜有所获。

刘虹

2019年10月

于多伦多

译名对照表

A

Abu Ghraib　阿布格莱布
Abyssinia　阿比西尼亚
Addis Ababa　亚的斯亚贝巴
Aeschylus　埃斯库罗斯
Afghanistan　阿富汗
Africa　非洲
Alexander the Great　亚历山大大帝
Algeria　阿尔及利亚
Al-Hussein, Emir Abdullah bin
　阿卜杜拉·本·阿勒侯赛因酋长
Allende, Isabel　伊莎贝尔·阿连德
Almeida　阿尔梅达剧院
America　美洲
Amman　安曼
Amsterdam　阿姆斯特丹
Anchorman (film)　《王牌播音员》（电影）
Anderson, Laurie　劳里·安德森
Andrewes, Lancelot　兰斯洛特·安德鲁斯
Anglicanism　英国国教
Ansaldo, Malú　马卢·安萨尔多
Antoninus Pius　安东尼·庇护

Aristophanes　阿里斯托芬
Arkan　阿尔坎
Armin, Robert　罗伯特·阿明
Ashour, Ayen　阿延·阿舒尔
Astana　阿斯塔纳
Athens　雅典
Auckland　奥克兰
Austin, Becky　贝姬·奥斯汀
Australasia　澳大拉西亚
Australia　澳大利亚
Austria　奥地利
Awopbopaloobop Alopbamboom: Golden Age of Rock (Cohn)　《啊哦啵啪噜啵啊咯梆砰：摇滚的黄金时代》（科恩作品）
Aztec architecture　阿兹特克建筑

B

Bab-el-Mandeb　曼德海峡
Bad Quarto　《坏四开本》
Bahrain　巴林
Balkan　巴尔干
Ballard, J. G.　J. G. 巴拉德

Baltics Sea　波罗的海
Banderas, Antonio　安东尼奥·班德拉斯
Bangladesh　孟加拉国
Barclay, Bill　比尔·巴克利
Bardem, Javier　哈维尔·巴登
Bartlett, Keith　基思·巴特利特
Bartley, Sarah　莎拉·巴特利
Bataclan massacre　巴塔克兰剧院屠杀
Bate, Jonathan　乔纳森·贝特
Bedlam　贝德兰姆精神病院
Beirut　贝鲁特
Belgium　比利时
Bend it Like Beckham (film)　《我爱贝克汉姆》(电影)
Benfield, Robert　罗伯特·本菲尔德
Benjamin, Walter　瓦尔特·本雅明
Bernhardt, Sarah　莎拉·伯恩哈特
Bhutan　不丹
Bird, Tom　汤姆·伯德
Black Sea　黑海
Blackfriars Theatre　黑衣修士剧院
Blessitt, Arthur　阿瑟·布莱斯特
Block, Giles　贾尔斯·布洛克
Blumenthal, Heston　赫斯顿·布卢门撒尔
Bogotá　波哥大
Bohemia　波西米亚
Bolívar, Simón　西蒙·玻利瓦尔
Booth, Edwin　埃德温·布思

Bosnia　波斯尼亚
Bosworth, Battle of　博斯沃思战役
Brand, Russell　罗素·布兰德
Bray　布雷镇
Brecht, Bertolt　贝托尔特·布莱希特
British Broadcasting Corporation (BBC)　英国广播公司
British Council　英国文化教育协会
Brook, Peter　彼得·布鲁克
Bryan, George　乔治·布赖恩
Bucharest　布加勒斯特
Buckhurst, Bill　比尔·巴克赫斯特
Burbage, Richard　理查德·伯比奇
Burkina Faso　布基纳法索
Burnham, Carrie　卡丽·伯纳姆
Byron, Rooster　鲁斯特·拜伦
Byzantine Empire　拜占庭帝国

C

Cade, Jack　杰克·凯德
Cadiz　加的斯
Calvary　加略山
Cambodia　柬埔寨
Cameroon　喀麦隆
Canary Islands　加那利群岛
Caracas　加拉加斯
Caribbean　加勒比
Casson, Lewis　刘易斯·卡森

Cattrall, Kim　金·凯特罗尔
Cecil, William　威廉·塞西尔
Central Intelligence Agency (CIA)
　美国中央情报局
Charles, Prince　查尔斯王子
Chekhov, Anton　安东·契诃夫
Cheney, Dick　迪克·切尼
Chile　智利
Chorn-pond, Arn　阿恩·春-庞德
Churchill, Caryl　卡里尔·丘吉尔
Cicero　西塞罗
City of London　伦敦城
Cleansed (Kane)　《清洗》（凯恩作品）
Clive, Kitty　姬蒂·克莱芙
Cohn, Nik　尼克·科恩
Colombia　哥伦比亚
Condell, Henry　亨利·康德尔
Constantinople　君士坦丁堡
Cook, Alexander　亚历山大·库克
Cooke, Sam　山姆·库克
Cooper, Tommy　汤米·库珀
Coriolanus (Shakespeare)　《科利奥兰纳斯》（莎士比亚作品）
Coward, Noel　诺埃尔·科沃德
Cowell, Simon　西蒙·考威尔
Cowly, Richard　理查德·考利
Crave (Kane)　《渴求》（凯恩作品）
Crimea　克里米亚
Cross, Samuel　塞缪尔·克罗斯
Cushman, Charlotte　夏洛特·库什曼
Czech Republic　捷克共和国

D

David, King　大卫王
Day of the Dead (Mexico City)　亡灵节（墨西哥城）
de Witt, Johannes　约翰内斯·德维特
Denmark　丹麦
derg regime　军政府政权
Dickinson, Anna Elizabeth　安娜·伊丽莎白·迪金森
Djibouti　吉布提
Dnieper River　第聂伯河
Donaldson, Walter　沃尔特·唐纳森
Donetsk　顿涅茨克
Dostoevsky, Fyodor　费奥多尔·陀思妥耶夫斯基
Dougall, John　约翰·杜格尔
Dr. Johnson　约翰逊博士
Drury Lane　德鲁里巷皇家剧院
Dublin　都柏林
Dylan, Bob　鲍勃·迪伦

E

East Africa　东非
East India Company　东印度公司

East Timor　东帝汶

Ecclestone, William　威廉·埃克尔斯通

Ecuador　厄瓜多尔

Egypt　埃及

Ekaterina　叶卡捷琳娜

Elgin Marbles　埃尔金大理石雕塑

Elizabeth I　伊丽莎白一世

Elsinore　厄耳锡诺

Emeruwa, Ladi　拉迪·艾梅鲁瓦

English Comedians　英国喜剧人

English Shakespeare Company　英国莎士比亚剧团

Erasmus　伊拉斯谟

Erbil　埃尔比勒

Eritrea　厄立特里亚

Essex, Earl of　埃塞克斯伯爵

Ethiopia　埃塞俄比亚

Europe　欧洲

F

Far East　远东

Fensom, Jonathan　乔纳森·范森

Fenton, Rose　罗丝·芬顿

Ferrante, Elena　埃琳娜·费兰特

Field, Nathan　内森·菲尔德

Fildes, Phoebe　菲比·法尔兹

Finland　芬兰

First Folio　《第一对开本》

First Quarto　《第一四开本》

Forrest-Hay, Laura　劳拉·福里斯特-海

Forster, E. M.　E. M. 福斯特

Fortune Theatre (Clerkenwell)　吉星剧院（克勒肯维尔）

Foster, Miranda　米兰达·福斯特

France　法国

Frederick II, King (Denmark)　丹麦国王弗雷德里克二世

Free Thinking (radio)　《自由思想》（电台节目）

Frinton-on-Sea　滨海弗林顿

Front Row (radio)　《前排》（电台节目）

G

Gabri　加布里

Gambia　冈比亚

Garner, Alan　艾伦·加纳

Garrick, David　大卫·加里克

Gdańsk (Danzig)　格但斯克（但泽）

Georges-Picot, François　弗朗索瓦·乔治-皮科

Georgia　格鲁吉亚

Germany　德国

Gibson, Mel　梅尔·吉布森

Gilbourne, Samuel　塞缪尔·吉尔伯恩

Girma, Belachew　贝拉丘·吉尔马

Glover, Julia　朱莉娅·格洛弗

Glover, Julian　朱利安·格洛弗
Godden, Claire　克莱尔·戈登
Gough, Robert　罗伯特·高夫
Great Arab Revolt (1916–18)　阿拉伯起义
　　（1916—1918年）
Greece　希腊
Greenblatt, Stephen　斯蒂芬·格林布拉特
Greene, Graham　格雷厄姆·格林
Guernica (tapestry)　《格尔尼卡》（挂毯）
Guinea-Bissau　几内亚比绍
Gulf War (1990)　海湾战争（1990年）
Guyana　圭亚那

H

Hackney　哈克尼
Hadrawi　哈德拉伊
Haile Selassie, Emperor　海尔·赛拉西一世
Hamilton (musical)　《汉密尔顿》（音乐剧）
Hanseatic states　汉萨同盟国家
Hargeisa　哈尔格萨
Hayat, Naeem　纳伊姆·阿亚特
Hellenistic empire　古希腊帝国
Heminges, John　约翰·赫明斯
Henry VI Part 2 (Shakespeare)　《亨利六世》
　　（第二卷）（莎士比亚作品）
Hepworth, Barbara　芭芭拉·赫普沃思
Herod　大希律王
Holland　荷兰

Holt, Thelma　特尔玛·霍尔特
Homer　荷马
Honduras　洪都拉斯
Howard, Tony　托尼·霍华德
Hussein, Saddam　萨达姆·侯赛因

I

Ibsen, Henrick　亨里克·易卜生
Indian Ocean　印度洋
Iran　伊朗
Iraq　伊拉克
Israel　以色列
Istanbul　伊斯坦布尔

J

Jama, Jama Musse　贾马·米斯·贾马
James, Henry　亨利·詹姆斯
Jeddah　吉达
Jihadi Johns　"圣战士约翰"
Johnson, Boris　鲍里斯·约翰逊
Jonson, Ben　本·琼森
Jordan　约旦
Julius Caeser (Shakespeare)　《裘力斯·恺
　　撒》（莎士比亚作品）

K

Kane, Sarah　萨拉·凯恩
Kazakhstan　哈萨克斯坦

Kean, Edmund　埃德蒙·基恩
Keeling, William　威廉·基林
Kempe, William　威廉·肯普
Kent (ship)　肯特号
Kerouac, Jack　杰克·凯鲁亚克
Khan, Beruce　贝鲁斯·汗
Kiev　基辅
King Lear (Shakespeare)　《李尔王》（莎士比亚作品）
Kiribati　基里巴斯
Klieschko, Vitali　耶文·尼什丘克
Kronborg Castle　卡隆堡宫

L

Laing, R.D.　R.D.莱恩
Laos　老挝
Latin　拉丁
Latvia　拉脱维亚
Lawrence, Tommy　汤米·劳伦斯
Lebanon　黎巴嫩
Leicester, Earl of　莱斯特伯爵
Leong, Jennifer　珍妮弗·梁
Lewinsky, Monica　莫妮卡·莱温斯基
Lewis, Lennox　伦诺克斯·刘易斯
Leyden　莱顿
Libya　利比亚
LIFT　伦敦国际戏剧节

Limon, Jerzy　耶日·利蒙
Lincoln, President Abraham　亚伯拉罕·林肯
Littlewood, Joan　琼·利特尔伍德
Llorente, José González　何塞·冈萨雷斯·略伦特
Llosa, Mario Vargas　马里奥·巴尔加斯·略萨
London　伦敦
Lord Chamberlain's Men　宫务大臣剧团
Los Angeles　洛杉矶
Love's Labours Lost (Shakespeare)　《爱的徒劳》（莎士比亚作品）
Lowin, John　约翰·洛因

M

MacColl, Ewan　尤安·麦科尔
Machu Picchu　马丘比丘
Madrid　马德里
Maidan Square　独立广场
Maldives　马尔代夫
Mali　马里
Mamet, David　大卫·马梅特
Margate　马盖特
Marjanishvili Company　马扬尼什维利剧团
Marlowe, Christopher　克里斯托弗·马洛
Marrakesh　马拉喀什
Maugham, Somerset　萨默塞特·毛姆

Maurice of Hesse-Cassel, Landgrave
莫里斯，黑森－卡塞尔伯爵领主
McEvoy, Dave　戴夫·麦克沃伊
McQueen, Steve　史蒂夫·麦奎因
Measure for Measure (Shakespeare)
《量罪记》（莎士比亚作品）
Mediterranean Sea　地中海
Mehta, Tamsin　塔姆辛·梅塔
Menaechmi (Plautus)《孪生兄弟》（普劳图斯作品）
Mengistu, Haile Mariam　海尔·马里亚姆·门格斯图
Mérida　梅里达教堂
Mexico City　墨西哥城
Mexico National Theatre　墨西哥国家剧院
Michelangelo　米开朗琪罗
Micronesia　密克罗尼西亚
Middle East　中东
Middle Temple Hall　中殿教堂
Middlesbrough Ladies football team
米德尔斯堡女子足球队
A Midsummer Night's Dream (Shakespeare)
《仲夏夜之梦》（莎士比亚作品）
Milion stone　原点纪念碑
Miranda, Lin-Manuel　林－曼纽尔·米兰达
Miscioscia, Helena　海伦娜·米肖夏
Mogadishu　摩加迪沙

Mohamed, Prophet　先知穆罕穆德
Moore, Adam　亚当·穆尔
Moores, Henry　亨利·穆尔斯
More, Thomas　托马斯·莫尔
Moryson, Fynes　法因斯·莫里森
Moscow　莫斯科
Mozart, Wolfgang Amadeus　沃尔夫冈·阿马多伊斯·莫扎特

N

Nabateans　纳巴泰人
National Theatre　英国国家剧院
Naturewatch (radio)《自然观察》（电台节目）
Nauru　瑙鲁
Neal, Lucy　露西·尼尔
Nefertiti　纳芙蒂蒂
Netherlands　荷兰人
New York Times (newspaper)《纽约时报》（报刊）
Newman, Paul　保罗·纽曼
Nielsen, Asta　阿斯塔·尼尔森
Nigeria　尼日利亚
Nikita　尼基塔
Ninagawa, Yukio　蜷川幸雄
North America　北美洲
North Sea　北海

North Wales　北威尔士

Norway　挪威

Nyshchuk, Yevhen　维塔利·克里琴科

O

O'Toole, Peter　彼得·奥图尔

Obama, President Barack　巴拉克·奥巴马总统

Old Vic　老维克剧院

Olivier, Laurence　劳伦斯·奥利维尔

Oresteia (Aeschylus)　《奥瑞斯提亚》（埃斯库罗斯作品）

Ostermeier, Thomas　托马斯·奥斯特迈尔

Ostler, William　威廉·奥斯特勒

Othello (Shakespeare)　《奥赛罗》（莎士比亚作品）

Ottoman Empire　奥斯曼帝国

Ovid　奥维德

P

Pacific Islands　太平洋岛屿

Pacific　太平洋

Paddington　帕丁顿

Pakistan　巴基斯坦

Palau　帕劳

Palestine　巴勒斯坦

Panama　巴拿马

Pankhurst, Richard　理查德·潘克赫斯特

Pankhurst, Sylvia　西尔维娅·潘克赫斯特

Paramaribo　帕拉马里博

Paratene, Rawiri　拉维里·帕拉特恩

Paris　巴黎

Park Theatre (New York)　花园剧场（纽约）

Peake, Maxine　玛克辛·皮克

Peru　秘鲁

Philadelphia　费拉德尔菲亚

Philip, Prince　菲利普亲王

Phillips, Augustine　奥古斯丁·菲利普斯

Phnom Penh　金边

Pilger, John　约翰·皮格勒

Pinter, Harold　哈罗德·品特

Platter, Thomas　托马斯·普拉特

Plautus　普劳图斯

Pol Pot　波尔布特

Poland　波兰

Pollock's (toy shop)　波洛克（玩具商）

Pope, Thomas　托马斯·波普

Poroshenko, Petro　彼得罗·波罗申科

Porter, Jimmy　吉米·波特

Powell, Elizabeth　伊丽莎白·鲍威尔

Prague　布拉格

Prague Castle　布拉格城堡

Ptolemy　托勒密

Punchdrunk Theatre Company　碰撞剧团

Q

Quito　基多

R

Rabbath Ammon　拉巴亚扪
Raleigh, Walter　沃尔特·雷利
Ramallah　拉姆安拉
Red Dragon (ship)　红龙号
Red Sea　红海
Renaissance Self-Fashioning　《文艺复兴的自我塑造》
Renaissance　文艺复兴
Rice, John　约翰·赖斯
Richard III (Shakespeare)　《理查三世》(莎士比亚作品)
Riyadh　利雅得
Robespierre　罗伯斯庇尔
Robinson, Richard　理查德·鲁宾逊
Rodman, Dennis　丹尼斯·罗德曼
Romain, Matt　马特·罗曼
Roman Empire　罗马帝国
Romania　罗马尼亚
Romeo and Juliet (Shakespeare)　《罗密欧与朱丽叶》(莎士比亚作品)
Royal Shakespeare Company (RSC)　皇家莎士比亚剧团
Russia　俄罗斯
Rwanda　卢旺达
Rylance, Mark　马克·里朗斯

S

Saitama Arts Theatre　埼玉艺术剧院
Sam Wanamaker Festival　山姆·沃纳梅克戏剧节
San Fernando　圣费尔南多
Santa Monica　圣莫尼卡
Sarajevo　萨拉热窝
Sassanid Empire　萨珊帝国
Saudi Arabia　沙特阿拉伯
Saul　索罗王
Scandinavia　斯堪的纳维亚
Schaubühne Theatre Company　邵宾纳剧团
Scott's of Mayfair　梅费尔的斯科特餐厅
Scottland　苏格兰
Second Quarto　《第二四开本》
Seleucus　塞琉古
Shakespeare, Hamnet　哈姆内特·莎士比亚
Shakespeare, William　威廉·莎士比亚
Shanke, John　约翰·尚克
Shapiro, James　詹姆斯·夏皮罗
Shaw, George Bernard　萧伯纳
Shearing, George　乔治·希灵
Siddons, Sarah　莎拉·西登斯
Sierra Leone　塞拉利昂
Sistine Chapel　西斯廷教堂
Sly, William　威廉·斯莱

Somalia　索马里
Somaliland　索马里兰
South Africa　南非
South America　南美洲
South Sudan　南苏丹
Southbank　（泰晤士河）南岸
Southwark　萨瑟克
Southwark Cathedral　萨瑟克教堂
St Lucia　圣卢西亚
Stadsschouwburg Playhouse　阿姆斯特丹市政剧院
Stone Age (Jordan)　石器时代（约旦）
Stoppard, Tom　汤姆·斯托帕德
Stratford-upon-Avon　埃文河畔斯特拉特福
Strindberg, August　奥古斯特·斯特林堡
Sully, Rosalie　罗莎莉·萨利
Sully, Thomas　托马斯·萨利
Suriname　苏里南
Swan Theatre　天鹅剧院
Sweden　瑞典
Swift, Jonathan　乔纳森·斯威夫特
Sykes, Sir Mark　马克·赛克斯爵士
Sykes-Picot Agreement (1916)　《赛克斯-皮科协定》（1916年）
Syria　叙利亚

T

Ta Mok　塔莫
Taipei　台北
Taj Mahal　泰姬陵
Tajikistan　塔吉克斯坦
Tarantino, Quentin　昆廷·塔兰蒂诺
Taylor, Joseph　约瑟夫·泰勒
Tbilisi　第比利斯
Tennant, David　大卫·田纳特
Terminator (film)　《终结者》（电影）
Thailand　泰国
Thames (river)　泰晤士河
Thatcher, Prime Minister Margaret　玛格丽特·撒切尔首相
The Comedy of Errors (Shakespeare)　《错误的喜剧》（莎士比亚作品）
The Hague　海牙
The Killing Fields (film)　《杀戮战场》（电影）
The Martian (film)　《火星救援》（电影）
The Murder of Gonzago/Mousetrap　《贡扎古之死》/《捕鼠机》
The Sting (film)　《骗中骗》（电影）
Theatre of Action　行动剧场
Thorndike, Sybil　西比尔·桑代克
Titus Andronicus (Shakespeare)　《泰特斯·安德洛尼克斯》（莎士比亚作品）
Toneelgroep Company　阿姆斯特丹剧团
Tooley, Nicholas　尼古拉斯·图利
Tower Bridge　塔桥
Trinidad and Tobago　特立尼达和多巴哥

Troy 特洛伊
Tunisia 突尼斯
Turkey 土耳其
Tuvalu 图瓦卢
Twelfth Night (Shakespeare) 《第十二夜》（莎士比亚作品）
Tyrone, Earl of 蒂龙伯爵

U
Underwood, John 约翰·安德伍德
United Kingdom 英国
USA 美国
Utrecht 乌得勒支

V
van Hove, Ivo 伊福·凡霍弗
van Kampen, Clair 克莱尔·冯·坎彭
Vatican 梵蒂冈

W
Wajda, Andrzei 安杰伊·瓦伊达
Walsingham, Sir Francis 弗朗西斯·沃尔辛厄姆爵士
Waugh, Evelyn 伊夫琳·沃
Welles, Orson 奥森·韦尔斯
West Indies 西印度群岛
Wheeler, Keith 基思·惠勒
White House 白宫
Wilkin, Amanda 阿曼达·威尔金
Williams, Siân 沙恩·威廉斯
Wills (production manager) 威尔斯（演出经理）
Winter, William 威廉·温特
Wittenburg 维滕贝尔格
Wolfe, Tom 汤姆·沃尔夫
Wordsworth, William 威廉·华兹华斯

X
Xiu Ling 修凌

Y
Yemen 也门
Yousafzai, Malala 马拉拉·优素福·扎伊
Ystad 于斯塔德
Yucatan 尤卡坦
Yushchenko, Viktor 维克托·尤先科

Z
Zócalo Square 宪法广场

图书在版编目（CIP）数据

带莎士比亚走遍世界：《哈姆雷特》的环球之旅 /（英）多米尼克·德罗姆古尔（Dominic Dromgoole）著；刘虹译. —北京：商务印书馆，2020
ISBN 978-7-100-18239-3

Ⅰ.①带… Ⅱ.①多…②刘… Ⅲ.①悲剧—剧本—文学研究—英国—中世纪 Ⅳ.①I561.073

中国版本图书馆 CIP 数据核字（2020）第048979号

权利保留，侵权必究。

带莎士比亚走遍世界
《哈姆雷特》的环球之旅
〔英〕多米尼克·德罗姆古尔 著
刘 虹 译

商 务 印 书 馆 出 版
（北京王府井大街36号 邮政编码100710）
商 务 印 书 馆 发 行
山 东 临 沂 新 华 印 刷 物 流
集 团 有 限 责 任 公 司 印 刷
ISBN 978-7-100-18239-3

2020年10月第1版　　　开本 880×1260　1/32
2020年10月第1次印刷　　印张 12¾

定价：75.00元